线性代数

主编　　马　娜

哈爾濱工業大學出版社
HARBIN INSTITUTE OF TECHNOLOGY PRESS

内 容 简 介

本书以求解线性方程组为主线展开讨论，突出循序渐进、由浅入深的特点，注重理论联系实际，课程紧密结合专业特色.全书以“注重概念、强化应用、培养技能”为重点，充分体现“以应用为目的，以实用为标准”的原则.

本书主要内容包括行列式、矩阵及其运算、矩阵的初等变换与矩阵的秩、向量组与线性方程组、矩阵的特征值与特征向量、线性空间与线性变换等.本书的各章节还精心配置了例题与习题，便于学生对有关知识的掌握与应用.

本书内容丰富，通俗易懂，可作为高等院校理工类和经济管理类专业教材或数学参考书.

图书在版编目(CIP)数据

线性代数 / 马娜主编. —哈尔滨 ：哈尔滨工业大学出版社，2021.10

ISBN 978-7-5603-9754-2

Ⅰ. ①线… Ⅱ. ①马… Ⅲ. ①线性代数－高等学校－教材 Ⅳ. ①O151.2

中国版本图书馆 CIP 数据核字(2021)第 211459 号

策划编辑 闻竹
责任编辑 李长波 庞亭亭
封面设计 宣是设计
出版发行 哈尔滨工业大学出版社
社 址 哈尔滨市南岗区复华四道街 10 号 邮编 150006
传 真 0451－86414749
网 址 http://hitpress.hit.edu.cn
印 刷 北京荣玉印刷有限公司
开 本 787mm×1092mm 1/16 印张 12 字数 237 千字
版 次 2021 年 10 月第 1 版 2021 年 10 月第 1 次印刷
书 号 ISBN 978-7-5603-9754-2
定 价 42.00 元

前言
PREFACE

“线性代数”是高等院校理工类和经济管理类等专业的一门重要基础课程，除作为各门学科的重要工具外，还对提高学生的数学素养起着重要的作用.通过线性代数的学习，学生不仅能够全面系统地掌握线性代数的基本知识，而且能够领会处理代数问题的思想方法，从而培养和提高抽象思维能力、逻辑推理能力和计算能力.

本书凝聚了编者多年讲授“线性代数”课程的教学经验及从事高校教学工作的心得和体会，在保持传统教材优点的基础上，对内容体系进行了适当的调整和优化，其主要特点体现在以下几个方面.

在课程结构上，本书既考虑了理工、经管等各类专业基础课程本科教学及后续课程的需要，又考虑了线性代数自身的学科体系特点，以线性方程组的求解及二次型的标准化为主线，系统地介绍了行列式、矩阵及其运算、矩阵的初等变换与矩阵的秩、向量组与线性方程组、矩阵的特征值与特征向量、线性空间与线性变换等相关内容，既突出了矩阵方法、初等变换的重要性，又保持了线性代数学科内容的完整性.

在内容组织上，由于线性代数是一门应用性很强的学科，因此本书淡化了线性代数知识的理论推导，侧重于通过大量的例证来强化各个知识点的实际应用，有利于学生学习兴趣的培养和应用意识的提高.

考虑到非数学专业的数学需求，本书以计算为主线，书中安排了较多的例题以使读者能正确理解概念，掌握运算技巧和解题方法.

本书可作为普通高等院校理工类、经济管理类及文史类各专业本科学生和高职高专学生的教学用书.

由于编者水平有限，加之时间匆忙，本书难免存在疏漏和不足，欢迎各广大读者不吝指教.

编　者

2021 年 5 月

目录
Contents

第一章 行 列 式

行列式是研究矩阵和线性方程组的重要工具，而矩阵和线性方程组又是线性代数的重要组成部分.

小 贴 士

本章主要介绍 n 阶行列式的定义、性质、计算方法以及用行列式解线性方程组的克拉默法则. 在关于逆矩阵、矩阵的秩、方阵的特征值等问题的讨论中，行列式都是必不可少的研究工具.

第一节 排列与逆序数

为了给出 n 阶行列式的概念，首先引入排列与逆序的概念.

定义 1.1 由 1，2，…，n 组成的 n 个不同数字的全排列，称为一个 n 级排列，记作 $j_1 j_2 \cdots j_n$. 例如，321、213 都是三级排列，2413 是一个四级排列.

由定义知，n 级排列共有 $n!$ 个. 例如，由 1，2，3 所组成的三级排列共有 $3!=6$ 个. 它们是 123、132、231、213、312、321. 在以上所有的三级排列中，除排列 123 是按从小到大顺序排列(称此排列为自然排列) 以外，其余的排列中，都有较大的数排在较小的数前面.

定义 1.2 在一个 n 级排列 $j_1 j_2 \cdots j_n$ 中，如果有较大的数 j_t 排在较小的数 j_s 前面($j_t > j_s$)，则称 j_t 与 j_s 构成一个逆序，记作 $j_t j_s$；一个 n 级排列 $j_1 j_2 \cdots j_n$ 中逆序的总数，称为这个排列的逆序数，记作 $\tau(j_1 j_2 \cdots j_n)$. 如果排列的逆序数是奇数，则称为奇排列；如果排列的逆序数是偶数，则称为偶排列，规定逆序数为零的排列为偶排列. 例如，三级排列 123、231、312 是偶排列；132、213、321 是奇排列.

定义 1.3 在一个 n 级排列 $j_1\cdots j_s\cdots j_t\cdots j_n$ 中，如果将其中两个数 j_s 和 j_t 的位置互换，其余数位置不变，就得到另一个排列 $j_1\cdots j_t\cdots j_s\cdots j_n$，这样的变换称为一次对换，记为 (j_s, j_t). 相邻两个数的对换称为相邻对换.

定理 1.1 一次对换改变排列的奇偶性.

证 根据定义 1.3 中的相邻对换的性质，先设排列为 $j_1 j_2\cdots j_{s-1} j_s j_{s+1}\cdots j_{s+m} j_t j_{t+1}\cdots j_n$. 对换 j_s 与 j_t 可看成是：先将 j_t 做 m 次相邻对换变为 $j_1 j_2\cdots j_{s-1} j_s j_t j_{s+1}\cdots j_{s+m} j_{t+1}\cdots j_n$，再将 j_s 做 $m+1$ 次相邻对换变为 $j_1 j_2\cdots j_{s-1} j_t j_{s+1}\cdots j_{s+m} j_s j_{t+1}\cdots j_n$. 故完成 j_s 与 j_t 的对换总共需经过 $2m+1$ 次相邻对换，因此两排列的奇偶性相反.

定理 1.2 在所有的 $n(n\geqslant 2)$ 级排列中，奇排列与偶排列的个数相等，各为 $\dfrac{n!}{2}$ 个.

证 设在所有的 n 级排列中，奇排列共有 p 个，偶排列共有 q 个.

对这 p 个奇排列施以同一个对换 (j_s, j_t)，则由定理 1.1 可知 p 个奇排列全部变成偶排列，于是得到 p 个偶排列. 由于偶排列总共只有 q 个，因此 $p\leqslant q$. 同理，如果将全部的偶排列都施以同一个对换 (j_s, j_t)，则 q 个偶排列全部变成奇排列，于是又有 $q\leqslant p$. 因此 $p=q$，即奇排列与偶排列的个数相等.

又由于 n 级排列共有 $n!$ 个，即 $p+q=n!$，所以 $p=q=\dfrac{n!}{2}$.

第二节 n 阶行列式的定义

为给出 n 阶行列式的定义，先来介绍二阶、三阶行列式.

在中学代数中，用消元法解如下二元线性方程组：

$$\begin{cases} a_{11}x_1 + a_{12}x_2 = b_1 \\ a_{21}x_1 + a_{22}x_2 = b_2 \end{cases} \tag{1.1}$$

当 $a_{11}a_{22}-a_{12}a_{21}\neq 0$ 时，方程组(1.1)有唯一解，即

$$x_1=\frac{b_1a_{22}-b_2a_{12}}{a_{11}a_{22}-a_{12}a_{21}},\quad x_2=\frac{b_2a_{11}-b_1a_{21}}{a_{11}a_{22}-a_{12}a_{21}} \tag{1.2}$$

为便于记忆，引入记号

$$\begin{vmatrix} a_{11} & a_{12} \\ a_{21} & a_{22} \end{vmatrix} = a_{11}a_{22}-a_{12}a_{21} \tag{1.3}$$

式(1.3)称为二阶行列式，则式(1.2)中两个分子可分别表示为二阶行列式

$$\begin{vmatrix} b_1 & a_{12} \\ b_2 & a_{22} \end{vmatrix} = b_1a_{22}-b_2a_{12},\qquad \begin{vmatrix} a_{11} & b_1 \\ a_{21} & b_2 \end{vmatrix} = b_2a_{11}-b_1a_{21}$$

小贴士

二阶行列式含有两行、两列，横排称为行，纵排称为列，行列式中的数又称为行列式的元素. 二阶行列式代表的是一个数，它是两项的代数和：一项是从左上角到右下角的对角线(称为行列式的主对角线) 上两元素的乘积，取正号；一项是从右上角到左下角的对角线(称为行列式的次对角线) 上两元素的乘积，取负号.

若将上述三个二阶行列式分别记为D、D_1、D_2，则式(1.2) 可表示为

$$x_1=\frac{D_1}{D},\quad x_2=\frac{D_2}{D} \tag{1.4}$$

例 1.1　求解二元线性方程组

$$\begin{cases}3x_1-2x_2=12\\2x_1+x_2=1\end{cases}$$

解　由于

$$D=\begin{vmatrix}3 & -2\\2 & 1\end{vmatrix}=3-(-4)=7\neq 0$$

$$D_1=\begin{vmatrix}12 & -2\\1 & 1\end{vmatrix}=12-(-2)=14$$

$$D_2=\begin{vmatrix}3 & 12\\2 & 1\end{vmatrix}=3-24=-21$$

因此

$$x_1=\frac{D_1}{D}=2,\quad x_2=\frac{D_2}{D}=-3$$

同样地，用消元法解三元线性方程组

$$\begin{cases}a_{11}x_1+a_{12}x_2+a_{13}x_3=b_1\\a_{21}x_1+a_{22}x_2+a_{23}x_3=b_2\\a_{31}x_1+a_{32}x_2+a_{33}x_3=b_3\end{cases} \tag{1.5}$$

当$a_{11}a_{22}a_{33}+a_{12}a_{23}a_{31}+a_{13}a_{21}a_{32}-a_{13}a_{22}a_{31}-a_{12}a_{21}a_{33}-a_{11}a_{23}a_{32}\neq 0$时，方程组(1.5) 有唯一解. 引入三阶行列式

$$\begin{vmatrix}a_{11} & a_{12} & a_{13}\\a_{21} & a_{22} & a_{23}\\a_{31} & a_{32} & a_{33}\end{vmatrix}=a_{11}a_{22}a_{33}+a_{12}a_{23}a_{31}+a_{13}a_{21}a_{32}-a_{13}a_{22}a_{31}-a_{12}a_{21}a_{33}-a_{11}a_{23}a_{32} \tag{1.6}$$

三阶行列式代表的数值可通过图 1.1(又称为对角线法则) 加以记忆：实线上三个元素的乘积取正号；虚线上三个元素的乘积取负号. 但需要注意，对角线法则只适用于二阶和三阶行列式的计算.

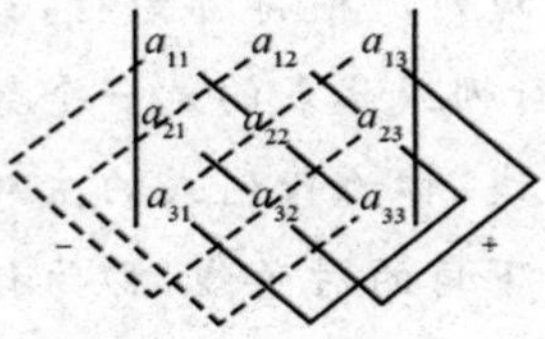

图 1.1

按上述规则，有

$$\begin{vmatrix} b_1 & a_{12} & a_{13} \\ b_2 & a_{22} & a_{23} \\ b_3 & a_{32} & a_{33} \end{vmatrix} = b_1a_{22}a_{33} + a_{12}a_{23}b_3 + a_{13}b_2a_{32} - a_{13}a_{22}b_3 - a_{12}b_2a_{33} - b_1a_{23}a_{32}$$

$$\begin{vmatrix} a_{11} & b_1 & a_{13} \\ a_{21} & b_2 & a_{23} \\ a_{31} & b_3 & a_{33} \end{vmatrix} = a_{11}b_2a_{33} + b_1a_{23}a_{31} + a_{13}a_{21}b_3 - a_{13}b_2a_{31} - b_1a_{21}a_{33} - a_{11}a_{23}b_3$$

$$\begin{vmatrix} a_{11} & a_{12} & b_1 \\ a_{21} & a_{22} & b_2 \\ a_{31} & a_{32} & b_3 \end{vmatrix} = a_{11}a_{22}b_3 + a_{12}b_2a_{31} + b_1a_{21}a_{32} - b_1a_{22}a_{31} - a_{12}a_{21}b_3 - a_{11}b_2a_{32}$$

若将上述四个三阶行列式分别记为 D、D_1、D_2、D_3，则当 $D \neq 0$ 时，方程组(1.5)的唯一解可表示为

$$x_1 = \frac{D_1}{D}, \quad x_2 = \frac{D_2}{D}, \quad x_3 = \frac{D_3}{D} \tag{1.7}$$

显然，用行列式表示方程组的解形式简便、容易记忆.

例 1.2 计算三阶行列式

$$D = \begin{vmatrix} 2 & 0 & 1 \\ 1 & -4 & -1 \\ -1 & 8 & 3 \end{vmatrix}$$

解 按上述三阶行列式的计算法则，有

$$\begin{aligned} D &= 2\times(-4)\times 3 + 1\times 1\times 8 + 0\times(-1)\times(-1) - \\ &\quad 1\times(-4)\times(-1) - 0\times 1\times 3 - 2\times(-1)\times 8 \\ &= -4 \end{aligned}$$

由式(1.3) 和式(1.6) 可知，二阶、三阶行列式都是一些乘积项的代数和，而每一乘积项都是由行列式中位于不同行、不同列的元素构成的，并且等号右端恰好就

是由所有这种可能的乘积项组成的．另外，每一项还带有一定的符号，如在三阶行列式中，右端的每一项均可写成如下的一般形式：

$$a_{1j_1}a_{2j_2}a_{3j_3}$$

当这一项中各元素的行标按自然排列时，则该项的符号由其列标构成的排列的奇偶性来决定．若 $j_1j_2j_3$ 为偶排列，则该项的符号取正号；若 $j_1j_2j_3$ 为奇排列，则该项的符号取负号．因此，三阶行列式也可写成

$$\begin{vmatrix} a_{11} & a_{12} & a_{13} \\ a_{21} & a_{22} & a_{23} \\ a_{31} & a_{32} & a_{33} \end{vmatrix} = \sum_{j_1j_2j_3} (-1)^{\tau(j_1j_2j_3)} a_{1j_1}a_{2j_2}a_{3j_3}$$

其中，$\sum\limits_{j_1j_2j_3}$ 表示对所有的三级排列求和．

仿照三阶行列式的特点，下面给出 n 阶行列式的定义．

定义 1.4　由 n^2 个元素 a_{ij}（i，$j=1$，2，…，n）排成的 n 行、n 列的数表

$$\begin{vmatrix} a_{11} & a_{12} & \cdots & a_{1n} \\ a_{21} & a_{22} & \cdots & a_{2n} \\ \vdots & \vdots & & \vdots \\ a_{n1} & a_{n2} & \cdots & a_{nn} \end{vmatrix}$$

称为 n 阶行列式．它表示一个数，这个数是 $n!$ 项的代数和，每一项都是取自行列式中不同行、不同列的 n 个元素的乘积，各项的符号是：当这一项中各元素的行标构成自然排列时，若列标构成的排列为偶排列则取正号；若列标构成的排列为奇排列则取负号．所以 n 阶行列式中的一般项可写成

$$(-1)^{\tau(j_1j_2\cdots j_n)} a_{1j_1}a_{2j_2}\cdots a_{nj_n} \tag{1.8}$$

其中，$j_1j_2\cdots j_n$ 是一个 n 级排列，当 $j_1j_2\cdots j_n$ 取遍所有的 n 级排列时，则得到 n 阶行列式所表示的代数和中的所有项．因此有

$$\begin{vmatrix} a_{11} & a_{12} & \cdots & a_{1n} \\ a_{21} & a_{22} & \cdots & a_{2n} \\ \vdots & \vdots & & \vdots \\ a_{n1} & a_{n2} & \cdots & a_{nn} \end{vmatrix} = \sum_{j_1j_2\cdots j_n} (-1)^{\tau(j_1j_2\cdots j_n)} a_{1j_1}a_{2j_2}\cdots a_{nj_n} \tag{1.9}$$

其中，$\sum\limits_{j_1j_2\cdots j_n}$ 表示对所有的 n 级排列求和．式(1.9)称为 n 阶行列式按行标自然排列的展开式．

当 $n=1$ 时，规定 $|a|=a$，即由一个元素 a 构成的一阶行列式就是元素 a 本身．

例 1.3　计算下三角形行列式

$$D=\begin{vmatrix} a_{11} & 0 & 0 & \cdots & 0 \\ a_{21} & a_{22} & 0 & \cdots & 0 \\ a_{31} & a_{32} & a_{33} & \cdots & 0 \\ \vdots & \vdots & \vdots & & \vdots \\ a_{n1} & a_{n2} & a_{n3} & \cdots & a_{nn} \end{vmatrix}$$

解　根据行列式定义，n 阶行列式是n！项的代数和，但由于该行列式中有许多元素为零，含零元素的乘积项等于零，因此只需计算那些不等于零的项. 而 D 的一般项式(1.8) 中，只有当 $j_1=1$，$j_2=2$，…，$j_n=n$ 时，乘积 $a_{1j_1}a_{2j_2}\cdots a_{nj_n}$ 才可能不为零. 所以

$$D=(-1)^{\tau(12\cdots n)}a_{11}a_{22}\cdots a_{nn}=a_{11}a_{22}\cdots a_{nn}$$

仿照例 1.3 可得，上三角形行列式的值也等于主对角线上所有元素的乘积，即

$$\begin{vmatrix} a_{11} & a_{12} & a_{13} & \cdots & a_{1n} \\ 0 & a_{22} & a_{23} & \cdots & a_{2n} \\ 0 & 0 & a_{33} & \cdots & a_{3n} \\ \vdots & \vdots & \vdots & & \vdots \\ 0 & 0 & 0 & \cdots & a_{nn} \end{vmatrix}=a_{11}a_{22}\cdots a_{nn}$$

特别地，对角形行列式的值为

$$\begin{vmatrix} a_{11} & 0 & 0 & \cdots & 0 \\ 0 & a_{22} & 0 & \cdots & 0 \\ 0 & 0 & a_{33} & \cdots & 0 \\ \vdots & \vdots & \vdots & & \vdots \\ 0 & 0 & 0 & \cdots & a_{nn} \end{vmatrix}=a_{11}a_{22}\cdots a_{nn}$$

由于数的乘法满足交换律，因此行列式的一般项中各元素的位置任意交换，行列式的值是不变的. 所以有如下定理.

定理 1.3　n 阶行列式又可表示为

$$\begin{vmatrix} a_{11} & a_{12} & \cdots & a_{1n} \\ a_{21} & a_{22} & \cdots & a_{2n} \\ \vdots & \vdots & & \vdots \\ a_{n1} & a_{n2} & \cdots & a_{nn} \end{vmatrix}=\sum_{i_1i_2\cdots i_n}(-1)^{\tau(i_1i_2\cdots i_n)}a_{i_11}a_{i_22}\cdots a_{i_nn} \tag{1.10}$$

式(1.10) 称为 n 阶行列式按列标自然排列的展开式.

证　对于行列式的一般项(行标为自然排列)

$$(-1)^{\tau(j_1\cdots j_s\cdots j_t\cdots j_n)}a_{1j_1}\cdots a_{sj_s}\cdots a_{tj_t}\cdots a_{nj_n}$$

其中，$\tau(j_1\cdots j_s\cdots j_t\cdots j_n)=\tau(1\cdots s\cdots t\cdots n)+\tau(j_1\cdots j_s\cdots j_t\cdots j_n)$，若对换 a_{sj_s} 与 a_{tj_t}

的位置，则行标排列和列标排列各做了一次对换，故新行标排列和新列标排列的逆序数的奇偶性都发生了改变，但两排列逆序数之和的奇偶性不变. 因此，经过若干次对换后，行标排列和列标排列逆序数之和的奇偶性也不变，即当列标排列 $j_1 j_2 \cdots j_n$ 变成自然排列，行标排列相应变成某个排列 $i_1 i_2 \cdots i_n$ 时，有

$$(-1)^{\tau(12\cdots n)+\tau(j_1 j_2 \cdots j_n)}=(-1)^{\tau(i_1 i_2 \cdots i_n)+\tau(12\cdots n)}$$

即

$$(-1)^{\tau(j_1 j_2 \cdots j_n)}=(-1)^{\tau(i_1 i_2 \cdots i_n)}$$

此时 $(-1)^{\tau(j_1 j_2 \cdots j_n)} a_{1j_1} a_{2j_2} \cdots a_{nj_n}=(-1)^{\tau(i_1 i_2 \cdots i_n)} a_{i_1 1} a_{i_2 2} \cdots a_{i_n n}$，得证.

更一般地，n 阶行列式的一般项也可以写成

$$(-1)^{\tau(i_1 i_2 \cdots i_n)+\tau(j_1 j_2 \cdots j_n)} a_{i_1 j_1} a_{i_2 j_2} \cdots a_{i_n j_n}$$

其中，$i_1 i_2 \cdots i_n$ 及 $j_1 j_2 \cdots j_n$ 都是 n 级排列.

例 1.4　计算 n 阶行列式

$$D=\begin{vmatrix} a_{11} & a_{12} & \cdots & a_{1,n-1} & a_{1n} \\ a_{21} & a_{22} & \cdots & a_{2,n-1} & 0 \\ \vdots & \vdots & & \vdots & \vdots \\ a_{n-1,1} & a_{n-1,2} & \cdots & 0 & 0 \\ a_{n1} & 0 & \cdots & 0 & 0 \end{vmatrix}$$

解　根据式(1.10)，行列式中的一般项只有当 $i_1=n$，$i_2=n-1$，$\cdots$，$i_{n-1}=2$，$i_n=1$ 时，才可能不等于零，所以

$$D=(-1)^{\tau(n\cdots 21)} a_{n1} a_{n-1,2} \cdots a_{1n}=(-1)^{\frac{n(n-1)}{2}} a_{n1} a_{n-1,2} \cdots a_{1n}$$

小贴士

注意，在以后的行列式计算中，例 1.3、例 1.4 常作为重要结果直接应用.

第三节　行列式的性质

利用行列式的定义计算较高阶的行列式时，其计算量是相当大的，因此为了简化行列式的计算，有必要研究行列式的性质.

将行列式 D 的行、列互换后得到的行列式称为行列式 D 的转置行列式，简称转置，记作 D^{T}.

性质 1.1　行列式转置，其值不变，即 $D=D^{\mathrm{T}}$.

证　若将行列式 D 及其转置 D^{T} 分别记为

$$D=\begin{vmatrix} a_{11} & a_{12} & \cdots & a_{1n} \\ a_{21} & a_{22} & \cdots & a_{2n} \\ \vdots & \vdots & & \vdots \\ a_{n1} & a_{n2} & \cdots & a_{nn} \end{vmatrix}, \quad D^{\mathrm{T}}=\begin{vmatrix} b_{11} & b_{12} & \cdots & b_{1n} \\ b_{21} & b_{22} & \cdots & b_{2n} \\ \vdots & \vdots & & \vdots \\ b_{n1} & b_{n2} & \cdots & b_{nn} \end{vmatrix}$$

根据转置的定义，有 $a_{ij}=b_{ji}(i,\ j=1,\ 2,\ \cdots,\ n)$. 因此，将 D^{T} 按行标自然排列展开，得

$$\begin{aligned} D^{\mathrm{T}} &= \sum_{j_1 j_2 \cdots j_n} (-1)^{\tau(j_1 j_2 \cdots j_n)} b_{1j_1} b_{2j_2} \cdots b_{nj_n} \\ &= \sum_{j_1 j_2 \cdots j_n} (-1)^{\tau(j_1 j_2 \cdots j_n)} a_{j_1 1} a_{j_2 2} \cdots a_{j_n n} \end{aligned}$$

此即为行列式 D 按列标自然排列的展开式，所以 $D=D^{\mathrm{T}}$.

性质1.1表明，行列式中行和列的地位是相同的，因此对于行成立的性质，对于列也一定成立.

性质 1.2 互换行列式 D 的某两行(列) 的位置，行列式的值变号.

证 若将行列式 D 及互换 D 的第 s 行、第 t 行后得到的新行列式分别记为

$$D=\begin{vmatrix} a_{11} & a_{12} & \cdots & a_{1n} \\ \vdots & \vdots & & \vdots \\ a_{s1} & a_{s2} & \cdots & a_{sn} \\ \vdots & \vdots & & \vdots \\ a_{t1} & a_{t2} & \cdots & a_{tn} \\ \vdots & \vdots & & \vdots \\ a_{n1} & a_{n2} & \cdots & a_{nn} \end{vmatrix}, \quad D_1=\begin{vmatrix} b_{11} & b_{12} & \cdots & b_{1n} \\ \vdots & \vdots & & \vdots \\ b_{s1} & b_{s2} & \cdots & b_{sn} \\ \vdots & \vdots & & \vdots \\ b_{t1} & b_{t2} & \cdots & b_{tn} \\ \vdots & \vdots & & \vdots \\ b_{n1} & b_{n2} & \cdots & b_{nn} \end{vmatrix}=\begin{vmatrix} a_{11} & a_{12} & \cdots & a_{1n} \\ \vdots & \vdots & & \vdots \\ a_{t1} & a_{t2} & \cdots & a_{tn} \\ \vdots & \vdots & & \vdots \\ a_{s1} & a_{s2} & \cdots & a_{sn} \\ \vdots & \vdots & & \vdots \\ a_{n1} & a_{n2} & \cdots & a_{nn} \end{vmatrix}$$

则根据行列式定义，有

$$\begin{aligned} D_1 &= \sum_{j_1 \cdots j_s \cdots j_t \cdots j_n} (-1)^{\tau(j_1 \cdots j_s \cdots j_t \cdots j_n)} b_{1j_1} \cdots b_{sj_s} \cdots b_{tj_t} \cdots b_{nj_n} \\ &= \sum_{j_1 \cdots j_s \cdots j_t \cdots j_n} (-1)^{\tau(j_1 \cdots j_s \cdots j_t \cdots j_n)} a_{1j_1} \cdots a_{tj_s} \cdots a_{sj_t} \cdots a_{nj_n} \\ &= -\sum_{j_1 \cdots j_t \cdots j_s \cdots j_n} (-1)^{\tau(j_1 \cdots j_t \cdots j_s \cdots j_n)} a_{1j_1} \cdots a_{sj_t} \cdots a_{tj_s} \cdots a_{nj_n} \\ &= -D \end{aligned}$$

推论 1 若行列式有两行(列) 完全相同，则此行列式等于零.

显然，将完全相同的两行互换，则 $D=-D$，故 $D=0$.

性质 1.3 行列式中某一行(列) 的公因子，可以提到行列式符号的前面，即

$$\begin{vmatrix} a_{11} & a_{12} & \cdots & a_{1n} \\ \vdots & \vdots & & \vdots \\ ka_{i1} & ka_{i2} & \cdots & ka_{in} \\ \vdots & \vdots & & \vdots \\ a_{n1} & a_{n2} & \cdots & a_{nn} \end{vmatrix} = k\begin{vmatrix} a_{11} & a_{12} & \cdots & a_{1n} \\ \vdots & \vdots & & \vdots \\ a_{i1} & a_{i2} & \cdots & a_{in} \\ \vdots & \vdots & & \vdots \\ a_{n1} & a_{n2} & \cdots & a_{nn} \end{vmatrix}$$

证　左端$=\sum\limits_{j_1j_2\cdots j_n}(-1)^{\tau(j_1j_2\cdots j_n)}a_{1j_1}\cdots(ka_{ij_i})\cdots a_{nj_n}$

$=k\sum\limits_{j_1j_2\cdots j_n}(-1)^{\tau(j_1j_2\cdots j_n)}a_{1j_1}\cdots a_{ij_i}\cdots a_{nj_n}=$右端

推论 2　行列式的某一行(列)中所有元素都乘数 k 等于用数 k 乘此行列式.

推论 3　若行列式的某一行(列)中所有元素全为零，则此行列式等于零.

推论 4　若行列式的某两行(列)的对应元素成比例，则此行列式等于零.

性质 1.4　若行列式的某一行(列)中所有元素都是两个元素的和，则此行列式等于两个行列式的和，即

$$\begin{vmatrix} a_{11} & a_{12} & \cdots & a_{1n} \\ \vdots & \vdots & & \vdots \\ a_{i1}+b_{i1} & a_{i2}+b_{i2} & \cdots & a_{in}+b_{in} \\ \vdots & \vdots & & \vdots \\ a_{n1} & a_{n2} & \cdots & a_{nn} \end{vmatrix} = \begin{vmatrix} a_{11} & a_{12} & \cdots & a_{1n} \\ \vdots & \vdots & & \vdots \\ a_{i1} & a_{i2} & \cdots & a_{in} \\ \vdots & \vdots & & \vdots \\ a_{n1} & a_{n2} & \cdots & a_{nn} \end{vmatrix} + \begin{vmatrix} a_{11} & a_{12} & \cdots & a_{1n} \\ \vdots & \vdots & & \vdots \\ b_{i1} & b_{i2} & \cdots & b_{in} \\ \vdots & \vdots & & \vdots \\ a_{n1} & a_{n2} & \cdots & a_{nn} \end{vmatrix}$$

证　左端$=\sum\limits_{j_1j_2\cdots j_n}(-1)^{\tau(j_1j_2\cdots j_n)}a_{1j_1}\cdots(a_{ij_i}+b_{ij_i})\cdots a_{nj_1}$

$=\sum\limits_{j_1j_2\cdots j_n}(-1)^{\tau(j_1j_2\cdots j_n)}a_{1j_1}\cdots a_{ij_i}\cdots a_{nj_n}+\sum\limits_{j_1j_2\cdots j_n}(-1)^{\tau(j_1j_2\cdots j_n)}a_{1j_1}\cdots b_{ij_i}\cdots a_{nj_n}$

$=$右端

性质 1.5　将行列式的某一行(列)所有元素乘数 k 加到另一行(列)的对应元素上，行列式的值不变，即

$$\begin{vmatrix} a_{11} & a_{12} & \cdots & a_{1n} \\ \vdots & \vdots & & \vdots \\ a_{i1} & a_{i2} & \cdots & a_{in} \\ \vdots & \vdots & & \vdots \\ a_{j1} & a_{j2} & \cdots & a_{jn} \\ \vdots & \vdots & & \vdots \\ a_{n1} & a_{n2} & \cdots & a_{nn} \end{vmatrix} = \begin{vmatrix} a_{11} & a_{12} & \cdots & a_{1n} \\ \vdots & \vdots & & \vdots \\ a_{i1} & a_{i2} & \cdots & a_{in} \\ \vdots & \vdots & & \vdots \\ a_{j1}+ka_{i1} & a_{j2}+ka_{i2} & \cdots & a_{jn}+ka_{in} \\ \vdots & \vdots & & \vdots \\ a_{n1} & a_{n2} & \cdots & a_{nn} \end{vmatrix}$$

证　利用性质 1.4 及推论 4 即可得证.

小贴士

为便于计算，互换行列式 D 的 i、j 两行（或两列），记作 $r_i \leftrightarrow r_j$（或 $c_i \leftrightarrow c_j$）；第 i 行（或列）提出公因子 k，记作 $r_i \div k$（或 $c_i \div k$）；第 i 行（或列）乘数 k，记作 kr_i（或 kc_i）；以数 k 乘第 i 行（或列）加到第 j 行（或列），记作 $r_j + kr_i$（或 $c_j + kc_i$）.

利用行列式的性质，可以简化行列式的计算，特别是利用性质 1.5，可以把行列式中许多元素化为 0. 计算行列式的一种基本方法就是利用性质 1.5 将行列式化为上（下）三角形行列式或对角形行列式，从而算得行列式的值.

例 1.5 计算行列式

$$D=\begin{vmatrix} 2 & 1 & -5 & 1 \\ 1 & -3 & 0 & -6 \\ 0 & 2 & -1 & 2 \\ 1 & 4 & -7 & 6 \end{vmatrix}$$

解 利用行列式性质，将行列式化为上三角形行列式.

先互换行列式的第 1、2 两行，同时提取第 3 列的公因子 -1，再利用行列式性质 1.5，得

$$D \xlongequal[c_3 \div (-1)]{r_1 \leftrightarrow r_2} \begin{vmatrix} 1 & -3 & 0 & -6 \\ 2 & 1 & 5 & 1 \\ 0 & 2 & 1 & 2 \\ 1 & 4 & 7 & 6 \end{vmatrix} \xlongequal[r_4 - r_1]{r_2 - 2r_1} \begin{vmatrix} 1 & -3 & 0 & -6 \\ 0 & 7 & 5 & 13 \\ 0 & 2 & 1 & 2 \\ 0 & 7 & 7 & 12 \end{vmatrix}$$

$$\xlongequal[r_4 - r_2]{r_3 - \frac{2}{7}r_2} \begin{vmatrix} 1 & -3 & 0 & -6 \\ 0 & 7 & 5 & 13 \\ 0 & 0 & -\frac{3}{7} & -\frac{12}{7} \\ 0 & 0 & 2 & -1 \end{vmatrix} \xlongequal{r_3 \div \left(-\frac{3}{7}\right)} -\frac{3}{7}\begin{vmatrix} 1 & -3 & 0 & -6 \\ 0 & 7 & 5 & 13 \\ 0 & 0 & 1 & 4 \\ 0 & 0 & 2 & -1 \end{vmatrix}$$

$$\xlongequal{r_4 - 2r_3} -\frac{3}{7}\begin{vmatrix} 1 & -3 & 0 & -6 \\ 0 & 7 & 5 & 13 \\ 0 & 0 & 1 & 4 \\ 0 & 0 & 0 & -9 \end{vmatrix} = 27$$

例 1.6　解方程

$$D_n=\begin{vmatrix} x & a & \cdots & a \\ a & x & \cdots & a \\ \vdots & \vdots & & \vdots \\ a & a & \cdots & x \end{vmatrix}=0$$

解　由于方程左端的行列式D_n的每一行各元素之和均为$x+(n-1)a$，因此将第 2，3，…，n 列加到第 1 列后，第 1 列各元素均为$x+(n-1)a$；再将第 1 列的公因子提出，第1列各元素均变为1；最后将第1行乘-1加到其他各行上去，则行列式变成上三角形，即

$$D_n=\begin{vmatrix} x+(n-1)a & a & \cdots & a \\ x+(n-1)a & x & \cdots & a \\ \vdots & \vdots & & \vdots \\ x+(n-1)a & a & \cdots & x \end{vmatrix}$$

$$=[x+(n-1)a]\begin{vmatrix} 1 & a & \cdots & a \\ 1 & x & \cdots & a \\ \vdots & \vdots & & \vdots \\ 1 & a & \cdots & x \end{vmatrix}$$

$$=[x+(n-1)a]\begin{vmatrix} 1 & a & \cdots & a \\ 0 & x-a & \cdots & 0 \\ \vdots & \vdots & & \vdots \\ 0 & 0 & \cdots & x-a \end{vmatrix}$$

$$=[x+(n-1)a](x-a)^{n-1}$$

解方程，得 $x=-(n-1)a$ 或$x=a$($n-1$ 重根).

例 1.7　计算行列式

$$D=\begin{vmatrix} a_0 & 1 & 1 & \cdots & 1 \\ 1 & a_1 & 0 & \cdots & 0 \\ 1 & 0 & a_2 & \cdots & 0 \\ \vdots & \vdots & \vdots & & \vdots \\ 1 & 0 & 0 & \cdots & a_n \end{vmatrix}\quad(a_i\neq 0，i=1，2，\cdots，n)$$

解　这是一种特殊类型行列式，通常可根据性质 1.5，化为三角形行列式.

第 $2\sim n+1$ 列分别乘$-\dfrac{1}{a_1}$，$-\dfrac{1}{a_2}$，…，$-\dfrac{1}{a_n}$加到第 1 列上去，则该行列式变为上三角形行列式，即

$$D=\begin{vmatrix} a_0-\sum_{i=1}^{n}\frac{1}{a_i} & 1 & 1 & \cdots & 1 \\ 0 & a_1 & 0 & \cdots & 0 \\ 0 & 0 & a_2 & \cdots & 0 \\ \vdots & \vdots & \vdots & & \vdots \\ 0 & 0 & 0 & \cdots & a_n \end{vmatrix}$$

$$=a_1a_2\cdots a_n\left(a_0-\sum_{i=1}^{n}\frac{1}{a_i}\right)$$

小贴士

上述各例都是利用行列式性质，将行列式化为三角形行列式. 实际上，用归纳法可以证明，任意 n 阶行列式利用性质 1.5 都可化为上三角形(或下三角形)行列式，从而得出行列式的值.

例 1.8 设行列式

$$D=\begin{vmatrix} a_{11} & a_{12} & \cdots & a_{1n} & 0 & 0 & \cdots & 0 \\ a_{21} & a_{22} & \cdots & a_{2n} & 0 & 0 & \cdots & 0 \\ \vdots & \vdots & & \vdots & \vdots & \vdots & & \vdots \\ a_{n1} & a_{n2} & \cdots & a_{nn} & 0 & 0 & \cdots & 0 \\ b_{11} & b_{12} & \cdots & b_{1n} & c_{11} & c_{12} & \cdots & c_{1m} \\ b_{21} & b_{22} & \cdots & b_{2n} & c_{21} & c_{22} & \cdots & c_{2m} \\ \vdots & \vdots & & \vdots & \vdots & \vdots & & \vdots \\ b_{m1} & b_{m2} & \cdots & b_{mn} & c_{m1} & c_{m2} & \cdots & c_{mm} \end{vmatrix}$$

$$D_1=\begin{vmatrix} a_{11} & a_{12} & \cdots & a_{1n} \\ a_{21} & a_{22} & \cdots & a_{2n} \\ \vdots & \vdots & & \vdots \\ a_{n1} & a_{n2} & \cdots & a_{nn} \end{vmatrix},\quad D_2=\begin{vmatrix} c_{11} & c_{12} & \cdots & c_{1m} \\ c_{21} & c_{22} & \cdots & c_{2m} \\ \vdots & \vdots & & \vdots \\ c_{m1} & c_{m2} & \cdots & c_{mm} \end{vmatrix}$$

证明：$D=D_1D_2$.

证 对行列式 D 的前 n 行多次运用行列式性质 1.5(就是对行列式 D_1 多次运用行列式性质 r_j+kr_i)，使行列式 D_1 变成下三角形行列式，设为

$$D_1=\begin{vmatrix} p_{11} & 0 & \cdots & 0 \\ p_{21} & p_{22} & \cdots & 0 \\ \vdots & \vdots & & \vdots \\ p_{n1} & p_{n2} & \cdots & p_{nn} \end{vmatrix}=p_{11}p_{22}\cdots p_{nn}$$

再对行列式 D 的后 m 列多次运用行列式性质1.5(就是对行列式 D_2 多次运用行列式性质 c_j+kc_i)，使行列式 D_2 变成下三角形行列式，设为

$$D_2=\begin{vmatrix} q_{11} & 0 & \cdots & 0 \\ q_{21} & q_{22} & \cdots & 0 \\ \vdots & \vdots & & \vdots \\ q_{m1} & q_{m2} & \cdots & q_{mm} \end{vmatrix}=q_{11}q_{22}\cdots q_{mm}$$

则行列式 D 化为下三角形行列式

$$D=\begin{vmatrix} p_{11} & 0 & \cdots & 0 & 0 & 0 & \cdots & 0 \\ p_{21} & p_{22} & \cdots & 0 & 0 & 0 & \cdots & 0 \\ \vdots & \vdots & & \vdots & \vdots & \vdots & & \vdots \\ p_{n1} & p_{n2} & \cdots & p_{nn} & 0 & 0 & \cdots & 0 \\ b_{11} & b_{12} & \cdots & b_{1n} & q_{11} & 0 & \cdots & 0 \\ b_{21} & b_{22} & \cdots & b_{2n} & q_{21} & 0 & \cdots & 0 \\ \vdots & \vdots & & \vdots & \vdots & \vdots & & \vdots \\ b_{m1} & b_{m2} & \cdots & b_{mn} & q_{m1} & q_{m2} & \cdots & q_{mm} \end{vmatrix}$$

故 $D=p_{11}p_{22}\cdots p_{nn}q_{11}q_{22}\cdots q_{mm}=D_1D_2$.

第四节　行列式按行(列)展开

一、行列式按某一行(列)展开

一般来说，低阶行列式的计算比高阶行列式的计算要简单，所以考虑用低阶行列式来表示高阶行列式．为此，先引入余子式和代数余子式的概念.

定义1.5　在 n 阶行列式 D_n 中，划掉元素 a_{ij} 所在的行与列中的所有元素，余下的元素按原来的顺序构成的 $n-1$ 阶行列式称为元素 a_{ij} 的余子式，记作 M_{ij}；称 $(-1)^{i+j}M_{ij}$ 为元素 a_{ij} 的代数余子式，记作 A_{ij}.

例如，在行列式

$$D_4=\begin{vmatrix} 3 & 1 & -1 & 2 \\ -5 & 1 & 3 & -4 \\ 2 & 0 & 1 & -1 \\ 1 & -5 & 3 & -3 \end{vmatrix}$$

中，元素 a_{23} 的余子式和代数余子式分别为

$$M_{23}=\begin{vmatrix}3 & 1 & 2\\ 2 & 0 & -1\\ 1 & -5 & -3\end{vmatrix}=-30,\quad A_{23}=(-1)^{2+3}\begin{vmatrix}3 & 1 & 2\\ 2 & 0 & -1\\ 1 & -5 & -3\end{vmatrix}=30$$

定理1.4(行列式按行(列)展开定理)　n 阶行列式 D 等于其任意一行(列)中各元素与其对应的代数余子式乘积之和，即

$$D=a_{i1}A_{i1}+a_{i2}A_{i2}+\cdots+a_{in}A_{in}\quad(i=1,\ 2,\ \cdots,\ n)\tag{1.11}$$

或

$$D=a_{1j}A_{1j}+a_{2j}A_{2j}+\cdots+a_{nj}A_{nj}\quad(j=1,\ 2,\ \cdots,\ n)\tag{1.12}$$

证　现就式(1.11)加以证明，同理可证式(1.12).

① 首先证明 D 中第 n 行的元素除 $a_{nn}\neq 0$ 外，其余元素全为零的情形，即

$$D=\begin{vmatrix}a_{11} & a_{12} & \cdots & a_{1,n-1} & a_{1n}\\ a_{21} & a_{22} & \cdots & a_{2,n-1} & a_{2n}\\ \vdots & \vdots & & \vdots & \vdots\\ a_{n-1,1} & a_{n-1,2} & \cdots & a_{n-1,n-1} & a_{n-1,n}\\ 0 & 0 & \cdots & 0 & a_{nn}\end{vmatrix}$$

根据行列式的定义，D 的每一项都必须含有第 n 行的元素，而第 n 行中只有 $a_{nn}\neq 0$，所以

$$\begin{aligned}D&=\sum_{j_1j_2\cdots j_n}(-1)^{\tau(j_1j_2\cdots j_n)}a_{1j_1}a_{2j_2}\cdots a_{n-1,\ j_{n-1}}a_{nn}\\ &=a_{nn}\sum_{j_1j_2\cdots j_{n-1}}(-1)^{\tau(j_1j_2\cdots j_{n-1})}a_{1j_1}a_{2j_2}\cdots a_{n-1,\ j_{n-1}}\\ &=a_{nn}M_{nn}=a_{nn}A_{nn}\end{aligned}$$

② 其次，证明 D 中第 i 行的元素除 $a_{ij}\neq 0$(i、j 不同时为 n)外，其余元素全为零的情形，即

$$D=\begin{vmatrix}a_{11} & \cdots & a_{1,j-1} & a_{1j} & a_{1,j+1} & \cdots & a_{1n}\\ \vdots & & \vdots & \vdots & \vdots & & \vdots\\ a_{i-1,1} & \cdots & a_{i-1,j-1} & a_{i-1,j} & a_{i-1,j+1} & \cdots & a_{i-1,n}\\ 0 & \cdots & 0 & a_{ij} & 0 & \cdots & 0\\ a_{i+1,1} & \cdots & a_{i+1,j-1} & a_{i+1,j} & a_{i+1,j+1} & \cdots & a_{i+1,n}\\ \vdots & & \vdots & \vdots & \vdots & & \vdots\\ a_{n1} & \cdots & a_{n,j-1} & a_{nj} & a_{n,j+1} & \cdots & a_{nn}\end{vmatrix}$$

将 D 中的第 i 行依次与第 $i+1$，$i+2$，…，n 行互换，再将第 j 列依次与第 $j+1$，$j+2$，…，n 列互换，共经过 $(n-i)+(n-j)=2n-(i+j)$ 次的行互换和列互换，得

$$D=(-1)^{2n-(i+j)}\begin{vmatrix} a_{11} & \cdots & a_{1,j-1} & a_{1,j+1} & \cdots & a_{1n} & a_{1j} \\ \vdots & & \vdots & \vdots & & \vdots & \vdots \\ a_{i-1,1} & \cdots & a_{i-1,j-1} & a_{i-1,j+1} & \cdots & a_{i-1,n} & a_{i-1,j} \\ a_{i+1,1} & \cdots & a_{i+1,j-1} & a_{i+1,j+1} & \cdots & a_{i+1,n} & a_{i+1,j} \\ \vdots & & \vdots & \vdots & & \vdots & \vdots \\ a_{n1} & \cdots & a_{n,j-1} & a_{n,j+1} & \cdots & a_{nn} & a_{nj} \\ 0 & \cdots & 0 & 0 & \cdots & 0 & a_{ij} \end{vmatrix}$$

所以根据上述①的结论，有

$$D=(-1)^{i+j}a_{ij}M_{ij}=a_{ij}A_{ij}$$

③ 最后证明一般情形. 利用行列式性质 1.4，行列式 D 可写成如下形式：

$$D=\begin{vmatrix} a_{11} & a_{12} & \cdots & a_{1n} \\ \vdots & \vdots & & \vdots \\ a_{i1}+0+\cdots+0 & 0+a_{i2}+\cdots+0 & \cdots & 0+\cdots+0+a_{in} \\ \vdots & \vdots & & \vdots \\ a_{n1} & a_{n2} & \cdots & a_{nn} \end{vmatrix}$$

$$=\begin{vmatrix} a_{11} & a_{12} & \cdots & a_{1n} \\ \vdots & \vdots & & \vdots \\ a_{i1} & 0 & \cdots & 0 \\ \vdots & \vdots & & \vdots \\ a_{n1} & a_{n2} & \cdots & a_{nn} \end{vmatrix}+\begin{vmatrix} a_{11} & a_{12} & \cdots & a_{1n} \\ \vdots & \vdots & & \vdots \\ 0 & a_{i2} & \cdots & 0 \\ \vdots & \vdots & & \vdots \\ a_{n1} & a_{n2} & \cdots & a_{nn} \end{vmatrix}+\cdots+\begin{vmatrix} a_{11} & a_{12} & \cdots & a_{1n} \\ \vdots & \vdots & & \vdots \\ 0 & 0 & \cdots & a_{in} \\ \vdots & \vdots & & \vdots \\ a_{n1} & a_{n2} & \cdots & a_{nn} \end{vmatrix}$$

根据上述②的结论，有

$$D=a_{i1}A_{i1}+a_{i2}A_{i2}+\cdots+a_{in}A_{in},\quad i=1,2,\cdots,n$$

推论 n 阶行列式 D 的任意一行(列)中各元素与另一行(列)对应元素的代数余子式的乘积之和等于零，即

$$a_{i1}A_{s1}+a_{i2}A_{s2}+\cdots+a_{in}A_{sn}=0 \quad (i\neq s) \tag{1.13}$$

或

$$a_{1j}A_{1t}+a_{2j}A_{2t}+\cdots+a_{nj}A_{nt}=0 \quad (j\neq t) \tag{1.14}$$

证 现仅证式(1.13)，同理可证式(1.14).

将 n 阶行列式 D 的第 s 行各元素换为第 i 行($i\neq s$)的对应元素，得到一个新行列式 D_1. D_1 中有两行元素完全相同，因此 $D_1=0$. 将 D_1 按第 s 行展开，得

$$D_1=a_{i1}A_{s1}+a_{i2}A_{s2}+\cdots+a_{in}A_{sn}=0 \quad (i\neq s)$$

式(1.13)得证.

综合定理 1.4 及其推论，得

$$a_{i1}A_{s1}+a_{i2}A_{s2}+\cdots+a_{in}A_{sn}=\begin{cases}D, & i=s\\ 0, & i\neq s\end{cases}$$

或

$$a_{1j}A_{1t}+a_{2j}A_{2t}+\cdots+a_{nj}A_{nt}=\begin{cases}D, & j=t\\ 0, & j\neq t\end{cases}$$

小贴士

一般情况下，直接应用展开定理不一定能简化计算，只有在行列式中某一行(列)含有较多的零时，才能简化计算. 但如果能利用行列式的性质先将行列式的某一行(列)化为仅含一个非零元素的形式，再按此行(列)展开，则会使计算大大简化.

例 1.9 计算行列式

$$D=\begin{vmatrix}3 & 1 & -1 & 2\\ -5 & 1 & 3 & -4\\ 2 & 0 & 1 & -1\\ 1 & -5 & 3 & -3\end{vmatrix}$$

解 利用行列式性质将行列式 D 的第 2 列化为仅含一个非零元素，再按第 2 列展开，于是

$$D\xlongequal[r_4+5r_1]{r_2-r_1}\begin{vmatrix}3 & 1 & -1 & 2\\ -8 & 0 & 4 & -6\\ 2 & 0 & 1 & -1\\ 16 & 0 & -2 & 7\end{vmatrix}=(-1)^{1+2}\begin{vmatrix}-8 & 4 & -6\\ 2 & 1 & -1\\ 16 & -2 & 7\end{vmatrix}$$

$$\xlongequal[r_3+2r_2]{r_1-4r_2}-\begin{vmatrix}-16 & 0 & -2\\ 2 & 1 & -1\\ 20 & 0 & 5\end{vmatrix}\text{(按第 2 列展开)}$$

$$=-(-1)^{2+2}\begin{vmatrix}-16 & -2\\ 20 & 5\end{vmatrix}=40$$

例 1.10 设行列式

$$D=\begin{vmatrix}1 & 0 & 1 & 2\\ -1 & 1 & 0 & 3\\ 1 & 1 & 1 & 0\\ -1 & 2 & 5 & 4\end{vmatrix}$$

求：(1) $A_{41}+A_{42}+A_{43}+A_{44}$；(2) $M_{41}+M_{42}+M_{43}+M_{44}$；(3) $A_{11}+2A_{21}+A_{31}$.

解 该题可直接计算各代数余子式或余子式，但计算量较大. 若能巧妙利用定理 1.4，则可极大简化计算过程.

(1) $A_{41}+A_{42}+A_{43}+A_{44}$ 可理解成行列式 D 的第 4 行各元素分别换成 1、1、1、1 后的新行列式按第 4 行的展开式，故

$$A_{41}+A_{42}+A_{43}+A_{44}=\begin{vmatrix}1&0&1&2\\-1&1&0&3\\1&1&1&0\\1&1&1&1\end{vmatrix}=-1$$

(2) 由(1) 可得

$$\begin{aligned}M_{41}+M_{42}+M_{43}+M_{44}&=-A_{41}+A_{42}-A_{43}+A_{44}\\&=\begin{vmatrix}1&0&1&2\\-1&1&0&3\\1&1&1&0\\-1&1&-1&1\end{vmatrix}=-5\end{aligned}$$

(3) $A_{11}+2A_{21}+A_{31}$ 可理解成行列式 D 的第 1 列各元素分别换成 1、2、1、0 后的新行列式按第 1 列的展开式，故

$$A_{11}+2A_{21}+A_{31}=\begin{vmatrix}1&0&1&2\\2&1&0&3\\1&1&1&0\\0&2&5&4\end{vmatrix}=21$$

例 1.11 计算行列式

$$D_5=\begin{vmatrix}2&-1&0&0&0\\-1&2&-1&0&0\\0&-1&2&-1&0\\0&0&-1&2&-1\\0&0&0&-1&2\end{vmatrix}$$

解 将行列式的第 2 ～ 5 行都加到第 1 行，再将所得行列式按第 1 行展开，得

$$D_5=\begin{vmatrix}1&0&0&0&1\\-1&2&-1&0&0\\0&-1&2&-1&0\\0&0&-1&2&-1\\0&0&0&-1&2\end{vmatrix}=D_4+1$$

一般地，有 $D_n=D_{n-1}+1(n\geqslant 3)$，所以

$$D_5=D_4+1=D_3+2=D_2+3$$

而 $D_2=3$，故 $D_5=6$.

例 1.12 计算 $2n$ 阶行列式

$$D_{2n}=\begin{vmatrix} a & & & & & & & b \\ & a & & & & & b & \\ & & \ddots & & & \iddots & & \\ & & & a & b & & & \\ & & & c & d & & & \\ & & \iddots & & & \ddots & & \\ & c & & & & & d & \\ c & & & & & & & d \end{vmatrix}$$（除两条对角线外，其余元素均为 0）

解 将行列式按第 1 行展开，得

$$D_{2n}=a\begin{vmatrix} a & & & & & b & 0 \\ & \ddots & & & \iddots & & \vdots \\ & & a & b & & & 0 \\ & & c & d & & & 0 \\ & \iddots & & & \ddots & & \vdots \\ c & & & & & d & 0 \\ 0 & \cdots & 0 & 0 & \cdots & 0 & d \end{vmatrix}+(-1)^{2n+1}b\begin{vmatrix} 0 & a & & & & & b \\ \vdots & & \ddots & & & \iddots & \\ 0 & & & a & b & & \\ 0 & & & c & d & & \\ \vdots & & \iddots & & & \ddots & \\ 0 & c & & & & & d \\ c & 0 & \cdots & 0 & 0 & \cdots & 0 \end{vmatrix}$$

$$=adD_{2(n-1)}-bcD_{2(n-1)}=(ad-bc)D_{2(n-1)}$$

以此作为递推公式，可得

$$D_{2n}=(ad-bc)^2D_{2(n-2)}=\cdots=(ad-bc)^{n-1}D_2=(ad-bc)^n$$

例 1.13 证明范德蒙德(Vandermonde)行列式

$$D_n=\begin{vmatrix} 1 & 1 & 1 & \cdots & 1 \\ x_1 & x_2 & x_3 & \cdots & x_n \\ x_1^2 & x_2^2 & x_3^2 & \cdots & x_n^2 \\ \vdots & \vdots & \vdots & & \vdots \\ x_1^{n-1} & x_2^{n-1} & x_3^{n-1} & \cdots & x_n^{n-1} \end{vmatrix}=\prod_{1\leqslant j<i\leqslant n}(x_i-x_j)$$

证 用数学归纳法. 当 $n=2$ 时，有

$$D_2=\begin{vmatrix} 1 & 1 \\ x_1 & x_2 \end{vmatrix}=x_2-x_1$$

结论显然成立.

小贴士

假设对 $n-1$ 阶范德蒙德行列式结论成立，现在证明对 n 阶范德蒙德行列式结论也成立.

对于 D_n，自下而上将第 i 行的 $-x_n$ 倍加到第 $i+1$ 行上去（$i=n-1, n-2, \cdots, 1$），再按第 n 列展开，最后提出每一列的公因子并利用假设条件，有

$$D_n=\begin{vmatrix} 1 & 1 & 1 & \cdots & 1 & 1 \\ x_1-x_n & x_2-x_n & x_3-x_n & \cdots & x_{n-1}-x_n & 0 \\ x_1^2-x_1x_n & x_2^2-x_2x_n & x_3^2-x_3x_n & \cdots & x_{n-1}^2-x_{n-1}x_n & 0 \\ \vdots & \vdots & \vdots & & \vdots & \vdots \\ x_1^{n-2}-x_1^{n-3}x_n & x_2^{n-2}-x_2^{n-3}x_n & x_3^{n-2}-x_3^{n-3}x_n & \cdots & x_{n-1}^{n-2}-x_{n-1}^{n-3}x_n & 0 \\ x_1^{n-1}-x_1^{n-2}x_n & x_2^{n-1}-x_2^{n-2}x_n & x_3^{n-1}-x_3^{n-2}x_n & \cdots & x_{n-1}^{n-1}-x_{n-1}^{n-2}x_n & 0 \end{vmatrix}$$

$$=(-1)^{1+n}\begin{vmatrix} x_1-x_n & x_2-x_n & x_3-x_n & \cdots & x_{n-1}-x_n & 0 \\ x_1^2-x_1x_n & x_2^2-x_2x_n & x_3^2-x_3x_n & \cdots & x_{n-1}^2-x_{n-1}x_n & 0 \\ \vdots & \vdots & \vdots & & \vdots & \vdots \\ x_1^{n-2}-x_1^{n-3}x_n & x_2^{n-2}-x_2^{n-3}x_n & x_3^{n-2}-x_3^{n-3}x_n & \cdots & x_{n-1}^{n-2}-x_{n-1}^{n-3}x_n & 0 \\ x_1^{n-1}-x_1^{n-2}x_n & x_2^{n-1}-x_2^{n-2}x_n & x_3^{n-1}-x_3^{n-2}x_n & \cdots & x_{n-1}^{n-1}-x_{n-1}^{n-2}x_n & 0 \end{vmatrix}$$

$$=(-1)^{1+n}(x_1-x_n)(x_2-x_n)\cdots(x_{n-1}-x_n)\begin{vmatrix} 1 & 1 & 1 & \cdots & 1 \\ x_1 & x_2 & x_3 & \cdots & x_{n-1} \\ \vdots & \vdots & \vdots & & \vdots \\ x_1^{n-3} & x_2^{n-3} & x_3^{n-3} & \cdots & x_{n-1}^{n-3} \\ x_1^{n-2} & x_2^{n-2} & x_3^{n-2} & \cdots & x_{n-1}^{n-2} \end{vmatrix}$$

$$=(x_n-x_1)(x_n-x_2)\cdots(x_n-x_{n-1})\prod_{1\leqslant j<i\leqslant n-1}(x_i-x_j)=\prod_{1\leqslant j<i\leqslant n}(x_i-x_j)$$

结论得证.

上述例 1.11、例 1.12 中的递推法及例 1.13 中的归纳法是计算较高阶行列式的常用方法.

二、拉普拉斯定理

拉普拉斯(Laplace)展开定理可看成是定理 1.4 的推广. 首先把余子式和代数余子式的概念加以推广.

定义 1.6　在一个 n 阶行列式 D 中任取 k 行 k 列（$1\leqslant k\leqslant n$），由这些行和列交叉点处的 k^2 个元素按原来顺序构成的 k 阶行列式 M，称为行列式 D 的一个 k 阶子式. 在 D 中划掉这 k 行 k 列后余下的元素按原来顺序构成的 $n-k$ 阶行列式 M'，称为 k 阶

子式 M 的余子式. 若行列式 D 的 k 阶子式 M 在 D 中所在行、列分别为 i_1，i_2，…，i_k 及 j_1，j_2，…，j_k，则称 $(-1)^{(i_1+i_2\cdots+i_k)+(j_1+j_2+\cdots+j_k)}M'$ 为 k 阶子式 M 的代数余子式，记为 A.

例如，在行列式

$$D=\begin{vmatrix} a_{11} & a_{12} & a_{13} & a_{14} \\ a_{21} & a_{22} & a_{23} & a_{24} \\ a_{31} & a_{32} & a_{33} & a_{34} \\ a_{41} & a_{42} & a_{43} & a_{44} \end{vmatrix}$$

中，若选定第 1 行、第 3 行及第 2 列、第 3 列，可得一个二阶子式

$$M=\begin{vmatrix} a_{12} & a_{13} \\ a_{32} & a_{33} \end{vmatrix}$$

其余子式和代数余子式分别为

$$M'=\begin{vmatrix} a_{21} & a_{24} \\ a_{41} & a_{44} \end{vmatrix},\quad A=(-1)^{(1+3)+(2+3)}\begin{vmatrix} a_{21} & a_{24} \\ a_{41} & a_{44} \end{vmatrix}$$

定理 1.5(拉普拉斯展开定理)　在 n 阶行列式 D 中，若任意取定 k 行($1\leqslant k\leqslant n$)，则由这 k 行元素组成的所有 k 阶子式与其对应的代数余子式乘积之和等于行列式 D，即

$$D=M_1A_1+M_2A_2+\cdots+M_tA_t,\quad t=C_n^k=\frac{n!}{k!\ (n-k)!}$$

小贴士

在计算行列式时，常常是按一行或一列展开，但如果行列式中某些行或某些列含很多零，按这些行或这些列展开有时非常简便.

例 1.14　计算行列式

$$D=\begin{vmatrix} 5 & 6 & 0 & 0 & 0 \\ 1 & 5 & 6 & 0 & 0 \\ 0 & 1 & 5 & 6 & 0 \\ 0 & 0 & 1 & 5 & 6 \\ 0 & 0 & 0 & 1 & 5 \end{vmatrix}$$

解　取定第 1、2 两行，仅有 3 个非零的二阶子式，它们是

$$M_1=\begin{vmatrix} 5 & 6 \\ 1 & 5 \end{vmatrix}=19,\quad M_2=\begin{vmatrix} 5 & 0 \\ 1 & 6 \end{vmatrix}=30,\quad M_3=\begin{vmatrix} 6 & 0 \\ 5 & 6 \end{vmatrix}=36$$

它们对应的代数余子式分别为

$$A_1=(-1)^{(1+2)+(1+2)}\begin{vmatrix}5&6&0\\1&5&6\\0&1&5\end{vmatrix}=65$$

$$A_2=(-1)^{(1+2)+(1+3)}\begin{vmatrix}1&6&0\\0&5&6\\0&1&5\end{vmatrix}=-19$$

$$A_3=(-1)^{(1+2)+(2+3)}\begin{vmatrix}0&6&0\\0&5&6\\0&1&5\end{vmatrix}=0$$

所以根据定理 1.5，得

$$D=M_1A_1+M_2A_2+M_3A_3=665$$

再如例 1.8 和例 1.12，利用拉普拉斯展开定理计算也会非常简便.

第五节　克拉默法则

含有 n 个未知量、n 个线性方程的方程组

$$\begin{cases}a_{11}x_1+a_{12}x_2+\cdots+a_{1n}x_n=b_1\\a_{21}x_1+a_{22}x_2+\cdots+a_{2n}x_n=b_2\\\quad\vdots\\a_{n1}x_1+a_{n2}x_2+\cdots+a_{nn}x_n=b_n\end{cases}\tag{1.15}$$

与二元、三元线性方程组类似，它的解也可以用行列式表示.

定理 1.6(克拉默(Cramer) 法则)　若方程组(1.15) 的系数行列式满足

$$D=\begin{vmatrix}a_{11}&a_{12}&\cdots&a_{1n}\\a_{21}&a_{22}&\cdots&a_{2n}\\\vdots&\vdots&&\vdots\\a_{n1}&a_{n2}&\cdots&a_{nn}\end{vmatrix}\neq 0$$

则方程组(1.15) 有唯一解

$$x_j=\frac{D_j}{D}\quad(j=1,2,\cdots,n)\tag{1.16}$$

其中

$$D_j=\begin{vmatrix}a_{11}&\cdots&a_{1,j-1}&b_1&a_{1,j+1}&\cdots&a_{1n}\\a_{21}&\cdots&a_{2,j-1}&b_2&a_{2,j+1}&\cdots&a_{2n}\\\vdots&&\vdots&\vdots&\vdots&&\vdots\\a_{n1}&\cdots&a_{n,j-1}&b_n&a_{n,j+1}&\cdots&a_{nn}\end{vmatrix}$$

是把系数行列式 D 的第 j 列各元素依次换为方程组(1.15) 右端的常数项，其余元素不变而得到的行列式.

证 首先，证明当系数行列式 $D\neq 0$ 时，方程组(1.15) 有解. 这只需验证式(1.16) 是方程组(1.15) 的解，即证明

$$a_{i1}\frac{D_1}{D}+a_{i2}\frac{D_2}{D}+\cdots+a_{in}\frac{D_n}{D}=b_i\quad(i=1,\ 2,\ \cdots,\ n)\tag{1.17}$$

为此，考虑有两行相同的 $n+1$ 阶行列式

$$\begin{vmatrix} b_i & a_{i1} & \cdots & a_{ij} & \cdots & a_{in} \\ b_1 & a_{11} & \cdots & a_{1j} & \cdots & a_{1n} \\ b_2 & a_{21} & \cdots & a_{2j} & \cdots & a_{2n} \\ \vdots & \vdots & & \vdots & & \vdots \\ b_i & a_{i1} & \cdots & a_{ij} & \cdots & a_{in} \\ \vdots & \vdots & & \vdots & & \vdots \\ b_n & a_{n1} & \cdots & a_{nj} & \cdots & a_{nn} \end{vmatrix}\quad(i=1,\ 2,\ \cdots,\ n)$$

它的值为零. 将该行列式按第 1 行展开，由于第 1 行元素 a_{ij} 的代数余子式为

$$(-1)^{1+j+1}\begin{vmatrix} b_1 & a_{11} & \cdots & a_{1,j-1} & a_{1,j+1} & \cdots & a_{1n} \\ b_2 & a_{21} & \cdots & a_{2,j-1} & a_{2,j+1} & \cdots & a_{2n} \\ \vdots & \vdots & & \vdots & \vdots & & \vdots \\ b_n & a_{n1} & \cdots & a_{n,j-1} & a_{n,j+1} & \cdots & a_{nn} \end{vmatrix}=-D_j$$

因此 $b_iD+a_{i1}(-D_1)+\cdots+a_{in}(-D_n)=0$，变形即得式(1.17).

其次，证明方程组(1.15) 的解是唯一的. 设 $x_1=c_1$，$x_2=c_2$，…，$x_n=c_n$ 是方程组(1.15) 的任意一个解，则有

$$a_{i1}c_1+a_{i2}c_2+\cdots+a_{in}c_n=b_i\quad(i=1,\ 2,\ \cdots,\ n)\tag{1.18}$$

根据行列式性质，有

$$Dc_1=\begin{vmatrix} a_{11}c_1 & a_{12} & \cdots & a_{1n} \\ a_{21}c_1 & a_{22} & \cdots & a_{2n} \\ \vdots & \vdots & & \vdots \\ a_{n1}c_1 & a_{n2} & \cdots & a_{nn} \end{vmatrix}\text{(第 2 ～ } n \text{ 列分别乘 } c_2,\ \cdots,\ c_n \text{ 加到第 1 列)}$$

$$=\begin{vmatrix} a_{11}c_1+a_{12}c_2+\cdots+a_{1n}c_n & a_{12} & \cdots & a_{1n} \\ a_{21}c_1+a_{22}c_2+\cdots+a_{2n}c_n & a_{22} & \cdots & a_{2n} \\ \vdots & \vdots & & \vdots \\ a_{n1}c_1+a_{n2}c_2+\cdots+a_{nn}c_n & a_{n2} & \cdots & a_{nn} \end{vmatrix}\text{(利用式(1.18))}$$

$$=\begin{vmatrix} b_1 & a_{12} & \cdots & a_{1n} \\ b_2 & a_{22} & \cdots & a_{2n} \\ \vdots & \vdots & & \vdots \\ b_n & a_{n2} & \cdots & a_{nn} \end{vmatrix}=D_1$$

即 $Dc_1=D_1$. 同理可得$Dc_2=D_2$，…，$Dc_n=D_n$.

所以，当 $D\neq 0$ 时，$c_j=\dfrac{D_j}{D}(j=1, 2, \cdots, n)$. 即若 $x_1=c_1$，$x_2=c_2$，…，$x_n=c_n$ 是方程组(1.15)的解，则它必为式(1.16)，故方程组(1.15)的解是唯一的.

例 1.15　解线性方程组

$$\begin{cases} x_1+x_2+x_3+x_4=0 \\ 5x_1+4x_3+2x_4=3 \\ 4x_1+x_2+2x_3=1 \\ x_1-x_2+2x_3+x_4=1 \end{cases}$$

解　由于该方程组的系数行列式为

$$D=\begin{vmatrix} 1 & 1 & 1 & 1 \\ 5 & 0 & 4 & 2 \\ 4 & 1 & 2 & 0 \\ 1 & -1 & 2 & 1 \end{vmatrix}=-7\neq 0$$

所以该方程组有唯一解. 又

$$D_1=\begin{vmatrix} 0 & 1 & 1 & 1 \\ 3 & 0 & 4 & 2 \\ 1 & 1 & 2 & 0 \\ 1 & -1 & 2 & 1 \end{vmatrix}=-7,\quad D_2=\begin{vmatrix} 1 & 0 & 1 & 1 \\ 5 & 3 & 4 & 2 \\ 4 & 1 & 2 & 0 \\ 1 & 1 & 2 & 1 \end{vmatrix}=7$$

$$D_3=\begin{vmatrix} 1 & 1 & 0 & 1 \\ 5 & 0 & 3 & 2 \\ 4 & 1 & 1 & 0 \\ 1 & -1 & 1 & 1 \end{vmatrix}=7,\quad D_4=\begin{vmatrix} 1 & 1 & 1 & 0 \\ 5 & 0 & 4 & 3 \\ 4 & 1 & 2 & 1 \\ 1 & -1 & 2 & 1 \end{vmatrix}=-7$$

所以根据克拉默法则，原方程组的唯一解为

$$x_1=1,\quad x_2=-1,\quad x_3=-1,\quad x_4=1$$

若方程组(1.15)的右端常数项b_1，b_2，…，b_n不全为零，则方程组(1.15)称为非齐次线性方程组；若 b_1，b_2，…，b_n 全为零，则称为齐次线性方程组. 齐次线性方程组

$$\begin{cases} a_{11}x_1+a_{12}x_2+\cdots+a_{1n}x_n=0 \\ a_{21}x_1+a_{22}x_2+\cdots+a_{2n}x_n=0 \\ \qquad\vdots \\ a_{n1}x_1+a_{n2}x_2+\cdots+a_{nn}x_n=0 \end{cases} \tag{1.19}$$

一定有解，因为$x_1=0$，$x_2=0$，…，$x_n=0$就是一个解，故此解称为零解. 但该方程组不一定有非零解. 根据克拉默法则，有如下推论.

推论 若齐次线性方程组(1.19)的系数行列式$D\neq 0$，则该方程组仅有零解；也即若齐次线性方程组(1.19)有非零解，则它的系数行列式$D=0$.

例 1.16 设齐次线性方程组

$$\begin{cases} (\lambda+3)x_1+x_2+2x_3=0 \\ \lambda x_1+x_3=0 \\ 2\lambda x_2+(\lambda+3)x_3=0 \end{cases}$$

有非零解，求λ.

解 该方程组的系数行列式为

$$D=\begin{vmatrix} \lambda+3 & 1 & 2 \\ \lambda & 0 & 1 \\ 0 & 2\lambda & \lambda+3 \end{vmatrix}=\lambda(\lambda-9)$$

因为方程组有非零解，所以$D=0$，故$\lambda=0$或$\lambda=9$.

小贴士

应注意，克拉默法则只适用于n个未知量、n个线性方程，并且系数行列式不等于零的方程组. 不完全满足上述条件的情况将在第四章加以讨论.

习 题 一

1. 求下列排列的逆序数，并确定其奇偶性.

(1)347812596；　　(2)671298435；

(3)$n(n-1)\cdots 321$；　　(4)$13\cdots(2n-1)24\cdots(2n)$.

2. 计算下列行列式.

(1)$\begin{vmatrix} 3 & -1 \\ 5 & -2 \end{vmatrix}$；　　(2)$\begin{vmatrix} a^2 & ab \\ ab & b^2 \end{vmatrix}$；

(3)$\begin{vmatrix} 1 & 2 & -4 \\ -2 & 2 & 1 \\ -3 & 4 & -2 \end{vmatrix}$；　　(4)$\begin{vmatrix} 1 & x & x \\ x & 2 & x \\ x & x & 3 \end{vmatrix}$.

3. 用行列式解方程组

$$\begin{cases}2x_1-x_2-x_3=4\\3x_1+4x_2-2x_3=11\\3x_1-2x_2+4x_3=11\end{cases}$$

4. 写出 4 阶行列式中含有因子 $a_{12}a_{41}$ 的项.

5. 在 7 阶行列式中，$a_{47}a_{63}a_{1i}a_{55}a_{7j}a_{22}a_{31}$ 取“—”号，确定下标 i 与 j 的值.

6. 根据行列式的定义，计算下列行列式.

(1) $\begin{vmatrix}0&2&0&0&\cdots&0&0\\0&0&3&0&\cdots&0&0\\\vdots&\vdots&\vdots&\vdots&&\vdots&\vdots\\0&0&0&0&\cdots&0&n\\1&0&0&0&\cdots&0&0\end{vmatrix}$;

(2) $\begin{vmatrix}0&0&\cdots&0&a_{1n}\\0&0&\cdots&a_{2,n-1}&a_{2n}\\\vdots&\vdots&&\vdots&\vdots\\0&a_{n-1,2}&\cdots&a_{n-1,n-1}&a_{n-1,n}\\a_{n1}&a_{n2}&\cdots&a_{n,n-1}&a_{nn}\end{vmatrix}$.

7. 计算下列行列式.

(1) $\begin{vmatrix}a+b+2c&a&b\\c&b+c+2a&b\\c&a&c+a+2b\end{vmatrix}$;

(2) $\begin{vmatrix}1&2&-5&1\\-3&1&0&-6\\2&0&-1&2\\4&1&-7&6\end{vmatrix}$;

(3) $\begin{vmatrix}x-\lambda&\lambda&\cdots&\lambda\\\lambda&x-\lambda&\cdots&\lambda\\\vdots&\vdots&&\vdots\\\lambda&\lambda&\cdots&x-\lambda\end{vmatrix}$ (n 阶行列式)；

(4) $\begin{vmatrix} 1 & a_1 & 0 & \cdots & 0 & 0 \\ -1 & 1-a_1 & a_2 & \cdots & 0 & 0 \\ 0 & -1 & 1-a_2 & \cdots & 0 & 0 \\ \vdots & \vdots & \vdots & & \vdots & \vdots \\ 0 & 0 & 0 & \cdots & 1-a_{n-1} & a_n \\ 0 & 0 & 0 & \cdots & -1 & 1-a_n \end{vmatrix}$；

(5) $\begin{vmatrix} 1 & 2 & 2 & \cdots & 2 & 2 \\ 2 & 2 & 2 & \cdots & 2 & 2 \\ 2 & 2 & 3 & \cdots & 2 & 2 \\ \vdots & \vdots & \vdots & & \vdots & \vdots \\ 2 & 2 & 2 & \cdots & 2 & n \end{vmatrix}$ $(n \geqslant 2)$；

(6) $\begin{vmatrix} x & a_1 & a_2 & \cdots & a_{n-1} & 1 \\ a_1 & x & a_2 & \cdots & a_{n-1} & 1 \\ a_1 & a_2 & x & \cdots & a_{n-1} & 1 \\ \vdots & \vdots & \vdots & & \vdots & \vdots \\ a_1 & a_2 & a_3 & \cdots & x & 1 \\ a_1 & a_2 & a_3 & \cdots & a_n & 1 \end{vmatrix}$；

(7) $\begin{vmatrix} 1 & 1 & 1 & 1+x \\ 1 & 1 & 1-x & 1 \\ 1 & 1+y & 1 & 1 \\ 1-y & 1 & 1 & 1 \end{vmatrix}$；

(8) $\begin{vmatrix} 1+a_1 & 1 & \cdots & 1 \\ 1 & 1+a_2 & \cdots & 1 \\ \vdots & \vdots & & \vdots \\ 1 & 1 & \cdots & 1+a_n \end{vmatrix}$ $(a_1a_2\cdots a_n \neq 0)$；

(9) $\begin{vmatrix} x & y & 0 & \cdots & 0 & 0 \\ 0 & x & y & \cdots & 0 & 0 \\ 0 & 0 & x & \cdots & 0 & 0 \\ \vdots & \vdots & \vdots & & \vdots & \vdots \\ 0 & 0 & 0 & \cdots & x & y \\ y & 0 & 0 & \cdots & 0 & x \end{vmatrix}$（$n$ 阶行列式）；

(10) $\begin{vmatrix} 1-a & a & 0 & 0 & 0 \\ -1 & 1-a & a & 0 & 0 \\ 0 & -1 & 1-a & a & 0 \\ 0 & 0 & -1 & 1-a & a \\ 0 & 0 & 0 & -1 & 1-a \end{vmatrix}$.

8. 解方程

$$\begin{vmatrix} a_1 & a_2 & a_3 & \cdots & a_n \\ a_1 & a_1+a_2-x & a_3 & \cdots & a_n \\ a_1 & a_2 & a_2+a_3-x & \cdots & a_n \\ \vdots & \vdots & \vdots & & \vdots \\ a_1 & a_2 & a_3 & \cdots & a_{n-1}+a_n-x \end{vmatrix}=0 \quad (a_1 \neq 0)$$

9. 证明

(1) $\begin{vmatrix} ax+by & ay+bz & az+bx \\ ay+bz & az+bx & ax+by \\ az+bx & ax+by & ay+bz \end{vmatrix}=(a^3+b^3)\begin{vmatrix} x & y & z \\ y & z & x \\ z & x & y \end{vmatrix}$;

(2) $\begin{vmatrix} x & -1 & 0 & \cdots & 0 & 0 & 0 \\ 0 & x & -1 & \cdots & 0 & 0 & 0 \\ 0 & 0 & x & \cdots & 0 & 0 & 0 \\ \vdots & \vdots & \vdots & & \vdots & \vdots & \vdots \\ 0 & 0 & 0 & \cdots & 0 & x & -1 \\ a_n & a_{n-1} & a_{n-2} & \cdots & a_3 & a_2 & x+a_1 \end{vmatrix}=x^n+a_1x^{n-1}+\cdots+a_{n-1}x+a_n$.

10. 已知行列式 $D=\begin{vmatrix} 1 & 2 & 3 & 4 & 5 \\ 2 & 2 & 2 & 1 & 1 \\ 3 & 1 & 2 & 4 & 5 \\ 1 & 1 & 1 & 2 & 2 \\ 4 & 3 & 1 & 5 & 0 \end{vmatrix}=27$，求 $A_{41}+A_{42}+A_{43}$ 及 $A_{44}+A_{45}$.

11. 利用克拉默法则解下列方程组.

(1) $\begin{cases} 2x_1-x_2+3x_3+2x_4=6 \\ 3x_1-3x_2+3x_3+2x_4=5 \\ 3x_1-x_2-x_3+2x_4=3 \\ 3x_1-x_2+3x_3-x_4=4 \end{cases}$;

(2) $\begin{cases} x_1+x_2+x_3=a+b+c \\ ax_1+bx_2+cx_3=a^2+b^2+c^2 \\ bcx_1+cax_2+abx_3=3abc \end{cases}$，其中 a、b、c 互不相等.

12. 设齐次线性方程组

$$\begin{cases}x_1+x_2+x_3+ax_4=0\\x_1+2x_2+x_3+x_4=0\\x_1+x_2-2x_3+x_4=0\\x_1+x_2+ax_3+bx_4=0\end{cases}$$

有非零解，求 a、b 应满足的关系式.

习题一参考答案

1. (1)13，奇；(2)18，偶；(3)$\frac{n(n-1)}{2}$，当$n=4k$或$n=4k+1$时为偶排列，当$n=4k+2$或$n=4k+3$时为奇排列($k=0, 1, \cdots, n$)；(4) 同(3).

2. (1)-1；(2)0；(3)-14；(4)$2x^3-6x^2+6$.

3. $x_1=3$，$x_2=1$，$x_3=1$.

4. $-a_{12}a_{41}a_{23}a_{34}$，$a_{12}a_{41}a_{24}a_{33}$.

5. $i=6$，$j=4$.

6. (1)$(-1)^{n-1}n!$；(2)$(-1)^{\frac{n(n-1)}{2}}a_{1n}a_{2,n-1}\cdots a_{n1}$.

7. (1)$2(a+b+c)^3$；(2)-27；(3)$[x+(n-2)\lambda](x-2\lambda)^{n-1}$；(4)1；
   (5)$-2(n-2)!$；(6)$(x-a_1)(x-a_2)\cdots(x-a_n)$；(7)$x^2y^2$；
   (8)$a_1a_2\cdots a_n\left(1+\sum\limits_{i=1}^{n}\frac{1}{a_i}\right)$；(9)$x^n+(-1)^{n+1}y^n$；(10) $1-a+a^2-a^3+a^4-a^5$.

8. $x=a_1$ 或$x=a_2$ 或$\cdots$ 或 $x=a_{n-1}$.

9. 略．提示：(1) 利用行列式性质证明；(2) 利用行列式性质或数学归纳法证明.

10. -9，18.

11. (1)$x_1=1$，$x_2=1$，$x_3=1$，$x_4=1$；(2)$x_1=a$，$x_2=b$，$x_3=c$.

12. $3b=a^2+a+1$.

第二章 矩阵及其运算

矩阵理论是线性代数最基本、最重要的内容，是现代科学技术不可缺少的数学工具. 特别是电子计算机出现以后，矩阵的理论方法得到了更广泛的应用.

小贴士

本章介绍矩阵的概念、矩阵的运算以及矩阵的秩等内容.

第一节 矩阵的概念

一、矩阵的概念

在科学研究和经济管理等各领域中，经常需要处理大量的数据，为了方便，常常将这些数据按一定顺序列成矩形数表.

例 2.1 某航空公司在 A、B、C、D 四个城市之间开通了若干航线，图 2.1 所示为四个城市间的航班图，若从 A 到 B 有航班，则用带箭头的线连接 A 与 B.

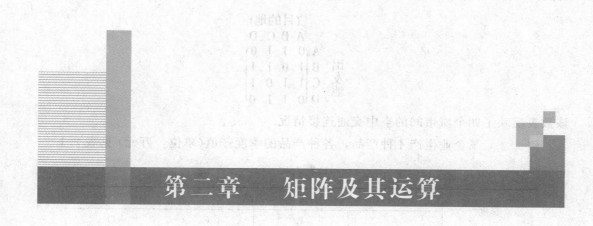

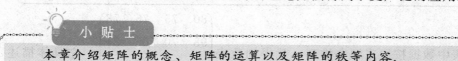

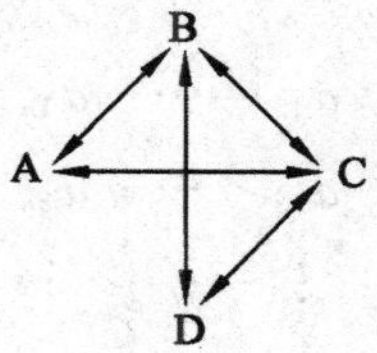

图 2.1

为便于研究，两地之间有航班用数“1”表示，两地之间无航班用数“0”表示，则得到如下数表：

（目的地）

$$\text{（出发地）}\begin{array}{cc} & \begin{matrix} A & B & C & D \end{matrix} \\ \begin{matrix} A \\ B \\ C \\ D \end{matrix} & \begin{pmatrix} 0 & 1 & 1 & 0 \\ 1 & 0 & 1 & 1 \\ 1 & 1 & 0 & 1 \\ 0 & 1 & 1 & 0 \end{pmatrix} \end{array}$$

该数表反映了四个城市间的空中交通连接情况.

例 2.2 某企业生产 4 种产品，各种产品的季度产值(单位：万元) 见表 2.1.

表 2.1

季度	产品			
	A	B	C	D
1	80	75	75	78
2	98	70	85	84
3	90	75	90	90
4	88	70	82	80

抽取表中数据按原来顺序排列，就得到数表 $\begin{pmatrix} 80 & 75 & 75 & 78 \\ 98 & 70 & 85 & 84 \\ 90 & 75 & 90 & 90 \\ 88 & 70 & 82 & 80 \end{pmatrix}$，它具体描述了这家企业各种产品季度的产值，同时也揭示了产值随季度变化的规律、季增长率和年产量等情况.

例 2.3 线性方程组

$$\begin{cases} a_{11}x_1 + a_{12}x_2 + \cdots + a_{1n}x_n = b_1 \\ a_{21}x_1 + a_{22}x_2 + \cdots + a_{2n}x_n = b_2 \\ \quad \vdots \\ a_{n1}x_1 + a_{n2}x_2 + \cdots + a_{nn}x_n = b_n \end{cases} \tag{2.1}$$

的未知量系数 $a_{ij}(i, j=1, 2, \cdots, n)$ 和常数项 $b_j(j=1, 2, \cdots, n)$ 按原有的相对位置构成一个矩形数表，即

$$\begin{pmatrix} a_{11} & a_{12} & \cdots & a_{1n} & b_1 \\ a_{21} & a_{22} & \cdots & a_{2n} & b_2 \\ \vdots & \vdots & & \vdots & \vdots \\ a_{n1} & a_{n2} & \cdots & a_{nn} & b_n \end{pmatrix} \tag{2.2}$$

显然，线性方程组(2.1) 与矩形数表(2.2) 相互唯一确定. 根据克拉默法则，该矩形数表决定了上述线性方程组是否有解，以及如果有解，解是什么等问题. 因此

对线性方程组(2.1)的研究就可转换为对这个矩形数表的研究.

小贴士

总之，许多问题都需要用矩形数表来表示或通过矩形数表来表达相互间的关系. 从上面的例子可以看出，如此表示既直观，又便于数学处理，一般把这样的矩形数表称为矩阵.

定义 2.1　由 $m \times n$ 个数 a_{ij} ($i=1, 2, \cdots, m$; $j=1, 2, \cdots, n$) 排成的 m 行 n 列的矩形数表，称为一个 $m \times n$ 矩阵[①](matrix)，记作

$$\begin{pmatrix} a_{11} & a_{12} & \cdots & a_{1n} \\ a_{21} & a_{22} & \cdots & a_{2n} \\ \vdots & \vdots & & \vdots \\ a_{m1} & a_{m2} & \cdots & a_{mn} \end{pmatrix}$$

其中，a_{ij} ($i=1, 2, \cdots, m$; $j=1, 2, \cdots, n$) 称为矩阵的第 i 行、第 j 列元素. 通常用大写黑体字母 $\boldsymbol{A}$、$\boldsymbol{B}$、$\boldsymbol{C}$ 等表示矩阵 . 为了指明其中元素的特征，矩阵也用 (a_{ij})、(b_{ij}) 等来表示；为了指明行数和列数，矩阵又用 $a_{m\times n}$、$(a_{ij})_{m\times n}$ 等表示.

元素是实数的矩阵称为实矩阵，元素是复数的矩阵称为复矩阵. 本书中的矩阵除有特殊说明外，都指实矩阵.

二、几类特殊的矩阵

(1) 零矩阵 .

所有元素均为零的矩阵称为零矩阵，记作 $\boldsymbol{O}$.

(2) 行矩阵与列矩阵 .

仅有 1 行的矩阵

$$(a_1 \quad a_2 \quad \cdots \quad a_n)$$

称为行矩阵；仅有 1 列的矩阵

$$\begin{pmatrix} b_1 \\ b_2 \\ \vdots \\ b_m \end{pmatrix}$$

① “矩阵”这个名词是英国数学家西尔维斯特(J. J. Sylvester，1814—1897) 于1850年首先使用的. 西尔维斯特在数论方面有突出贡献，其代表著作是《椭圆函数论》. 1858 年，英国数学家凯莱(A. Cayley，1821—1895) 在其发表的文章《矩阵论的研究报告》中给出了矩阵相等、零矩阵、单位矩阵的概念，定义了矩阵的和、数乘、矩阵乘法、转置和逆矩阵，由于凯莱首先将矩阵作为一个独立的数学对象加以研究，并得到许多重要成果，因此他被认为是矩阵论的创立者.

称为列矩阵.

(3) 非负矩阵.

所有元素均为非负数的矩阵称为非负矩阵.

(4) 方阵.

设矩阵 $\boldsymbol{A}=(a_{ij})_{m\times n}$，若 $m=n$，则称 $\boldsymbol{A}$ 为 n 阶方阵或 n 阶矩阵. 在方阵 $\boldsymbol{A}=(a_{ij})_{n\times n}$ 中，元素 $a_{ij}(i=1, 2, \cdots, n)$ 所在的斜线位置称为 $\boldsymbol{A}$ 的主对角线，主对角线上的元素 $a_{ii}(i=1, 2, \cdots, n)$ 的和称为 $\boldsymbol{A}$ 的迹，记作

$$\mathrm{tr}(\boldsymbol{A})=\sum_{i=1}^{n}a_{ii}$$

n 阶方阵 $\boldsymbol{A}=(a_{ij})_{n\times n}$ 的元素按原来排列的形式构成的 n 阶行列式，称为方阵 $\boldsymbol{A}$ 的行列式，记作 $|\boldsymbol{A}|$ 或 $\det\boldsymbol{A}$，即

$$|\boldsymbol{A}|=\begin{vmatrix} a_{11} & a_{12} & \cdots & a_{1n} \\ a_{21} & a_{22} & \cdots & a_{2n} \\ \vdots & \vdots & & \vdots \\ a_{n1} & a_{n2} & \cdots & a_{nn} \end{vmatrix}$$

通常把一阶方阵 (a) 写成 a，即把一阶方阵和一个数不加区分.

(5) 对角形矩阵.

形如

$$\begin{pmatrix} a_1 & & & \\ & a_2 & & \\ & & \ddots & \\ & & & a_n \end{pmatrix}$$

的方阵称为对角形矩阵，简称对角阵. n 阶对角形矩阵也常记作

$$\boldsymbol{A}=\mathrm{diag}(a_1, a_2, \cdots, a_n)$$

例如，有

$$\mathrm{diag}(-1, 0, 3)=\begin{pmatrix} -1 & 0 & 0 \\ 0 & 0 & 0 \\ 0 & 0 & 3 \end{pmatrix}$$

(6) 数量矩阵.

形如

$$\begin{pmatrix} a & & & \\ & a & & \\ & & \ddots & \\ & & & a \end{pmatrix}$$

的对角形矩阵称为数量矩阵.

(7) 单位矩阵.

形如

$$\begin{pmatrix} 1 & & & \\ & 1 & & \\ & & \ddots & \\ & & & 1 \end{pmatrix}$$

的数量矩阵称为单位矩阵，记作 $\boldsymbol{I}$. 若要表明其阶数 n，则把它记为 $\boldsymbol{I}_n$.

(8) 上(下)三角形矩阵.

主对角线下方元素全为零的方阵和主对角线上方元素全为零的方阵，即

$$\begin{pmatrix} a_{11} & a_{12} & \cdots & a_{1n} \\ 0 & a_{22} & \cdots & a_{2n} \\ \vdots & \vdots & & \vdots \\ 0 & 0 & \cdots & a_{nn} \end{pmatrix} \quad 和 \quad \begin{pmatrix} a_{11} & 0 & \cdots & 0 \\ a_{21} & a_{22} & \cdots & 0 \\ \vdots & \vdots & & \vdots \\ a_{n1} & a_{n2} & \cdots & a_{nn} \end{pmatrix}$$

分别称为上三角形矩阵和下三角形矩阵.

上三角形矩阵、下三角形矩阵统称为三角形矩阵.

(9) 对称矩阵和反对称矩阵.

设方阵 $\boldsymbol{A}=(a_{ij})_{n\times n}$，若 $a_{ij}=a_{ji}(i, j=1, 2, \cdots, n)$，则称 $\boldsymbol{A}$ 为对称矩阵；若 $a_{ij}=-a_{ji}(i, j=1, 2, \cdots, n)$，则称 $\boldsymbol{A}$ 为反对称矩阵.

显然，反对称矩阵的主对角线上的元素全为零.

例如，矩阵

$$\begin{pmatrix} 1 & -1 & 0 \\ -1 & 2 & 2 \\ 0 & 2 & 3 \end{pmatrix} \quad 和 \quad \begin{pmatrix} 0 & 1 & -2 \\ -1 & 0 & 3 \\ 2 & -3 & 0 \end{pmatrix}$$

分别是对称矩阵和反对称矩阵.

定义 2.2　设 $\boldsymbol{A}=(a_{ij})_{m\times n}$，$\boldsymbol{B}=(b_{ij})_{m\times n}$ 是两个 $m\times n$ 矩阵(称为同型矩阵)，若它们的对应元素相等，即

$$a_{ij}=b_{ij}(i=1, 2, \cdots, m;\ j=1, 2, \cdots, n)$$

则称矩阵 $\boldsymbol{A}$ 与矩阵 $\boldsymbol{B}$ 相等，记作 $\boldsymbol{A}=\boldsymbol{B}$.

小贴士

需要指出的是，矩阵与行列式是两个完全不同的概念. 从本质上讲，行列式是一个数值，而矩阵是一个数表.

第二节　矩阵的运算

矩阵的意义不仅在于把实际问题中的一些数据排成一个矩形数表，而是在于可以对它们实施一些有理论和实际意义的运算，否则其也只是起着各种表格的作用.实际问题中提出的矩阵相互之间存在着密切的关系，其中最重要的是在它们之间可以进行代数运算.

小贴士

本节将介绍矩阵的加法、数乘、乘法和转置等基本运算.矩阵的运算是矩阵理论中最基本的内容之一，正是矩阵的各种运算才使其获得了广泛的应用.

一、矩阵的线性运算

1. 矩阵的加法

定义 2.3　设矩阵 $\boldsymbol{A}=(a_{ij})_{m\times n}$，$\boldsymbol{B}=(b_{ij})_{m\times n}$，由 $\boldsymbol{A}$ 与 $\boldsymbol{B}$ 对应位置上元素相加所得到的 $m\times n$ 矩阵称为矩阵 $\boldsymbol{A}$ 与矩阵 $\boldsymbol{B}$ 的和，记作 $\boldsymbol{A}+\boldsymbol{B}$，即

$$\boldsymbol{A}+\boldsymbol{B}=(a_{ij}+b_{ij})_{m\times n}$$

例如

$$\begin{pmatrix}1 & 2 & 3\\ -1 & 0 & 7\end{pmatrix}+\begin{pmatrix}2 & 3 & 7\\ 1 & 2 & 1\end{pmatrix}=\begin{pmatrix}3 & 5 & 10\\ 0 & 2 & 8\end{pmatrix}$$

由定义 2.3 可知，只有同型矩阵才可以相加，而且同型矩阵相加可归结为它们的对应元素相加.

设矩阵 $\boldsymbol{A}=(a_{ij})_{m\times n}$，称矩阵 $(-a_{ij})_{m\times n}$ 为 $\boldsymbol{A}$ 的负矩阵，记作 $-\boldsymbol{A}$.

设矩阵 $\boldsymbol{A}=(a_{ij})_{m\times n}$，$\boldsymbol{B}=(b_{ij})_{m\times n}$，则矩阵

$$\boldsymbol{A}+(-\boldsymbol{B})$$

称为矩阵 $\boldsymbol{A}$ 与矩阵 $\boldsymbol{B}$ 的差，记作 $\boldsymbol{A}-\boldsymbol{B}$，即

$$\boldsymbol{A}-\boldsymbol{B}=\boldsymbol{A}+(-\boldsymbol{B})=(a_{ij}-b_{ij})_{m\times n}$$

定义 2.4　设矩阵 $\boldsymbol{A}=(a_{ij})_{m\times n}$，$k$ 为常数，用数 k 去乘 $\boldsymbol{A}$ 的每个元素所得到的矩阵，称为数 k 与矩阵 $\boldsymbol{A}$ 的积，记作 $k\boldsymbol{A}$，即

$$k\boldsymbol{A}=(ka_{ij})_{m\times n}$$

矩阵的加法和数与矩阵的乘法统称为矩阵的线性运算.容易验证，矩阵的线性运算满足下列运算规律：

(1) $\boldsymbol{A}+\boldsymbol{B}=\boldsymbol{B}+\boldsymbol{A}$；

(2) $(\boldsymbol{A}+\boldsymbol{B})+\boldsymbol{C}=\boldsymbol{A}+(\boldsymbol{B}+\boldsymbol{C})$；

(3) $\boldsymbol{A}+\boldsymbol{O}=\boldsymbol{A}$；

(4) $\boldsymbol{A}+(-\boldsymbol{A})=\boldsymbol{O}$；

(5) $k(\boldsymbol{A}+\boldsymbol{B})=k\boldsymbol{A}+k\boldsymbol{B}$；

(6) $(k+l)\boldsymbol{A}=k\boldsymbol{A}+l\boldsymbol{A}$；

(7) $(kl)\boldsymbol{A}=k(l\boldsymbol{A})$；

(8) $1\cdot\boldsymbol{A}=\boldsymbol{A}$.

其中，$\boldsymbol{A}$、$\boldsymbol{B}$、$\boldsymbol{C}$、$\boldsymbol{O}$ 为同型矩阵；k、l 为常数.

小贴士

运算规律(3)和(4)表明：零矩阵在矩阵的加法运算中的作用与数 0 在数的加法运算中的作用类似.

例 2.4　设矩阵

$$\boldsymbol{A}=\begin{pmatrix}2 & 3 & 6\\ -1 & 3 & 5\end{pmatrix},\quad \boldsymbol{B}=\begin{pmatrix}3 & 2 & 4\\ 1 & -3 & 5\end{pmatrix}$$

求矩阵 $\boldsymbol{X}$，使其满足矩阵方程 $3(\boldsymbol{A}+\boldsymbol{X})=2(\boldsymbol{B}-\boldsymbol{X})$.

解　由 $3(\boldsymbol{A}+\boldsymbol{X})=2(\boldsymbol{B}-\boldsymbol{X})$，得

$$\boldsymbol{X}=\frac{1}{5}(2\boldsymbol{B}-3\boldsymbol{A})$$

由于

$$2\boldsymbol{B}-3\boldsymbol{A}=\begin{pmatrix}6 & 4 & 8\\ 2 & -6 & 10\end{pmatrix}-\begin{pmatrix}6 & 9 & 18\\ -3 & 9 & 15\end{pmatrix}=\begin{pmatrix}0 & -5 & -10\\ 5 & -15 & -5\end{pmatrix}$$

因此

$$\boldsymbol{X}=\frac{1}{5}\begin{pmatrix}0 & -5 & -10\\ 5 & -15 & -5\end{pmatrix}=\begin{pmatrix}0 & -1 & -2\\ 1 & -3 & -1\end{pmatrix}$$

例 2.5　设 $\boldsymbol{A}=(a_{ij})_{3\times3}$，且 $|\boldsymbol{A}|=-2$，求 $||\boldsymbol{A}|\boldsymbol{A}|$.

解　由于

$$|\boldsymbol{A}|\boldsymbol{A}=(-2)\boldsymbol{A}=\begin{pmatrix}-2a_{11} & -2a_{12} & -2a_{13}\\ -2a_{21} & -2a_{22} & -2a_{23}\\ -2a_{31} & -2a_{32} & -2a_{33}\end{pmatrix}$$

因此

$$||\boldsymbol{A}|\boldsymbol{A}|=\begin{vmatrix}-2a_{11} & -2a_{12} & -2a_{13}\\ -2a_{21} & -2a_{22} & -2a_{23}\\ -2a_{31} & -2a_{32} & -2a_{33}\end{vmatrix}$$

$$=(-2)^3\begin{vmatrix} a_{11} & a_{12} & a_{13} \\ a_{21} & a_{22} & a_{23} \\ a_{31} & a_{32} & a_{33} \end{vmatrix}=(-2)^3\times(-2)=16$$

例 2.6 某学校某班 42 名学生 5 门课程的期中考试成绩表和期末考试成绩表是两个 42×5 矩阵，分别设为 $\boldsymbol{A}$ 和 $\boldsymbol{B}$. 学校规定期中考试成绩的 30% 加上期末考试成绩的 70% 作为该学期的成绩，显然，该成绩表也是一个 42×5 矩阵，设为 $\boldsymbol{C}$，则有 $\boldsymbol{C}=0.3\boldsymbol{A}+0.7\boldsymbol{B}$.

二、矩阵的乘法

1. 矩阵的积

首先分析一个实例.

例 2.7 某地区有四个工厂 Ⅰ、Ⅱ、Ⅲ、Ⅳ，生产甲、乙、丙三种产品. 矩阵 $\boldsymbol{A}$ 表示一年中各工厂生产各种产品的数量，矩阵 $\boldsymbol{B}$ 表示各种产品的单位价格(元) 及单位利润(元)，矩阵 $\boldsymbol{C}$ 表示各工厂的总收入及总利润.

$$\boldsymbol{A}=\begin{pmatrix} a_{11} & a_{12} & a_{13} \\ a_{21} & a_{22} & a_{23} \\ a_{31} & a_{32} & a_{33} \\ a_{41} & a_{42} & a_{43} \end{pmatrix}\begin{matrix}\text{Ⅰ}\\ \text{Ⅱ}\\ \text{Ⅲ}\\ \text{Ⅳ}\end{matrix},\ \boldsymbol{B}=\begin{pmatrix} b_{11} & b_{12} \\ b_{21} & b_{22} \\ b_{31} & b_{32} \end{pmatrix}\begin{matrix}\text{甲}\\ \text{乙}\\ \text{丙}\end{matrix},\ \boldsymbol{C}=\begin{pmatrix} c_{11} & c_{12} \\ c_{21} & c_{22} \\ c_{31} & c_{32} \\ c_{41} & c_{42} \end{pmatrix}\begin{matrix}\text{Ⅰ}\\ \text{Ⅱ}\\ \text{Ⅲ}\\ \text{Ⅳ}\end{matrix}$$

其中，$a_{ik}(i=1,\ 2,\ 3,\ 4;\ k=1,\ 2,\ 3)$ 是第 i 个工厂生产第 k 种产品的数量；b_{k1} 及 $b_{k2}(k=1,\ 2,\ 3)$ 分别是第 k 种产品的单位价格及单位利润；c_{i1} 及 $c_{i2}(i=1,\ 2,\ 3,\ 4)$ 分别是第 i 个工厂生产三种产品的总收入及总利润．则矩阵 $\boldsymbol{A}$、$\boldsymbol{B}$、$\boldsymbol{C}$ 的元素之间有下列关系：

$$\begin{pmatrix} a_{11}b_{11}+a_{12}b_{21}+a_{13}b_{31} & a_{11}b_{12}+a_{12}b_{22}+a_{13}b_{32} \\ a_{21}b_{11}+a_{22}b_{21}+a_{23}b_{31} & a_{21}b_{12}+a_{22}b_{22}+a_{23}b_{32} \\ a_{31}b_{11}+a_{32}b_{21}+a_{33}b_{31} & a_{31}b_{12}+a_{32}b_{22}+a_{33}b_{32} \\ a_{41}b_{11}+a_{42}b_{21}+a_{43}b_{31} & a_{41}b_{12}+a_{42}b_{22}+a_{43}b_{32} \end{pmatrix}=\begin{pmatrix} c_{11} & c_{12} \\ c_{21} & c_{22} \\ c_{31} & c_{32} \\ c_{41} & c_{42} \end{pmatrix}$$

其中，$c_{ij}=a_{i1}b_{1j}+a_{i2}b_{2j}+a_{i3}b_{3j}(i=1,\ 2,\ 3,\ 4;\ j=1,\ 2)$，即矩阵 $\boldsymbol{C}$ 中第 i 行、第 j 列的元素等于矩阵 $\boldsymbol{A}$ 第 i 行元素与矩阵 $\boldsymbol{B}$ 第 j 列对应元素乘积之和.

例 2.7 中矩阵之间的这种关系具有普遍意义，从中可以抽象出矩阵的积的概念.

定义 2.5 设矩阵 $\boldsymbol{A}=(a_{ik})_{m\times s}$，$\boldsymbol{B}=(b_{kj})_{s\times n}$，由元素

$$c_{ij}=a_{i1}b_{1j}+a_{i2}b_{2j}+\cdots+a_{is}b_{sj}=\sum_{k=1}^{s}a_{ik}b_{kj}\quad(i=1,\ 2,\ \cdots,\ m;\ j=1,\ 2,\ \cdots,\ n)$$

构成的 $m\times n$ 矩阵

$$(c_{ij})_{m\times n}=(\sum_{k=1}^{s}a_{ik}b_{kj})_{m\times n}$$

称为矩阵 $\boldsymbol{A}$ 与矩阵 $\boldsymbol{B}$ 的积，记作 $\boldsymbol{AB}$，即

$$\boldsymbol{AB}=(c_{ij})_{m\times n}=(\sum_{k=1}^{s}a_{ik}b_{kj})_{m\times n}$$

由定义2.5可知，两个矩阵相乘，左边矩阵 $\boldsymbol{A}$ 的列数必须与右边矩阵 $\boldsymbol{B}$ 的行数相等. 矩阵 $\boldsymbol{A}$ 与矩阵 $\boldsymbol{B}$ 的积 $\boldsymbol{AB}$ 中，第 i 行、第 j 列元素等于 $\boldsymbol{A}$ 的第 i 行元素与 $\boldsymbol{B}$ 的第 j 列对应元素乘积之和，并且 $\boldsymbol{AB}$ 的行数等于 $\boldsymbol{A}$ 的行数，$\boldsymbol{AB}$ 的列数等于 $\boldsymbol{B}$ 的列数.

例 2.8　设矩阵

$$\boldsymbol{A}=\begin{pmatrix}1&2\\3&4\\-1&0\\7&-1\end{pmatrix},\quad \boldsymbol{B}=\begin{pmatrix}1&2&0\\-1&3&4\end{pmatrix}$$

则

$$\begin{aligned}\boldsymbol{AB}&=\begin{pmatrix}1&2\\3&4\\-1&0\\7&-1\end{pmatrix}\begin{pmatrix}1&2&0\\-1&3&4\end{pmatrix}\\&=\begin{pmatrix}1\times1+2\times(-1)&1\times2+2\times3&1\times0+2\times4\\3\times1+4\times(-1)&3\times2+4\times3&3\times0+4\times4\\-1\times1+0\times(-1)&-1\times2+0\times3&-1\times0+0\times4\\7\times1+(-1)\times(-1)&7\times2+(-1)\times3&7\times0+(-1)\times4\end{pmatrix}\\&=\begin{pmatrix}-1&8&8\\-1&18&16\\-1&-2&0\\8&11&-4\end{pmatrix}\end{aligned}$$

例 2.9　设矩阵

$$\boldsymbol{A}=\begin{pmatrix}-2&1\\1&0\\0&4\end{pmatrix},\quad \boldsymbol{B}=\begin{pmatrix}1&3&2\\2&0&-1\end{pmatrix}$$

则

$$\boldsymbol{AB}=\begin{pmatrix}-2&1\\1&0\\0&4\end{pmatrix}\begin{pmatrix}1&3&2\\2&0&-1\end{pmatrix}=\begin{pmatrix}0&-6&-5\\1&3&2\\8&0&-4\end{pmatrix}$$

$$BA=\begin{pmatrix}1 & 3 & 2\\ 2 & 0 & -1\end{pmatrix}\begin{pmatrix}-2 & 1\\ 1 & 0\\ 0 & 4\end{pmatrix}=\begin{pmatrix}1 & 9\\ -4 & -2\end{pmatrix}$$

例 2.10 设矩阵

$$A=\begin{pmatrix}2 & 1\\ -1 & 0\end{pmatrix},\ B=\begin{pmatrix}-1 & 0\\ 2 & 1\end{pmatrix}$$

则

$$AB=\begin{pmatrix}2 & 1\\ -1 & 0\end{pmatrix}\begin{pmatrix}-1 & 0\\ 2 & 1\end{pmatrix}=\begin{pmatrix}0 & 1\\ 1 & 0\end{pmatrix}$$

$$BA=\begin{pmatrix}-1 & 0\\ 2 & 1\end{pmatrix}\begin{pmatrix}2 & 1\\ -1 & 0\end{pmatrix}\begin{pmatrix}-2 & -1\\ 3 & 2\end{pmatrix}$$

从例 2.8 ～ 2.10 可以看出，矩阵的乘法不满足交换律. $\boldsymbol{AB}$ 有意义时，$\boldsymbol{BA}$ 可能没有意义，如例 2.8；即使 $\boldsymbol{AB}$、$\boldsymbol{BA}$ 都有意义，也不一定有 $\boldsymbol{AB}=\boldsymbol{BA}$，如例 2.9、例 2.10. 因此，做矩阵乘法时必须注意顺序，一般把 $\boldsymbol{AB}$ 称为 $\boldsymbol{A}$ 左乘 $\boldsymbol{B}$ 或 $\boldsymbol{B}$ 右乘 $\boldsymbol{A}$.

例 2.11 设矩阵

$$A=\begin{pmatrix}1 & -1\\ 1 & -1\end{pmatrix},\quad B=\begin{pmatrix}2 & 1\\ 1 & 1\end{pmatrix}$$

$$C=\begin{pmatrix}3 & 6\\ 2 & 6\end{pmatrix},\quad M=\begin{pmatrix}-2 & 3\\ -2 & 3\end{pmatrix}$$

则

$$AB=\begin{pmatrix}1 & -1\\ 1 & -1\end{pmatrix}\begin{pmatrix}2 & 1\\ 1 & 1\end{pmatrix}=\begin{pmatrix}1 & 0\\ 1 & 0\end{pmatrix}$$

$$AC=\begin{pmatrix}1 & -1\\ 1 & -1\end{pmatrix}\begin{pmatrix}3 & 6\\ 2 & 6\end{pmatrix}=\begin{pmatrix}1 & 0\\ 1 & 0\end{pmatrix}$$

$$AM=\begin{pmatrix}1 & -1\\ 1 & -1\end{pmatrix}\begin{pmatrix}-2 & 3\\ -2 & 3\end{pmatrix}=\begin{pmatrix}0 & 0\\ 0 & 0\end{pmatrix}$$

小贴士

此例表明矩阵的乘法不满足消去律，即由 $\boldsymbol{AB}=\boldsymbol{AC}$ 且 $\boldsymbol{A}\neq\boldsymbol{O}$ 推不出 $\boldsymbol{B}=\boldsymbol{C}$；而且两个非零矩阵的积可能是零矩阵，即由 $\boldsymbol{AM}=\boldsymbol{O}$ 推不出 $\boldsymbol{A}=\boldsymbol{O}$ 或 $\boldsymbol{M}=\boldsymbol{O}$.

矩阵的乘法与数的乘法有不同之处，但也有与数的乘法相似之处. 不难证明矩阵的乘法满足下列运算规律(假设其中的矩阵 $\boldsymbol{A}$、$\boldsymbol{B}$、$\boldsymbol{C}$ 及零矩阵 $\boldsymbol{O}$ 可进行有关运算)：

(1)$(\boldsymbol{AB})\boldsymbol{C}=\boldsymbol{A}(\boldsymbol{BC})$；

(2)$(\boldsymbol{A}+\boldsymbol{B})\boldsymbol{C}=\boldsymbol{AC}+\boldsymbol{BC}$；

(3)$\boldsymbol{C}(\boldsymbol{A}+\boldsymbol{B})=\boldsymbol{CA}+\boldsymbol{CB}$；

(4)$k(\boldsymbol{AB})=(k\boldsymbol{A})\boldsymbol{B}=\boldsymbol{A}(k\boldsymbol{B})$($k$ 为常数)；

(5)$\boldsymbol{AO}=\boldsymbol{O}$，$\boldsymbol{OA}=\boldsymbol{O}$(此式表明，零矩阵在矩阵乘法中的作用与数 0 在数的乘法中的作用类似)；

(6) 对任何 $m\times n$ 矩阵 $\boldsymbol{A}$，有 $\boldsymbol{AI}_n=\boldsymbol{I}_m\boldsymbol{A}=\boldsymbol{A}$(此式表明，单位矩阵在矩阵乘法中的作用与数 1 在数的乘法中的作用类似).

矩阵的乘法还有下面一个重要结论：若 $\boldsymbol{A}$、$\boldsymbol{B}$ 为同阶方阵，则

$$|\boldsymbol{AB}|=|\boldsymbol{A}||\boldsymbol{B}|$$

例如，设矩阵 $\boldsymbol{A}=\begin{pmatrix}6&1\\3&2\end{pmatrix}$，$\boldsymbol{B}=\begin{pmatrix}4&3\\1&2\end{pmatrix}$，则

$$\boldsymbol{AB}=\begin{pmatrix}6&1\\3&2\end{pmatrix}\begin{pmatrix}4&3\\1&2\end{pmatrix}=\begin{pmatrix}25&20\\14&13\end{pmatrix}$$

$$|\boldsymbol{AB}|=\begin{vmatrix}25&20\\14&13\end{vmatrix}=25\times13-20\times14=45$$

而

$$|\boldsymbol{A}|=9,\quad|\boldsymbol{B}|=5$$

于是

$$|\boldsymbol{A}||\boldsymbol{B}|=9\times5=45=|\boldsymbol{AB}|$$

用数学归纳法，不难把上述结论推广到有限个同阶方阵的情形，即

$$|\boldsymbol{A}_1\boldsymbol{A}_2\cdots\boldsymbol{A}_m|=|\boldsymbol{A}_1||\boldsymbol{A}_2|\cdots|\boldsymbol{A}_m|$$

其中，$\boldsymbol{A}_i(i=1,2,\cdots,m)$ 为同阶方阵.

小贴士

矩阵的乘法比数的乘法要复杂得多. 在历史上也曾将矩阵 $\boldsymbol{A}=(a_{ij})_{m\times n}$ 与 $\boldsymbol{B}=(b_{ij})_{m\times n}$ 定义为 $\boldsymbol{AB}=(a_{ij}b_{ij})_{m\times n}$，称为哈达玛[①]乘积. 这种乘法在实践中的应用要少得多.

例 2.12　若两个 n 阶矩阵 $\boldsymbol{A}$ 和 $\boldsymbol{B}$ 满足 $\boldsymbol{AB}=\boldsymbol{BA}$，则称 $\boldsymbol{A}$ 与 $\boldsymbol{B}$ 是可交换的. 设矩

① 哈达玛(J. S. Hadamard，1865—1963)，法国数学家. 哈达玛最先证明了素数定理，在复变函数论方面有重要贡献，他的著作《变分法教程》为泛函分析近代理论奠定了基础.

阵 $\boldsymbol{A}=\begin{pmatrix}1 & 2\\ 0 & 1\end{pmatrix}$，求与 $\boldsymbol{A}$ 可交换的所有矩阵.

解　设矩阵 $\boldsymbol{B}$ 与 $\boldsymbol{A}$ 可交换，则 $\boldsymbol{AB}=\boldsymbol{BA}$，由此可知 $\boldsymbol{B}$ 为 2 阶矩阵.

设 $\boldsymbol{B}=\begin{pmatrix}x_{11} & x_{12}\\ x_{21} & x_{22}\end{pmatrix}$，于是

$$\boldsymbol{AB}=\begin{pmatrix}1 & 2\\ 0 & 1\end{pmatrix}\begin{pmatrix}x_{11} & x_{12}\\ x_{21} & x_{22}\end{pmatrix}=\begin{pmatrix}x_{11}+2x_{21} & x_{12}+2x_{22}\\ x_{21} & x_{22}\end{pmatrix}$$

$$\boldsymbol{BA}=\begin{pmatrix}x_{11} & x_{12}\\ x_{21} & x_{22}\end{pmatrix}\begin{pmatrix}1 & 2\\ 0 & 1\end{pmatrix}=\begin{pmatrix}x_{11} & 2x_{11}+x_{12}\\ x_{21} & 2x_{21}+x_{22}\end{pmatrix}$$

由 $\boldsymbol{AB}=\boldsymbol{BA}$，得

$$\begin{cases}x_{11}+2x_{21}=x_{11}\\ x_{12}+2x_{22}=2x_{11}+x_{12}\\ x_{21}=x_{21}\\ x_{22}=2x_{21}+x_{22}\end{cases}$$

解得 $x_{11}=x_{22}$，$x_{21}=0$. 令 $x_{11}=x_{22}=a$，$x_{12}=b$，则与 $\boldsymbol{A}$ 可交换的所有矩阵为

$$\boldsymbol{B}=\begin{pmatrix}a & b\\ 0 & a\end{pmatrix}$$

下面给出矩阵乘法应用的两个重要例子.

例 2.13（线性方程组的矩阵形式）　设有线性方程组

$$\begin{cases}a_{11}x_1+a_{12}x_2+\cdots+a_{1n}x_n=b_1\\ a_{21}x_1+a_{22}x_2+\cdots+a_{2n}x_n=b_2\\ \qquad\vdots\\ a_{m1}x_1+a_{m2}x_2+\cdots+a_{mn}x_n=b_m\end{cases}\tag{2.3}$$

根据矩阵相等的定义，可以把式(2.3)写成

$$\begin{pmatrix}a_{11}x_1+a_{12}x_2+\cdots+a_{1n}x_n\\ a_{21}x_1+a_{22}x_2+\cdots+a_{2n}x_n\\ \vdots\\ a_{m1}x_1+a_{m2}x_2+\cdots+a_{mn}x_n\end{pmatrix}=\begin{pmatrix}b_1\\ b_2\\ \vdots\\ b_m\end{pmatrix}\tag{2.4}$$

利用矩阵乘法，又可把式(2.4)写成

$$\begin{pmatrix}a_{11} & a_{12} & \cdots & a_{1n}\\ a_{21} & a_{22} & \cdots & a_{2n}\\ \vdots & \vdots & & \vdots\\ a_{m1} & a_{m2} & \cdots & a_{mn}\end{pmatrix}\begin{pmatrix}x_1\\ x_2\\ \vdots\\ x_n\end{pmatrix}=\begin{pmatrix}b_1\\ b_2\\ \vdots\\ b_m\end{pmatrix}\tag{2.5}$$

即

$$\boldsymbol{Ax}=\boldsymbol{b} \tag{2.6}$$

其中

$$\boldsymbol{A}=(a_{ij})_{m\times n},\quad \boldsymbol{x}=\begin{pmatrix}x_1\\x_2\\\vdots\\x_n\end{pmatrix},\quad \boldsymbol{b}=\begin{pmatrix}b_1\\b_2\\\vdots\\b_m\end{pmatrix}$$

称式(2.6)为式(2.3)的矩阵表示形式.

例 2.14　在平面直角坐标系中，坐标轴绕原点逆时针旋转 θ 角(图 2.2)，点 M 在新坐标系下的坐标(x', y')与原坐标系下的坐标(x, y)之间的关系为

$$\begin{cases}x=x'\cos\theta-y'\sin\theta\\ y=x'\sin\theta+y'\cos\theta\end{cases} \tag{2.7}$$

利用矩阵的乘法，式(2.7)可以写成

$$\begin{pmatrix}x\\y\end{pmatrix}=\boldsymbol{A}\begin{pmatrix}x'\\y'\end{pmatrix} \tag{2.8}$$

其中，$\boldsymbol{A}=\begin{pmatrix}\cos\theta & -\sin\theta\\ \sin\theta & \cos\theta\end{pmatrix}$.

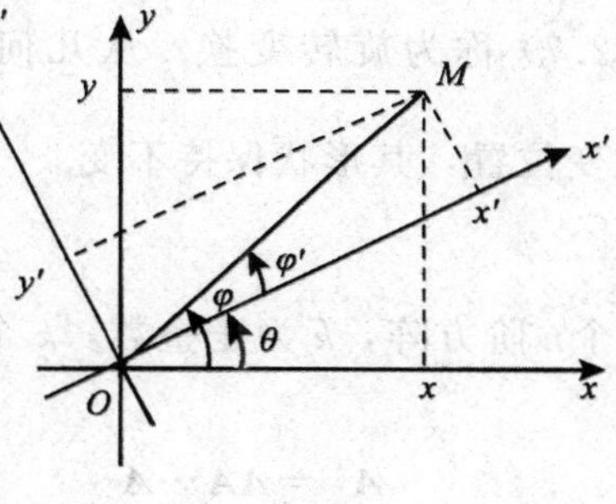

图 2.2

若再将坐标系 $x'Oy'$ 绕原点顺时针旋转 θ 角，则点 M 在坐标系 xOy 下的坐标(x, y)和坐标系 $x'Oy'$ 下的坐标(x', y')之间的关系为

$$\begin{pmatrix}x'\\y'\end{pmatrix}=\boldsymbol{B}\begin{pmatrix}x\\y\end{pmatrix} \tag{2.9}$$

其中，$\boldsymbol{B}=\begin{pmatrix}\cos(-\theta) & -\sin(-\theta)\\ \sin(-\theta) & \cos(-\theta)\end{pmatrix}=\begin{pmatrix}\cos\theta & \sin\theta\\ -\sin\theta & \cos\theta\end{pmatrix}$.

一般地，称

$$\begin{cases} y_1 = a_{11}x_1 + a_{12}x_2 + \cdots + a_{1n}x_n \\ y_2 = a_{21}x_1 + a_{22}x_2 + \cdots + a_{2n}x_n \\ \qquad\vdots \\ y_m = a_{m1}x_1 + a_{m2}x_2 + \cdots + a_{mn}x_n \end{cases} \tag{2.10}$$

为从变量 x_1，x_2，$\cdots$，x_n 到 y_1，y_2，$\cdots$，y_m 的线性变换，其矩阵表示形式为

$$\boldsymbol{y} = \boldsymbol{A}\boldsymbol{x} \tag{2.11}$$

其中

$$\boldsymbol{A} = \begin{pmatrix} a_{11} & a_{12} & \cdots & a_{1n} \\ a_{21} & a_{22} & \cdots & a_{2n} \\ \vdots & \vdots & & \vdots \\ a_{m1} & a_{m2} & \cdots & a_{mn} \end{pmatrix}$$

称为线性变换矩阵，且

$$\boldsymbol{y} = \begin{pmatrix} y_1 \\ y_2 \\ \vdots \\ y_m \end{pmatrix}, \quad \boldsymbol{x} = \begin{pmatrix} x_1 \\ x_2 \\ \vdots \\ x_n \end{pmatrix}$$

显然，线性变换式(2.11)完全由矩阵 $\boldsymbol{A}$ 唯一确定. 当线性变换矩阵 $\boldsymbol{A} = \begin{pmatrix} \cos\theta & -\sin\theta \\ \sin\theta & \cos\theta \end{pmatrix}$时，式(2.7)称为旋转变换. 从几何意义上看，在旋转变换作用下，任何平面图形仅仅改变位置，其形状保持不变.

2. **方阵的幂**

定义 2.6 设 $\boldsymbol{A}$ 为一个 n 阶方阵，k 为正整数，k 个 $\boldsymbol{A}$ 的连乘积称为 $\boldsymbol{A}$ 的 k 次幂，记作 $\boldsymbol{A}^k$，即

$$\boldsymbol{A}^k = \underbrace{\boldsymbol{A}\boldsymbol{A}\cdots\boldsymbol{A}}_{k\text{个}}$$

规定 $\boldsymbol{A}^0 = \boldsymbol{I}$.

不难验证方阵的幂满足以下运算规律：

(1) $\boldsymbol{A}^k\boldsymbol{A}^l = \boldsymbol{A}^{k+l}$；

(2) $(\boldsymbol{A}^k)^l = \boldsymbol{A}^{kl}$.

其中，k、l 为非负整数.

小贴士

应当注意，由于矩阵的乘法不满足交换律，因此一般来说 $(\boldsymbol{A}\boldsymbol{B})^k \neq \boldsymbol{A}^k\boldsymbol{B}^k$，其中，$\boldsymbol{A}$、$\boldsymbol{B}$ 为同阶方阵，k 为正整数.

例 2.15　设矩阵

$$A=\begin{pmatrix}1&1&1&1\\1&1&-1&-1\\1&-1&1&-1\\1&-1&-1&1\end{pmatrix}$$

求 A^3、A^{10}.

解　因为

$$A^2=\begin{pmatrix}4&&&\\&4&&\\&&4&\\&&&4\end{pmatrix}=4I$$

所以

$$A^3=A^2A=(4I)A=4(IA)=4A$$

$$A^{10}=(A^2)^5=(4I)^5=4^5I^5=4^5I=\begin{pmatrix}4^5&&&\\&4^5&&\\&&4^5&\\&&&4^5\end{pmatrix}$$

例 2.16　设某城市有 15 万具有本科以上学历的人，其中有 1.5 万人是教师. 据调查，平均每年有 10% 的人从教师职业转为其他职业，又有 1% 的人从其他职业转为教师职业. 假设具有本科以上学历的人的总数为一常数，问 1 年后，有多少人从事教师职业？ 2 年后呢？

解　根据题意构造矩阵 A 如下：A 的第一行元素分别为 1 年后继续从事教师职业和从其他职业转为教师职业的百分比，A 的第二行元素分别为 1 年后从教师职业转为其他职业和继续从事其他职业的百分比. 因此

$$A=\begin{pmatrix}0.90&0.01\\0.10&0.99\end{pmatrix}.$$

令 x 表示从事教师职业和从事其他职业的人数，即 $x=\begin{pmatrix}1.5\\13.5\end{pmatrix}$. 则 1 年后从事教师职业和从事其他职业的人数为

$$Ax=\begin{pmatrix}0.90&0.01\\0.10&0.99\end{pmatrix}\begin{pmatrix}1.5\\13.5\end{pmatrix}=\begin{pmatrix}1.485\\13.515\end{pmatrix}$$

即 1 年后从事教师职业的人数为 1.485 万人，从事其他职业的人数为 13.515 万人. 2 年后从事教师职业和从事其他职业的人数为

$$A^2x=A(Ax)=\begin{pmatrix}0.90 & 0.01\\ 0.10 & 0.99\end{pmatrix}\begin{pmatrix}1.485\\ 13.515\end{pmatrix}=\begin{pmatrix}1.472\\ 13.528\end{pmatrix}$$

即2年后从事教师职业的人数为1.472万人，从事其他职业的人数为13.528万人. 一般地，n 年后从事教师职业和从事其他职业的人数可由 $A^n x$ 求得.

三、矩阵的转置

定义 2.7 设 $m\times n$ 矩阵

$$A=\begin{pmatrix}a_{11} & a_{12} & \cdots & a_{1n}\\ a_{12} & a_{22} & \cdots & a_{2n}\\ \vdots & \vdots & & \vdots\\ a_{m1} & a_{m2} & \cdots & a_{mn}\end{pmatrix}$$

将矩阵 A 的行依次换成列(列依次换成行)后所得到的 $n\times m$ 矩阵，称为 A 的转置矩阵，记作 A^{T} 或 A'，即

$$A^{\mathrm{T}}=\begin{pmatrix}a_{11} & a_{21} & \cdots & a_{m1}\\ a_{12} & a_{22} & \cdots & a_{m2}\\ \vdots & \vdots & & \vdots\\ a_{1n} & a_{2n} & \cdots & a_{mn}\end{pmatrix}$$

例如，设 $x=(x_1\quad x_2\quad\cdots\quad x_n)$，$x=(y_1\quad y_2\quad\cdots\quad y_n)$，则

$$x^{\mathrm{T}}x=\begin{pmatrix}x_1\\ x_2\\ \vdots\\ x_n\end{pmatrix}(y_1\quad y_2\quad\cdots\quad y_n)=\begin{pmatrix}x_1y_1 & x_1y_2 & \cdots & x_1y_n\\ x_2y_1 & x_2y_2 & \cdots & x_2y_n\\ \vdots & \vdots & & \vdots\\ x_ny_1 & x_ny_2 & \cdots & x_ny_n\end{pmatrix}$$

由对称矩阵和反对称矩阵的定义可知，如果 $A^{\mathrm{T}}=A$，则 A 为对称矩阵；如果 $A^{\mathrm{T}}=-A$，则 A 为反对称矩阵.

小贴士

显然，两个同阶对称矩阵的和仍为对称矩阵；数与对称矩阵的乘积仍为对称矩阵；两个反对称矩阵的和(差)仍为反对称矩阵；数与反对称矩阵的乘积仍为反对称矩阵.

应注意，两个对称矩阵的乘积不一定是对称矩阵. 例如，设

$$A=\begin{pmatrix}0 & 1\\ 1 & 1\end{pmatrix},\quad B=\begin{pmatrix}0 & 1\\ 1 & 0\end{pmatrix}$$

A、B 都是对称矩阵，但其乘积

$$AB=\begin{pmatrix}0&1\\1&1\end{pmatrix}\begin{pmatrix}0&1\\1&0\end{pmatrix}=\begin{pmatrix}1&0\\1&1\end{pmatrix}$$

却不是对称矩阵.

矩阵的转置运算满足以下运算规律：

(1) $(\boldsymbol{A}^{\mathrm{T}})^{\mathrm{T}}=\boldsymbol{A}$；

(2) $(\boldsymbol{A}+\boldsymbol{B})^{\mathrm{T}}=\boldsymbol{A}^{\mathrm{T}}+\boldsymbol{B}^{\mathrm{T}}$；

(3) $(k\boldsymbol{A})^{\mathrm{T}}=k\boldsymbol{A}^{\mathrm{T}}$（$k$ 为常数）；

(4) $(\boldsymbol{AB})^{\mathrm{T}}=\boldsymbol{B}^{\mathrm{T}}\boldsymbol{A}^{\mathrm{T}}$.

运算规律(2)、(4) 可以推广到有限个矩阵的情形，即

$$(\boldsymbol{A}_1+\boldsymbol{A}_2+\cdots+\boldsymbol{A}_m)^{\mathrm{T}}=\boldsymbol{A}_1^{\mathrm{T}}+\boldsymbol{A}_2^{\mathrm{T}}+\cdots+\boldsymbol{A}_m^{\mathrm{T}}$$

$$(\boldsymbol{A}_1\boldsymbol{A}_2\cdots\boldsymbol{A}_m)^{\mathrm{T}}=\boldsymbol{A}_m^{\mathrm{T}}\boldsymbol{A}_{m-1}^{\mathrm{T}}\cdots\boldsymbol{A}_2^{\mathrm{T}}\boldsymbol{A}_1^{\mathrm{T}}$$

第三节　逆　矩　阵

当常数 $a\neq0$ 时，一元一次代数方程 $ax=b$ 的解为 $x=\dfrac{b}{a}$，也可以写成 $x=a^{-1}b$. 它可以看成是由 a^{-1} 乘方程 $ax=b$ 两端而得到的. 同样的想法可用于含 n 个未知量 n 个方程的线性方程组 $\boldsymbol{Ax}=\boldsymbol{b}$，即如果存在方阵 $\boldsymbol{B}$，使 $\boldsymbol{BA}=\boldsymbol{I}$，则可用 $\boldsymbol{B}$ 左乘 $\boldsymbol{Ax}=\boldsymbol{b}$ 的两端，就得到 $\boldsymbol{Ix}=\boldsymbol{Bb}$，从而得到方程组的解 $\boldsymbol{x}=\boldsymbol{Bb}$. 数学上把这样的方阵 $\boldsymbol{B}$($\boldsymbol{BA}=\boldsymbol{I}$) 称为方阵 $\boldsymbol{A}$ 的逆矩阵.

一、逆矩阵的概念

定义 2.8　设 $\boldsymbol{A}$ 为 n 阶方阵，若存在 n 阶方阵 $\boldsymbol{B}$，使得

$$\boldsymbol{AB}=\boldsymbol{BA}=\boldsymbol{I}$$

则称矩阵 $\boldsymbol{A}$ 是可逆矩阵(invertible matrix)，简称 $\boldsymbol{A}$ 可逆，而矩阵 $\boldsymbol{B}$ 称为矩阵 $\boldsymbol{A}$ 的逆矩阵(inverse matrix).

例如，对于第二节中式(2.8)、式(2.9) 中的矩阵 $\boldsymbol{A}$、$\boldsymbol{B}$，因为

$$\begin{aligned}\boldsymbol{AB}&=\begin{pmatrix}\cos\theta&-\sin\theta\\\sin\theta&\cos\theta\end{pmatrix}\begin{pmatrix}\cos\theta&\sin\theta\\-\sin\theta&\cos\theta\end{pmatrix}\\&=\begin{pmatrix}\cos\theta&\sin\theta\\-\sin\theta&\cos\theta\end{pmatrix}\begin{pmatrix}\cos\theta&-\sin\theta\\\sin\theta&\cos\theta\end{pmatrix}\\&=\boldsymbol{BA}=\begin{pmatrix}1&0\\0&1\end{pmatrix}\end{aligned}$$

所以矩阵$\begin{pmatrix}\cos\theta & -\sin\theta\\ \sin\theta & \cos\theta\end{pmatrix}$可逆，且$\begin{pmatrix}\cos\theta & \sin\theta\\ -\sin\theta & \cos\theta\end{pmatrix}$是其逆矩阵.

如果矩阵$\boldsymbol{A}$可逆，则$\boldsymbol{A}$的逆矩阵是唯一的. 事实上，假设矩阵$\boldsymbol{B}$和$\boldsymbol{B}_1$都是$\boldsymbol{A}$的逆矩阵，则

$$\boldsymbol{AB}=\boldsymbol{BA}=\boldsymbol{I},\quad \boldsymbol{AB}_1=\boldsymbol{B}_1\boldsymbol{A}=\boldsymbol{I}$$

于是

$$\boldsymbol{B}=\boldsymbol{BI}=\boldsymbol{B}(\boldsymbol{AB}_1)=(\boldsymbol{BA})\boldsymbol{B}_1=\boldsymbol{IB}_1=\boldsymbol{B}_1$$

把矩阵$\boldsymbol{A}$唯一的逆矩阵记作$\boldsymbol{A}^{-1}$.

下面要解决的问题是：在什么条件下方阵是可逆的？当方阵可逆时，又如何求其逆矩阵？

定义 2.9 设$\boldsymbol{A}$为n阶方阵，若$|\boldsymbol{A}|\neq 0$，则称$\boldsymbol{A}$为非奇异矩阵(nonsingular matrix)；否则，称$\boldsymbol{A}$为奇异矩阵(singular matrix).

定义 2.10 设矩阵$\boldsymbol{A}=(a_{ij})_{n\times n}(n\geqslant 2)$，矩阵

$$\boldsymbol{A}^*=\begin{pmatrix}\boldsymbol{A}_{11} & \boldsymbol{A}_{21} & \cdots & \boldsymbol{A}_{n1}\\ \boldsymbol{A}_{12} & \boldsymbol{A}_{22} & \cdots & \boldsymbol{A}_{n2}\\ \vdots & \vdots & & \vdots\\ \boldsymbol{A}_{1n} & \boldsymbol{A}_{2n} & \cdots & \boldsymbol{A}_{nn}\end{pmatrix}$$

其中，$\boldsymbol{A}_{ij}(i,j=1,2,\cdots,n)$是$|\boldsymbol{A}|$中元素$a_{ij}$的代数余子式，称为$\boldsymbol{A}$的伴随矩阵(adjoint matrix).

关于伴随矩阵，有下面的重要结论.

定理 2.1 设矩阵$\boldsymbol{A}=(a_{ij})_{n\times n}(n\geqslant 2)$，则

$$\boldsymbol{AA}^*=\boldsymbol{A}^*\boldsymbol{A}=|\boldsymbol{A}|\boldsymbol{I} \tag{2.12}$$

证 由矩阵乘法定义及定义 2.7 和定义 2.8 得

$$\boldsymbol{AA}^*=\begin{pmatrix}a_{11} & a_{12} & \cdots & a_{1n}\\ a_{21} & a_{22} & \cdots & a_{2n}\\ \vdots & \vdots & & \vdots\\ a_{n1} & a_{n2} & \cdots & a_{nn}\end{pmatrix}\begin{pmatrix}\boldsymbol{A}_{11} & \boldsymbol{A}_{21} & \cdots & \boldsymbol{A}_{n1}\\ \boldsymbol{A}_{12} & \boldsymbol{A}_{22} & \cdots & \boldsymbol{A}_{n2}\\ \vdots & \vdots & & \vdots\\ \boldsymbol{A}_{1n} & \boldsymbol{A}_{2n} & \cdots & \boldsymbol{A}_{nn}\end{pmatrix}$$

$$=\begin{pmatrix}|\boldsymbol{A}| & 0 & \cdots & 0\\ 0 & |\boldsymbol{A}| & \cdots & 0\\ \vdots & \vdots & & \vdots\\ 0 & 0 & \cdots & |\boldsymbol{A}|\end{pmatrix}=|\boldsymbol{A}|\boldsymbol{I}$$

同理可得$\boldsymbol{A}^*\boldsymbol{A}=|\boldsymbol{A}|\boldsymbol{I}$. 所以

$$\boldsymbol{AA}^*=\boldsymbol{A}^*\boldsymbol{A}=|\boldsymbol{A}|\boldsymbol{I}$$

若$|\boldsymbol{A}|\neq 0$，则由式(2.12)可得

$$\boldsymbol{A}\left(\frac{1}{|\boldsymbol{A}|}\boldsymbol{A}^*\right)=\left(\frac{1}{|\boldsymbol{A}|}\boldsymbol{A}^*\right)\boldsymbol{A}=\boldsymbol{I} \tag{2.13}$$

即 $\boldsymbol{A}$ 可逆，且 $\boldsymbol{A}^{-1}=\frac{1}{|\boldsymbol{A}|}\boldsymbol{A}^*$.

定理 2.2　n 阶方阵 $\boldsymbol{A}=(a_{ij})$ 可逆的充要条件是 $\boldsymbol{A}$ 为非奇异矩阵，且当其可逆时，有 $\boldsymbol{A}^{-1}=\frac{1}{|\boldsymbol{A}|}\boldsymbol{A}^*$.

证　必要性：设 $\boldsymbol{A}$ 可逆，则存在 $\boldsymbol{A}^{-1}$，有

$$\boldsymbol{A}\boldsymbol{A}^{-1}=\boldsymbol{I}$$

从而 $|\boldsymbol{A}\boldsymbol{A}^{-1}|=|\boldsymbol{I}|=1$，即

$$|\boldsymbol{A}|\cdot|\boldsymbol{A}^{-1}|=1$$

所以 $|\boldsymbol{A}|\neq 0$，即 $\boldsymbol{A}$ 为非奇异矩阵.

充分性：设 $|\boldsymbol{A}|\neq 0$，令 $\boldsymbol{B}=\frac{1}{|\boldsymbol{A}|}\boldsymbol{A}^*$，由式(2.13)可知

$$\boldsymbol{A}\boldsymbol{B}=\boldsymbol{B}\boldsymbol{A}=\boldsymbol{I}$$

即 $\boldsymbol{A}$ 可逆，且 $\boldsymbol{A}^{-1}=\frac{1}{|\boldsymbol{A}|}\boldsymbol{A}^*$.

定理 2.2 给出了判断方阵是否可逆的充要条件，并且给出了求逆矩阵的一种方法——伴随矩阵法.

例 2.17　判定矩阵

$$\boldsymbol{A}=\begin{pmatrix}1&0&1\\2&1&0\\-3&2&-5\end{pmatrix}$$

是否可逆，若可逆，求其逆矩阵.

解　因为 $|\boldsymbol{A}|=2\neq 0$，所以 $\boldsymbol{A}$ 可逆．又 $\boldsymbol{A}$ 的伴随矩阵为

$$\boldsymbol{A}^*=\begin{pmatrix}-5&2&-1\\10&-2&2\\7&-2&1\end{pmatrix}$$

于是

$$\boldsymbol{A}^{-1}=\frac{1}{|\boldsymbol{A}|}\boldsymbol{A}^*=\frac{1}{2}\begin{pmatrix}-5&2&-1\\10&-2&2\\7&-2&1\end{pmatrix}$$

$$=\begin{pmatrix} -\frac{5}{2} & 1 & -\frac{1}{2} \\ 5 & -1 & 1 \\ \frac{7}{2} & -1 & \frac{1}{2} \end{pmatrix}$$

推论　设$\boldsymbol{A}$、$\boldsymbol{B}$为同阶方阵，若$\boldsymbol{AB}=\boldsymbol{I}$，则$\boldsymbol{A}$、$\boldsymbol{B}$都可逆，且$\boldsymbol{A}^{-1}=\boldsymbol{B}$，$\boldsymbol{B}^{-1}=\boldsymbol{A}$.

证　由$\boldsymbol{AB}=\boldsymbol{I}$，得$|\boldsymbol{AB}|=|\boldsymbol{A}|\cdot|\boldsymbol{B}|=|\boldsymbol{I}|=1$，所以$|\boldsymbol{A}|\neq 0$，$|\boldsymbol{B}|\neq 0$，即$\boldsymbol{A}$、$\boldsymbol{B}$都可逆，从而$\boldsymbol{A}^{-1}$、$\boldsymbol{B}^{-1}$都存在. 这时有

$$\boldsymbol{A}^{-1}=\boldsymbol{A}^{-1}\boldsymbol{I}=\boldsymbol{A}^{-1}(\boldsymbol{AB})=(\boldsymbol{A}^{-1}\boldsymbol{A})\boldsymbol{B}=\boldsymbol{IB}=\boldsymbol{B}$$

$$\boldsymbol{B}^{-1}=\boldsymbol{IB}^{-1}=(\boldsymbol{AB})\boldsymbol{B}^{-1}=\boldsymbol{A}(\boldsymbol{BB}^{-1})=\boldsymbol{AI}=\boldsymbol{A}$$

这一结果表明：要验证矩阵$\boldsymbol{A}$可逆，且$\boldsymbol{A}$的逆矩阵为$\boldsymbol{B}$，只要验证$\boldsymbol{AB}=\boldsymbol{I}$即可.

例 2.18　设

$$\boldsymbol{A}=\begin{pmatrix} a_1 & 0 & \cdots & 0 \\ 0 & a_2 & \cdots & 0 \\ \vdots & \vdots & & \vdots \\ 0 & 0 & \cdots & a_n \end{pmatrix}\quad (a_i\neq 0,\ i=1,\ 2,\ \cdots,\ n)$$

验证

$$\boldsymbol{A}^{-1}=\begin{pmatrix} \frac{1}{a_1} & 0 & \cdots & 0 \\ 0 & \frac{1}{a_2} & \cdots & 0 \\ \vdots & \vdots & & \vdots \\ 0 & 0 & \cdots & \frac{1}{a_n} \end{pmatrix}$$

证　因为

$$\begin{pmatrix} a_1 & 0 & \cdots & 0 \\ 0 & a_2 & \cdots & 0 \\ \vdots & \vdots & & \vdots \\ 0 & 0 & \cdots & a_n \end{pmatrix}\begin{pmatrix} \frac{1}{a_1} & 0 & \cdots & 0 \\ 0 & \frac{1}{a_2} & \cdots & 0 \\ \vdots & \vdots & & \vdots \\ 0 & 0 & \cdots & \frac{1}{a_n} \end{pmatrix}=\boldsymbol{I}$$

所以

$$\boldsymbol{A}^{-1}=\begin{pmatrix}\frac{1}{a_1} & 0 & \cdots & 0\\ 0 & \frac{1}{a_2} & \cdots & 0\\ \vdots & \vdots & & \vdots\\ 0 & 0 & \cdots & \frac{1}{a_n}\end{pmatrix}$$

例 2.19　设 n 阶方阵 $\boldsymbol{A}$ 满足 $a\boldsymbol{A}^2+b\boldsymbol{A}+c\boldsymbol{I}=\boldsymbol{O}$，证明 $\boldsymbol{A}$ 可逆，并求 $\boldsymbol{A}^{-1}$(a、b、c、为常数，且 $c\neq 0$).

解　由 $a\boldsymbol{A}^2+b\boldsymbol{A}+c\boldsymbol{I}=\boldsymbol{O}$，得

$$a\boldsymbol{A}^2+b\boldsymbol{A}=-c\boldsymbol{I}$$

又 $c\neq 0$，于是

$$-\frac{a}{c}\boldsymbol{A}^2-\frac{b}{c}\boldsymbol{A}=\boldsymbol{I}$$

即

$$\left(-\frac{a}{c}\boldsymbol{A}-\frac{b}{c}\boldsymbol{I}\right)\boldsymbol{A}=\boldsymbol{I}$$

由定理 2.2 的推论知，$\boldsymbol{A}$ 可逆，且

$$\boldsymbol{A}^{-1}=-\frac{a}{c}\boldsymbol{A}-\frac{b}{c}\boldsymbol{I}$$

例 2.20　解矩阵方程

$$\boldsymbol{AX}=2\boldsymbol{X}+\boldsymbol{B}$$

其中

$$\boldsymbol{A}=\begin{pmatrix}4 & 0 & 0\\ 0 & 1 & -1\\ 0 & 1 & 4\end{pmatrix},\quad \boldsymbol{B}=\begin{pmatrix}3 & 6\\ 1 & 1\\ 2 & -3\end{pmatrix}$$

解　由 $\boldsymbol{AX}=2\boldsymbol{X}+\boldsymbol{B}$ 得 $\boldsymbol{AX}-2\boldsymbol{X}=\boldsymbol{B}$，即

$$(\boldsymbol{A}-2\boldsymbol{I})\boldsymbol{X}=\boldsymbol{B} \tag{2.14}$$

矩阵

$$\boldsymbol{A}-2\boldsymbol{I}=\begin{pmatrix}2 & 0 & 0\\ 0 & -1 & -1\\ 0 & 1 & 2\end{pmatrix}$$

显然可逆，用 $(\boldsymbol{A}-2\boldsymbol{I})^{-1}$ 左乘式(2.14)两边，得

$$\boldsymbol{X}=(\boldsymbol{A}-2\boldsymbol{I})^{-1}\boldsymbol{B}$$

而

$$(\boldsymbol{A}-2\boldsymbol{I})^{-1}=\frac{1}{|\boldsymbol{A}-2\boldsymbol{I}|}(\boldsymbol{A}-2\boldsymbol{I})^{*}$$

$$=\frac{1}{-2}\begin{pmatrix}-1 & 0 & 0\\ 0 & 4 & 2\\ 0 & -2 & -2\end{pmatrix}=\begin{pmatrix}\frac{1}{2} & 0 & 0\\ 0 & -2 & -1\\ 0 & 1 & 1\end{pmatrix}$$

于是

$$\boldsymbol{X}=(\boldsymbol{A}-2\boldsymbol{I})^{-1}\boldsymbol{B}=\begin{pmatrix}\frac{1}{2} & 0 & 0\\ 0 & -2 & -1\\ 0 & 1 & 1\end{pmatrix}\begin{pmatrix}3 & 6\\ 1 & 1\\ 2 & -3\end{pmatrix}$$

$$=\begin{pmatrix}\frac{3}{2} & 3\\ -4 & 1\\ 3 & -2\end{pmatrix}$$

利用定理 2.2 可简洁地证明定理 1.6（克拉默法则）. 首先利用矩阵运算规律，可将线性方程组

$$\begin{cases}a_{11}x_1+a_{12}x_2+\cdots+a_{1n}x_n=b_1\\ a_{21}x_1+a_{22}x_2+\cdots+a_{2n}x_n=b_2\\ \qquad\qquad\vdots\\ a_{n1}x_1+a_{n2}x_2+\cdots+a_{nn}x_n=b_n\end{cases}$$

改写为

$$\boldsymbol{Ax}=\boldsymbol{b} \tag{2.15}$$

其中，$\boldsymbol{A}=(a_{ij})_{n\times n}$ 为系数矩阵；$\boldsymbol{x}=(x_1\quad x_2\quad\cdots\quad x_n)^{\mathrm{T}}$ 为未知量矩阵；$\boldsymbol{b}=(b_1\quad b_2\quad\cdots\quad b_n)^{\mathrm{T}}$ 为常数项矩阵.

克拉默法则的条件是 $|\boldsymbol{A}|=D\neq 0$，故 $\boldsymbol{A}^{-1}$ 存在. 令 $\boldsymbol{x}=\boldsymbol{A}^{-1}\boldsymbol{b}$，有 $\boldsymbol{Ax}=\boldsymbol{AA}^{-1}\boldsymbol{b}=\boldsymbol{b}$，故 $\boldsymbol{x}=\boldsymbol{A}^{-1}\boldsymbol{b}$ 是方程组(2.15)的解. 在式(2.15)两边左乘 $\boldsymbol{A}^{-1}$，得 $\boldsymbol{x}=\boldsymbol{A}^{-1}\boldsymbol{b}$. 根据逆矩阵的唯一性可知，$\boldsymbol{x}=\boldsymbol{A}^{-1}\boldsymbol{b}$ 是方程组(2.15)的唯一解.

由逆矩阵公式 $\boldsymbol{A}^{-1}=\frac{1}{|\boldsymbol{A}|}\boldsymbol{A}^{*}$，得 $\boldsymbol{x}=\boldsymbol{A}^{-1}\boldsymbol{b}=\frac{1}{|\boldsymbol{A}|}\boldsymbol{A}^{*}\boldsymbol{b}$，即

$$x=\begin{pmatrix}x_1\\x_2\\\vdots\\x_n\end{pmatrix}=\frac{1}{D}\begin{pmatrix}A_{11}&A_{21}&\cdots&A_{n1}\\A_{12}&A_{22}&\cdots&A_{n2}\\\vdots&\vdots&&\vdots\\A_{1n}&A_{2n}&\cdots&A_{nn}\end{pmatrix}\begin{pmatrix}b_1\\b_2\\\vdots\\b_n\end{pmatrix}=\frac{1}{D}\begin{pmatrix}\sum_{i=1}^{n}A_{i1}b_i\\\sum_{i=1}^{n}A_{i2}b_i\\\vdots\\\sum_{i=1}^{n}A_{in}b_i\end{pmatrix}=\frac{1}{D}\begin{pmatrix}D_1\\D_2\\\vdots\\D_n\end{pmatrix}$$

从而

$$x_1=\frac{D_1}{D},\quad x_2=\frac{D_2}{D},\quad \cdots,\quad x_n=\frac{D_n}{D}$$

至此，克拉默法则证毕.

二、可逆矩阵的性质

可逆矩阵有下列一些基本性质.

设 $\boldsymbol{A}$、$\boldsymbol{B}$ 为同阶可逆方阵，常数 $k\neq 0$，则

(1) $\boldsymbol{A}^{-1}$ 可逆，且 $(\boldsymbol{A}^{-1})^{-1}=\boldsymbol{A}$；

(2) $\boldsymbol{A}^{\mathrm{T}}$ 可逆，且 $(\boldsymbol{A}^{\mathrm{T}})^{-1}=(\boldsymbol{A}^{-1})^{\mathrm{T}}$；

(3) $k\boldsymbol{A}$ 可逆，且 $(k\boldsymbol{A})^{-1}=\dfrac{1}{k}\boldsymbol{A}^{-1}$；

(4) $\boldsymbol{AB}$ 可逆，且 $(\boldsymbol{AB})^{-1}=\boldsymbol{B}^{-1}\boldsymbol{A}^{-1}$；

(5) $|\boldsymbol{A}^{-1}|=\dfrac{1}{|\boldsymbol{A}|}$.

由定理 2.2 的推论不难推证性质(1)～(4)，性质(5)可由 $\boldsymbol{AA}^{-1}=\boldsymbol{I}$，从而 $|\boldsymbol{A}|\cdot|\boldsymbol{A}^{-1}|=1$ 推得.

性质(4)可以推广到有限个同阶可逆方阵的情形，即若 $\boldsymbol{A}_1$，$\boldsymbol{A}_2$，…，$\boldsymbol{A}_m$ 为同阶可逆方阵，则 $\boldsymbol{A}_1\boldsymbol{A}_2\cdots\boldsymbol{A}_m$ 可逆，且

$$(\boldsymbol{A}_1\boldsymbol{A}_2\cdots\boldsymbol{A}_m)^{-1}=\boldsymbol{A}_m^{-1}\boldsymbol{A}_{m-1}^{-1}\cdots\boldsymbol{A}_1^{-1}$$

例 2.21　设矩阵 $\boldsymbol{D}=\boldsymbol{A}^{-1}\boldsymbol{B}^{\mathrm{T}}(\boldsymbol{CB}^{-1}+\boldsymbol{I})^{\mathrm{T}}-[(\boldsymbol{C}^{-1})^{\mathrm{T}}\boldsymbol{A}]^{-1}$，其中

$$\boldsymbol{A}=\begin{pmatrix}1&0&0\\0&\frac{1}{2}&0\\0&0&\frac{1}{3}\end{pmatrix},\quad \boldsymbol{B}=\begin{pmatrix}1&2&0\\2&1&0\\0&0&1\end{pmatrix},\quad \boldsymbol{C}=\begin{pmatrix}1&2&3\\4&5&6\\7&8&10\end{pmatrix}$$

求矩阵 $\boldsymbol{D}$.

解　直接计算 $\boldsymbol{D}$ 运算量很大，所以先对 $\boldsymbol{D}$ 的表达式进行化简.

$$\begin{aligned}\boldsymbol{D}&=\boldsymbol{A}^{-1}\left[(\boldsymbol{C}\boldsymbol{B}^{-1}+\boldsymbol{I})\boldsymbol{B}\right]^{\mathrm{T}}-\boldsymbol{A}^{-1}\left[(\boldsymbol{C}^{\mathrm{T}})^{-1}\right]^{-1}\\&=\boldsymbol{A}^{-1}(\boldsymbol{C}+\boldsymbol{B})^{\mathrm{T}}-\boldsymbol{A}^{-1}\boldsymbol{C}^{\mathrm{T}}\\&=\boldsymbol{A}^{-1}(\boldsymbol{C}^{\mathrm{T}}+\boldsymbol{B}^{\mathrm{T}}-\boldsymbol{C}^{\mathrm{T}})\\&=\boldsymbol{A}^{-1}\boldsymbol{B}^{\mathrm{T}}\end{aligned}$$

而

$$\boldsymbol{A}^{-1}=\begin{pmatrix}1&0&0\\0&\frac{1}{2}&0\\0&0&\frac{1}{3}\end{pmatrix}^{-1}=\begin{pmatrix}1&0&0\\0&2&0\\0&0&3\end{pmatrix}$$

所以

$$\boldsymbol{D}=\boldsymbol{A}^{-1}\boldsymbol{B}^{\mathrm{T}}=\begin{pmatrix}1&0&0\\0&2&0\\0&0&3\end{pmatrix}\begin{pmatrix}1&2&0\\2&1&0\\0&0&1\end{pmatrix}=\begin{pmatrix}1&2&0\\4&2&0\\0&0&3\end{pmatrix}$$

第四节　分块矩阵

一、分块矩阵的概念

在处理行数和列数较大的矩阵或结构特殊的矩阵时，经常用一些横线和竖线把矩阵分割成若干小块，这时说对矩阵进行了分块，每一个小块称为矩阵的子块或子矩阵. 以子块为元素的形式上的矩阵称为分块矩阵.

例如，设

$$\boldsymbol{A}=\begin{pmatrix}1&1&0&0&0\\-2&0&1&0&0\\3&0&1&-1&2\end{pmatrix}$$

把 $\boldsymbol{A}$ 分成四块，即

$$\boldsymbol{A}=\left(\begin{array}{ccc:cc}1&1&0&0&0\\-2&0&1&0&0\\\hdashline 3&0&1&-1&2\end{array}\right)$$

这时，把 $\boldsymbol{A}$ 简单地写成分块的形式，有

$$A=\begin{pmatrix}A_1 & O\\ A_2 & A_3\end{pmatrix}$$

其中

$$A_1=\begin{pmatrix}1 & 1 & 0\\ -2 & 0 & 1\end{pmatrix},\quad O=\begin{pmatrix}0 & 0\\ 0 & 0\end{pmatrix}$$

$$A_2=(3\quad 0\quad 1),\quad A_3=(-1\quad 2)$$

给定一个矩阵，可以根据不同需要，采用不同的分块方法. 如上例中的矩阵 A 也可按下面几种方式分块：

$$A=\left(\begin{array}{c:c:cc}1 & 1 & 0 & 0 \quad 0\\ -2 & 0 & 1 & 0 \quad 0\\ \hdashline 3 & 0 & 1 & -1 \quad 2\end{array}\right)$$

$$A=\left(\begin{array}{c:c:c:c:c}1 & 1 & 0 & 0 & 0\\ -2 & 0 & 1 & 0 & 0\\ 3 & 0 & 1 & -1 & 2\end{array}\right)$$

二、分块矩阵的运算

在做分块矩阵的运算时，把子块作为元素处理，分块矩阵的运算规则与普通矩阵的运算规则类似.

1. 分块矩阵的加法和数与分块矩阵的乘法

设矩阵 $A=(a_{ij})_{m\times n}$，$B=(b_{ij})_{m\times n}$，将它们按同一种方法分块，得分块矩阵

$$A=\begin{pmatrix}A_{11} & A_{12} & \cdots & A_{1t}\\ A_{21} & A_{22} & \cdots & A_{2t}\\ \vdots & \vdots & & \vdots\\ A_{s1} & A_{s2} & \cdots & A_{st}\end{pmatrix},\quad B=\begin{pmatrix}B_{11} & B_{12} & \cdots & B_{1t}\\ B_{21} & B_{22} & \cdots & B_{2t}\\ \vdots & \vdots & & \vdots\\ B_{s1} & B_{s2} & \cdots & B_{st}\end{pmatrix}$$

其中，A_{ij} 与 B_{ij}（$i=1, 2, \cdots, s$；$j=1, 2, \cdots, t$）是同型子块，则

$$A+B=\begin{pmatrix}A_{11}+B_{11} & A_{12}+B_{12} & \cdots & A_{1t}+B_{1t}\\ A_{21}+B_{21} & A_{22}+B_{22} & \cdots & A_{2t}+B_{2t}\\ \vdots & \vdots & & \vdots\\ A_{s1}+B_{s1} & A_{s2}+B_{s2} & \cdots & A_{st}+B_{st}\end{pmatrix}$$

$$kA=\begin{pmatrix}kA_{11} & kA_{12} & \cdots & kA_{1t}\\ kA_{21} & kA_{22} & \cdots & kA_{2t}\\ \vdots & \vdots & & \vdots\\ kA_{s1} & kA_{s2} & \cdots & kA_{st}\end{pmatrix}\quad (k\text{ 为常数})$$

2. **分块矩阵的乘法**

设矩阵 $\boldsymbol{A}=(a_{ik})_{m\times s}$，$\boldsymbol{B}=(b_{kj})_{s\times n}$，把 $\boldsymbol{A}$、$\boldsymbol{B}$ 分块，使 $\boldsymbol{A}$ 的列分法和 $\boldsymbol{B}$ 的行分法一致，得分块矩阵

$$\boldsymbol{A}=\begin{pmatrix}\boldsymbol{A}_{11} & \boldsymbol{A}_{12} & \cdots & \boldsymbol{A}_{1t}\\ \boldsymbol{A}_{21} & \boldsymbol{A}_{22} & \cdots & \boldsymbol{A}_{2t}\\ \vdots & \vdots & & \vdots\\ \boldsymbol{A}_{l1} & \boldsymbol{A}_{l2} & \cdots & \boldsymbol{A}_{lt}\end{pmatrix}\begin{matrix}m_1\\ m_2\\ \vdots\\ m_l\end{matrix}$$
$$\qquad\begin{matrix}s_1 & s_2 & \cdots & s_t\end{matrix}$$

$$\boldsymbol{B}=\begin{pmatrix}\boldsymbol{B}_{11} & \boldsymbol{B}_{12} & \cdots & \boldsymbol{B}_{1r}\\ \boldsymbol{B}_{21} & \boldsymbol{B}_{22} & \cdots & \boldsymbol{B}_{2r}\\ \vdots & \vdots & & \vdots\\ \boldsymbol{B}_{t1} & \boldsymbol{B}_{t2} & \cdots & \boldsymbol{B}_{tr}\end{pmatrix}\begin{matrix}s_1\\ s_2\\ \vdots\\ s_t\end{matrix}$$
$$\qquad\begin{matrix}n_1 & n_2 & \cdots & n_r\end{matrix}$$

这里矩阵右边的数 m_1，m_2，…，m_l 和 s_1，s_2，…，s_t 分别表示它们左边的小块矩阵的行数；而矩阵下面的数 s_1，s_2，…，s_t 和 n_1，n_2，…，n_r 分别表示它们上面的小块矩阵的列数．于是 $\sum\limits_{i=1}^{l}m_i=m$，$\sum\limits_{k=1}^{t}s_k=s$，$\sum\limits_{j=1}^{r}n_j=n$，则

$$\boldsymbol{AB}=\begin{pmatrix}\boldsymbol{C}_{11} & \boldsymbol{C}_{12} & \cdots & \boldsymbol{C}_{1r}\\ \boldsymbol{C}_{21} & \boldsymbol{C}_{22} & \cdots & \boldsymbol{C}_{2r}\\ \vdots & \vdots & & \vdots\\ \boldsymbol{C}_{l1} & \boldsymbol{C}_{l2} & \cdots & \boldsymbol{C}_{lr}\end{pmatrix}\begin{matrix}m_1\\ m_2\\ \vdots\\ m_l\end{matrix}$$
$$\qquad\begin{matrix}n_1 & n_2 & \cdots & n_r\end{matrix}$$

其中，$\boldsymbol{C}_{ij}=\boldsymbol{A}_{i1}\boldsymbol{B}_{1j}+\boldsymbol{A}_{i2}\boldsymbol{B}_{2j}+\cdots+\boldsymbol{A}_{it}\boldsymbol{B}_{tj}(i=1,2,\cdots,l;\ j=1,2,\cdots,r)$．

例 2.22 设矩阵

$$\boldsymbol{A}=\begin{pmatrix}1 & 0 & 1 & 3\\ 0 & 1 & 2 & 4\\ 0 & 0 & -1 & 0\\ 0 & 0 & 0 & -1\end{pmatrix},\quad \boldsymbol{B}=\begin{pmatrix}1 & 2 & 0 & 0\\ 2 & 0 & 0 & 0\\ 6 & 3 & 1 & 0\\ 0 & -2 & 0 & 1\end{pmatrix}$$

先对矩阵 $\boldsymbol{A}$、$\boldsymbol{B}$ 进行适当的分块，再计算 $k\boldsymbol{A}$、$\boldsymbol{A}+\boldsymbol{B}$ 及 $\boldsymbol{AB}$（其中，k 是常数）．

解 将矩阵 $\boldsymbol{A}$、$\boldsymbol{B}$ 分块如下：

$$\boldsymbol{A}=\left(\begin{array}{cc:cc}1 & 0 & 1 & 3\\ 0 & 1 & 2 & 4\\ \hdashline 0 & 0 & -1 & 0\\ 0 & 0 & 0 & -1\end{array}\right)=\begin{pmatrix}\boldsymbol{I} & \boldsymbol{C}\\ \boldsymbol{O} & -\boldsymbol{I}\end{pmatrix}$$

$$B=\left(\begin{array}{cc:cc}1 & 2 & 0 & 0\\ 2 & 0 & 0 & 0\\ \hdashline 6 & 3 & 1 & 0\\ 0 & -2 & 0 & 1\end{array}\right)=\begin{pmatrix}D & O\\ F & I\end{pmatrix}$$

则

$$kA=k\begin{pmatrix}I & C\\ O & -I\end{pmatrix}=\begin{pmatrix}kI & kC\\ O & -kI\end{pmatrix}$$

$$A+B=\begin{pmatrix}I & C\\ O & -I\end{pmatrix}+\begin{pmatrix}D & O\\ F & I\end{pmatrix}=\begin{pmatrix}I+D & C\\ F & O\end{pmatrix}$$

$$AB=\begin{pmatrix}I & C\\ O & -I\end{pmatrix}\begin{pmatrix}D & O\\ F & I\end{pmatrix}=\begin{pmatrix}D+CF & C\\ -F & -I\end{pmatrix}$$

然后再分别计算 kI、kC、$I+D$、$D+CF$，代入上面三式，得

$$kA=\begin{pmatrix}k & 0 & k & 3k\\ 0 & k & 2k & 4k\\ 0 & 0 & -k & 0\\ 0 & 0 & 0 & -k\end{pmatrix},\quad A+B=\begin{pmatrix}2 & 2 & 1 & 3\\ 2 & 1 & 2 & 4\\ 6 & 3 & 0 & 0\\ 0 & -2 & 0 & 0\end{pmatrix}$$

$$AB=\begin{pmatrix}7 & -1 & 1 & 3\\ 14 & -2 & 2 & 4\\ -6 & -3 & -1 & 0\\ 0 & 2 & 0 & -1\end{pmatrix}$$

容易验证这个结果与直接用矩阵运算得到的结果相同.

例 2.23 将矩阵 $A=(a_{ij})_{m\times n}$、I_n 分块为

$$A=\left(\begin{array}{c:c:c:c}a_{11} & a_{12} & \cdots & a_{1n}\\ a_{21} & a_{22} & \cdots & a_{2n}\\ \vdots & \vdots & & \vdots\\ a_{m1} & a_{m2} & \cdots & a_{mn}\end{array}\right)=(A_1\quad A_2\quad\cdots\quad A_n)$$

$$I_n=\left(\begin{array}{c:c:c:c}1 & 0 & \cdots & 0\\ 0 & 1 & \cdots & 0\\ \vdots & \vdots & & \vdots\\ 0 & 0 & \cdots & 1\end{array}\right)=(\boldsymbol{\varepsilon}_1\quad \boldsymbol{\varepsilon}_2\quad\cdots\quad \boldsymbol{\varepsilon}_n)$$

则

$$\begin{aligned}AI_n&=A(\boldsymbol{\varepsilon}_1\quad \boldsymbol{\varepsilon}_2\quad\cdots\quad \boldsymbol{\varepsilon}_n)=(A\boldsymbol{\varepsilon}_1\quad A\boldsymbol{\varepsilon}_2\quad\cdots\quad A\boldsymbol{\varepsilon}_n)\\ &=(A_1\quad A_2\quad\cdots\quad A_n)\end{aligned}\tag{2.16}$$

于是

$$\boldsymbol{A}\boldsymbol{\varepsilon}_j=\boldsymbol{A}_j,\quad j=1,2,\cdots,n$$

与式(2.16)类似．一般地，若 $\boldsymbol{A}$ 为 $m\times n$ 矩阵，$\boldsymbol{B}$ 为按列分块的 $n\times s$ 矩阵 $(\boldsymbol{b}_1\quad \boldsymbol{b}_2\quad \cdots\quad \boldsymbol{b}_s)$，则 $\boldsymbol{AB}=(\boldsymbol{A}\boldsymbol{b}_1\quad \boldsymbol{A}\boldsymbol{b}_2\quad \cdots\quad \boldsymbol{A}\boldsymbol{b}_s)$．

例 2.24 将矩阵 $\boldsymbol{A}=(a_{ij})_{m\times n}$、$\boldsymbol{X}_{n\times 1}$ 分块为

$$\boldsymbol{A}=\left(\begin{array}{cccc:ccc} a_{11} & a_{12} & \cdots & a_{1r} & a_{1r+1} & \cdots & a_{1n}\\ a_{21} & a_{22} & \cdots & a_{2r} & a_{2r+1} & \cdots & a_{2n}\\ \vdots & \vdots & & \vdots & \vdots & & \vdots\\ a_{m1} & a_{m2} & \cdots & a_{mr} & a_{mr+1} & \cdots & a_{mn}\end{array}\right)=(\boldsymbol{A}_1\quad \boldsymbol{A}_2)$$

$$\boldsymbol{X}=\left(\begin{array}{c} x_1\\ x_2\\ \vdots\\ x_r\\ \hdashline x_{r+1}\\ \vdots\\ x_n\end{array}\right)=\begin{pmatrix}\boldsymbol{X}_1\\ \boldsymbol{X}_2\end{pmatrix}$$

则

$$\boldsymbol{AX}=(\boldsymbol{A}_1\quad \boldsymbol{A}_2)\begin{pmatrix}X_1\\ X_2\end{pmatrix}=\boldsymbol{A}_1X_1+\boldsymbol{A}_2X_2$$

特别地，若将矩阵 $\boldsymbol{A}$ 按列分块、$\boldsymbol{X}$ 按行分块，即

$$\boldsymbol{A}=\left(\begin{array}{c:c:c:c} a_{11} & a_{12} & \cdots & a_{1n}\\ a_{21} & a_{22} & \cdots & a_{2n}\\ \vdots & \vdots & & \vdots\\ a_{m1} & a_{m2} & \cdots & a_{mn}\end{array}\right)=(\boldsymbol{\alpha}_1\quad \boldsymbol{\alpha}_2\quad \cdots\quad \boldsymbol{\alpha}_n),\quad \boldsymbol{X}=\begin{pmatrix}x_1\\ x_2\\ \vdots\\ x_n\end{pmatrix}$$

其中，$\boldsymbol{\alpha}_j\ (j=1,2,\cdots,n)$ 为矩阵 $\boldsymbol{A}$ 的第 j 列，则

$$\boldsymbol{AX}=x_1\boldsymbol{\alpha}_1+x_2\boldsymbol{\alpha}_2+\cdots+x_n\boldsymbol{\alpha}_n$$

于是，式(2.15)又可写为

$$x_1\boldsymbol{\alpha}_1+x_2\boldsymbol{\alpha}_2+\cdots+x_n\boldsymbol{\alpha}_n=\boldsymbol{b}$$

小贴士

综上所述，矩阵分块是矩阵运算中的一个很有效的方法，它不仅能使运算简明，而且在理论的推导中也起着重要作用．

3. 分块矩阵的转置

设分块矩阵

$$A=\begin{pmatrix} A_{11} & A_{12} & \cdots & A_{1t} \\ A_{21} & A_{22} & \cdots & A_{2t} \\ \vdots & \vdots & & \vdots \\ A_{s1} & A_{s2} & \cdots & A_{st} \end{pmatrix}$$

则

$$A^{\mathrm{T}}=\begin{pmatrix} A_{11}^{\mathrm{T}} & A_{21}^{\mathrm{T}} & \cdots & A_{s1}^{\mathrm{T}} \\ A_{12}^{\mathrm{T}} & A_{22}^{\mathrm{T}} & \cdots & A_{s2}^{\mathrm{T}} \\ \vdots & \vdots & & \vdots \\ A_{1t}^{\mathrm{T}} & A_{2t}^{\mathrm{T}} & \cdots & A_{st}^{\mathrm{T}} \end{pmatrix}$$

三、几种特殊的分块矩阵

形如 $A=\begin{pmatrix} A_1 & & & \\ & A_2 & & \\ & & \ddots & \\ & & & A_p \end{pmatrix}$ 的分块矩阵，其中 $A_i(i=1,2,\cdots,p)$ 为方阵，称为对角分块矩阵或准对角矩阵，简称对角分块阵，记作 $A=\mathrm{diag}(A_1, A_2, \cdots, A_p)$.

容易证明，同结构的对角分块矩阵的和、积仍是同结构的对角分块矩阵.

形如 $\begin{pmatrix} A_{11} & A_{12} & \cdots & A_{1p} \\ & A_{22} & \cdots & A_{2p} \\ & & \ddots & \vdots \\ & & & A_{pp} \end{pmatrix}$ 和 $\begin{pmatrix} A_{11} & & & \\ A_{21} & A_{22} & & \\ \vdots & \vdots & \ddots & \\ A_{p1} & A_{p2} & \cdots & A_{pp} \end{pmatrix}$ 的分块矩阵，其中 $A_{ii}(i=1,2,\cdots,p)$ 都是方阵，分别称为上三角形分块矩阵和下三角形分块矩阵.

小贴士

容易证明，同结构的上（下）三角形分块矩阵的和、积仍是同结构的上（下）三角形分块矩阵.

例 2.25　设分块矩阵

$$P=\begin{pmatrix} A & C \\ O & B \end{pmatrix}$$

其中，A、B 分别是 r 阶和 k 阶的可逆矩阵；C 是 $r\times k$ 矩阵；O 是 $k\times r$ 零矩阵. 证

明 P 可逆，并求 P^{-1}.

证 因为 $|P|=|A||B|\neq 0$，所以 P 可逆. 令

$$P^{-1}=\begin{pmatrix}X_{11} & X_{12}\\ X_{21} & X_{22}\end{pmatrix}$$

其中，P^{-1} 的分块方法与 P 的一致，于是

$$\begin{pmatrix}A & C\\ O & B\end{pmatrix}\begin{pmatrix}X_{11} & X_{12}\\ X_{21} & X_{22}\end{pmatrix}=\begin{pmatrix}I_r & O\\ O & I_k\end{pmatrix}$$

即

$$\begin{pmatrix}AX_{11}+CX_{21} & AX_{12}+CX_{22}\\ BX_{21} & BX_{22}\end{pmatrix}=\begin{pmatrix}I_r & O\\ O & I_k\end{pmatrix}$$

比较，得

$$AX_{11}+CX_{21}=I_r \tag{2.17}$$

$$AX_{12}+CX_{22}=O \tag{2.18}$$

$$BX_{21}=O \tag{2.19}$$

$$BX_{22}=I_k \tag{2.20}$$

由式(2.20)，得

$$X_{22}=B^{-1}I_k=B^{-1}$$

由式(2.19)，得

$$X_{21}=B^{-1}O=O$$

将 $X_{21}=O$ 代入式(2.17)，得

$$X_{11}=A^{-1}I_r=A^{-1}$$

将 $X_{22}=B^{-1}$ 代入式(2.18)，得

$$X_{12}=-A^{-1}CB^{-1}$$

于是

$$P^{-1}=\begin{pmatrix}A^{-1} & -A^{-1}CB^{-1}\\ O & B^{-1}\end{pmatrix}$$

特别地，当 $C=O$ 时，有 $\begin{pmatrix}A & O\\ O & B\end{pmatrix}^{-1}=\begin{pmatrix}A^{-1} & O\\ O & B^{-1}\end{pmatrix}$. 这一结果可以推广到更一般的情形. 即设对角分块矩阵

$$A=\begin{pmatrix}A_1 & & & \\ & A_2 & & \\ & & \ddots & \\ & & & A_p\end{pmatrix}$$

其中，$A_i(i=1, 2, \cdots, p)$ 为可逆矩阵，则 A 可逆，且

$$A^{-1}=\begin{pmatrix} A_1^{-1} & & & \\ & A_2^{-1} & & \\ & & \ddots & \\ & & & A_p^{-1} \end{pmatrix}$$

例 2.26　设矩阵

$$A=\begin{pmatrix} 1 & 1 & 0 & 0 & 0 \\ 0 & 1 & 0 & 0 & 0 \\ 0 & 0 & 3 & -2 & 0 \\ 0 & 0 & 7 & 0 & 0 \\ 0 & 0 & 0 & 0 & 8 \end{pmatrix}$$

求 A^{-1} 和 A^2.

解　将 A 分块如下：

$$A=\left(\begin{array}{cc:cc:c} 1 & 1 & 0 & 0 & 0 \\ 0 & 1 & 0 & 0 & 0 \\ \hdashline 0 & 0 & 3 & -2 & 0 \\ 0 & 0 & 7 & 0 & 0 \\ \hdashline 0 & 0 & 0 & 0 & 8 \end{array}\right)=\begin{pmatrix} A_1 & & \\ & A_2 & \\ & & A_3 \end{pmatrix}$$

其中 $A_1=\begin{pmatrix} 1 & 1 \\ 0 & 1 \end{pmatrix}$，$A_2=\begin{pmatrix} 3 & -2 \\ 7 & 0 \end{pmatrix}$，$A_3=(8)$. 于是

$$A^2=\begin{pmatrix} A_1^2 & & \\ & A_2^2 & \\ & & A_3^2 \end{pmatrix}=\begin{pmatrix} 1 & 2 & 0 & 0 & 0 \\ 0 & 1 & 0 & 0 & 0 \\ 0 & 0 & -5 & -6 & 0 \\ 0 & 0 & 21 & -14 & 0 \\ 0 & 0 & 0 & 0 & 64 \end{pmatrix}$$

因为

$$A_1^{-1}=\begin{pmatrix} 1 & -1 \\ 0 & 1 \end{pmatrix},\quad A_2^{-1}=\begin{pmatrix} 0 & \frac{1}{7} \\ -\frac{1}{2} & \frac{3}{14} \end{pmatrix},\quad A_3^{-1}=\frac{1}{8}$$

所以

$$\boldsymbol{A}^{-1}=\begin{pmatrix}\boldsymbol{A}_1^{-1} & & \\ & \boldsymbol{A}_2^{-1} & \\ & & \boldsymbol{A}_3^{-1}\end{pmatrix}=\begin{pmatrix}1 & -1 & 0 & 0 & 0\\ 0 & 1 & 0 & 0 & 0\\ 0 & 0 & 0 & \frac{1}{7} & 0\\ 0 & 0 & -\frac{1}{2} & \frac{3}{14} & 0\\ 0 & 0 & 0 & 0 & \frac{1}{8}\end{pmatrix}$$

习　题　二

1. 试举出几个学习和生活中用到的矩阵的例子.

2.（两人零和对策问题）两儿童 A、B 玩“石头，剪子，布”游戏，每人的出法只能在{石头，剪子，布}中选择一种，当他们各自选定一个出法（即策略）时，就确定了一个“局势”，也就确定了输赢. 若规定胜者得 1 分，负者得 -1 分，平手各得零分，则对于各种可能的局势（每一局势得分之和为零，即零和），试用矩阵来表示儿童 A 的得分.

3. 对于线性方程组

$$\begin{cases}a_{11}x_1+a_{12}x_2+\cdots+a_{1n}x_n=b_1\\ a_{21}x_1+a_{22}x_2+\cdots+a_{2n}x_n=b_2\\ \qquad\vdots\\ a_{m1}x_1+a_{m2}x_2+\cdots+a_{mn}x_n=b_m\end{cases}$$

矩阵 $\boldsymbol{A}=\begin{pmatrix}a_{11} & a_{12} & \cdots & a_{1n}\\ a_{21} & a_{22} & \cdots & a_{2n}\\ \vdots & \vdots & & \vdots\\ a_{m1} & a_{m2} & \cdots & a_{mn}\end{pmatrix}$、$\overline{\boldsymbol{A}}=\begin{pmatrix}a_{11} & a_{12} & \cdots & a_{1n} & b_1\\ a_{21} & a_{22} & \cdots & a_{2n} & b_2\\ \vdots & \vdots & & \vdots & \vdots\\ a_{m1} & a_{m2} & \cdots & a_{mn} & b_m\end{pmatrix}$ 分别称为方程组的系数矩阵和增广矩阵.

(1) 写出线性方程组 $\begin{cases}3x_1+x_2+2x_3=4\\ x_1+2x_2-x_3=3\\ -2x_2+3x_3=-1\end{cases}$ 的增广矩阵；

(2) 写出增广矩阵 $\overline{\boldsymbol{A}}=\begin{pmatrix}1 & 1 & -3 & -1 & 1\\ 3 & -1 & -3 & 4 & 4\\ 1 & 5 & -9 & -8 & 0\end{pmatrix}$ 对应的线性方程组.

4. 判断下列命题的真伪，并说明理由.

(1) 两个零矩阵一定相等；

(2) 对称矩阵主对角线上的元素可以为任意数；

(3) 反对称矩阵主对角线上的元素一定为零.

5. 设$\boldsymbol{A}=\begin{pmatrix}2 & 3 & -1\\ -1 & 0 & 1\end{pmatrix}$，$\boldsymbol{B}=\begin{pmatrix}4 & 5 & 2\\ 1 & 2 & 7\end{pmatrix}$. 求：(1)$\boldsymbol{A}+2\boldsymbol{B}$；(2)$3\boldsymbol{A}-\boldsymbol{B}$.

6. 设矩阵$\boldsymbol{X}$满足$\boldsymbol{A}+2\boldsymbol{X}=\boldsymbol{B}$，其中

$$\boldsymbol{A}=\begin{pmatrix}3 & 1\\ -2 & -1\\ 1 & 2\end{pmatrix},\quad \boldsymbol{B}=\begin{pmatrix}-1 & 5\\ -2 & 4\\ 3 & 1\end{pmatrix}$$

求$\boldsymbol{X}$.

7. 设$\boldsymbol{A}=\begin{pmatrix}x & 0\\ 7 & y\end{pmatrix}$，$\boldsymbol{B}=\begin{pmatrix}u & v\\ y & 2\end{pmatrix}$，$\boldsymbol{C}=\begin{pmatrix}3 & -4\\ x & v\end{pmatrix}$，且$\boldsymbol{A}+2\boldsymbol{B}=\boldsymbol{C}$，求$x$、$y$、$u$、$v$的值.

8. 计算下列矩阵的乘积.

(1)$\begin{pmatrix}3 & 5\\ -2 & -4\end{pmatrix}\begin{pmatrix}3 & 2\\ 4 & 5\end{pmatrix}$；　　(2)$\begin{pmatrix}1 & 0 & 3\\ 2 & 1 & 0\\ 0 & 1 & -1\end{pmatrix}\begin{pmatrix}1 & -2\\ 2 & 1\\ 3 & 2\end{pmatrix}$；

(3)$\begin{pmatrix}1 & 2 & 0\\ 0 & 1 & 1\\ 3 & 0 & -1\end{pmatrix}\begin{pmatrix}1 & 0 & 5\\ 0 & 2 & 0\\ 1 & 0 & 1\end{pmatrix}$；　　(4)$(a_1\ \ a_2\ \ \cdots\ \ a_n)\begin{pmatrix}b_1\\ b_2\\ \vdots\\ b_n\end{pmatrix}$；

(5)$\begin{pmatrix}a_1\\ a_2\\ \vdots\\ a_n\end{pmatrix}(b_1\ \ b_2\ \ \cdots\ \ b_n)$；　　(6)$(1\ \ -1\ \ 2)\begin{pmatrix}-1 & 2 & 0\\ 0 & 1 & 1\\ 3 & 0 & -1\end{pmatrix}\begin{pmatrix}2\\ -1\\ -2\end{pmatrix}$.

9. 将线性方程组$\begin{cases}3x_1+2x_2+x_3=5\\ x_1-2x_2+5x_3=-2\\ 2x_1+x_2+3x_3=1\end{cases}$写成矩阵方程$\boldsymbol{Ax}=\boldsymbol{b}$的形式.

10. 设(1)$\boldsymbol{A}=\begin{pmatrix}1 & 1\\ 0 & 1\end{pmatrix}$；(2)$\boldsymbol{A}=\begin{pmatrix}0 & 1 & 0\\ 0 & 0 & 1\\ 0 & 0 & 0\end{pmatrix}$. 求所有与$\boldsymbol{A}$可交换的矩阵.

11. 判断下列命题真伪，并说明理由.

(1) 设$\boldsymbol{A}$、$\boldsymbol{B}$为n阶方阵，则$\boldsymbol{A}^2-\boldsymbol{B}^2=(\boldsymbol{A}+\boldsymbol{B})(\boldsymbol{A}-\boldsymbol{B})$；

(2) 设$\boldsymbol{A}$、$\boldsymbol{B}$为n阶方阵，则$(\boldsymbol{A}+\boldsymbol{B})^2=\boldsymbol{A}^2+2\boldsymbol{AB}+\boldsymbol{B}^2$；

(3) $\boldsymbol{A}+\boldsymbol{B}=\boldsymbol{B}+\boldsymbol{A}$；

(4) 若 $\boldsymbol{AB}=\boldsymbol{O}$，则 $\boldsymbol{A}=\boldsymbol{O}$ 或 $\boldsymbol{B}=\boldsymbol{O}$；

(5) $\boldsymbol{AB}=\boldsymbol{BA}$.

12. 计算下列矩阵(其中 n 为正整数).

(1) $\begin{pmatrix}1 & 1\\ 1 & 1\end{pmatrix}^2$；　　(2) $\begin{pmatrix}0 & 1 & 0\\ 0 & 0 & 1\\ 1 & 0 & 0\end{pmatrix}^5$；

(3) $\begin{pmatrix}1 & 0\\ 1 & 0\end{pmatrix}^2$；　　(4) $\begin{pmatrix}1 & 1\\ 0 & 1\end{pmatrix}^n$.

13. 设 $\boldsymbol{A}$、$\boldsymbol{B}$ 均为 n 阶方阵，且 $\boldsymbol{A}=\frac{1}{2}(\boldsymbol{B}+\boldsymbol{I})$，证明：$\boldsymbol{A}^2=\boldsymbol{A}$ 的充分必要条件是 $\boldsymbol{B}^2=\boldsymbol{I}$.

14. 设 $\boldsymbol{A}$ 为反对称矩阵，$\boldsymbol{B}$ 为对称矩阵，证明：

(1) $\boldsymbol{A}^2$ 是对称矩阵；

(2) $\boldsymbol{AB}-\boldsymbol{BA}$ 是对称矩阵；

(3) $\boldsymbol{AB}$ 是反对称矩阵的充要条件是 $\boldsymbol{AB}=\boldsymbol{BA}$.

15. 证明：对任意 $m\times n$ 矩阵 $\boldsymbol{A}$，$\boldsymbol{A}^{\mathrm{T}}\boldsymbol{A}$ 及 $\boldsymbol{AA}^{\mathrm{T}}$ 都是对称矩阵.

16. 某石油公司所属的三个炼油厂 A_1、A_2、A_3 在 2004 年和 2005 年所生产的四种油品 B_1、B_2、B_3、B_4 的数量见表 2.2(单位：$\times 10^4$ t).

表 2.2

工厂	2004 年				2005 年			
	B_1	B_2	B_3	B_4	B_1	B_2	B_3	B_4
A_1	58	27	15	4	63	25	13	5
A_2	72	30	18	5	90	30	20	7
A_3	65	25	14	3	80	28	18	5

(1) 做矩阵 $\boldsymbol{A}_{3\times 4}$ 和 $\boldsymbol{B}_{3\times 4}$ 分别表示 2004 年、2005 年工厂 A_i 产油品 B_j 的数量；

(2) 计算 $\boldsymbol{A}+\boldsymbol{B}$ 和 $\boldsymbol{B}-\boldsymbol{A}$，并分别说明其经济意义；

(3) 计算 $\frac{1}{2}(\boldsymbol{A}+\boldsymbol{B})$，并说明其经济意义.

17. 判断下列矩阵是否可逆？若可逆，求其逆矩阵.

(1) $\begin{pmatrix}3 & 2\\ -4 & -2\end{pmatrix}$；　　(2) $\begin{pmatrix}a & b\\ c & d\end{pmatrix}(ad-bc=1)$；

(3) $\begin{pmatrix}1&1&1\\2&1&0\\1&-1&0\end{pmatrix}$；　　(4) $\begin{pmatrix}1&1&-1\\-2&1&1\\1&1&1\end{pmatrix}$.

18. 设 $\boldsymbol{A}^k=\boldsymbol{O}$($k$ 为正整数)，求证：$(\boldsymbol{I}-\boldsymbol{A})^{-1}=\boldsymbol{I}+\boldsymbol{A}+\boldsymbol{A}^2+\cdots+\boldsymbol{A}^{k-1}$.

19. 若 n 阶方阵 $\boldsymbol{A}$ 满足 $\boldsymbol{A}^2-2\boldsymbol{A}-4\boldsymbol{I}=\boldsymbol{O}$，试证 $\boldsymbol{A}+\boldsymbol{I}$ 可逆，并求 $(\boldsymbol{A}+\boldsymbol{I})^{-1}$.

20. 设 n 阶方阵 $\boldsymbol{A}$、$\boldsymbol{B}$ 满足 $\boldsymbol{AB}=\boldsymbol{A}+\boldsymbol{B}$.

(1) 证明 $\boldsymbol{A}-\boldsymbol{I}$ 可逆；

(2) 证明 $\boldsymbol{AB}=\boldsymbol{BA}$；

(3) 设 $\boldsymbol{B}=\begin{pmatrix}1&-3&0\\2&1&0\\0&0&2\end{pmatrix}$，求 $\boldsymbol{A}$.

21. 判断下列命题的真伪，并说明理由.

(1) 若 $\boldsymbol{A}$、$\boldsymbol{B}$ 为 n 阶方阵，则 $|\boldsymbol{A}+\boldsymbol{B}|=|\boldsymbol{A}|+|\boldsymbol{B}|$；

(2) 若 $\boldsymbol{A}$、$\boldsymbol{B}$ 为 n 阶方阵，则 $|\boldsymbol{A}-\boldsymbol{B}|=|\boldsymbol{A}|-|\boldsymbol{B}|$；

(3) 若 $\boldsymbol{A}$、$\boldsymbol{B}$ 为 n 阶方阵，则 $|\boldsymbol{AB}|=|\boldsymbol{A}||\boldsymbol{B}|$；

(4) 若 $\boldsymbol{A}$ 为 n 阶可逆矩阵，则 $|\boldsymbol{A}^{-1}|=|\boldsymbol{A}|^{-1}$；

(5) 若存在非零列矩阵 $\boldsymbol{x}$，有 $\boldsymbol{Ax}=\boldsymbol{Bx}$，则 $\boldsymbol{A}=\boldsymbol{B}$；

(6) 若 $\boldsymbol{A}$、$\boldsymbol{B}$ 为 n 阶可逆矩阵，则 $\boldsymbol{A}+\boldsymbol{B}$ 也可逆.

22. 解下列矩阵方程.

(1) $\begin{pmatrix}2&5\\1&3\end{pmatrix}\boldsymbol{X}=\begin{pmatrix}4&-6\\2&1\end{pmatrix}$；

(2) $\boldsymbol{X}\begin{pmatrix}5&0&0\\0&3&4\\0&2&3\end{pmatrix}=\begin{pmatrix}10&1&-2\\-5&-3&7\end{pmatrix}$；

(3) $\begin{pmatrix}a_1&&\\&a_2&\\&&a_3\end{pmatrix}\boldsymbol{X}=\begin{pmatrix}a_1\\a_2\\a_3\end{pmatrix}$，　$a_i\neq0$，$i=1,2,3$；

(4) $\boldsymbol{AXA}=\boldsymbol{B}$，其中 $\boldsymbol{A}=\begin{pmatrix}1&-1&1\\1&1&0\\3&2&1\end{pmatrix}$，$\boldsymbol{B}=\begin{pmatrix}4&3&3\\0&-1&5\\2&1&1\end{pmatrix}$；

(5) $\boldsymbol{AX}=\boldsymbol{A}+\boldsymbol{X}$，其中 $\boldsymbol{A}=\begin{pmatrix}1&2&1\\3&4&2\\1&2&2\end{pmatrix}$；

(6) $AX+I=A^2+X$，其中 $A=\begin{pmatrix}1&0&1\\0&2&1\\-1&0&1\end{pmatrix}$，$I$ 为三阶单位矩阵.

23. 解线性方程组 $Ax=b$，其中 $A=\begin{pmatrix}1&0&0\\2&1&0\\3&4&1\end{pmatrix}$，$b=\begin{pmatrix}1\\0\\-1\end{pmatrix}$.

24. 设 A、B、C 为同阶方阵，且 A 可逆，试证明：

(1) 若 $AB=O$，则 $B=O$；

(2) 若 $AB=AC$，则 $B=C$.

25. 设 A、B、C 为同阶方阵，且 C 非奇异，满足 $C^{-1}AC=B$，求证：$C^{-1}A^mC=B^m$（m 为正整数）.

26. 证明：如果对称(反对称)矩阵 A 为非奇异矩阵，则 A^{-1} 也为对称(反对称)矩阵.

27. 将矩阵 A 或 B 分块，然后按分块矩阵的乘法，求 AB.

(1) $A=\left(\begin{array}{cc:c}1&-2&0\\-1&1&1\\\hdashline 0&3&1\end{array}\right)$，　$B=\begin{pmatrix}0&1\\1&0\\0&-1\end{pmatrix}$；

(2) $A=\begin{pmatrix}2&1&-1\\3&0&-2\\1&-1&1\end{pmatrix}$，　$B=\left(\begin{array}{c:c:c}1&1&0\\0&0&-1\\-1&2&1\end{array}\right)$；

(3) $A=\left(\begin{array}{cc:cc}a&0&0&0\\0&a&0&0\\\hdashline 1&0&b&0\\0&1&0&b\end{array}\right)$，　$B=\begin{pmatrix}1&0&c&0\\0&1&0&c\\0&0&d&0\\0&0&0&d\end{pmatrix}$.

28. 设下列矩阵的分块适于分块乘法，试计算：

(1) $\begin{pmatrix}I&O\\F&I\end{pmatrix}\begin{pmatrix}A&B\\C&D\end{pmatrix}$；　　(2) $\begin{pmatrix}O&I\\I&O\end{pmatrix}\begin{pmatrix}A&B\\C&D\end{pmatrix}$.

29. 设矩阵 $H=\begin{pmatrix}O&A\\B&O\end{pmatrix}$，其中，$A$、$B$ 分别为 r 阶、s 阶可逆矩阵，证明：H 可逆，且 $H^{-1}=\begin{pmatrix}O&B^{-1}\\A^{-1}&O\end{pmatrix}$.

30. 设 $P=\begin{pmatrix}A&O\\C&B\end{pmatrix}$，其中，$A$、$B$ 分别是 m、n 阶可逆矩阵，试证 P 可逆，并求 P^{-1}.

31. 利用分块矩阵求下列矩阵的逆矩阵.

(1)$\begin{pmatrix} 2 & 1 & 0 & 0 \\ 1 & 1 & 0 & 0 \\ -1 & 2 & 2 & 5 \\ 1 & -1 & 1 & 3 \end{pmatrix}$；　(2)$\begin{pmatrix} 0 & a_1 & 0 & \cdots & 0 \\ 0 & 0 & a_2 & \cdots & 0 \\ \vdots & \vdots & \vdots & & \vdots \\ 0 & 0 & 0 & \cdots & a_{n-1} \\ a_n & 0 & 0 & \cdots & 0 \end{pmatrix}$　$(a_1 a_2 \cdots a_n \neq 0)$.

32. 设 $\boldsymbol{A}=\begin{pmatrix} a & b & c \\ d & e & f \end{pmatrix}$，$\boldsymbol{B}=\begin{pmatrix} 1 & 0 \\ 1 & 1 \\ 1 & 1 \end{pmatrix}$.

(1) 直接计算 $\boldsymbol{AB}$；

(2) 设 $\boldsymbol{A}=(\boldsymbol{A}_1 \quad \boldsymbol{A}_2 \quad \boldsymbol{A}_3)$，$\boldsymbol{B}=\begin{pmatrix} \boldsymbol{B}_1 \\ \boldsymbol{B}_2 \\ \boldsymbol{B}_3 \end{pmatrix}$，试利用分块矩阵相乘计算 $\boldsymbol{AB}$.

习题二参考答案

1. 略.

2. $\begin{pmatrix} 0 & 1 & -1 \\ -1 & 0 & 1 \\ 1 & -1 & 0 \end{pmatrix}$.

3. (1)$\overline{\boldsymbol{A}}=\begin{pmatrix} 3 & 1 & 2 & \cdots & 4 \\ 1 & 2 & -1 & \cdots & 3 \\ 0 & -2 & 3 & \cdots & -1 \end{pmatrix}$；(2)$\begin{cases} x_1+x_2-3x_3-x_4=1 \\ 3x_1-x_2-3x_3+4x_4=4. \\ x_1+5x_2-9x_3-8x_4=0 \end{cases}$

4. (1) 错误；(2) 正确；(3) 正确. 理由略.

5. (1)$\begin{pmatrix} 10 & 13 & 3 \\ 1 & 4 & 15 \end{pmatrix}$；(2)$\begin{pmatrix} 2 & 4 & -5 \\ -4 & -2 & -4 \end{pmatrix}$.

6. $\boldsymbol{X}=\begin{pmatrix} -2 & 2 \\ 0 & 5/2 \\ 1 & -1/2 \end{pmatrix}$.

7. $x=-5$，$y=-6$，$u=4$，$v=-2$.

8. (1)$\begin{pmatrix} 29 & 31 \\ -22 & -24 \end{pmatrix}$；(2)$\begin{pmatrix} 0 & 44 \\ -1 & -1 \end{pmatrix}$；(3)$\begin{pmatrix} 1 & 4 & 5 \\ 1 & 2 & 1 \\ 2 & 0 & 14 \end{pmatrix}$；

(4) $a_1b_1+a_2b_2+\cdots+a_nb_n$；(5) $\begin{pmatrix} a_1b_1 & a_1b_2 & \cdots & a_1b_n \\ a_2b_1 & a_2b_2 & \cdots & a_2b_n \\ \vdots & \vdots & & \vdots \\ a_nb_1 & a_nb_2 & \cdots & a_nb_n \end{pmatrix}$；(6) 15.

9. $\begin{pmatrix} 3 & 2 & 1 \\ 1 & -2 & 5 \\ 2 & 1 & -3 \end{pmatrix}\begin{pmatrix} x_1 \\ x_2 \\ x_3 \end{pmatrix}=\begin{pmatrix} 5 \\ -2 \\ 1 \end{pmatrix}$.

10. (1) $\begin{pmatrix} b_{11} & b_{12} \\ 0 & b_{11} \end{pmatrix}$，其中 b_{11}、b_{12} 为任意数；

(2) $\begin{pmatrix} b_{11} & b_{12} & b_{13} \\ 0 & b_{11} & b_{12} \\ 0 & 0 & b_{11} \end{pmatrix}$，其中 b_{11}、b_{12}、b_{13} 为任意数.

11. (1) 错误；(2) 错误；(3) 正确；(4) 错误；(5) 错误. 理由略.

12. (1) $\begin{pmatrix} 2 & 2 \\ 2 & 2 \end{pmatrix}$；(2) $\begin{pmatrix} 0 & 0 & 1 \\ 1 & 0 & 0 \\ 0 & 1 & 0 \end{pmatrix}$；(3) $\begin{pmatrix} 1 & 0 \\ 1 & 0 \end{pmatrix}$；(4) $\begin{pmatrix} 1 & n \\ 0 & 1 \end{pmatrix}$.

13. 略.

14. 略.

15. 略.

16. (1) $\boldsymbol{A}=\begin{pmatrix} 58 & 27 & 15 & 4 \\ 72 & 30 & 18 & 5 \\ 65 & 25 & 14 & 3 \end{pmatrix}$，$\boldsymbol{B}=\begin{pmatrix} 63 & 25 & 13 & 5 \\ 90 & 30 & 20 & 7 \\ 80 & 28 & 18 & 5 \end{pmatrix}$.

(2) $\boldsymbol{A}+\boldsymbol{B}=\begin{pmatrix} 121 & 52 & 28 & 9 \\ 162 & 60 & 38 & 12 \\ 145 & 53 & 32 & 8 \end{pmatrix}$，$\boldsymbol{A}+\boldsymbol{B}$ 表示工厂 A_i（$i=1$，2，3）在 2004 年、2005 年生产油品 B_j（$j=1$，2，3，4）的数量之和.

$\boldsymbol{B}-\boldsymbol{A}=\begin{pmatrix} 5 & -2 & -2 & 1 \\ 18 & 0 & 2 & 2 \\ 15 & 3 & 4 & 2 \end{pmatrix}$，$\boldsymbol{B}-\boldsymbol{A}$ 表示工厂 A_i（$i=1$，2，3）从 2004 年到 2005 年生产油品 B_j（$j=1$，2，3，4）的增量.

(3) $\frac{1}{2}(\boldsymbol{A}+\boldsymbol{B})=\begin{pmatrix} 60.5 & 26 & 14 & 4.5 \\ 81 & 30 & 19 & 6 \\ 72.5 & 26.5 & 16 & 4 \end{pmatrix}$，$\frac{1}{2}(\boldsymbol{A}+\boldsymbol{B})$ 表示工厂 A_i（$i=1$，2，3）

两年生产油品 B_j（$j=1,2,3,4$）的年平均数量.

17.（1）可逆，$\begin{pmatrix}-1 & -1\\ 2 & 3/2\end{pmatrix}$；（2）可逆，$\begin{pmatrix}d & -b\\ -c & a\end{pmatrix}$；

（3）可逆，$\begin{pmatrix}0 & 1/3 & 1/3\\ 0 & 1/3 & -2/3\\ 1 & -2/3 & 1/3\end{pmatrix}$；（4）可逆，$\begin{pmatrix}0 & -1/3 & 1/3\\ 1/2 & 1/3 & 1/6\\ -1/2 & 0 & 1/2\end{pmatrix}$.

18. 略.

19. 证明略，$(\boldsymbol{A}+\boldsymbol{I})^{-1}=\boldsymbol{A}-3\boldsymbol{I}$.

20.（1）略；（2）略；（3）$\boldsymbol{A}=\begin{pmatrix}1 & 1/2 & 0\\ -1/3 & 1 & 0\\ 0 & 0 & 2\end{pmatrix}$.

21.（1）错误；（2）错误；（3）正确；（4）正确；（5）正确；（6）错误. 理由略.

22.（1）$\begin{pmatrix}2 & -23\\ 0 & 8\end{pmatrix}$；（2）$\begin{pmatrix}2 & 7 & -10\\ -1 & -23 & 33\end{pmatrix}$；（3）$\begin{pmatrix}1\\ 1\\ 1\end{pmatrix}$；

（4）$\begin{pmatrix}-14 & -77 & 31\\ 10 & 54 & -22\\ 22 & 122 & -48\end{pmatrix}$；（5）$\begin{pmatrix}0 & 0 & 1\\ -1 & 0 & 3\\ 3 & 2 & -5\end{pmatrix}$；（6）$\begin{pmatrix}2 & 0 & 1\\ 0 & 3 & 1\\ -1 & 0 & 2\end{pmatrix}$.

23. $\boldsymbol{x}=\begin{pmatrix}1\\ -2\\ 4\end{pmatrix}$.

24. 略.

25. 略.

26. 略.

27.（1）$\begin{pmatrix}-2 & 1\\ 1 & -2\\ 3 & -1\end{pmatrix}$；（2）$\begin{pmatrix}3 & 0 & -2\\ 5 & -1 & -2\\ 0 & 3 & 2\end{pmatrix}$；（3）$\begin{pmatrix}a & 0 & ac & 0\\ 0 & a & 0 & ac\\ 1 & 0 & c+bd & 0\\ 0 & 1 & 0 & c+bd\end{pmatrix}$.

28.（1）$\begin{pmatrix}\boldsymbol{A} & \boldsymbol{B}\\ \boldsymbol{FA}+\boldsymbol{C} & \boldsymbol{FB}+\boldsymbol{D}\end{pmatrix}$；（2）$\begin{pmatrix}\boldsymbol{C} & \boldsymbol{D}\\ \boldsymbol{A} & \boldsymbol{B}\end{pmatrix}$.

29. 略.

30. 证明略，$\boldsymbol{P}^{-1}=\begin{pmatrix}\boldsymbol{A}^{-1} & \boldsymbol{O}\\ -\boldsymbol{B}^{-1}\boldsymbol{C}\boldsymbol{A}^{-1} & \boldsymbol{B}^{-1}\end{pmatrix}$.

31. (1) $\begin{pmatrix} 1 & -1 & 0 & 0 \\ -1 & 2 & 0 & 0 \\ 19 & -30 & 3 & -5 \\ -7 & 11 & -1 & 2 \end{pmatrix}$；(2) $\begin{pmatrix} 0 & 0 & \cdots & 0 & 1/a_n \\ 1/a_1 & 0 & \cdots & 0 & 0 \\ 0 & 1/a_2 & \cdots & 0 & 0 \\ \vdots & \vdots & & \vdots & \vdots \\ 0 & 0 & \cdots & 1/a_{n-1} & 0 \end{pmatrix}$.

32. (1) $\begin{pmatrix} a+b+c & b+c \\ d+e+f & e+f \end{pmatrix}$；(2) 略.

第三章　矩阵的初等变换与矩阵的秩

第一节　矩阵的初等变换

矩阵的初等变换源于线性方程组的求解，利用矩阵的初等变换将矩阵形式简单化，会给矩阵的研究带来很大方便.

一、矩阵的初等变换

定义 3.1　以下三种变换，称为矩阵的初等行(列)变换：

(1) 交换矩阵的某两行(列)；

(2) 用非零数 k 乘矩阵的某一行(列)；

(3) 把矩阵某一行(列)的 l 倍加到另一行(列)上.

小贴士

矩阵的初等行变换、初等列变换统称为矩阵的初等变换(elementary operation).

定义 3.2　若矩阵 $\boldsymbol{B}$ 可以由矩阵 $\boldsymbol{A}$ 经过一系列矩阵的初等变换得到，则称矩阵 $\boldsymbol{A}$ 与矩阵 $\boldsymbol{B}$ 等价，记作 $\boldsymbol{A}\cong\boldsymbol{B}$.

矩阵的等价关系具有以下性质：

(1) 对任何矩阵 $\boldsymbol{A}$，有 $\boldsymbol{A}\cong\boldsymbol{A}$(反身性)；

(2) 若 $\boldsymbol{A}\cong\boldsymbol{B}$，则 $\boldsymbol{B}\cong\boldsymbol{A}$(对称性)；

(3) 若 $\boldsymbol{A}\cong\boldsymbol{B}$，$\boldsymbol{B}\cong\boldsymbol{C}$，则 $\boldsymbol{A}\cong\boldsymbol{C}$(传递性).

容易看出，若 $\boldsymbol{A}$、$\boldsymbol{B}$ 为同阶方阵，且 $\boldsymbol{A}\cong\boldsymbol{B}$，则 $|\boldsymbol{A}|=k|\boldsymbol{B}|\ (k\neq 0)$.

例 3.1　已知矩阵 $\boldsymbol{A}=\begin{pmatrix}3&2&9&6\\-1&-3&4&-17\\1&4&-7&3\\-1&-4&7&-3\end{pmatrix}$，对其做如下初等行变换：

$$\boldsymbol{A}=\begin{pmatrix}3&2&9&6\\-1&-3&4&-17\\1&4&-7&3\\-1&-4&7&-3\end{pmatrix}\rightarrow\begin{pmatrix}1&4&-7&3\\-1&-3&4&-17\\3&2&9&6\\-1&-4&7&-3\end{pmatrix}\begin{matrix}\times 1\\ \times(-3)\\ \times 1\end{matrix}$$

$$\rightarrow\begin{pmatrix}1&4&-7&3\\0&1&-3&-14\\0&-10&30&-3\\0&0&0&0\end{pmatrix}\times 10\rightarrow\begin{pmatrix}1&4&-7&3\\0&1&-3&-14\\0&0&0&-143\\0&0&0&0\end{pmatrix}=\boldsymbol{B}$$

这里的矩阵 $\boldsymbol{B}$ 称为阶梯形矩阵.

一般地，称满足下列条件的矩阵为阶梯形矩阵：

(1) 如果存在零行(元素全为零的行)，则零行都在非零行(元素不全为零的行)的下边；

(2) 任一行从左到右第一个非零元素(称为首非零元素)所在列中，在这个元素左下方的元素(如果还有的话)全为零. 例如

$$\begin{pmatrix}0&3&1&-1\\0&0&0&1\\0&0&0&0\end{pmatrix},\begin{pmatrix}1&2&1&-1&2\\0&0&1&0&2\\0&0&0&2&3\end{pmatrix},\begin{pmatrix}1&0&-1\\0&2&1\\0&0&3\end{pmatrix}$$

均为阶梯形矩阵.

对例 3.1 中的矩阵 $\boldsymbol{B}$ 再做初等行变换，有

$$\boldsymbol{B}=\begin{pmatrix}1&4&-7&3\\0&1&-3&-14\\0&0&0&-143\\0&0&0&0\end{pmatrix}\times\frac{1}{-143}\longrightarrow\begin{pmatrix}1&4&-7&3\\0&1&-3&-14\\0&0&0&1\\0&0&0&0\end{pmatrix}\begin{matrix}\times(-3)\\ \times 14\end{matrix}$$

$$\rightarrow\begin{pmatrix}1&4&-7&0\\0&1&-3&0\\0&0&0&1\\0&0&0&0\end{pmatrix}\times(-4)\longrightarrow\begin{pmatrix}1&0&5&0\\0&1&-3&0\\0&0&0&1\\0&0&0&0\end{pmatrix}=\boldsymbol{C}$$

称这种形式的阶梯形矩阵 $\boldsymbol{C}$ 为简化阶梯形矩阵.

一般地，称满足下列条件的阶梯形矩阵为简化阶梯形矩阵：

(1) 各非零行的首非零元素都是 1；

(2) 每个首非零元素所在列的其余元素都是 0.

小贴士

> 显而易见，任何矩阵经过若干次初等变换总能化成阶梯形矩阵(或简化阶梯形矩阵). 特别地，仅仅施行矩阵的初等行变换也可以化成阶梯形矩阵(或简化阶梯形矩阵).

如果对上述矩阵 $\boldsymbol{C}$ 再做初等列变换，有

$$\boldsymbol{C}=\begin{pmatrix}1&0&5&0\\0&1&-3&0\\0&0&0&1\\0&0&0&0\end{pmatrix}\to\begin{pmatrix}1&0&0&0\\0&1&0&0\\0&0&0&1\\0&0&0&0\end{pmatrix}\to\begin{pmatrix}1&0&0&0\\0&1&0&0\\0&0&0&1\\0&0&0&0\end{pmatrix}=\boldsymbol{D}$$

这里的矩阵 $\boldsymbol{D}$ 称为矩阵 $\boldsymbol{A}$ 的标准形. 一般地，矩阵 $\boldsymbol{A}$ 的标准形 $\boldsymbol{D}$ 具有如下特点：$\boldsymbol{D}$ 的左上角是一个单位矩阵，其余元素全为零.

定理 3.1　任意一个矩阵 $\boldsymbol{A}=(a_{ij})_{m\times n}$ 都与形式为

$$\boldsymbol{D}=\begin{pmatrix}1&&&&&\\&\ddots&&&&\\&&1&&&\\&&&0&&\\&&&&\ddots&\\&&&&&0\end{pmatrix}_{m\times n}\quad(\text{左上角 } r \text{ 行 } r \text{ 列})$$

$$=\begin{pmatrix}\boldsymbol{I}_r&\boldsymbol{O}_{r\times(n-r)}\\\boldsymbol{O}_{(m-r)\times r}&\boldsymbol{O}_{(m-r)\times(n-r)}\end{pmatrix}$$

的矩阵等价，它称为矩阵 $\boldsymbol{A}$ 的标准形.

证　若 $\boldsymbol{A}=\boldsymbol{O}$，则 $\boldsymbol{A}$ 已是标准形(此时 $r=0$)，即 $\boldsymbol{D}=\boldsymbol{A}$，于是 $\boldsymbol{A}\cong\boldsymbol{D}$.

若 $\boldsymbol{A}\neq\boldsymbol{O}$，则 $\boldsymbol{A}$ 至少有一个元素不为零. 不妨设 $a_{11}\neq0$(否则，可以对 $\boldsymbol{A}$ 施行第①种初等变换，使左上角元素不为零)，把 $\boldsymbol{A}$ 的第 1 行的 $-\dfrac{a_{i1}}{a_{11}}$ 倍加到第 i 行上($i=2,3,\cdots,m$)；再把所得到矩阵的第 1 列的 $-\dfrac{a_{1j}}{a_{11}}$ 倍加到第 j 列上($j=2,3,\cdots,$

n)；然后，把第 1 行乘数$\frac{1}{a_{11}}$. 于是，$\boldsymbol{A}$ 化为

$$\boldsymbol{A}_1=\begin{pmatrix}1 & 0 & \cdots & 0\\ 0 & a'_{22} & \cdots & a'_{2n}\\ \vdots & \vdots & & \vdots\\ 0 & a'_{m2} & \cdots & a'_{mn}\end{pmatrix}=\begin{pmatrix}1 & \boldsymbol{O}\\ \boldsymbol{O} & \boldsymbol{B}_1\end{pmatrix}$$

如果 $\boldsymbol{B}_1=\boldsymbol{O}$，则 $\boldsymbol{A}_1$ 已是标准形(此时 $r=1$)，即 $\boldsymbol{D}=\boldsymbol{A}_1$，于是 $\boldsymbol{A}\cong\boldsymbol{D}$. 如果 $\boldsymbol{B}_1\neq\boldsymbol{O}$，则按上面的方法继续下去，最后总可以将 $\boldsymbol{A}$ 化为 $\boldsymbol{D}$ 的形式，即 $\boldsymbol{A}\cong\boldsymbol{D}$.

例 3.2 求矩阵

$$\boldsymbol{A}=\begin{pmatrix}2 & 1 & 2 & 3\\ 4 & 1 & 3 & 5\\ 2 & 0 & 1 & 2\end{pmatrix}$$

的标准形 $\boldsymbol{D}$.

解

$$\boldsymbol{A}=\begin{pmatrix}2 & 1 & 2 & 3\\ 4 & 1 & 3 & 5\\ 2 & 0 & 1 & 2\end{pmatrix}\rightarrow\begin{pmatrix}2 & 1 & 2 & 3\\ 0 & -1 & -1 & -1\\ 0 & -1 & -1 & -1\end{pmatrix}$$

$$\rightarrow\begin{pmatrix}2 & 0 & 0 & 0\\ 0 & -1 & -1 & -1\\ 0 & -1 & -1 & -1\end{pmatrix}\rightarrow\begin{pmatrix}1 & 0 & 0 & 0\\ 0 & -1 & -1 & -1\\ 0 & -1 & -1 & -1\end{pmatrix}$$

$$\rightarrow\begin{pmatrix}1 & 0 & 0 & 0\\ 0 & -1 & -1 & -1\\ 0 & 0 & 0 & 0\end{pmatrix}\rightarrow\begin{pmatrix}1 & 0 & 0 & 0\\ 0 & -1 & 0 & 0\\ 0 & 0 & 0 & 0\end{pmatrix}$$

$$\rightarrow\begin{pmatrix}1 & 0 & 0 & 0\\ 0 & 1 & 0 & 0\\ 0 & 0 & 0 & 0\end{pmatrix}$$

即矩阵 $\boldsymbol{A}$ 的标准形为

$$\boldsymbol{D}=\begin{pmatrix}1 & 0 & 0 & 0\\ 0 & 1 & 0 & 0\\ 0 & 0 & 0 & 0\end{pmatrix}$$

二、初等矩阵

定义 3.3 由单位矩阵 $\boldsymbol{I}$ 经过一次初等行(列)变换所得到的矩阵称为初等矩阵(elementary matrix).

初等矩阵有下面三种类型.

(1) 对 $\boldsymbol{I}$ 施行第 ① 种初等变换得到的矩阵.

$$\boldsymbol{I}(ij)=\begin{pmatrix}1 & & & & & & \\ & \ddots & & & & & \\ & & 0 & \cdots & 1 & & \\ & & & 1 & & & \\ & & \vdots & \ddots & \vdots & & \\ & & & & 1 & & \\ & & 1 & \cdots & 0 & & \\ & & & & & \ddots & \\ & & & & & & 1\end{pmatrix}\begin{matrix} \\ \\ i\text{ 行} \\ \\ \\ \\ j\text{ 行} \\ \\ \\ \end{matrix}$$

$$\qquad\qquad i\text{ 列}\qquad\qquad j\text{ 列}$$

(2) 对 $\boldsymbol{I}$ 施行第 ② 种初等变换得到的矩阵.

$$\boldsymbol{I}(i(k))=\begin{pmatrix}1 & & & & \\ & \ddots & & & \\ & & k & & \\ & & & \ddots & \\ & & & & 1\end{pmatrix}\begin{matrix} \\ \\ i\text{ 行} \\ \\ \\ \end{matrix}$$

$$i\text{ 列}$$

(3) 对 $\boldsymbol{I}$ 施行第 ③ 种初等变换得到的矩阵.

$$\boldsymbol{I}(ij(l))=\begin{pmatrix}1 & & & & & \\ & \ddots & & & & \\ & & 1 & \cdots & l & \\ & & & \ddots & \vdots & \\ & & & & 1 & \\ & & & & & \ddots \\ & & & & & & 1\end{pmatrix}\begin{matrix} \\ \\ i\text{ 行} \\ \\ j\text{ 行} \\ \\ \\ \end{matrix}$$

$$i\text{ 列}\qquad j\text{ 列}$$

容易证明，初等矩阵都可逆，且它们的逆矩阵、转置矩阵仍是初等矩阵. 事实上，有

$$\boldsymbol{I}(ij)^{-1}=\boldsymbol{I}(ij),\quad \boldsymbol{I}(i(k))^{-1}=\boldsymbol{I}\left(i\left(\frac{1}{k}\right)\right),\quad \boldsymbol{I}(ij(l))^{-1}=\boldsymbol{I}(ij(-l))$$

$$\boldsymbol{I}(ij)^{\mathrm{T}}=\boldsymbol{I}(ij),\quad \boldsymbol{I}(i(k))^{\mathrm{T}}=\boldsymbol{I}(i(k)),\quad \boldsymbol{I}(ij(l))^{\mathrm{T}}=\boldsymbol{I}(ji(l))$$

例 3.3 设

$$\boldsymbol{E}_1=\begin{pmatrix}1&0&0\\0&1&0\\-4&0&1\end{pmatrix},\quad \boldsymbol{E}_2=\begin{pmatrix}0&1&0\\1&0&0\\0&0&1\end{pmatrix},\quad \boldsymbol{E}_3=\begin{pmatrix}1&0&0\\0&1&0\\0&0&5\end{pmatrix},\quad \boldsymbol{A}=\begin{pmatrix}a&b&c\\d&e&f\\g&h&i\end{pmatrix}$$

计算 $\boldsymbol{E}_1\boldsymbol{A}$、$\boldsymbol{E}_2\boldsymbol{A}$、$\boldsymbol{E}_3\boldsymbol{A}$ 与$\boldsymbol{A}\boldsymbol{E}_3$，并说明这些乘积可由 $\boldsymbol{A}$ 进行怎样的初等变换得到．

解

$$\boldsymbol{E}_1\boldsymbol{A}=\begin{pmatrix}a&b&c\\d&e&f\\g-4a&h-4b&i-4c\end{pmatrix},\quad \boldsymbol{E}_2\boldsymbol{A}=\begin{pmatrix}d&e&f\\a&b&c\\g&h&i\end{pmatrix}$$

$$\boldsymbol{E}_3\boldsymbol{A}=\begin{pmatrix}a&b&c\\d&e&f\\5g&5h&5i\end{pmatrix},\quad \boldsymbol{A}\boldsymbol{E}_3=\begin{pmatrix}a&b&5c\\d&e&5f\\g&h&5i\end{pmatrix}$$

易见，把 $\boldsymbol{A}$ 的第 1 行乘 -4 加到第 3 行得 $\boldsymbol{E}_1\boldsymbol{A}$(注意 $\boldsymbol{E}_1$ 是由单位矩阵施以同一初等行变换得到的初等矩阵)，交换 $\boldsymbol{A}$ 的第 1 行与第 2 行得 $\boldsymbol{E}_2\boldsymbol{A}$，把 $\boldsymbol{A}$ 的第 3 行乘 5 得 $\boldsymbol{E}_3\boldsymbol{A}$. 注意到$\boldsymbol{E}_1$、$\boldsymbol{E}_2$、$\boldsymbol{E}_3$ 可以看作是由单位矩阵分别施以相应的初等行变换得到的初等矩阵．把 $\boldsymbol{A}$ 的第 3 列乘 5 得$\boldsymbol{A}\boldsymbol{E}_3$，注意到 $\boldsymbol{E}_3$ 可以看作由单位矩阵施以相应的初等列变换得到的初等矩阵. 一般地，矩阵的初等变换与初等矩阵有如下关系.

定理 3.2 设矩阵 $\boldsymbol{A}=(a_{ij})_{m\times n}$，则：

(1) 对 $\boldsymbol{A}$ 施行一次初等行变换所得到的矩阵，等于用同种 m 阶初等矩阵左乘 $\boldsymbol{A}$；

(2) 对 $\boldsymbol{A}$ 施行一次初等列变换所得到的矩阵，等于用同种 n 阶初等矩阵右乘 $\boldsymbol{A}$.

小贴士

定理 3.2 表明，用初等矩阵左乘 $\boldsymbol{A}$，相当于对 $\boldsymbol{A}$ 施行相应的初等行变换；用初等矩阵右乘 $\boldsymbol{A}$，相当于对 $\boldsymbol{A}$ 施行相应的初等列变换.

请根据定理 3.2，试将例 3.2 中矩阵 $\boldsymbol{A}$ 的标准形 $\boldsymbol{D}$ 表示成 $\boldsymbol{A}$ 与初等矩阵的乘积.

三、用初等变换求逆矩阵

在第二章第三节中，给出了利用伴随矩阵求逆矩阵的一种方法，但对于较高阶的矩阵，用伴随矩阵法求逆矩阵计算量太大，下面介绍一种较为简便的方法 —— 初等变换法. 首先看一个定理.

定理 3.3 n 阶方阵 $\boldsymbol{A}$ 可逆的充要条件是 $\boldsymbol{A}$ 可以表示成一些初等矩阵的乘积.

证 必要性：设 $\boldsymbol{A}$ 可逆，则由定理 3.1 的推论可知，$\boldsymbol{A}\cong\boldsymbol{I}_n$. 假设 $\boldsymbol{A}$ 经过了 s 次初等行变换和 t 次初等列变换化为 $\boldsymbol{I}_n$，于是由定理 3.2 可知，存在初等矩阵 $\boldsymbol{P}_1$，$\boldsymbol{P}_2$，…，$\boldsymbol{P}_s$ 和 $\boldsymbol{Q}_1$，$\boldsymbol{Q}_2$，…，$\boldsymbol{Q}_t$ 使

$$\boldsymbol{I}_n = \boldsymbol{P}_s\boldsymbol{P}_{s-1}\cdots\boldsymbol{P}_2\boldsymbol{P}_1\boldsymbol{A}\boldsymbol{Q}_1\boldsymbol{Q}_2\cdots\boldsymbol{Q}_t$$

从而

$$\begin{aligned}\boldsymbol{A} &= \boldsymbol{P}_1^{-1}\boldsymbol{P}_2^{-1}\cdots\boldsymbol{P}_s^{-1}\boldsymbol{I}_n\boldsymbol{Q}_t^{-1}\cdots\boldsymbol{Q}_2\boldsymbol{Q}_1^{-1}\\ &= \boldsymbol{P}_1^{-1}\boldsymbol{P}_2^{-1}\cdots\boldsymbol{P}_s^{-1}\boldsymbol{Q}_t^{-1}\cdots\boldsymbol{Q}_2^{-1}\boldsymbol{Q}_1^{-1}\end{aligned}$$

因为初等矩阵的逆矩阵仍是初等矩阵，所以上式就说明了 $\boldsymbol{A}$ 可以表示成一些初等矩阵的乘积.

充分性：设 $\boldsymbol{A}=\boldsymbol{E}_1\boldsymbol{E}_2\cdots\boldsymbol{E}_p$，其中 $\boldsymbol{E}_i(i=1, 2, \cdots, p)$ 为初等矩阵. 因初等矩阵可逆，所以

$$|\boldsymbol{A}| = |\boldsymbol{E}_1\boldsymbol{E}_2\cdots\boldsymbol{E}_p| = |\boldsymbol{E}_1||\boldsymbol{E}_2|\cdots|\boldsymbol{E}_p| \neq 0$$

即 $\boldsymbol{A}$ 可逆.

由定理 3.3 可得求逆矩阵的另一方法.

设 n 阶方阵 $\boldsymbol{A}$ 可逆，则 $\boldsymbol{A}^{-1}$ 也可逆，根据定理 3.3，存在初等矩阵 $\boldsymbol{G}_1$，$\boldsymbol{G}_2$，$\cdots$，$\boldsymbol{G}_k$，使得

$$\boldsymbol{A}^{-1} = \boldsymbol{G}_1\boldsymbol{G}_2\cdots\boldsymbol{G}_k$$

于是有

$$\boldsymbol{A}^{-1}\boldsymbol{A} = \boldsymbol{G}_1\boldsymbol{G}_2\cdots\boldsymbol{G}_k\boldsymbol{A}$$

即

$$\boldsymbol{I} = \boldsymbol{G}_1\boldsymbol{G}_2\cdots\boldsymbol{G}_k\boldsymbol{A} \tag{3.1}$$

$$\boldsymbol{A}^{-1} = \boldsymbol{G}_1\boldsymbol{G}_2\cdots\boldsymbol{G}_k\boldsymbol{I} \tag{3.2}$$

式(3.1)和式(3.2)表明，如果用一系列初等行变换把 $\boldsymbol{A}$ 化为单位矩阵 $\boldsymbol{I}$，那么用同样的初等行变换就把单位矩阵 $\boldsymbol{I}$ 化成了 $\boldsymbol{A}$ 的逆矩阵 $\boldsymbol{A}^{-1}$. 于是就得到了一个用初等行变换求逆矩阵的方法：对于给定的 n 阶可逆矩阵 $\boldsymbol{A}$，做一个 $n\times 2n$ 阶矩阵 $(\boldsymbol{A}\quad \boldsymbol{I}_n)$，然后对此矩阵施行初等行变换，直至把子块 $\boldsymbol{A}$ 化为单位矩阵 $\boldsymbol{I}_n$，这时子块 $\boldsymbol{I}_n$ 即化成了 $\boldsymbol{A}^{-1}$.

例 3.4　设矩阵

$$\boldsymbol{A} = \begin{pmatrix} 1 & 0 & 1 \\ 2 & 1 & 0 \\ -3 & 2 & -5 \end{pmatrix}$$

求 $\boldsymbol{A}^{-1}$.

解　对矩阵 $(\boldsymbol{A}\quad \boldsymbol{I}_3)$ 做初等行变换，有

$$(\boldsymbol{A}\quad \boldsymbol{I}_3) = \left(\begin{array}{ccc:ccc} 1 & 0 & 1 & 1 & 0 & 0 \\ 2 & 1 & 0 & 0 & 1 & 0 \\ -3 & 2 & -5 & 0 & 1 & 0 \end{array}\right)$$

$$
\begin{aligned}
&\rightarrow \left(\begin{array}{ccc:ccc} 1 & 0 & 1 & 1 & 0 & 0 \\ 0 & 1 & -2 & -2 & 1 & 0 \\ 0 & 2 & -2 & 3 & 0 & 1 \end{array}\right) \\
&\rightarrow \left(\begin{array}{ccc:ccc} 1 & 0 & 1 & 1 & 0 & 0 \\ 0 & 1 & -2 & -2 & 1 & 0 \\ 0 & 0 & 2 & 7 & -2 & 1 \end{array}\right) \\
&\rightarrow \left(\begin{array}{ccc:ccc} 1 & 0 & 0 & -\frac{5}{2} & 1 & -\frac{1}{2} \\ 0 & 1 & 0 & 5 & -1 & 0 \\ 0 & 0 & 2 & 7 & -2 & 1 \end{array}\right) \\
&\rightarrow \left(\begin{array}{ccc:ccc} 1 & 0 & 0 & -\frac{5}{2} & 1 & -\frac{1}{2} \\ 0 & 1 & 0 & 5 & -1 & 1 \\ 0 & 0 & 1 & -\frac{7}{2} & -1 & \frac{1}{2} \end{array}\right)
\end{aligned}
$$

于是

$$
\boldsymbol{A}^{-1} = \begin{pmatrix} -\frac{5}{2} & 1 & -\frac{1}{2} \\ 5 & -1 & 1 \\ \frac{7}{2} & -1 & \frac{1}{2} \end{pmatrix}
$$

小贴士

给定一个 n 阶方阵 $\boldsymbol{A}$，即使不知道 $\boldsymbol{A}$ 是否可逆，也可以按上述方法做：在对矩阵 $(\boldsymbol{A}\quad \boldsymbol{I}_n)$ 进行初等行变换的过程中，若化到某一步已能看出左边子块的行列式等于零，则矩阵 $\boldsymbol{A}$ 必定不可逆. 所以，初等行变换法也可用来判定方阵 $\boldsymbol{A}$ 是否可逆，并且在 $\boldsymbol{A}$ 可逆的情况下求出 $\boldsymbol{A}^{-1}$.

例 3.5 已知 $\boldsymbol{A} = \begin{pmatrix} 1 & -2 & -1 & -2 \\ 4 & 1 & 2 & 1 \\ 2 & 5 & 4 & -1 \\ 1 & 1 & 1 & 1 \end{pmatrix}$，判定矩阵 $\boldsymbol{A}$ 是否可逆，若可逆，求 $\boldsymbol{A}^{-1}$.

解 对矩阵 $(\boldsymbol{A}\quad \boldsymbol{I}_4)$ 做初等行变换

$$(A \quad I_4)=\left(\begin{array}{cccc:cccc}1 & -2 & -1 & -2 & 1 & 1 & 0 & 0 \\ 4 & 1 & 2 & 1 & 0 & 1 & 0 & 0 \\ 2 & 5 & 4 & -1 & 0 & 0 & 1 & 0 \\ 1 & 1 & 1 & 1 & 1 & 0 & 0 & 1\end{array}\right)$$

$$\to\left(\begin{array}{cccc:cccc}1 & -2 & -1 & -2 & 1 & 0 & 0 & 0 \\ 0 & 9 & 6 & 9 & -4 & 1 & 0 & 0 \\ 0 & 9 & 6 & 3 & -2 & 0 & 1 & 0 \\ 0 & 3 & 2 & 3 & 1 & 0 & 0 & 1\end{array}\right)$$

显然，矩阵左边子块行列式

$$\begin{vmatrix}1 & -2 & -1 & -2 \\ 0 & 9 & 6 & 9 \\ 0 & 9 & 6 & 3 \\ 0 & 3 & 2 & 3\end{vmatrix}=0$$

所以矩阵 A 不可逆.

例 3.6(用可逆矩阵进行保密编译码)　在英文中传递消息，通用的保密措施是把消息中的每个英文字母用一个整数来表示，然后传送这组整数. 如将 26 个英文字母 a，b，c，…，y，z 依次对应数字 1，2，3，…，25，26. 若要发出信息 action，则此信息的编码是 1，3，20，9，15，14. 但是，这种编码很容易被破译. 在一段较长的信息中，人们可以根据数字出现的频率猜测每个数字表示的字母. 这时，可以用矩阵乘法对信息进行加密.

对单位矩阵 I 施以第 ③ 种及第 ① 种初等变换，得到一个行列式等于 ± 1 的、可逆的整数元素矩阵，如

$$A=\begin{pmatrix}1 & 2 & 3 \\ 1 & 1 & 2 \\ 0 & 1 & 2\end{pmatrix}$$

将要传出信息的编码 1，3，20，9，15，14 放置在 3 行矩阵 B 的各列上，即

$$B=\begin{pmatrix}1 & 9 \\ 3 & 15 \\ 20 & 14\end{pmatrix}$$

做乘积

$$AB=\begin{pmatrix}1 & 2 & 3 \\ 1 & 1 & 2 \\ 0 & 1 & 2\end{pmatrix}\begin{pmatrix}1 & 9 \\ 3 & 15 \\ 20 & 14\end{pmatrix}=\begin{pmatrix}67 & 81 \\ 44 & 52 \\ 43 & 43\end{pmatrix}$$

则将传出的信息经过乘 A 编成密码后发出，收到的信息为 67，44，43，81，52，43.

接收到信息的人可通过乘以 $\boldsymbol{A}^{-1}$ 进行解码，即

$$\boldsymbol{A}^{-1}\begin{pmatrix}67 & 81\\44 & 52\\43 & 43\end{pmatrix}=\begin{pmatrix}0 & 1 & -1\\2 & -2 & -1\\-1 & 1 & 1\end{pmatrix}\begin{pmatrix}67 & 81\\44 & 52\\43 & 43\end{pmatrix}=\begin{pmatrix}1 & 9\\3 & 15\\20 & 14\end{pmatrix}$$

最后，利用使用的代码将密码恢复为明码，得到信息 action. 经过这样变换的信息就难以按其出现的频率来破译了.

第二节　矩阵的秩

矩阵的秩是矩阵的本质属性，它在方程组理论中起着关键作用.

一、矩阵秩的概念

定义 3.4　设矩阵 $\boldsymbol{A}=(a_{ij})_{m\times n}$，在 $\boldsymbol{A}$ 中任取 k 行 k 列($k\leqslant\min(m, n)$)，位于这些行列交叉点处的元素(按原来的相对位置) 所构成的 k 阶行列式称为矩阵 $\boldsymbol{A}$ 的一个 k 阶子式. n 阶矩阵 $\boldsymbol{A}$ 的行标与列标相同的 k 阶子式

$$\begin{vmatrix}a_{i_1i_1} & a_{i_1i_2} & \cdots & a_{i_1i_k}\\a_{i_2i_1} & a_{i_2i_2} & \cdots & a_{i_2i_k}\\\vdots & \vdots & & \vdots\\a_{i_ki_1} & a_{i_ki_2} & \cdots & a_{i_kx_k}\end{vmatrix}\quad(1\leqslant i_1<i_2<\cdots<i_k\leqslant n)$$

称为 $\boldsymbol{A}$ 的一个 k 阶主子式.

例如，在矩阵

$$\boldsymbol{A}=\begin{pmatrix}1 & 1 & 0 & 1\\-1 & 0 & 1 & 0\\2 & 2 & -2 & -2\end{pmatrix}$$

中，取第 1、2 行和第 2、4 列，它们交叉点的元素所组成的二阶行列式

$$\begin{vmatrix}1 & 1\\0 & 0\end{vmatrix}$$

是 $\boldsymbol{A}$ 的一个二阶子式. 又取第 1、2、3 行和第 1、2、4 列，它们交叉点的元素所组成的三阶行列式

$$\begin{vmatrix}1 & 1 & 1\\-1 & 0 & 0\\2 & 2 & -2\end{vmatrix}$$

是 $\boldsymbol{A}$ 的一个三阶子式.

小贴士

对于任何一个矩阵 **A**，由于行和列的选法很多，因此 **A** 的子式也很多. 但在 **A** 的非零子式中，总有一个子式的阶数最高.

定义 3.5　矩阵 **A** 中不为零子式的最高阶数 r(即 **A** 中存在一个 r 阶子式不等于零，而所有 $r+1$ 阶子式皆为零) 称为矩阵 **A** 的秩[①](rank)，记作 $r(\boldsymbol{A})$ 或秩$(\boldsymbol{A})$.

规定零矩阵的秩等于零.

对于任何 $m\times n$ 矩阵 **A**，显然有 $0\leqslant r(\boldsymbol{A})\leqslant \min(m, n)$. 当 $r(\boldsymbol{A})=\min(m, n)$ 时，称 **A** 为满秩矩阵. 特别地，当 $r(\boldsymbol{A})=m$ 时，称 **A** 为行满秩矩阵；当 $r(\boldsymbol{A})=n$ 时，称 **A** 为列满秩矩阵；当 $r(\boldsymbol{A})<\min(m, n)$ 时，称 **A** 为降秩矩阵.

例 3.7　设矩阵

$$\boldsymbol{A}=\begin{pmatrix}1 & 3 & 1 & 1\\ 4 & -1 & 2 & 0\\ 1 & 0 & 0 & 0\\ 0 & 0 & 0 & 0\end{pmatrix}$$

求 $r(\boldsymbol{A})$.

解　**A** 只有一个 4 阶子式，且显然为零. 而在 **A** 的 3 阶子式中有

$$\begin{vmatrix}1 & 3 & 1\\ 4 & -1 & 2\\ 1 & 0 & 0\end{vmatrix}=7\neq 0$$

即 **A** 的不为零子式的最高阶数为 3，所以 $r(\boldsymbol{A})=3$.

例 3.8　在矩阵

$$\boldsymbol{A}=\begin{pmatrix}1 & -1 & 2 & 4\\ 0 & 0 & 5 & -2\\ 0 & 0 & 0 & 0\end{pmatrix}$$

中，第 1、2 行与第 1、3 列交叉点元素构成的 2 阶子式不为零，而 **A** 所有 3 阶子式全为 0，所以 $r(\boldsymbol{A})=2$.

小贴士

注意到本例中，矩阵 **A** 是一个阶梯形矩阵，**A** 的秩恰好等于它的非零行的行数. 一般地，这一结论也是正确的.

例 3.9　设 $\boldsymbol{A}=(a_{ij})_{n\times n}$ 是可逆矩阵，则 $|\boldsymbol{A}|\neq 0$，即 **A** 的不等于零子式的最高阶数为 n，所以 $r(\boldsymbol{A})=n$. 反之，若 n 阶矩阵 **A** 的秩为 n，则 **A** 唯一的 n 阶子式

① 矩阵的秩是由德国数学家弗罗贝尼乌斯(F. G. Frobenius，1849—1917) 于 1877 年提出的. 弗罗贝尼乌斯的主要贡献在群论方面.

$|\boldsymbol{A}|\neq 0$，所以 $\boldsymbol{A}$ 可逆.

由定义 3.5 不难得出以下结论.

(1)$r(\boldsymbol{A})\geqslant r$ 的充要条件是 $\boldsymbol{A}$ 有一个 r 阶子式不为零；$r(\boldsymbol{A})\leqslant r$ 的充要条件是 $\boldsymbol{A}$ 的所有 $r+1$ 阶子式全为零.

(2) 对任何矩阵 $\boldsymbol{A}$，有 $r(\boldsymbol{A})=r(\boldsymbol{A}^{\mathrm{T}})$.

二、矩阵秩的求法

一般来说，只根据定义求矩阵的秩有时计算量是很大的. 下面给出一种用初等变换求矩阵秩的方法.

定理 3.4 初等变换不改变矩阵的秩.

证 现考查经一次初等行变换的情形.

设矩阵 $\boldsymbol{A}$ 经一次初等行变换化为矩阵 $\boldsymbol{B}$，且 $r(\boldsymbol{A})=r_1$，$r(\boldsymbol{B})=r_2$.

当对 $\boldsymbol{A}$ 施行交换两行或以某非零数乘某一行的变换时，矩阵 $\boldsymbol{B}$ 中任何 r_1+1 阶子式等于某一非零数 c 与 $\boldsymbol{A}$ 的某个 r_1+1 阶子式的乘积，因为 $\boldsymbol{A}$ 的任何 r_1+1 阶子式皆为零，所以 $\boldsymbol{B}$ 的任何 r_1+1 阶子式也都为零.

当对 $\boldsymbol{A}$ 施行将第 i 行的 l 倍加到第 j 行的变换时，对于矩阵 $\boldsymbol{B}$ 的任意一个 r_1+1 阶子式 $|\boldsymbol{B}_1|$，若它不含 $\boldsymbol{B}$ 的第 j 行元素或既含 $\boldsymbol{B}$ 的第 i 行元素又含第 j 行元素，则它等于 $\boldsymbol{A}$ 的一个 r_1+1 阶子式；若 $|\boldsymbol{B}_1|$ 中含 $\boldsymbol{B}$ 的第 j 行元素但不含第 i 行元素，则 $|\boldsymbol{B}_1|=|\boldsymbol{A}_1|+l|\boldsymbol{A}_2|$，其中 $|\boldsymbol{A}_1|$、$|\boldsymbol{A}_2|$ 是 $\boldsymbol{A}$ 的两个 r_1+1 阶子式. 因为 $\boldsymbol{A}$ 的任何 r_1+1 阶子式皆为零，所以 $\boldsymbol{B}$ 的任何 r_1+1 阶子式也都为零.

由以上分析可知，$r_2<r_1+1$，即 $r_2\leqslant r_1$.

$\boldsymbol{A}$ 经一次初等变换得 $\boldsymbol{B}$，$\boldsymbol{B}$ 也可以经相应的初等变换得 $\boldsymbol{A}$，因此又有 $r_1\leqslant r_2$，于是 $r_1=r_2$.

显然，上述结论对一次初等列变换也成立. 故对 $\boldsymbol{A}$ 施行一次初等变换所得矩阵的秩与 $\boldsymbol{A}$ 的秩相等，因而有对 $\boldsymbol{A}$ 施行有限次初等变换所得矩阵的秩等于 $\boldsymbol{A}$ 的秩.

小贴士

由于任何矩阵 $\boldsymbol{A}$ 都可以通过初等行变换化为阶梯形矩阵，而阶梯形矩阵中非零行的个数为阶梯形矩阵的秩，因此由定理 3.4 知它也是 $\boldsymbol{A}$ 的秩，这是求矩阵秩的一般方法.

例 3.10 设矩阵

$$\boldsymbol{A}=\begin{pmatrix}1&0&0&1\\1&2&0&-1\\3&-1&0&4\\1&4&5&1\end{pmatrix}$$

求 $r(\boldsymbol{A})$.

解　对矩阵 $\boldsymbol{A}$ 施行初等行变换化为阶梯形矩阵，有

$$\boldsymbol{A}=\begin{pmatrix}1&0&0&1\\1&2&0&-1\\3&-1&0&4\\1&4&5&1\end{pmatrix}\rightarrow\begin{pmatrix}1&0&0&1\\0&2&0&-2\\0&-1&0&1\\0&4&5&0\end{pmatrix}$$

$$\rightarrow\begin{pmatrix}1&0&0&1\\0&2&0&-2\\0&0&0&0\\0&0&5&4\end{pmatrix}\rightarrow\begin{pmatrix}1&0&0&1\\0&2&0&-2\\0&0&5&4\\0&0&0&0\end{pmatrix}$$

所以 $r(\boldsymbol{A})=3$.

例 3.11　设矩阵

$$\boldsymbol{A}=\begin{pmatrix}1&a&a\\a&1&a\\a&a&1\end{pmatrix}$$

的秩为 2，求 a 的值.

解　$\boldsymbol{A}$ 为 3 阶方阵，$\boldsymbol{A}$ 的秩为 2，由矩阵秩的定义可知必有 $|\boldsymbol{A}|=0$. 于是由

$$|\boldsymbol{A}|=\begin{vmatrix}1&a&a\\a&1&a\\a&a&1\end{vmatrix}=(1+2a)(1-a)^2=0$$

得 $a=1$ 或 $a=-\frac{1}{2}$.

当 $a=1$ 时，矩阵 $\boldsymbol{A}$ 为

$$\boldsymbol{A}=\begin{pmatrix}1&1&1\\1&1&1\\1&1&1\end{pmatrix}$$

显然，有 $r(\boldsymbol{A})=1$，这与已知矛盾.

当 $a=-\frac{1}{2}$ 时，矩阵 $\boldsymbol{A}$ 为

$$\boldsymbol{A}=\begin{pmatrix}1&-\frac{1}{2}&-\frac{1}{2}\\-\frac{1}{2}&1&-\frac{1}{2}\\-\frac{1}{2}&-\frac{1}{2}&1\end{pmatrix}$$

显然，$\boldsymbol{A}$ 左上角的 2 阶子式不为零. 故当且仅当 $a=-\frac{1}{2}$ 时，$\boldsymbol{A}$ 中非零子式的最高阶数为 2，即 $r(\boldsymbol{A})=2$.

例 3.12　设 $\boldsymbol{A}$ 为 $m\times n$ 矩阵，$\boldsymbol{P}$、$\boldsymbol{Q}$ 分别为 m、n 阶可逆矩阵，证明：$r(\boldsymbol{A})=r(\boldsymbol{PA})=r(\boldsymbol{AQ})=r(\boldsymbol{PAQ})$.

证　仅证 $r(\boldsymbol{A})=r(\boldsymbol{PA})$，其余类似.

因为 $\boldsymbol{P}$ 可逆，于是存在初等矩阵 $\boldsymbol{P}_1$，$\boldsymbol{P}_2$，…，$\boldsymbol{P}_s$，使 $\boldsymbol{P}=\boldsymbol{P}_s\boldsymbol{P}_{s-1}\cdots\boldsymbol{P}_2\boldsymbol{P}_1$，从而

$$\boldsymbol{PA}=\boldsymbol{P}_s\boldsymbol{P}_{s-1}\cdots\boldsymbol{P}_2\boldsymbol{P}_1\boldsymbol{A}$$

此式表明，$\boldsymbol{PA}$ 是由 $\boldsymbol{A}$ 经过 s 次初等行变换得到的，所以 $r(\boldsymbol{A})=r(\boldsymbol{PA})$.

例 3.13　设 $\boldsymbol{A}$、$\boldsymbol{B}$ 为 $m\times n$ 矩阵，试证 $\boldsymbol{A}\cong\boldsymbol{B}$ 的充分必要条件是 $r(\boldsymbol{A})=r(\boldsymbol{B})$.

证　必要性：设 $\boldsymbol{A}\cong\boldsymbol{B}$，即 $\boldsymbol{B}$ 是由 $\boldsymbol{A}$ 经过一系列初等变换得到的，由定理 3.4 可知 $r(\boldsymbol{A})=r(\boldsymbol{B})$.

充分性：设 $r(\boldsymbol{A})=r(\boldsymbol{B})=r$，则由定理 3.1 可知

$$\boldsymbol{A}\cong\begin{pmatrix}\boldsymbol{I}_r & \boldsymbol{O}_{r\times(n-r)}\\ \boldsymbol{O}_{(m-r)\times r} & \boldsymbol{O}_{(m-r)\times(n-r)}\end{pmatrix}$$

$$\boldsymbol{B}\cong\begin{pmatrix}\boldsymbol{I}_r & \boldsymbol{O}_{r\times(n-r)}\\ \boldsymbol{O}_{(m-r)\times r} & \boldsymbol{O}_{(m-r)\times(n-r)}\end{pmatrix}$$

从而由矩阵等价关系的传递性可得 $\boldsymbol{A}\cong\boldsymbol{B}$.

习　题　三

1. 设 $\boldsymbol{A}=\begin{pmatrix}a_1 & a_2 & a_3 & a_4\\ b_1 & b_2 & b_3 & b_4\\ c_1 & c_2 & c_3 & c_4\end{pmatrix}$，试计算：

(1) $\begin{pmatrix}0 & 1 & 0\\ 1 & 0 & 0\\ 0 & 0 & 1\end{pmatrix}\boldsymbol{A}$；　(2) $\begin{pmatrix}1 & 0 & 0\\ 0 & 1 & 0\\ k & 0 & 1\end{pmatrix}\boldsymbol{A}$；

(3) $\begin{pmatrix}1 & & \\ & k & \\ & & 1\end{pmatrix}\boldsymbol{A}$，$k\neq 0$；　(4) $\boldsymbol{A}\begin{pmatrix}0 & 1 & 0 & 0\\ 1 & 0 & 0 & 0\\ 0 & 0 & 1 & 0\\ 0 & 0 & 0 & 1\end{pmatrix}$.

2. 判断下列命题的真伪，并说明理由.

(1) 初等矩阵均可逆；

(2) 若 $\boldsymbol{A}$ 可经初等行变换化为单位矩阵，则 $\boldsymbol{A}$ 可逆；

(3) 若 $\boldsymbol{A}$ 可逆，则把 $\boldsymbol{A}$ 化为单位矩阵的初等行变换可把 $\boldsymbol{A}^{-1}$ 化为 $\boldsymbol{I}$.

3. 利用初等行变换将下列矩阵化为简化阶梯形矩阵.

(1) $\begin{pmatrix} 1 & 0 & 1 \\ 2 & 1 & 0 \\ -3 & 2 & 1 \end{pmatrix}$；　(2) $\begin{pmatrix} 2 & 1 & 2 \\ 4 & 1 & 3 \\ 2 & 0 & 1 \end{pmatrix}$；

(3) $\begin{pmatrix} 2 & 0 & -1 & 3 \\ 1 & 2 & -2 & 4 \\ 0 & 1 & 3 & -1 \end{pmatrix}$；　(4) $\begin{pmatrix} 1 & 2 & 1 \\ -1 & -1 & 0 \\ 0 & 1 & 1 \\ 1 & 3 & 2 \end{pmatrix}$.

4. 用矩阵的初等变换判断下列矩阵是否可逆，若可逆，求其逆矩阵.

(1) $\begin{pmatrix} 2 & 2 & 3 \\ 1 & -1 & 0 \\ -1 & 2 & 1 \end{pmatrix}$；　(2) $\begin{pmatrix} 1 & 2 & 3 & 4 \\ 0 & 1 & 2 & 3 \\ 0 & 0 & 1 & 2 \\ 0 & 0 & 0 & 1 \end{pmatrix}$；

(3) $\begin{pmatrix} 1 & -1 & 0 & 0 \\ -1 & 1 & -1 & 0 \\ 0 & -1 & 1 & -1 \\ 0 & 0 & -1 & 1 \end{pmatrix}$；

(4) $\begin{pmatrix} 0 & a_1 & 0 & \cdots & 0 & 0 \\ 0 & 0 & a_2 & \cdots & 0 & 0 \\ \vdots & \vdots & \vdots & & \vdots & \vdots \\ 0 & 0 & 0 & \cdots & 0 & a_{n-1} \\ a_n & 0 & 0 & \cdots & 0 & 0 \end{pmatrix}$　$(a_1 a_2 \cdots a_n \neq 0)$.

5. 设 $\boldsymbol{A}$ 为三阶矩阵. 将 $\boldsymbol{A}$ 的第 2 列加到第 1 列得矩阵 $\boldsymbol{B}$，交换 $\boldsymbol{B}$ 的第 2 行与第 3 行得单位矩阵，令矩阵 $\boldsymbol{P}_1 = \begin{pmatrix} 1 & 0 & 0 \\ 1 & 1 & 0 \\ 0 & 0 & 1 \end{pmatrix}$，$\boldsymbol{P}_2 = \begin{pmatrix} 1 & 0 & 0 \\ 0 & 0 & 1 \\ 0 & 1 & 0 \end{pmatrix}$，求 $\boldsymbol{A}$.

6. 设 $\boldsymbol{A}$ 为 n 阶可逆矩阵，$\boldsymbol{B}$ 为任一 $n \times m$ 矩阵，证明：如果对 $\boldsymbol{A}$ 施行一系列初等行变换把 $\boldsymbol{A}$ 化成单位矩阵 $\boldsymbol{I}$，则对矩阵 $\boldsymbol{B}$ 施行同样的这一系列初等变换就把 $\boldsymbol{B}$ 化为 $\boldsymbol{A}^{-1}\boldsymbol{B}$.

7. 解矩阵方程 $\boldsymbol{XA} = \boldsymbol{B}$，其中 $\boldsymbol{A} = \begin{pmatrix} 1 & 1 & -1 \\ -2 & 1 & 1 \\ 1 & 1 & 1 \end{pmatrix}$，$\boldsymbol{B} = \begin{pmatrix} 1 & -1 & 1 \\ 0 & 3 & 1 \end{pmatrix}$.

8. 设 $\boldsymbol{A} = \begin{pmatrix} 2 & 1 & 3 \\ 4 & 2 & 7 \\ 1 & 3 & 5 \end{pmatrix}$，$\boldsymbol{B} = \begin{pmatrix} 2 & 1 & 3 \\ 1 & 3 & 5 \\ 4 & 2 & 7 \end{pmatrix}$，$\boldsymbol{C} = \begin{pmatrix} 0 & 1 & 3 \\ 0 & 2 & 7 \\ -5 & 3 & 5 \end{pmatrix}$.

(1) 求初等矩阵 $\boldsymbol{E}$，使 $\boldsymbol{AE} = \boldsymbol{B}$；

(2) 求初等矩阵 $\boldsymbol{F}$，使 $\boldsymbol{AF} = \boldsymbol{C}$.

9. 求初等矩阵 $\boldsymbol{E}$ 使得 $\boldsymbol{AE}=\boldsymbol{B}$.

(1) $\boldsymbol{A}=\begin{pmatrix}4&1&3\\2&1&4\\1&3&2\end{pmatrix}$，$\boldsymbol{B}=\begin{pmatrix}3&1&4\\4&1&2\\2&3&1\end{pmatrix}$；

(2) $\boldsymbol{A}=\begin{pmatrix}2&4\\1&6\end{pmatrix}$，$\boldsymbol{B}=\begin{pmatrix}2&-2\\1&3\end{pmatrix}$；

(3) $\boldsymbol{A}=\begin{pmatrix}4&-2&3\\-2&4&2\\6&1&-2\end{pmatrix}$，$\boldsymbol{B}=\begin{pmatrix}2&-2&3\\-1&4&2\\3&1&-2\end{pmatrix}$.

10. 求下列矩阵的秩.

(1) $\begin{pmatrix}1&1&1\\0&2&1\\0&0&3\end{pmatrix}$；

(2) $\begin{pmatrix}1&0&0&0\\0&1&0&0\\0&0&0&0\end{pmatrix}$；

(3) $\begin{pmatrix}1&&&\\&2&&\\&&1/3&\\&&&3\end{pmatrix}$；

(4) $\begin{pmatrix}1&2&3\\2&3&1\\3&1&2\end{pmatrix}$；

(5) $\begin{pmatrix}1&2&3&4\\1&-2&4&5\\1&10&1&2\end{pmatrix}$；

(6) $\begin{pmatrix}0&1&1&-1&2\\0&2&2&2&0\\0&-1&-1&1&1\\1&1&0&0&-1\end{pmatrix}$；

(7) $\begin{pmatrix}1&-1&2&1&0\\2&-2&4&2&0\\3&0&6&-1&1\\0&3&0&0&1\end{pmatrix}$；

(8) $\begin{pmatrix}14&12&6&8&2\\6&104&21&9&17\\7&6&3&4&1\\35&30&15&20&4\end{pmatrix}$.

11. 设 $\boldsymbol{A}$ 为 4×3 矩阵，$\boldsymbol{B}=\begin{pmatrix}1&0&2\\0&2&0\\-1&0&3\end{pmatrix}$，且 $r(\boldsymbol{A})=2$，求 $r(\boldsymbol{AB})$.

12. 设矩阵 $\boldsymbol{A}=\begin{pmatrix}1&2&3&1\\2&-1&k&2\\0&1&1&3\\1&-1&0&4\\2&0&2&5\end{pmatrix}$ 的秩为 3，求 k.

13. 设 $\boldsymbol{A}$ 为 $m\times n$ 矩阵，$\boldsymbol{b}$ 为 $m\times l$ 矩阵，说明 $r(\boldsymbol{A})$ 和 $r(\boldsymbol{A}\quad\boldsymbol{b})$ 的大小关系.

习题三参考答案

1.(1) $\begin{pmatrix} b_1 & b_2 & b_3 & b_4 \\ a_1 & a_2 & a_3 & a_4 \\ c_1 & c_2 & c_3 & c_4 \end{pmatrix}$；　(2) $\begin{pmatrix} a_1 & a_2 & a_3 & a_4 \\ b_1 & b_2 & b_3 & b_4 \\ ka_1+c_1 & ka_2+c_2 & ka_3+c_3 & ka_4+c_4 \end{pmatrix}$；

(3) $\begin{pmatrix} a_1 & a_2 & a_3 & a_4 \\ kb_1 & kb_2 & kb_3 & kb_4 \\ c_1 & c_2 & c_3 & c_4 \end{pmatrix}$；　(4) $\begin{pmatrix} a_2 & a_1 & a_3 & a_4 \\ b_2 & b_1 & b_3 & b_4 \\ c_2 & c_1 & c_3 & c_4 \end{pmatrix}$.

2.(1) 正确；(2) 正确；(3) 错误. 理由略.

3.(1) $\begin{pmatrix} 1 & 0 & 0 \\ 0 & 1 & 1 \\ 0 & 0 & 0 \end{pmatrix}$；　(2) $\begin{pmatrix} 1 & 0 & 0.5 \\ 0 & 1 & 1 \\ 0 & 0 & 0 \end{pmatrix}$；

(3) $\begin{pmatrix} 1 & 0 & 0 & 1.2 \\ 0 & 1 & 0 & 0.8 \\ 0 & 0 & 1 & -0.6 \end{pmatrix}$；　(4) $\begin{pmatrix} 1 & 0 & -1 \\ 0 & 1 & 1 \\ 0 & 0 & 0 \\ 0 & 0 & 0 \end{pmatrix}$.

4.(1) $\begin{pmatrix} 1 & -4 & -3 \\ 1 & -5 & -3 \\ -1 & 6 & 4 \end{pmatrix}$；　(2) $\begin{pmatrix} 1 & -2 & 1 & 0 \\ 0 & 1 & -2 & 1 \\ 0 & 0 & 1 & -2 \\ 0 & 0 & 0 & 1 \end{pmatrix}$；

(3) $\begin{pmatrix} 1 & 0 & -1 & -1 \\ 0 & 0 & -1 & -1 \\ -1 & -1 & 0 & 0 \\ -1 & -1 & 0 & 1 \end{pmatrix}$；

(4) $\begin{pmatrix} 0 & 0 & 0 & \cdots & 0 & \frac{1}{a_n} \\ \frac{1}{a_1} & 0 & 0 & \cdots & 0 & 0 \\ \vdots & \vdots & \vdots & & \vdots & \vdots \\ 0 & 0 & 0 & \cdots & \frac{1}{a_{n-1}} & 0 \end{pmatrix}$.

5. $\begin{pmatrix} 1 & 0 & 0 \\ 0 & 0 & 1 \\ -1 & 1 & 0 \end{pmatrix}$.

6. 略.

7. $\begin{pmatrix} -1 & -\frac{2}{3} & \frac{2}{3} \\ 1 & 1 & 1 \end{pmatrix}$.

8. (1) $\begin{pmatrix} 1 & 0 & 0 \\ 0 & 0 & 1 \\ 0 & 1 & 0 \end{pmatrix}$； (2) $\begin{pmatrix} 1 & 0 & 0 \\ -2 & 1 & 0 \\ 0 & 0 & 1 \end{pmatrix}$.

9. (1) $\begin{pmatrix} 0 & 0 & 1 \\ 0 & 1 & 0 \\ 1 & 0 & 0 \end{pmatrix}$； (2) $\begin{pmatrix} 1 & -3 \\ 0 & 1 \end{pmatrix}$； (3) $\begin{pmatrix} 1/2 & 0 & 0 \\ 0 & 1 & 0 \\ 0 & 0 & 1 \end{pmatrix}$.

10. (1)3； (2)2； (3)4； (4)3； (5)2； (6)4； (7)3； (8)3.

11. 2.

12. $k=1$.

13. $r(\boldsymbol{A}) \leqslant r(\boldsymbol{A} \quad \boldsymbol{b})$.

第四章　向量组与线性方程组

本章主要讨论线性方程组解的基本理论，即求解一般的线性方程组，研究非齐次线性方程组有解和齐次线性方程组有非零解的条件及解的结构．从而需要引入 n 维向量的概念，定义其线性运算，研究向量的线性相关性，进而给出向量组秩的概念，讨论矩阵秩与向量组秩的关系．

小贴士

本章概念较多，内容较抽象，需要仔细研读，认真领会．

第一节　利用消元法求解线性方程组

线性方程组是只包含未知量一次方幂方程组的一种类型．一元一次方程、二元一次方程组和三元一次方程组都属于线性方程组的范畴．在第一章里我们利用克拉默法则已经研究过一种特殊形式的线性方程组(线性方程组所含方程的个数等于未知量的个数，且方程组的系数行列式不为零)，求解线性方程组是线性代数最主要的任务之一，本节重点讨论一般方程组的求解方法．

例 4.1　求解线性方程组 $\begin{cases}x_1+x_2=1\\x_1-x_2=0\end{cases}$.

解　解此二元一次方程组可采用代入法或消元法．

(1) 利用代入法，把 $x_2=x_1$ 代入第 1 个方程中得 $2x_1=1$，即 $x_1=\dfrac{1}{2}$，从而

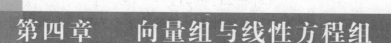

$x_2=x_1=\frac{1}{2}$.

(2) 利用消元法，把第 2 个方程加上第 1 个方程，消去变量 x_2，得 $2x_1=1$，即 $x_1=\frac{1}{2}$. 再由第二个方程得 $x_2=x_1=\frac{1}{2}$.

此方程组较简单，且方程的个数等于未知量的个数，两种方法均可.

例 4.2　求解线性方程组 $\begin{cases}x_1+x_2+x_3=2\\x_1-2x_2-5x_3=-1\end{cases}$.

解　利用消元法，把第 2 个方程加上 2 倍的第 1 个方程，消去变量 x_2，得 $x_1=x_3+1$. 从而 $x_2=-2x_3+1$，即此方程组的解不唯一. 例如，当 $x_3=0$ 时，$x_1=1$，$x_2=1$；当 $x_3=1$ 时，$x_1=2$，$x_2=-1$. 此例题说明线性方程组中方程的个数未必等于未知量的个数，而且线性方程组可以有许多解，解不一定唯一；方程组中的变量互相之间可能具有一定的关系.

小贴士

当未知量的个数较多时，代入法计算起来较麻烦，而且不容易掌握其规律，而利用消元法时，其消元的三种方式主要为：① 交换某两个方程的位置；② 用一个非零数乘某一个方程的两边；③ 将一个方程的倍数加到另一个方程上去. 这三种消元方式称为线性方程组的初等变换，恰好可以与矩阵的三种初等行变换相对应，从而线性方程组的求解过程可以利用矩阵的初等行变换来完成，而且可以证明一个线性方程组经过若干次初等变换所得到的新的线性方程组与原方程组同解.

例 4.3　求解线性方程组

$$\begin{cases}2x_1+2x_2-x_3=-2\\x_1-x_2+x_3=4\\2x_1-x_2-2x_3=-1\\3x_1+x_2-x_3=0\end{cases}$$

解　为观察消元过程，将消元过程中每一步骤的方程组与其相对应的矩阵一并列出，有

$$\begin{cases}2x_1+2x_2-x_3=-2\\x_1-x_2+x_3=4\\2x_1-x_2-2x_3=-1\\3x_1+x_2-x_3=0\end{cases}\longleftrightarrow\begin{pmatrix}2&2&-1&-2\\1&-1&1&4\\2&-1&-2&-1\\3&1&-1&0\end{pmatrix}(1)$$

首先将第 1、2 两个方程互换位置，得

$$\xrightarrow{r_1 \leftrightarrow r_2}\begin{cases}x_1-x_2+x_3=4\\2x_1+2x_2-x_3=-2\\2x_1-x_2-2x_3=-1\\3x_1+x_2-x_3=0\end{cases}\longleftrightarrow\begin{pmatrix}1&-1&1&4\\2&2&-1&-2\\2&-1&-2&-1\\3&1&-1&0\end{pmatrix}\quad(2)$$

把上述线性方程组的第 2、3、4 个方程分别加上第 1 个方程的 -2、-2、-3 倍，得

$$\xrightarrow[4_r-3r_1]{\substack{r_2-2r_1\\r_3-2r_1}}\begin{cases}x_1-x_2+x_3=4\\4x_2-3x_3=-10\\x_2-4x_3=-9\\4x_2-4x_3=-12\end{cases}\longleftrightarrow\begin{pmatrix}1&-1&1&4\\0&4&-3&-10\\0&1&-4&-9\\0&4&-4&-12\end{pmatrix}\quad(3)$$

在第 2、3、4 个方程中，已经没有 x_1 了. 接下来再消去 x_2，把第 2、3 两个方程互换位置，把第 4 个方程乘 $\frac{1}{4}$，得

$$\xrightarrow[r_4\times\frac{1}{4}]{r_2\leftrightarrow r_3}\begin{cases}x_1-x_2+x_3=4\\x_2-4x_3=-9\\4x_2-3x_3=-10\\x_2-x_3=-3\end{cases}\longleftrightarrow\begin{pmatrix}1&-1&1&4\\0&1&-4&-9\\0&4&-3&-10\\0&1&-1&-3\end{pmatrix}\quad(4)$$

把第 3、4 两个方程分别加上第 2 个方程的 -4、-1 倍，得

$$\xrightarrow[r_4-r_2]{r_3-4r_2}\begin{cases}x_1-x_2+x_3=4\\x_2-4x_3=-9\\13x_3=26\\3x_3=6\end{cases}\longleftrightarrow\begin{pmatrix}1&-1&1&4\\0&1&-4&-9\\0&0&13&26\\0&0&3&6\end{pmatrix}\quad(5)$$

把第 3 个方程乘 $\frac{1}{13}$，把第 4 个方程加上第 3 个方程的 -3 倍，从而得

$$\xrightarrow[r_4-3r_3]{r_3\times\frac{1}{13}}\begin{cases}x_1-x_2+x_3=4\\x_2-4x_3=-9\\x_3=2\\0=0\end{cases}\longleftrightarrow\begin{pmatrix}1&-1&1&4\\0&1&-4&-9\\0&0&1&2\\0&0&0&0\end{pmatrix}\quad(6)$$

从第 3 个方程中得 $x_3=2$，逐步回代，求得解为 $x_1=1$，$x_2=-1$，$x_3=2$.

通常把过程(1) ～ (6) 称为消元过程，从消元过程可以清楚地看出每一步骤都与矩阵的某种初等行变换相对应，矩阵(6) 是行阶梯形矩阵，与之对应的方程组(6) 则称为行阶梯形方程组. 将一个方程组化为阶梯形方程组的步骤并不是唯一的，从而同一个方程组的行阶梯形方程组也不是唯一的. 解方程组的过程实际上就是把相应的矩阵化为行阶梯形矩阵的过程，而非零的行阶梯的数量由矩阵的秩所决定，因此

有理由认为线性方程组解的构成与对应的矩阵的秩有直接关系.

定义 4.1 设有 n 个未知数、m 个方程的线性方程组

$$\begin{cases} a_{11}x_1 + a_{12}x_2 + \cdots + a_{1n}x_n = b_1 \\ a_{21}x_1 + a_{22}x_2 + \cdots + a_{2n}x_n = b_2 \\ \vdots \\ a_{m1}x_1 + a_{m2}x_2 + \cdots + a_{mn}x_n = b_m \end{cases} \tag{4.1}$$

记

$$\boldsymbol{A} = \begin{pmatrix} a_{11} & a_{12} & \cdots & a_{1n} \\ a_{21} & a_{22} & \cdots & a_{2n} \\ \vdots & \vdots & & \vdots \\ a_{m1} & a_{m2} & \cdots & a_{mn} \end{pmatrix}, \quad \boldsymbol{x} = \begin{pmatrix} x_1 \\ x_2 \\ \vdots \\ x_n \end{pmatrix}, \quad \boldsymbol{b} = \begin{pmatrix} b_1 \\ b_2 \\ \vdots \\ b_m \end{pmatrix}$$

$$\boldsymbol{B} = \begin{pmatrix} a_{11} & a_{12} & \cdots & a_{1n} & b_1 \\ a_{21} & a_{22} & \cdots & a_{2n} & b_2 \\ \vdots & \vdots & & \vdots & \vdots \\ a_{m1} & a_{m2} & \cdots & a_{mn} & b_m \end{pmatrix} = (\boldsymbol{A}, \boldsymbol{b})$$

称矩阵 $\boldsymbol{B}$ 为方程组的增广矩阵，式(4.1) 的矩阵形式为

$$\boldsymbol{Ax} = \boldsymbol{b} \tag{4.2}$$

线性方程组(4.1) 如果有解，就称它是相容的；如果无解，就称它不相容.

当 $b_i = 0(i=1, 2, \cdots, m)$ 时，线性方程组(4.1) 称为齐次的；否则，称为非齐次的.

齐次线性方程组的矩阵形式为

$$\boldsymbol{Ax} = \boldsymbol{O} \tag{4.3}$$

注 (1) 齐次线性方程组 $\boldsymbol{Ax} = \boldsymbol{O}$ 一定有零解，不一定有非零解.

(2) 非齐次线性方程组 $\boldsymbol{Ax} = \boldsymbol{b}$ 不一定有解，当有解时，可以有唯一解或无穷多解.

定理 4.1 设 $\boldsymbol{A} = (a_{ij})_{m\times n}$，$n$ 元非齐次线性方程组 $\boldsymbol{Ax} = \boldsymbol{b}$ 有非零解的充要条件为系数矩阵 $\boldsymbol{A}$ 的秩等于其增广矩阵 $\boldsymbol{B}$ 的秩，即 $r(\boldsymbol{A}) = r(\boldsymbol{B}) = r(\boldsymbol{A}, \boldsymbol{b})$. 且有：

(1) 当 $r(\boldsymbol{A}) = r(\boldsymbol{B}) = n$ 时，方程组 $\boldsymbol{Ax} = \boldsymbol{b}$ 有唯一解.

(2) 当 $r(\boldsymbol{A}) = r(\boldsymbol{B}) < n$ 时，方程组 $\boldsymbol{Ax} = \boldsymbol{b}$ 有无穷多解.

证 设 $r(\boldsymbol{A}) = r$，对一个方程组进行初等变换，实际上就是对它的增广矩阵进行矩阵的初等行变换. 对增广矩阵 $\boldsymbol{B}$ 做初等行变换，可将其转化为阶梯形矩阵，为了简便起见，不妨设

$$\begin{pmatrix} c_{11} & c_{12} & \cdots & c_{1r} & \cdots & c_{1n} & d_1 \\ 0 & c_{22} & \cdots & c_{2r} & \cdots & c_{2n} & d_2 \\ \vdots & \vdots & & \vdots & & \vdots & \vdots \\ 0 & 0 & \cdots & c_{rr} & \cdots & c_{rn} & d_r \\ 0 & 0 & \cdots & 0 & \cdots & 0 & d_{r+1} \\ \vdots & \vdots & & \vdots & & \vdots & \vdots \\ 0 & 0 & \cdots & 0 & \cdots & 0 & 0 \end{pmatrix} = \boldsymbol{B}_1 \tag{4.4}$$

则可以证明方程组(4.1)与以阶梯形矩阵(4.4)为增广矩阵的方程组为同解方程组.

必要性：设方程组 $\boldsymbol{Ax}=\boldsymbol{b}$ 有解，如果 $r(\boldsymbol{A})<r(\boldsymbol{B})=r(\boldsymbol{B}_1)$，则 $d_{r+1}\neq 0$，$\boldsymbol{B}$ 的行阶梯形矩阵 $\boldsymbol{B}_1$ 中最后一个非零行是矛盾方程，此时方程组 $\boldsymbol{Ax}=\boldsymbol{b}$ 无解，与假设矛盾，故 $r(\boldsymbol{A})=r(\boldsymbol{B})$.

充分性：因为 $r(\boldsymbol{A})=r(\boldsymbol{B})=r$，所以 $d_{r+1}=0$，则 $\boldsymbol{B}$ 的行阶梯形矩阵 $\boldsymbol{B}_1$ 中含有 r 个非零行.

(1) 若 $r=n$，则 $\boldsymbol{B}$ 的行阶梯形矩阵

$$\boldsymbol{B}_1=\begin{pmatrix} c_{11} & c_{12} & \cdots & c_{1j} & \cdots & c_{1n} & d_1 \\ 0 & c_{22} & \cdots & c_{2j} & \cdots & c_{2n} & d_2 \\ \vdots & \vdots & & \vdots & & \vdots & \vdots \\ 0 & 0 & \cdots & 0 & \cdots & c_{nn} & d_n \\ 0 & 0 & \cdots & 0 & \cdots & 0 & 0 \\ \vdots & \vdots & & \vdots & & \vdots & \vdots \\ 0 & 0 & \cdots & 0 & \cdots & 0 & 0 \end{pmatrix}$$

中含有 n 个非零行，其对应的系数矩阵为上三角形矩阵，且对角线上元素均非零. 则由克拉默法则，方程组(4.1)有唯一解，此时独立的方程个数与未知量个数相等.

(2) 若 $r<n$，此时独立的方程个数小于未知量个数. 任给 x_{r+1}，…，x_n 一组值，就唯一确定出 x_1，x_2，…，x_r 的值，从而得到方程组(4.1)的一个解，显然方程组(4.1)有无穷多个解. 一般地，可以把 x_1，x_2，…，x_r 通过 x_{r+1}，…，x_n 表示出来，这样一组表达式称为方程组(4.1)的通解，而 x_{r+1}，…，x_n 称为一组自由未知量，共有 $n-r$ 个.

定理 4.2　设 $\boldsymbol{A}=(a_{ij})_{m\times n}$，$n$ 元齐次线性方程组 $\boldsymbol{Ax}=\boldsymbol{O}$ 有非零解的充要条件为系数矩阵 $\boldsymbol{A}$ 的秩 $r(\boldsymbol{A})<n$.

证　把齐次线性方程组 $\boldsymbol{Ax}=\boldsymbol{O}$ 看成非齐次线性方程组 $\boldsymbol{Ax}=\boldsymbol{b}$ 的特例，即 $\boldsymbol{b}=\boldsymbol{O}$，此时一定有 $r(\boldsymbol{A})=r(\boldsymbol{B})=r(\boldsymbol{A},\boldsymbol{O})$，从而由定理 4.2 可知，齐次线性方程组 $\boldsymbol{Ax}=\boldsymbol{O}$ 一定有解，而当 $r(\boldsymbol{A})<n$ 时有非零解，当 $r(\boldsymbol{A})=n$ 时仅有零解.

例 4.4　求下列方程组的通解

$$\begin{cases}2x_1+7x_2+3x_3+x_4=6\\3x_1+5x_2+2x_3+2x_4=4\\9x_1+4x_2+x_3+7x_4=2\end{cases}$$

解　对方程组的增广矩阵 $\boldsymbol{B}$ 做初等行变换化成行等价标准形，有

$$\boldsymbol{B}=\begin{pmatrix}2&7&3&1&6\\3&5&2&2&4\\9&4&1&7&2\end{pmatrix}\xrightarrow{r_1-r_2}\begin{pmatrix}-1&2&1&-1&2\\3&5&2&2&4\\9&4&1&7&2\end{pmatrix}$$

$$\xrightarrow[r_3+9r_1]{r_2+3r_1}\begin{pmatrix}-1&2&1&-1&2\\0&11&5&-1&10\\0&22&10&-2&20\end{pmatrix}\xrightarrow{r_3-2r_2}\begin{pmatrix}-1&2&1&-1&2\\0&11&5&-1&10\\0&0&0&0&0\end{pmatrix}$$

$$\xrightarrow[r_1\times(-1)]{r_2\times\frac{1}{11}}\begin{pmatrix}1&-2&-1&1&-2\\0&1&\frac{5}{11}&-\frac{1}{11}&\frac{10}{11}\\0&0&0&0&0\end{pmatrix}\xrightarrow{r_1+2r_2}\begin{pmatrix}1&0&-\frac{1}{11}&\frac{9}{11}&-\frac{2}{11}\\0&1&\frac{5}{11}&-\frac{1}{11}&\frac{10}{11}\\0&0&0&0&0\end{pmatrix}$$

因为 $r(\boldsymbol{A})=r(\boldsymbol{B})=2<n=4$，所以方程组有无穷多解，由行等价标准形知与它同解的方程组为

$$\begin{cases}x_1=-\frac{2}{11}+\frac{1}{11}x_3-\frac{9}{11}x_4\\x_2=\frac{10}{11}-\frac{5}{11}x_3+\frac{1}{11}x_4\\x_3=x_3\\x_4=x_4\end{cases}$$

写成列矩阵的形式为

$$\begin{pmatrix}x_1\\x_2\\x_3\\x_4\end{pmatrix}=\begin{pmatrix}-\frac{2}{11}\\\frac{10}{11}\\0\\0\end{pmatrix}+x_3\begin{pmatrix}\frac{1}{11}\\-\frac{5}{11}\\1\\0\end{pmatrix}+x_4\begin{pmatrix}-\frac{9}{11}\\\frac{1}{11}\\0\\1\end{pmatrix}$$

令 $x_3=k_1$、$x_4=k_2$，k_1、k_2 为任意实数，所以原方程组的通解为

$$\begin{pmatrix}x_1\\x_2\\x_3\\x_4\end{pmatrix}=\begin{pmatrix}-\frac{2}{11}\\\frac{10}{11}\\0\\0\end{pmatrix}+k_1\begin{pmatrix}\frac{1}{11}\\-\frac{5}{11}\\1\\0\end{pmatrix}+k_2\begin{pmatrix}-\frac{9}{11}\\\frac{1}{11}\\0\\1\end{pmatrix}$$

例 4.5　解线性方程组

$$\begin{cases}2x_1-x_2+3x_3=1\\4x_1-2x_2+5x_3=4\\2x_1-x_2+4x_3=0\end{cases}$$

解　对方程组的增广矩阵做初等行变换，有

$$\begin{pmatrix}2&-1&3&1\\4&-2&5&4\\2&-1&4&0\end{pmatrix}\xrightarrow[r_3-r_1]{r_2-2r_1}\begin{pmatrix}2&-1&3&1\\0&0&-1&2\\0&0&1&-1\end{pmatrix}$$

$$\xrightarrow{r_3+r_2}\begin{pmatrix}2&-1&3&1\\0&0&-1&2\\0&0&0&1\end{pmatrix}$$

从最后一行可以看出原方程组无解.

例 4.6　对于线性方程组

$$\begin{cases}\lambda x_1+x_2+x_3=\lambda-3\\x_1+\lambda x_2+x_3=-2\\x_1+x_2+\lambda x_3=-2\end{cases}$$

讨论λ取何值时，方程组无解、有唯一解和无穷多组解. 在方程组有无穷多组解时，求出其通解.

解法一　对方程组的增广矩阵施以初等行变换，有

$$\boldsymbol{B}=\begin{pmatrix}\lambda&1&1&\lambda-3\\1&\lambda&1&-2\\1&1&\lambda&-2\end{pmatrix}\xrightarrow{r_1\leftrightarrow r_3}\begin{pmatrix}1&1&\lambda&-2\\1&\lambda&1&-2\\\lambda&1&1&\lambda-3\end{pmatrix}$$

$$\xrightarrow[r_3-\lambda r_1]{r_2-r_1}\begin{pmatrix}1&1&\lambda&-2\\0&\lambda-1&1-\lambda&0\\0&1-\lambda&1-\lambda^2&3(\lambda-1)\end{pmatrix}$$

$$\xrightarrow{r_3+r_2}\begin{pmatrix}1 & 1 & \lambda & -2\\ 0 & \lambda-1 & 1-\lambda & 0\\ 0 & 0 & -(\lambda+2)(\lambda-1) & 3(\lambda-1)\end{pmatrix}$$

(1) 当 $\lambda\neq-2$ 且 $\lambda\neq1$ 时，$r(\boldsymbol{A})=r(\boldsymbol{B})=3$，从而方程组有唯一解.

(2) 当 $\lambda=-2$ 时，$r(\boldsymbol{A})=2$，$r(\boldsymbol{B})=3$，$r(\boldsymbol{A})\neq r(\boldsymbol{B})$，所以方程组无解.

(3) 当 $\lambda=1$ 时，$r(\boldsymbol{A})=r(\boldsymbol{B})=1<3$，故方程组有无穷多组解.

又由此可得与原方程组同解的方程组为

$$\begin{cases}x_1=-2-x_2-x_3\\ x_2=x_2\\ x_3=x_3\end{cases}$$

写成列矩阵的形式为

$$\begin{pmatrix}x_1\\x_2\\x_3\end{pmatrix}=\begin{pmatrix}-2\\0\\0\end{pmatrix}+x_2\begin{pmatrix}-1\\1\\0\end{pmatrix}+x_3\begin{pmatrix}-1\\0\\1\end{pmatrix}$$

其中，$\boldsymbol{y}_0=\begin{pmatrix}-2\\0\\0\end{pmatrix}$是方程组的特解；$\boldsymbol{y}_1=\begin{pmatrix}-1\\1\\0\end{pmatrix}$、$\boldsymbol{y}_2=\begin{pmatrix}-1\\0\\1\end{pmatrix}$是其对应的齐次线性方程组的解. 令 $x_2=k_1$，$x_3=k_2$，k、k_2 为任意实数，则原方程组的全部解为

$$\begin{pmatrix}x_1\\x_2\\x_3\end{pmatrix}=\begin{pmatrix}-2\\0\\0\end{pmatrix}+k_1\begin{pmatrix}-1\\1\\0\end{pmatrix}+k_2\begin{pmatrix}-1\\0\\1\end{pmatrix}$$

解法二　因为系数行列式

$$D=\begin{vmatrix}\lambda & 1 & 1\\ 1 & \lambda & 1\\ 1 & 1 & \lambda\end{vmatrix}=(\lambda+2)(\lambda-1)^2$$

(1) 当 $\lambda\neq-2$ 且 $\lambda\neq1$ 时，由克拉默法则可知方程组有唯一解.

(2) 当 $\lambda=-2$ 时，对增广矩阵 $\boldsymbol{B}$ 做初等行变换，有

$$\boldsymbol{B}=\begin{pmatrix}-2 & 1 & 1 & -5\\ 1 & -2 & 1 & -2\\ 1 & 1 & -2 & -2\end{pmatrix}\xrightarrow[r_1+r_3]{r_1+r_2}\begin{pmatrix}0 & 0 & 0 & -9\\ 1 & -2 & 1 & -2\\ 1 & 1 & -2 & -2\end{pmatrix}$$

显然 $r(\boldsymbol{A})=2<r(\boldsymbol{B})=3$，方程组无解.

(3) 当 $\lambda=1$ 时，有

$$\boldsymbol{B}=\begin{pmatrix}1&1&1&-2\\1&1&1&-2\\1&1&1&-2\end{pmatrix}\xrightarrow[r_2-r_1]{r_3-r_1}\begin{pmatrix}1&1&1&-2\\0&0&0&0\\0&0&0&0\end{pmatrix}$$

与解法一相同，以下省略.

定理 4.3　矩阵方程 $\boldsymbol{AX}=\boldsymbol{B}$ 有解的充要条件为 $r(\boldsymbol{A})=r(\boldsymbol{A},\boldsymbol{B})$.

证　设 $\boldsymbol{A}=(a_{ij})_{m\times n}$、$\boldsymbol{B}=(b_{ij})_{m\times l}$、$\boldsymbol{X}=(x_{ij})_{n\times l}$，将 $\boldsymbol{X}$、$\boldsymbol{A}$、$\boldsymbol{B}$ 按列分块，记为

$$\boldsymbol{X}=(\boldsymbol{x}_1,\boldsymbol{x}_2,\cdots,\boldsymbol{x}_l),\quad \boldsymbol{A}=(\boldsymbol{a}_1,\boldsymbol{a}_2,\cdots,\boldsymbol{a}_n),\quad \boldsymbol{B}=(\boldsymbol{b}_1,\boldsymbol{b}_2,\cdots,\boldsymbol{b}_l)$$

从而方程 $\boldsymbol{AX}=\boldsymbol{B}$ 转化为

$$\boldsymbol{A}(\boldsymbol{x}_1,\boldsymbol{x}_2,\cdots,\boldsymbol{x}_l)=(\boldsymbol{b}_1,\boldsymbol{b}_2,\cdots,\boldsymbol{b}_l)$$

即

$$\boldsymbol{Ax}_i=\boldsymbol{b}_i\quad(i=1,2,\cdots,l)$$

必要性：设矩阵方程 $\boldsymbol{AX}=\boldsymbol{B}$ 有解，从而 $\boldsymbol{Ax}_i=\boldsymbol{b}_i(i=1,2,\cdots,l)$ 都有解，设解为

$$\boldsymbol{x}_i=(x_{1i},x_{2i},\cdots,x_{ni})^{\mathrm{T}}\quad(i=1,2,\cdots,l)$$

则

$$\begin{aligned}\boldsymbol{Ax}_i&=(\boldsymbol{a}_1,\boldsymbol{a}_2,\cdots,\boldsymbol{a})(x_{1i},x_{2i},\cdots,x_{ni})^{\mathrm{T}}\\&=x_{1i}\boldsymbol{a}_1+x_{2i}\boldsymbol{a}_2+\cdots+x_{ni}\boldsymbol{a}_n=\boldsymbol{b}_i\end{aligned}$$

对矩阵 $(\boldsymbol{A},\boldsymbol{B})$ 做如下初等列变换：

$$(\boldsymbol{A},\boldsymbol{B})\xrightarrow[i=1,2,\cdots,l]{c_{n+i}-x_{1i}c_1-\cdots-x_{ni}c_n}(\boldsymbol{A},\boldsymbol{O})$$

因此

$$r(\boldsymbol{A},\boldsymbol{B})=r(\boldsymbol{A})$$

充分性：设 $r(\boldsymbol{A})=r(\boldsymbol{A},\boldsymbol{B})$，由于

$$r(\boldsymbol{A})\leqslant r(\boldsymbol{A},\boldsymbol{b}_i)\leqslant r(\boldsymbol{A},\boldsymbol{B})\quad(i=1,2,\cdots,l)$$

所以

$$r(\boldsymbol{A})=r(\boldsymbol{A},\boldsymbol{b}_i)\quad(i=1,2,\cdots,l)$$

从而由定理 4.3 可知方程 $\boldsymbol{Ax}_i=\boldsymbol{b}_i(i=1,2,\cdots,l)$ 都有解，因此，矩阵方程 $\boldsymbol{AX}=\boldsymbol{B}$ 有解.

例 4.7　证明

$$r(\boldsymbol{AB})\leqslant\min\{r(\boldsymbol{A}),r(\boldsymbol{B})\}$$

证　设 $\boldsymbol{AB}=\boldsymbol{C}$，则矩阵方程 $\boldsymbol{AX}=\boldsymbol{C}$ 有解 $\boldsymbol{X}=\boldsymbol{B}$，于是由定理 4.3 可知

$$r(\boldsymbol{A})=r(\boldsymbol{A},\boldsymbol{C})$$

而

$$r(\boldsymbol{C})\leqslant r(\boldsymbol{A},\boldsymbol{C})$$

所以

$$r(\boldsymbol{C}) \leqslant r(\boldsymbol{A})$$

又

$$\boldsymbol{B}^{\mathrm{T}}\boldsymbol{A}^{\mathrm{T}}=\boldsymbol{C}^{\mathrm{T}}$$

从而

$$r(\boldsymbol{C}^{\mathrm{T}}) \leqslant r(\boldsymbol{B}^{\mathrm{T}})=r(\boldsymbol{B})$$

故

$$r(\boldsymbol{AB}) \leqslant \min\{r(\boldsymbol{A}),\ r(\boldsymbol{B})\}$$

第二节　向量组及其线性组合

二维、三维欧氏空间是我们在中学就接触过的内容，二维、三维空间中的向量在坐标系确定后，可以用 2 个或 3 个数组成的有序数组来表示. 在很多理论和实际问题中，经常会遇到由多个数组成的有序数组，本节将讨论它们的性质.

一、向量的定义及其线性运算

定义 4.2　n 个有次序的数组成的有序数组

$$(a_1,\ a_2,\ \cdots,\ a_n) \tag{4.5}$$

或

$$\begin{pmatrix} a_1 \\ a_2 \\ \vdots \\ a_n \end{pmatrix} \tag{4.6}$$

称为一个 n 维向量，简称向量. 式(4.5)称为一个行向量，式(4.6)称为一个列向量. 数 a_1，a_2，…，a_n 称为这个向量的分量，a_i 称为这个向量的第 i 个分量或坐标. 分量都是实数的向量称为实向量；分量是复数的向量称为复向量.

小贴士

本书中用小写的黑体字母，如 $\boldsymbol{\alpha}$、$\boldsymbol{\beta}$、$\boldsymbol{\gamma}$ 等来表示列向量，用 $\boldsymbol{\alpha}^{\mathrm{T}}$、$\boldsymbol{\beta}^{\mathrm{T}}$、$\boldsymbol{\gamma}^{\mathrm{T}}$ 等来表示行向量，所讨论的向量在没有特别指明的情况下都理解为列向量. 实际上，n 维行向量可以看成 $1\times n$ 矩阵，n 维列向量也常看成 $n\times 1$ 矩阵.

下面只讨论实向量. 设 k 和 l 为两个任意的常数. $\boldsymbol{\alpha}$、$\boldsymbol{\beta}$ 和 $\boldsymbol{\gamma}$ 为三个任意的 n 维向量，其中

$$\boldsymbol{\alpha}=\begin{pmatrix}a_1\\a_2\\\vdots\\a_n\end{pmatrix},\quad \boldsymbol{\beta}=\begin{pmatrix}b_1\\b_2\\\vdots\\b_n\end{pmatrix}$$

定义 4.3　如果 $\boldsymbol{\alpha}$ 和 $\boldsymbol{\beta}$ 对应的分量都相等，即

$$a_i=b_i\quad(i=1,2,\cdots,n)$$

就称这两个向量相等，记为 $\boldsymbol{\alpha}=\boldsymbol{\beta}$.

定义 4.4　向量

$$\begin{pmatrix}a_1+b_1\\a_2+b_2\\\vdots\\a_n+b_n\end{pmatrix}$$

称为 $\boldsymbol{\alpha}$ 与 $\boldsymbol{\beta}$ 的和，记为 $\boldsymbol{\alpha}+\boldsymbol{\beta}$；向量

$$\begin{pmatrix}ka_1\\ka_2\\\vdots\\ka_n\end{pmatrix}$$

称为 $\boldsymbol{\alpha}$ 与 k 的数量乘积，简称数乘，记为 $k\boldsymbol{\alpha}$.

定义 4.5　分量全为零的向量

$$\begin{pmatrix}0\\0\\\vdots\\0\end{pmatrix}$$

称为零向量，记为 $\mathbf{0}$. $\boldsymbol{\alpha}$ 与 -1 的数乘

$$(-1)\boldsymbol{\alpha}=\begin{pmatrix}-a_1\\-a_2\\\vdots\\-a_n\end{pmatrix}$$

称为 $\boldsymbol{\alpha}$ 的负向量，记为 $-\boldsymbol{\alpha}$. 向量的减法定义为

$$\boldsymbol{\alpha}-\boldsymbol{\beta}=\boldsymbol{\alpha}+(-\boldsymbol{\beta})$$

向量的加法与数乘运算满足下列线性运算规律：

(1) $\boldsymbol{\alpha}+\boldsymbol{\beta}=\boldsymbol{\beta}+\boldsymbol{\alpha}$(交换律)；

(2) $(\boldsymbol{\alpha}+\boldsymbol{\beta})+\boldsymbol{\gamma}=\boldsymbol{\alpha}+(\boldsymbol{\beta}+\boldsymbol{\gamma})$(结合律)；

(3) $\boldsymbol{\alpha}+\mathbf{0}=\boldsymbol{\alpha}$;

(4) $\boldsymbol{\alpha}+(-\boldsymbol{\alpha})=\mathbf{0}$;

(5) $k(\boldsymbol{\alpha}+\boldsymbol{\beta})=k\boldsymbol{\alpha}+k\boldsymbol{\beta}$;

(6) $(k+l)\boldsymbol{\alpha}=k\boldsymbol{\alpha}+l\boldsymbol{\alpha}$;

(7) $k(l\boldsymbol{\alpha})=(kl)\boldsymbol{\alpha}$;

(8) $1\boldsymbol{\alpha}=\boldsymbol{\alpha}$.

显然 n 维列向量的相等和加法、减法及数乘运算的定义，与把它们看作 $n\times 1$ 矩阵时的相等和加法、减法及数乘运算的定义是一致的.

例 4.8 设 $\boldsymbol{\alpha}=\begin{pmatrix}2\\-4\\2\\-2\end{pmatrix}$，$\boldsymbol{\beta}=\begin{pmatrix}3\\-1\\2\\-5\end{pmatrix}$，满足等式 $3\boldsymbol{\alpha}-2(\boldsymbol{\gamma}+\boldsymbol{\beta})=\mathbf{0}$，求 $\boldsymbol{\gamma}$.

解 由题设条件，$3\boldsymbol{\alpha}-2\boldsymbol{\gamma}-2\boldsymbol{\beta}=\mathbf{0}$，于是

$$\begin{aligned}\boldsymbol{\gamma}&=\frac{1}{2}(3\boldsymbol{\alpha}-2\boldsymbol{\beta})=\frac{3}{2}\boldsymbol{\alpha}-\boldsymbol{\beta}\\&=\frac{3}{2}(2,\ -4,\ 2,\ -2)^{\mathrm{T}}-(3,\ -1,\ 2,\ -5)^{\mathrm{T}}\\&=(0,\ -5,\ 1,\ 2)^{\mathrm{T}}\end{aligned}$$

二、向量组的线性表示

通常把维数相同的一组向量简称为一个向量组，n 维列向量组 $\boldsymbol{\alpha}_1$，$\boldsymbol{\alpha}_2$，…，$\boldsymbol{\alpha}_s$ 可以排列成一个 $n\times s$ 分块矩阵，即

$$\boldsymbol{A}=(\boldsymbol{\alpha}_1,\ \boldsymbol{\alpha}_2,\ \cdots,\ \boldsymbol{\alpha}_s)$$

其中，$\boldsymbol{\alpha}_1$，$\boldsymbol{\alpha}_2$，…，$\boldsymbol{\alpha}_s$ 称为 $\boldsymbol{A}$ 的列向量组. n 维行向量组 $\boldsymbol{\beta}_1^{\mathrm{T}}$，$\boldsymbol{\beta}_2^{\mathrm{T}}$，…，$\boldsymbol{\beta}_s^{\mathrm{T}}$ 可以排成一个 $s\times n$ 矩阵，即

$$\boldsymbol{B}=\begin{pmatrix}\boldsymbol{\beta}_1^{\mathrm{T}}\\\boldsymbol{\beta}_2^{\mathrm{T}}\\\vdots\\\boldsymbol{\beta}_s^{\mathrm{T}}\end{pmatrix}$$

其中，$\boldsymbol{\beta}_j^{\mathrm{T}}$ 为 $\boldsymbol{B}$ 的第 j 行形成的子块，$\boldsymbol{\beta}_1^{\mathrm{T}}$，$\boldsymbol{\beta}_2^{\mathrm{T}}$，…，$\boldsymbol{\beta}_s^{\mathrm{T}}$ 称为 $\boldsymbol{B}$ 的行向量组.

定义 4.6 如果有常数 k_1，k_2，…，k_s 使 $\boldsymbol{\beta}=k_1\boldsymbol{\alpha}_1+k_2\boldsymbol{\alpha}_2+\cdots+k_s\boldsymbol{\alpha}_s$，称向量 $\boldsymbol{\beta}$ 为向量组 $\boldsymbol{\alpha}_1$，$\boldsymbol{\alpha}_2$，…，$\boldsymbol{\alpha}_s$ 的一个线性组合，或者说 $\boldsymbol{\beta}$ 可由向量组 $\boldsymbol{\alpha}_1$，$\boldsymbol{\alpha}_2$，…，$\boldsymbol{\alpha}_s$ 线性表示，此时，也记 $\boldsymbol{\beta}=\sum\limits_{i=1}^{s}k_i\boldsymbol{\alpha}_i$.

例 4.9　设 $\boldsymbol{\alpha}=\begin{pmatrix}1\\-3\\0\end{pmatrix}$，$\boldsymbol{\beta}=\begin{pmatrix}0\\1\\2\end{pmatrix}$，$\boldsymbol{\gamma}=\begin{pmatrix}0\\3\\-2\end{pmatrix}$，试问 $\boldsymbol{\gamma}$ 能否由 $\boldsymbol{\alpha}$，$\boldsymbol{\beta}$ 线性表示？

解　设

$$\boldsymbol{\gamma}=k_1\boldsymbol{\alpha}+k_2\boldsymbol{\beta}$$

于是得方程组

$$\begin{cases}k_1=0\\-3k_1+k_2=3\\2k_2=-2\end{cases}$$

由第 1 个方程得 $k_1=0$，代入第 2 个方程得 $k_2=3$，但 k_2 不满足第 3 个方程，故方程组无解. 所以 $\boldsymbol{\gamma}$ 不能由 $\boldsymbol{\alpha}$，$\boldsymbol{\beta}$ 线性表示.

设 $\boldsymbol{\alpha}_j=\begin{pmatrix}a_{1j}\\a_{2j}\\\vdots\\a_{mj}\end{pmatrix}(j=1,2,\cdots,n)$，$\boldsymbol{\beta}=\begin{pmatrix}b_1\\b_2\\\vdots\\b_m\end{pmatrix}$，则向量 $\boldsymbol{\beta}$ 可由向量组 $\boldsymbol{\alpha}_1$，$\boldsymbol{\alpha}_2$，…，$\boldsymbol{\alpha}_n$ 线性表示，即存在常数 x_1，x_2，…，x_n 使得

$$\boldsymbol{\beta}=x_1\boldsymbol{\alpha}_1+x_2\boldsymbol{\alpha}_2+\cdots+x_n\boldsymbol{\alpha}_n \tag{4.7}$$

于是

$$\begin{pmatrix}b_1\\b_2\\\vdots\\b_m\end{pmatrix}=x_1\begin{pmatrix}a_{11}\\a_{21}\\\vdots\\a_{m1}\end{pmatrix}+x_2\begin{pmatrix}a_{12}\\a_{22}\\\vdots\\a_{m2}\end{pmatrix}+\cdots+x_n\begin{pmatrix}a_{1n}\\a_{2n}\\\vdots\\a_{mn}\end{pmatrix}$$

转化为线性方程组为

$$\begin{cases}a_{11}x_1+a_{12}x_2+\cdots+a_{1n}x_n=b_1\\a_{21}x_1+a_{22}x_2+\cdots+a_{2n}x=b_2\\\qquad\vdots\\a_{m1}x_1+a_{m2}x_2+\cdots+a_{mn}x_n=b_m\end{cases}$$

因此称式(4.7)为方程组(4.1)的向量表示式，从而得到以下定理.

定理 4.4　向量 $\boldsymbol{\beta}$ 可由向量组 $\boldsymbol{\alpha}_1$，$\boldsymbol{\alpha}_2$，…，$\boldsymbol{\alpha}_s$ 线性表示的充要条件是线性方程组 $x_1\boldsymbol{\alpha}_1+x_2\boldsymbol{\alpha}_2+\cdots+x_s\boldsymbol{\alpha}_s=\boldsymbol{\beta}$ 有解.

推论 1　向量 $\boldsymbol{\beta}$ 可由向量组 $\boldsymbol{\alpha}_1$，$\boldsymbol{\alpha}_2$，…，$\boldsymbol{\alpha}_s$ 线性表示的充要条件是矩阵 $\boldsymbol{A}=(\boldsymbol{\alpha}_1,\boldsymbol{\alpha}_2,\cdots,\boldsymbol{\alpha}_s)$ 的秩等于矩阵 $\boldsymbol{B}=(\boldsymbol{\alpha}_1,\boldsymbol{\alpha}_2,\cdots,\boldsymbol{\alpha}_s,\boldsymbol{\beta})$ 的秩. 此时

$$r(\boldsymbol{A})=r(\boldsymbol{\alpha}_1,\boldsymbol{\alpha}_2,\cdots,\boldsymbol{\alpha}_s)=r(\boldsymbol{B})=r(\boldsymbol{\alpha}_1,\boldsymbol{\alpha}_2,\cdots,\boldsymbol{\alpha}_s,\boldsymbol{\beta})$$

注　$\boldsymbol{A}=(\boldsymbol{\alpha}_1, \boldsymbol{\alpha}_2, \cdots, \boldsymbol{\alpha}_s)$ 就是将矩阵 $\boldsymbol{A}$ 按列分块的结果，简记 $r(\boldsymbol{\alpha}_1, \boldsymbol{\alpha}_2, \cdots, \boldsymbol{\alpha}_s)$ 为矩阵 $\boldsymbol{A}$ 的秩，即 $r(\boldsymbol{A})=r(\boldsymbol{\alpha}_1, \boldsymbol{\alpha}_2, \cdots, \boldsymbol{\alpha}_s)$.

推论 2　向量 $\boldsymbol{\beta}$ 可由向量组 $\boldsymbol{\alpha}_1, \boldsymbol{\alpha}_2, \cdots, \boldsymbol{\alpha}_s$ 唯一线性表示的充要条件是线性方程组

$$x_1\boldsymbol{\alpha}_1+x_2\boldsymbol{\alpha}_2+\cdots+x_s\boldsymbol{\alpha}_s=\boldsymbol{\beta}$$

有唯一解. 此时

$$r(\boldsymbol{A})=r(\boldsymbol{\alpha}_1, \boldsymbol{\alpha}_2, \cdots, \boldsymbol{\alpha}_s)=r(\boldsymbol{\alpha}_1, \boldsymbol{\alpha}_2, \cdots, \boldsymbol{\alpha}_s, \boldsymbol{\beta})=r(\boldsymbol{B})=s$$

推论 3　向量 $\boldsymbol{\beta}$ 可由向量组 $\boldsymbol{\alpha}_1, \boldsymbol{\alpha}_2, \cdots, \boldsymbol{\alpha}_s$ 线性表示且表示不唯一的充要条件是线性方程组

$$x_1\boldsymbol{\alpha}_1+x_2\boldsymbol{\alpha}_2+\cdots+x_s\boldsymbol{\alpha}_s=\boldsymbol{\beta}$$

有无穷解. 此时

$$r(\boldsymbol{\alpha}_1, \boldsymbol{\alpha}_2, \cdots, \boldsymbol{\alpha}_s)=r(\boldsymbol{\alpha}_1, \boldsymbol{\alpha}_2, \cdots, \boldsymbol{\alpha}_s, \boldsymbol{\beta})<s$$

推论 4　向量 $\boldsymbol{\beta}$ 不能由向量组 $\boldsymbol{\alpha}_1, \boldsymbol{\alpha}_2, \cdots, \boldsymbol{\alpha}_s$ 线性表示的充要条件是线性方程组

$$x_1\boldsymbol{\alpha}_1+x_2\boldsymbol{\alpha}_2+\cdots+x_s\boldsymbol{\alpha}_s=\boldsymbol{\beta}$$

无解. 此时

$$r(\boldsymbol{\alpha}_1, \boldsymbol{\alpha}_2, \cdots, \boldsymbol{\alpha}_s)<r(\boldsymbol{\alpha}_1, \boldsymbol{\alpha}_2, \cdots, \boldsymbol{\alpha}_s, \boldsymbol{\beta})$$

例 4.10　设 $\boldsymbol{\alpha}_1=\begin{pmatrix}1\\1\\1\\1\end{pmatrix}$，$\boldsymbol{\alpha}_2=\begin{pmatrix}1\\1\\-1\\-1\end{pmatrix}$，$\boldsymbol{\alpha}_3=\begin{pmatrix}1\\-1\\1\\-1\end{pmatrix}$，$\boldsymbol{\alpha}_4=\begin{pmatrix}1\\-1\\-1\\1\end{pmatrix}$，$\boldsymbol{\beta}=\begin{pmatrix}1\\2\\1\\1\end{pmatrix}$. 试问 $\boldsymbol{\beta}$ 能否由 $\boldsymbol{\alpha}_1, \boldsymbol{\alpha}_2, \boldsymbol{\alpha}_3, \boldsymbol{\alpha}_4$ 线性表示？若能，写出具体表达式.

解　令

$$\boldsymbol{\beta}=k_1\boldsymbol{\alpha}_1+k_2\boldsymbol{\alpha}_2+k_3\boldsymbol{\alpha}_3+k_4\boldsymbol{\alpha}_4$$

于是得线性方程组

$$\begin{cases}k_1+k_2+k_3+k_4=1\\k_1+k_2-k_3-k_4=2\\k_1-k_2+k_3-k_4=1\\k_1-k_2-k_3+k_4=1\end{cases}$$

因为增广矩阵为

$$\boldsymbol{B}=\begin{pmatrix}1&1&1&1&1\\1&1&-1&-1&2\\1&-1&1&-1&1\\1&-1&-1&1&1\end{pmatrix}.$$

则

$$B \xrightarrow[\substack{r_3-r_1\\ r_4-r_1}]{r_2-r_1} \begin{pmatrix} 1 & 1 & 1 & 1 & 1 \\ 0 & 0 & -2 & -2 & 1 \\ 0 & -2 & 0 & -2 & 0 \\ 0 & -2 & -2 & 0 & 0 \end{pmatrix} \xrightarrow{r_2 \leftrightarrow r_4} \begin{pmatrix} 1 & 1 & 1 & 1 & 1 \\ 0 & -2 & -2 & 0 & 0 \\ 0 & -2 & 0 & -2 & 0 \\ 0 & 0 & -2 & -2 & 1 \end{pmatrix}$$

$$\xrightarrow{r_3-r_2} \begin{pmatrix} 1 & 1 & 1 & 1 & 1 \\ 0 & -2 & -2 & 0 & 0 \\ 0 & 0 & 2 & -2 & 0 \\ 0 & 0 & -2 & -2 & 1 \end{pmatrix} \xrightarrow{r_4+r_3} \begin{pmatrix} 1 & 1 & 1 & 1 & 1 \\ 0 & -2 & -2 & 0 & 0 \\ 0 & 0 & 2 & -2 & 0 \\ 0 & 0 & 0 & -4 & 1 \end{pmatrix}$$

因此 $r(\boldsymbol{A})=r(\boldsymbol{B})=4$，方程组有唯一解 $k_1=\frac{5}{4}$，$k_2=\frac{1}{4}$，$k_3=k_4=-\frac{1}{4}$. 所以

$$\boldsymbol{\beta}=\frac{5}{4}\boldsymbol{\alpha}_1+\frac{1}{4}\boldsymbol{\alpha}_2-\frac{1}{4}\boldsymbol{\alpha}_3-\frac{1}{4}\boldsymbol{\alpha}_4$$

即 $\boldsymbol{\beta}$ 能由 $\boldsymbol{\alpha}_1$，$\boldsymbol{\alpha}_2$，$\boldsymbol{\alpha}_3$，$\boldsymbol{\alpha}_4$ 唯一线性表示.

例 4.11　设有3维列向量 $\boldsymbol{\alpha}_1=\begin{pmatrix} a \\ 0 \\ 2a \end{pmatrix}$，$\boldsymbol{\alpha}_2=\begin{pmatrix} 2 \\ 2 \\ 2 \end{pmatrix}$，$\boldsymbol{\alpha}_3=\begin{pmatrix} 3 \\ b \\ 3 \end{pmatrix}$，$\boldsymbol{\beta}=\begin{pmatrix} 4 \\ 2 \\ 6 \end{pmatrix}$，讨论当 a、b 取何值时，有：

(1) $\boldsymbol{\beta}$ 可由 $\boldsymbol{\alpha}_1$，$\boldsymbol{\alpha}_2$，$\boldsymbol{\alpha}_3$ 线性表示，且表示法唯一；

(2) $\boldsymbol{\beta}$ 可由 $\boldsymbol{\alpha}_1$，$\boldsymbol{\alpha}_2$，$\boldsymbol{\alpha}_3$ 线性表示，且表示法不唯一；

(3) $\boldsymbol{\beta}$ 不能由 $\boldsymbol{\alpha}_1$，$\boldsymbol{\alpha}_2$，$\boldsymbol{\alpha}_3$ 线性表示.

解　$\boldsymbol{\beta}$ 能否由 $\boldsymbol{\alpha}_1$，$\boldsymbol{\alpha}_2$，$\boldsymbol{\alpha}_3$ 线性表示，即是否存在 x_1，x_2，x_3，使 $\boldsymbol{\beta}=x_1\boldsymbol{\alpha}_1+x_2\boldsymbol{\alpha}_2+x_3\boldsymbol{\alpha}_3$，等价于方程组 $\boldsymbol{A}\boldsymbol{x}=\boldsymbol{\beta}$ 是否有解，其中 $\boldsymbol{A}=(\boldsymbol{\alpha}_1,\boldsymbol{\alpha}_2,\boldsymbol{\alpha}_3)$，$\boldsymbol{x}=\begin{pmatrix} x_1 \\ x_2 \\ x_3 \end{pmatrix}$.

对方程组的增广矩阵 $\boldsymbol{B}=(\boldsymbol{A},\boldsymbol{\beta})$ 做初等行变换化为阶梯形，有

$$\boldsymbol{B}=\begin{pmatrix} a & 2 & 3 & 4 \\ 0 & 2 & b & 2 \\ 2a & 2 & 3 & 6 \end{pmatrix} \xrightarrow{r_1-r_3} \begin{pmatrix} -a & 0 & 0 & -2 \\ 0 & 2 & b & 2 \\ 2a & 2 & 3 & 6 \end{pmatrix}$$

$$\xrightarrow[r_1\times(-1)]{r_3+2r_1} \begin{pmatrix} a & 0 & 0 & 2 \\ 0 & 2 & b & 2 \\ 0 & 2 & 3 & 2 \end{pmatrix} \xrightarrow{r_3-r_2} \begin{pmatrix} a & 0 & 0 & 2 \\ 0 & 2 & b & 2 \\ 0 & 0 & 3-b & 0 \end{pmatrix}$$

(1) 若 $a=0$，b 取任意值，则 $r(\boldsymbol{A})<r(\boldsymbol{B})$，故方程组无解，此时 $\boldsymbol{\beta}$ 不能由 $\boldsymbol{\alpha}_1$，$\boldsymbol{\alpha}_2$，$\boldsymbol{\alpha}_3$ 线性表示.

(2) 若 $a\neq 0$，$b\neq 3$，则 $r(\boldsymbol{A})=r(\boldsymbol{B})=3$，方程组有唯一解，$x_1=\frac{2}{a}$，$x_2=1$，$x_3=0$. 此时 $\boldsymbol{\beta}$ 可由 $\boldsymbol{\alpha}_1$，$\boldsymbol{\alpha}_2$，$\boldsymbol{\alpha}_3$ 线性表示，且表示法唯一，表示如下：

$$\boldsymbol{\beta}=\frac{2}{a}\cdot\boldsymbol{\alpha}_1+1\cdot\boldsymbol{\alpha}_2+0\cdot\boldsymbol{\alpha}_3$$

(3) 若 $a\neq 0$，$b=3$，则 $r(\boldsymbol{A})=r(\boldsymbol{B})=2$，方程组有无穷多解，$x_1=\frac{2}{a}$，$x_2=1-\frac{3}{2}k$，$x_3=k$，其中 k 为任意实数，此时 $\boldsymbol{\beta}$ 可由 $\boldsymbol{\alpha}_1$，$\boldsymbol{\alpha}_2$，$\boldsymbol{\alpha}_3$ 线性表示，且表示法不唯一. 表示如下：

$$\boldsymbol{\beta}=\frac{2}{a}\boldsymbol{\alpha}_1+\left(1-\frac{3}{2}k\right)\boldsymbol{\alpha}_2+k\boldsymbol{\alpha}_3$$

定义 4.7 设有两个向量组

$$\boldsymbol{A}:\boldsymbol{\alpha}_1,\ \boldsymbol{\alpha}_2,\ \cdots,\ \boldsymbol{\alpha}_s$$
$$\boldsymbol{B}:\boldsymbol{\beta}_1,\ \boldsymbol{\beta}_2,\ \cdots,\ \boldsymbol{\beta}_t$$

若向量组 $\boldsymbol{B}$ 中的每一个向量都能由向量组 $\boldsymbol{A}$ 线性表示，则称向量组 $\boldsymbol{B}$ 能由向量组 $\boldsymbol{A}$ 线性表示. 如果两个向量组互相可以线性表示，则称两个向量组等价.

设矩阵 $\boldsymbol{A}$ 与 $\boldsymbol{B}$ 行等价，则 $\boldsymbol{B}$ 的每个行向量都是 $\boldsymbol{A}$ 的行向量组的线性组合，即 $\boldsymbol{B}$ 的行向量组能由 $\boldsymbol{A}$ 的行向量组线性表示. 由于初等变换可逆，因此 $\boldsymbol{A}$ 的行向量组也能由 $\boldsymbol{B}$ 的行向量组线性表示，于是 $\boldsymbol{A}$ 的行向量组与 $\boldsymbol{B}$ 的行向量组等价.

小贴士

同理可知，如果矩阵 $\boldsymbol{A}$ 与 $\boldsymbol{B}$ 列等价，则 $\boldsymbol{A}$ 的列向量组与 $\boldsymbol{B}$ 的列向量组等价.

定理 4.5 向量组 $\boldsymbol{B}$：$\boldsymbol{\beta}_1$，$\boldsymbol{\beta}_2$，$\cdots$，$\boldsymbol{\beta}_t$ 能由向量组 $\boldsymbol{A}$：$\boldsymbol{\alpha}_1$，$\boldsymbol{\alpha}_2$，$\cdots$，$\boldsymbol{\alpha}_s$ 线性表示的充要条件是

$$r(\boldsymbol{A})=r(\boldsymbol{\alpha}_1,\ \boldsymbol{\alpha}_2,\ \cdots,\ \boldsymbol{\alpha}_s)=r(\boldsymbol{A},\ \boldsymbol{B})=r(\boldsymbol{\alpha}_1,\ \cdots,\ \boldsymbol{\alpha}_s,\ \boldsymbol{\beta}_1,\ \cdots,\ \boldsymbol{\beta}_t)$$

其中，$\boldsymbol{A}$、$\boldsymbol{B}$ 分别是向量组 $\boldsymbol{A}$ 和向量组 $\boldsymbol{B}$ 所构成的矩阵.

证 向量组 $\boldsymbol{B}$：$\boldsymbol{\beta}_1$，$\boldsymbol{\beta}_2$，$\cdots$，$\boldsymbol{\beta}_t$ 能由向量组 $\boldsymbol{A}$：$\boldsymbol{\alpha}_1$，$\boldsymbol{\alpha}_2$，$\cdots$，$\boldsymbol{\alpha}_s$ 线性表示等价于存在数 k_{1j}，k_{2j}，$\cdots$，k_{sj}，使得 $\boldsymbol{B}$ 中的每个向量 $\boldsymbol{\beta}_j$ $(j=1,\ 2,\ \cdots,\ t)$ 满足

$$\boldsymbol{\beta}_j=k_{1j}\boldsymbol{\alpha}_1+k_{2j}\boldsymbol{\alpha}_2+\cdots+k_{sj}\boldsymbol{\alpha}_s=(\boldsymbol{\alpha}_1,\ \boldsymbol{\alpha}_2,\ \cdots,\ \boldsymbol{\alpha}_s)\begin{pmatrix}k_{1j}\\k_{2j}\\\vdots\\k_{sj}\end{pmatrix}$$

于是

$$B=(\beta_1,\beta_2,\cdots,\beta_t)=(\alpha_1,\alpha_2,\cdots,\alpha_s)\begin{pmatrix}k_{11}&k_{12}&\cdots&k_{1t}\\k_{21}&k_{22}&\cdots&k_{2t}\\\vdots&\vdots&&\vdots\\k_{s1}&k_{s2}&\cdots&k_{st}\end{pmatrix}$$

从而

$$B=AK$$

其中，$K=(k_{ij})_{s\times t}$ 称为这一线性表示的系数矩阵.

因此向量组 B：β_1，β_2，…，β_t 能由向量组 A：α_1，α_2，…，α_s 线性表示等价于矩阵方程 $AX=B$ 有解，由定理 4.3 可知等价于 $r(A)=r(A,B)$.

推论　向量组 A：α_1，α_2，…，α_s 与向量组 B：β_1，β_2，…，β_t 等价的充要条件是

$$r(A)=r(B)=r(A,B)$$

例 4.12　设向量组 A：$\alpha_1=\begin{pmatrix}1\\-1\\1\\-1\end{pmatrix}$，$\alpha_2=\begin{pmatrix}3\\1\\1\\3\end{pmatrix}$；向量组 B：$\beta_1=\begin{pmatrix}2\\0\\1\\1\end{pmatrix}$，$\beta_2=\begin{pmatrix}1\\1\\0\\2\end{pmatrix}$，$\beta_3=\begin{pmatrix}3\\-1\\2\\0\end{pmatrix}$，讨论向量组 A 和 B 是否等价.

解　记 $A=(\alpha_1,\alpha_2)$，$B=(\beta_1,\beta_2,\beta_3)$，因为

$$(\alpha_1,\alpha_2,\beta_1,\beta_2,\beta_3)=\begin{pmatrix}1&3&2&1&3\\-1&1&0&1&-1\\1&1&1&0&2\\-1&3&1&2&0\end{pmatrix}$$

$$\xrightarrow[\substack{r_3-r_1\\r_4+r_1}]{r_2+r_1}\begin{pmatrix}1&3&2&1&3\\0&4&2&2&2\\0&-2&-1&-1&-1\\0&6&3&3&3\end{pmatrix}\rightarrow\begin{pmatrix}1&3&2&1&3\\0&2&1&1&1\\0&0&0&0&0\\0&0&0&0&0\end{pmatrix}$$

所以

$$r(A)=r(B)=r(A,B)=2$$

故向量组 A 和 B 等价.

例 4.13　设向量组 B：β_1，β_2，…，β_t 能由向量组 A：α_1，α_2，…，α_s 线性表

示，则

$$r(\boldsymbol{\beta}_1, \boldsymbol{\beta}_2, \cdots, \boldsymbol{\beta}_t) \leqslant r(\boldsymbol{\alpha}_1, \boldsymbol{\alpha}_2, \cdots, \boldsymbol{\alpha}_s)$$

证　记 $\boldsymbol{A}=(\boldsymbol{\alpha}_1, \boldsymbol{\alpha}_2, \cdots, \boldsymbol{\alpha}_s)$，$\boldsymbol{B}=(\boldsymbol{\beta}_1, \boldsymbol{\beta}_2, \cdots, \boldsymbol{\beta}_t)$，因为向量组 $\boldsymbol{B}$：$\boldsymbol{\beta}_1$，$\boldsymbol{\beta}_2$，…，$\boldsymbol{\beta}_t$ 能由向量组 $\boldsymbol{A}$：$\boldsymbol{\alpha}_1$，$\boldsymbol{\alpha}_2$，…，$\boldsymbol{\alpha}_s$ 线性表示，所以由定理 4.5 可知

$$r(\boldsymbol{A})=r(\boldsymbol{\alpha}_1, \boldsymbol{\alpha}_2, \cdots, \boldsymbol{\alpha}_s)=r(\boldsymbol{A}, \boldsymbol{B})=r(\boldsymbol{\alpha}_1, \cdots, \boldsymbol{\alpha}_s, \boldsymbol{\beta}_1, \cdots, \boldsymbol{\beta}_t)$$

而

$$r(\boldsymbol{\beta}_1, \boldsymbol{\beta}_2, \cdots, \boldsymbol{\beta}_t) \leqslant r(\boldsymbol{\alpha}_1, \cdots, \boldsymbol{\alpha}_s, \boldsymbol{\beta}_1, \cdots, \boldsymbol{\beta}_t)$$

所以

$$r(\boldsymbol{\beta}_1, \boldsymbol{\beta}_2, \cdots, \boldsymbol{\beta}_t) \leqslant r(\boldsymbol{\alpha}_1, \boldsymbol{\alpha}_2, \cdots, \boldsymbol{\alpha}_s)$$

第三节　向量组的线性相关性

向量组的线性相关性是向量在线性运算下的一种性质，不仅有重要的理论价值，而且对于讨论线性方程组解的结构及存在性也有十分重要的作用.

定义 4.8　给定向量组 $\boldsymbol{A}$：$\boldsymbol{\alpha}_1$，$\boldsymbol{\alpha}_2$，…，$\boldsymbol{\alpha}_s$，如果有不全为零的数 k_1，k_2，…，k_s，使

$$k_1\boldsymbol{\alpha}_1+k_2\boldsymbol{\alpha}_2+\cdots+k_s\boldsymbol{\alpha}_s=\boldsymbol{0} \tag{4.8}$$

则称向量组 $\boldsymbol{A}$ 为线性相关的；否则称向量组 $\boldsymbol{A}$ 线性无关. 即当式(4.8)成立时，一定有 $k_1=k_2=\cdots=k_s=0$，否则称 $\boldsymbol{\alpha}_1$，$\boldsymbol{\alpha}_2$，…，$\boldsymbol{\alpha}_s$ 线性无关.

小贴士

向量组 $\boldsymbol{\alpha}_1$，$\boldsymbol{\alpha}_2$，…，$\boldsymbol{\alpha}_s$ 线性相关，通常是指 $s \geqslant 2$ 的情形，显然单个零向量构成的向量组是线性相关的，单个非零向量构成的向量组是线性无关的，包含零向量的任意向量组都是线性相关的.

例 4.14　判断向量组 $\boldsymbol{\alpha}_1=\begin{pmatrix}1\\-2\\3\end{pmatrix}$，$\boldsymbol{\alpha}_2=\begin{pmatrix}0\\2\\-5\end{pmatrix}$，$\boldsymbol{\alpha}_3=\begin{pmatrix}-1\\0\\2\end{pmatrix}$的线性相关性.

解法一　设 $k_1\boldsymbol{\alpha}_1+k_2\boldsymbol{\alpha}_2+k_3\boldsymbol{\alpha}_3=\boldsymbol{0}$. 即

$$\begin{cases}k_1-k_3=0\\-2k_1+2k_2=0\\3k_1-5k_2+2k_3=0\end{cases}$$

因为系数行列式

$$\begin{vmatrix}1 & 0 & -1\\-2 & 2 & 0\\3 & -5 & 2\end{vmatrix}=\begin{vmatrix}1 & 0 & 0\\-2 & 2 & -2\\3 & -5 & 5\end{vmatrix}=0$$

所以方程组有非零解，故向量组 $\boldsymbol{\alpha}_1$，$\boldsymbol{\alpha}_2$，$\boldsymbol{\alpha}_3$ 线性相关.

解法二　直接观察得 $\boldsymbol{\alpha}_1+\boldsymbol{\alpha}_2+\boldsymbol{\alpha}_3=\mathbf{0}$，故向量组 $\boldsymbol{\alpha}_1$，$\boldsymbol{\alpha}_2$，$\boldsymbol{\alpha}_3$ 线性相关.

当 $\boldsymbol{\alpha}_1$，$\boldsymbol{\alpha}_2$，…，$\boldsymbol{\alpha}_s$ 为列向量组时，它们线性相关就是指有非零的 $s\times 1$ 矩阵 $(k_1, k_2, \cdots, k_s)^{\mathrm{T}}$ 使得

$$(\boldsymbol{\alpha}_1, \boldsymbol{\alpha}_2, \cdots, \boldsymbol{\alpha}_s)\begin{pmatrix}k_1\\k_2\\\vdots\\k_s\end{pmatrix}=\mathbf{0}$$

如果记 $\boldsymbol{A}=(\boldsymbol{\alpha}_1, \boldsymbol{\alpha}_2, \cdots, \boldsymbol{\alpha}_s)$，即等价于齐次线性方程组 $\boldsymbol{Ax}=\mathbf{0}$ 有非零解. 故向量组 $\boldsymbol{\alpha}_1$，$\boldsymbol{\alpha}_2$，$\boldsymbol{\alpha}_3$ 线性相关.

定理 4.6　(1) 向量组 $\boldsymbol{\alpha}_1$，$\boldsymbol{\alpha}_2$，…，$\boldsymbol{\alpha}_s$ 线性相关的充要条件是由 $\boldsymbol{\alpha}_1$，$\boldsymbol{\alpha}_2$，…，$\boldsymbol{\alpha}_s$ 构成的矩阵 $\boldsymbol{A}=(\boldsymbol{\alpha}_1, \boldsymbol{\alpha}_2, \cdots, \boldsymbol{\alpha}_s)$ 的秩 $r(\boldsymbol{A})<s$；

(2) 向量组 $\boldsymbol{\alpha}_1$，$\boldsymbol{\alpha}_2$，…，$\boldsymbol{\alpha}_s$ 线性无关的充要条件是 $r(\boldsymbol{A})=s$.

推论　n 个 n 维向量 $\boldsymbol{\alpha}_1$，$\boldsymbol{\alpha}_2$，…，$\boldsymbol{\alpha}_n$ 线性无关的充要条件是矩阵 $\boldsymbol{A}=(\boldsymbol{\alpha}_1, \boldsymbol{\alpha}_2, \cdots, \boldsymbol{\alpha}_n)$ 是可逆矩阵.

例 4.15　设向量组 $\boldsymbol{\alpha}_1$，$\boldsymbol{\alpha}_2$，$\boldsymbol{\alpha}_3$ 线性无关，问常数 k 满足什么条件时，向量组 $k\boldsymbol{\alpha}_2-\boldsymbol{\alpha}_1$，$\boldsymbol{\alpha}_3-\boldsymbol{\alpha}_2$，$\boldsymbol{\alpha}_1-\boldsymbol{\alpha}_3$ 线性无关.

解法一　用定义讨论，设有常数 k_1、k_2、k_3 使

$$k_1(k\boldsymbol{\alpha}_2-\boldsymbol{\alpha}_1)+k_2(\boldsymbol{\alpha}_3-\boldsymbol{\alpha}_2)+k_3(\boldsymbol{\alpha}_1-\boldsymbol{\alpha}_3)=\mathbf{0}$$

即

$$(-k_1+k_3)\boldsymbol{\alpha}_1+(k_1k-k_2)\boldsymbol{\alpha}_2+(k_2-k_3)\boldsymbol{\alpha}_3=\mathbf{0}$$

因为 $\boldsymbol{\alpha}_1$，$\boldsymbol{\alpha}_2$，$\boldsymbol{\alpha}_3$ 线性无关，故有

$$\begin{cases}-k_1+k_3=0\\kk_1-k_2=0\\k_2-k_3=0\end{cases}$$

可见，当系数行列式 $\begin{vmatrix}-1 & 0 & 1\\k & -1 & 0\\0 & 1 & -1\end{vmatrix}=k-1\neq 0$，即 $k\neq 1$ 时，上述方程组只有零解 $k_1=k_2=k_3=0$，这时向量组 $k\boldsymbol{\alpha}_2-\boldsymbol{\alpha}_1$，$\boldsymbol{\alpha}_3-\boldsymbol{\alpha}_2$，$\boldsymbol{\alpha}_1-\boldsymbol{\alpha}_3$ 线性无关.

解法二　利用矩阵秩讨论，令 $\boldsymbol{\beta}_1=k\boldsymbol{\alpha}_2-\boldsymbol{\alpha}_1$，$\boldsymbol{\beta}_2=\boldsymbol{\alpha}_3-\boldsymbol{\alpha}_2$，$\boldsymbol{\beta}_3=\boldsymbol{\alpha}_1-\boldsymbol{\alpha}_3$，则

$$(\boldsymbol{\beta}_1, \boldsymbol{\beta}_2, \boldsymbol{\beta}_3) = (\boldsymbol{\alpha}_1, \boldsymbol{\alpha}_2, \boldsymbol{\alpha}_3)\begin{pmatrix} -1 & 0 & 1 \\ k & -1 & 0 \\ 0 & 1 & -1 \end{pmatrix}$$

当 $\begin{vmatrix} -1 & 0 & 1 \\ k & -1 & 0 \\ 0 & 1 & -1 \end{vmatrix} = k-1 \neq 0$ 时，矩阵 $\begin{pmatrix} -1 & 0 & 1 \\ k & -1 & 0 \\ 0 & 1 & -1 \end{pmatrix}$ 可逆，因此

$$r(\boldsymbol{\beta}_1, \boldsymbol{\beta}_2, \boldsymbol{\beta}_3) = r(\boldsymbol{\alpha}_1, \boldsymbol{\alpha}_2, \boldsymbol{\alpha}_3) = 3$$

即当 $k \neq 1$ 时，向量组 $k\boldsymbol{\alpha}_2 - \boldsymbol{\alpha}_1$，$\boldsymbol{\alpha}_3 - \boldsymbol{\alpha}_2$，$\boldsymbol{\alpha}_1 - \boldsymbol{\alpha}_3$ 线性无关.

例 4.16 判断由 n 维单位向量

$$\begin{cases} \boldsymbol{\varepsilon}_1 = (1, 0, \cdots, 0)^{\mathrm{T}} \\ \boldsymbol{\varepsilon}_2 = (0, 1, \cdots, 0)^{\mathrm{T}} \\ \vdots \\ \boldsymbol{\varepsilon}_n = (0, 0, \cdots, 1)^{\mathrm{T}} \end{cases}$$

构成的向量组的线性相关性.

解 记 $\boldsymbol{E} = (\boldsymbol{\varepsilon}_1, \boldsymbol{\varepsilon}_2, \cdots, \boldsymbol{\varepsilon}_n)$，则 $\boldsymbol{E}$ 是 n 阶单位矩阵，所以 $r(\boldsymbol{E}) = n$，故由定理 4.6 可知此向量组是线性无关的.

例 4.17 试证明 n 维列向量组 $\boldsymbol{\alpha}_1$，$\boldsymbol{\alpha}_2$，$\cdots$，$\boldsymbol{\alpha}_n$ 线性无关的充要条件是行列式

$$D = \begin{vmatrix} \boldsymbol{\alpha}_1^{\mathrm{T}}\boldsymbol{\alpha}_1 & \boldsymbol{\alpha}_1^{\mathrm{T}}\boldsymbol{\alpha}_2 & \cdots & \boldsymbol{\alpha}_1^{\mathrm{T}}\boldsymbol{\alpha}_n \\ \boldsymbol{\alpha}_2^{\mathrm{T}}\boldsymbol{\alpha}_1 & \boldsymbol{\alpha}_2^{\mathrm{T}}\boldsymbol{\alpha}_2 & \cdots & \boldsymbol{\alpha}_2^{\mathrm{T}}\boldsymbol{\alpha}_n \\ \vdots & \vdots & & \vdots \\ \boldsymbol{\alpha}_n^{\mathrm{T}}\boldsymbol{\alpha}_1 & \boldsymbol{\alpha}_n^{\mathrm{T}}\boldsymbol{\alpha}_2 & \cdots & \boldsymbol{\alpha}_n^{\mathrm{T}}\boldsymbol{\alpha}_n \end{vmatrix} \neq 0$$

证 令矩阵

$$\boldsymbol{A} = (\boldsymbol{\alpha}_1, \boldsymbol{\alpha}_2, \cdots, \boldsymbol{\alpha}_n)$$

则由

$$\boldsymbol{A}^{\mathrm{T}}\boldsymbol{A} = \begin{pmatrix} \boldsymbol{\alpha}_1^{\mathrm{T}} \\ \boldsymbol{\alpha}_2^{\mathrm{T}} \\ \vdots \\ \boldsymbol{\alpha}_n^{\mathrm{T}} \end{pmatrix}(\boldsymbol{\alpha}_1, \boldsymbol{\alpha}_2, \cdots, \boldsymbol{\alpha}_n) = \begin{vmatrix} \boldsymbol{\alpha}_1^{\mathrm{T}}\boldsymbol{\alpha}_1 & \boldsymbol{\alpha}_1^{\mathrm{T}}\boldsymbol{\alpha}_2 & \cdots & \boldsymbol{\alpha}_1^{\mathrm{T}}\boldsymbol{\alpha}_r \\ \boldsymbol{\alpha}_2^{\mathrm{T}}\boldsymbol{\alpha}_1 & \boldsymbol{\alpha}_2^{\mathrm{T}}\boldsymbol{\alpha}_2 & \cdots & \boldsymbol{\alpha}_2^{\mathrm{T}}\boldsymbol{\alpha}_n \\ \vdots & \vdots & & \vdots \\ \boldsymbol{\alpha}_n^{\mathrm{T}}\boldsymbol{\alpha}_1 & \boldsymbol{\alpha}_n^{\mathrm{T}}\boldsymbol{\alpha}_2 & \cdots & \boldsymbol{\alpha}_n^{\mathrm{T}}\boldsymbol{\alpha}_n \end{vmatrix}$$

在上式两端取行列式，得

$$|\boldsymbol{A}|^2 = |\boldsymbol{A}^{\mathrm{T}}||\boldsymbol{A}| = D$$

所以向量组 $\boldsymbol{\alpha}_1$，$\boldsymbol{\alpha}_2$，$\cdots$，$\boldsymbol{\alpha}_n$ 线性无关的充要条件是行列式 $|\boldsymbol{A}| \neq 0$，即 $D \neq 0$.

定理 4.7 向量组 $\boldsymbol{\alpha}_1$，$\boldsymbol{\alpha}_2$，$\cdots$，$\boldsymbol{\alpha}_s (s \geqslant 2)$ 线性相关的充要条件是其中至少有一个向量能由其他向量线性表示.

证　设 $\boldsymbol{\alpha}_1$，$\boldsymbol{\alpha}_2$，…，$\boldsymbol{\alpha}_s$ 中有一个向量能由其他向量线性表示，不妨设

$$\boldsymbol{\alpha}_1 = k_2\boldsymbol{\alpha}_2 + k_3\boldsymbol{\alpha}_3 + \cdots + k_s\boldsymbol{\alpha}_s$$

那么

$$(-1)\boldsymbol{\alpha}_1 + k_2\boldsymbol{\alpha}_2 + \cdots + k_s\boldsymbol{\alpha}_s = \mathbf{0}$$

所以该向量组线性相关. 反过来，如果该向量组线性相关，就有不全为零的数 k_1，k_2，…，k_s，使

$$k_1\boldsymbol{\alpha}_1 + k_2\boldsymbol{\alpha}_2 + \cdots + k_s\boldsymbol{\alpha}_s = \mathbf{0}$$

不妨设 $k_1 \neq 0$，那么

$$\boldsymbol{\alpha}_1 = -\frac{k_2}{k_1}\boldsymbol{\alpha}_2 - \frac{k_3}{k_1}\boldsymbol{\alpha}_3 - \cdots - \frac{k_s}{k_1}\boldsymbol{\alpha}_s$$

即 $\boldsymbol{\alpha}_1$ 能由 $\boldsymbol{\alpha}_2$，$\boldsymbol{\alpha}_3$，…，$\boldsymbol{\alpha}_s$ 线性表示.

例如，向量组 $\boldsymbol{\alpha}_1 = \begin{pmatrix}1\\2\\3\\4\end{pmatrix}$，$\boldsymbol{\alpha}_2 = \begin{pmatrix}-1\\0\\-2\\1\end{pmatrix}$，$\boldsymbol{\alpha}_3 = \begin{pmatrix}1\\4\\4\\9\end{pmatrix}$ 是线性相关的，因为 $\boldsymbol{\alpha}_3 = 2\boldsymbol{\alpha}_1 + \boldsymbol{\alpha}_2$.

注意定理 4.7 不能理解为线性相关的向量组中，每一个向量都能由其余向量线性表示.

小贴士

显然，向量组 $\boldsymbol{\alpha}_1$，$\boldsymbol{\alpha}_2$ 线性相关就表示 $\boldsymbol{\alpha}_1 = k\boldsymbol{\alpha}_2$ 或者 $\boldsymbol{\alpha}_2 = k\boldsymbol{\alpha}_1$（这两个式子不一定能同时成立）. 此时，两向量的分量成比例. 在三维中，这就表示向量 $\boldsymbol{\alpha}_1$ 与 $\boldsymbol{\alpha}_2$ 共线. 三个向量 $\boldsymbol{\alpha}_1$，$\boldsymbol{\alpha}_2$，$\boldsymbol{\alpha}_3$ 线性相关的几何意义就是它们共面.

定理 4.8　设向量组 $\boldsymbol{\alpha}_1$，$\boldsymbol{\alpha}_2$，…，$\boldsymbol{\alpha}_s$ 线性无关，而向量组 $\boldsymbol{\alpha}_1$，$\boldsymbol{\alpha}_2$，…，$\boldsymbol{\alpha}_s$，$\boldsymbol{\beta}$ 线性相关，则 $\boldsymbol{\beta}$ 能由向量组 $\boldsymbol{\alpha}_1$，$\boldsymbol{\alpha}_2$，…，$\boldsymbol{\alpha}_s$ 线性表示，且表示式是唯一的.

证法一　由于 $\boldsymbol{\alpha}_1$，$\boldsymbol{\alpha}_2$，…，$\boldsymbol{\alpha}_s$，$\boldsymbol{\beta}$ 线性相关，存在不全为零的数 k_1，k_2，…，k_s，使得

$$k_1\boldsymbol{\alpha}_1 + k_2\boldsymbol{\alpha}_2 + \cdots + k_s\boldsymbol{\alpha}_s + k\boldsymbol{\beta} = \mathbf{0}$$

由 $\boldsymbol{\alpha}_1$，$\boldsymbol{\alpha}_2$，…，$\boldsymbol{\alpha}_s$ 线性无关可以知道 $k \neq 0$，因此

$$\boldsymbol{\beta} = -\frac{k_1}{k}\boldsymbol{\alpha}_1 - \frac{k_2}{k}\boldsymbol{\alpha}_2 - \cdots - \frac{k_s}{k}\boldsymbol{\alpha}_s$$

即 $\boldsymbol{\beta}$ 可由 $\boldsymbol{\alpha}_1$，$\boldsymbol{\alpha}_2$，…，$\boldsymbol{\alpha}_s$ 线性表示. 不妨设有

$$\boldsymbol{\beta} = \lambda_1\boldsymbol{\alpha}_1 + \lambda_2\boldsymbol{\alpha}_2 + \cdots + \lambda_s\boldsymbol{\alpha}_s$$

$$\boldsymbol{\beta} = \tau_1\boldsymbol{\alpha}_1 + \tau_2\boldsymbol{\alpha}_2 + \cdots + \tau_s\boldsymbol{\alpha}_s$$

两个表示式. 由

$$\mathbf{0}=\boldsymbol{\beta}-\boldsymbol{\beta}=(\lambda_1\boldsymbol{\alpha}_1+\lambda_2\boldsymbol{\alpha}_2+\cdots+\lambda_s\boldsymbol{\alpha}_s)-(\tau_1\boldsymbol{\alpha}_1+\tau_2\boldsymbol{\alpha}_2+\cdots+\tau_s\boldsymbol{\alpha}_s)$$

得

$$(\lambda_1-\tau_1)\boldsymbol{\alpha}_1+(\lambda_2-\tau_2)\boldsymbol{\alpha}_2+\cdots+(\lambda_s-\tau_s)\boldsymbol{\alpha}_s=\mathbf{0}$$

由向量组 $\boldsymbol{\alpha}_1$，$\boldsymbol{\alpha}_2$，…，$\boldsymbol{\alpha}_s$ 线性无关可知

$$\lambda_1=\tau_1,\ \lambda_2=\tau_2,\ \cdots,\ \lambda_s=\tau_s$$

因此表示式是唯一的.

证法二 记 $\boldsymbol{A}=(\boldsymbol{\alpha}_1,\boldsymbol{\alpha}_2,\cdots,\boldsymbol{\alpha}_s)$，$\boldsymbol{B}=(\boldsymbol{\alpha}_1,\boldsymbol{\alpha}_2,\cdots,\boldsymbol{\alpha}_s,\boldsymbol{\beta})$，有 $r(\boldsymbol{A})\leqslant r(\boldsymbol{B})$.

因为向量组 $\boldsymbol{\alpha}_1$，$\boldsymbol{\alpha}_2$，…，$\boldsymbol{\alpha}_s$ 线性无关，有 $r(\boldsymbol{A})=s$；又向量组 $\boldsymbol{\alpha}_1$，$\boldsymbol{\alpha}_2$，…，$\boldsymbol{\alpha}_s$，$\boldsymbol{\beta}$ 线性相关，所以 $r(\boldsymbol{B})<s+1$. 因此，$s=r(\boldsymbol{A})\leqslant r(\boldsymbol{B})<s+1$，故 $r(\boldsymbol{B})=s$. 由 $r(\boldsymbol{A})=r(\boldsymbol{B})=s$ 及定理 4.1 可知方程组

$$(\boldsymbol{\alpha}_1,\boldsymbol{\alpha}_2,\cdots,\boldsymbol{\alpha}_s)\boldsymbol{x}=\boldsymbol{\beta}$$

有唯一解，即 $\boldsymbol{\beta}$ 能由向量组 $\boldsymbol{\alpha}_1$，$\boldsymbol{\alpha}_2$，…，$\boldsymbol{\alpha}_s$ 线性表示，且表示式是唯一的.

利用定义判断向量组的线性相关性往往比较复杂，有时可以直接利用向量组的特点来判断它的线性相关性，通常称一个向量组中的一部分向量组为原向量组的部分组.

定理 4.9 如果向量组有一个部分组线性相关，则此向量组也线性相关.

证 设向量组 $\boldsymbol{\alpha}_1$，$\boldsymbol{\alpha}_2$，…，$\boldsymbol{\alpha}_s$ 有一个部分组线性相关. 不妨设这个部分组为 $\boldsymbol{\alpha}_1$，$\boldsymbol{\alpha}_2$，…，$\boldsymbol{\alpha}_r$，则有不全为零的数 k_1，k_2，…，k_r 使

$$k_1\boldsymbol{\alpha}_1+k_2\boldsymbol{\alpha}_2+\cdots+k_r\boldsymbol{\alpha}_r=\mathbf{0}$$

从而

$$k_1\boldsymbol{\alpha}_1+k_2\boldsymbol{\alpha}_2+\cdots+k_r\boldsymbol{\alpha}_r+0\boldsymbol{\alpha}_{r+1}+\cdots+0\boldsymbol{\alpha}_s=\mathbf{0}$$

因此向量组 $\boldsymbol{\alpha}_1$，$\boldsymbol{\alpha}_2$，…，$\boldsymbol{\alpha}_s$ 也线性相关.

推论 如果向量组线性无关，则其部分组也线性无关.

定理 4.10 当 $m>n$ 时，m 个 n 维向量线性相关.

证 m 个 n 维向量 $\boldsymbol{\alpha}_1$，$\boldsymbol{\alpha}_2$，…，$\boldsymbol{\alpha}_m$ 构成矩阵 $\boldsymbol{A}=(\boldsymbol{\alpha}_1,\boldsymbol{\alpha}_2,\cdots,\boldsymbol{\alpha}_m)$，有 $r(\boldsymbol{A})\leqslant\min(m,n)$. 又 $m>n$，所以 $r(\boldsymbol{A})\leqslant n<m$，故由定理 4.6 可知 m 个 n 维向量 $\boldsymbol{\alpha}_1$，$\boldsymbol{\alpha}_2$，…，$\boldsymbol{\alpha}_m$ 线性相关.

推论 $n+1$ 个 n 维向量 $\boldsymbol{\alpha}_1$，$\boldsymbol{\alpha}_2$，…，$\boldsymbol{\alpha}_{n+1}$ 必线性相关.

例 4.18 设 $\boldsymbol{\alpha}_1$，$\boldsymbol{\alpha}_2$，…，$\boldsymbol{\alpha}_{m-1}(m\geqslant 3)$ 线性相关，向量组 $\boldsymbol{\alpha}_2$，$\boldsymbol{\alpha}_3$，…，$\boldsymbol{\alpha}_m$ 线性无关，试讨论：

(1) $\boldsymbol{\alpha}_1$ 能否由 $\boldsymbol{\alpha}_2$，$\boldsymbol{\alpha}_3$，…，$\boldsymbol{\alpha}_{m-1}$ 线性表示？

(2) $\boldsymbol{\alpha}_m$ 能否由 $\boldsymbol{\alpha}_1$，$\boldsymbol{\alpha}_2$，…，$\boldsymbol{\alpha}_{m-1}$ 线性表示？

解 (1) 因为 $\boldsymbol{\alpha}_2$，$\boldsymbol{\alpha}_3$，…，$\boldsymbol{\alpha}_m$ 线性无关，所以其部分向量组 $\boldsymbol{\alpha}_2$，$\boldsymbol{\alpha}_3$，…，

$\boldsymbol{\alpha}_{m-1}$ 也线性无关．又由题设知 $\boldsymbol{\alpha}_1$，$\boldsymbol{\alpha}_2$，…，$\boldsymbol{\alpha}_{m-1}$ 线性相关，则根据定理 4.8，$\boldsymbol{\alpha}_1$ 能由 $\boldsymbol{\alpha}_2$，$\boldsymbol{\alpha}_3$，…，$\boldsymbol{\alpha}_{m-1}$ 线性表示．

(2) 用反证法，假设 $\boldsymbol{\alpha}_m$ 能由 $\boldsymbol{\alpha}_1$，$\boldsymbol{\alpha}_2$，…，$\boldsymbol{\alpha}_{m-1}$ 线性表示，即存在数 k_1，k_2，…，k_{m-1}，使

$$\boldsymbol{\alpha}_m=k_1\boldsymbol{\alpha}_1+k_2\boldsymbol{\alpha}_2+\cdots+k_{m-1}\boldsymbol{\alpha}_{m-1} \quad ①$$

成立，由(1) 知 $\boldsymbol{\alpha}_1$ 可由 $\boldsymbol{\alpha}_2$，$\boldsymbol{\alpha}_3$，…，$\boldsymbol{\alpha}_{m-1}$ 线性表示，即存在数 l_2，l_3，…，l_{m-1}，使

$$\boldsymbol{\alpha}_1=l_2\boldsymbol{\alpha}_2+l_3\boldsymbol{\alpha}_3+\cdots+l_{m-1}\boldsymbol{\alpha}_{m-1} \quad ②$$

成立，将 ② 代入 ①，整理得

$$\boldsymbol{\alpha}_m=(k_1l_2+k_2)\boldsymbol{\alpha}_2+(k_1l_3+k_3)\boldsymbol{\alpha}_3+\cdots+(k_1l_{m-1}+k_{m-1})\boldsymbol{\alpha}_{m-1}$$

即 $\boldsymbol{\alpha}_m$ 能由 $\boldsymbol{\alpha}_2$，$\boldsymbol{\alpha}_3$，…，$\boldsymbol{\alpha}_{m-1}$ 线性表示，这与题设 $\boldsymbol{\alpha}_2$，$\boldsymbol{\alpha}_3$，…，$\boldsymbol{\alpha}_m$ 线性无关矛盾，故 $\boldsymbol{\alpha}_m$ 不能由 $\boldsymbol{\alpha}_1$，$\boldsymbol{\alpha}_2$，…，$\boldsymbol{\alpha}_{m-1}$ 线性表示．

例 4.19　证明如果向量组 $\boldsymbol{B}$：$\boldsymbol{\beta}_1$，$\boldsymbol{\beta}_2$，…，$\boldsymbol{\beta}_t$ 能由向量组 $\boldsymbol{A}$：$\boldsymbol{\alpha}_1$，$\boldsymbol{\alpha}_2$，…，$\boldsymbol{\alpha}_s$ 线性表示，且 $t>s$，则 $\boldsymbol{\beta}_1$，$\boldsymbol{\beta}_2$，…，$\boldsymbol{\beta}_t$ 线性相关．

证　如果向量组 $\boldsymbol{B}$：$\boldsymbol{\beta}_1$，$\boldsymbol{\beta}_2$，…，$\boldsymbol{\beta}_t$ 能由向量组 $\boldsymbol{A}$：$\boldsymbol{\alpha}_1$，$\boldsymbol{\alpha}_2$，…，$\boldsymbol{\alpha}_s$ 线性表示，则 $r(\boldsymbol{\beta}_1, \boldsymbol{\beta}_2, \cdots, \boldsymbol{\beta}_t)\leqslant r(\boldsymbol{\alpha}_1, \boldsymbol{\alpha}_2, \cdots, \boldsymbol{\alpha}_s)\leqslant s$．又 $t>s$，所以 $r(\boldsymbol{\beta}_1, \boldsymbol{\beta}_2, \cdots, \boldsymbol{\beta}_t)\leqslant s<t$，因此，$\boldsymbol{\beta}_1$，$\boldsymbol{\beta}_2$，…，$\boldsymbol{\beta}_t$ 线性相关．

由例 4.19 的讨论可知，如果向量组 $\boldsymbol{B}$：$\boldsymbol{\beta}_1$，$\boldsymbol{\beta}_2$，…，$\boldsymbol{\beta}_t$ 能由向量组 $\boldsymbol{A}$：$\boldsymbol{\alpha}_1$，$\boldsymbol{\alpha}_2$，…，$\boldsymbol{\alpha}_s$ 线性表示，且 $\boldsymbol{\beta}_1$，$\boldsymbol{\beta}_2$，…，$\boldsymbol{\beta}_t$ 线性无关，则 $t\leqslant s$．因此两个线性无关的、等价的向量组必含有相同个数的向量．

第四节　向量组的秩

对于一个线性无关的向量组，其线性无关的向量个数为向量组的向量个数；但是对于一个线性相关的向量组，其线性无关的向量个数小于向量组的向量个数．当向量组确定时，其中线性无关的向量个数的最大值也是定值，称为向量组的秩．

定义 4.9　设有向量组 $\boldsymbol{A}$：$\boldsymbol{\alpha}_1$，$\boldsymbol{\alpha}_2$，…，$\boldsymbol{\alpha}_s$，若在向量组 $\boldsymbol{A}$ 中能选出 r 个向量 $\boldsymbol{\alpha}_{i_1}$，$\boldsymbol{\alpha}_{i_2}$，…，$\boldsymbol{\alpha}_{i_r}$，满足：

(1) 向量组 $\boldsymbol{A}_0$：$\boldsymbol{\alpha}_{i_1}$，$\boldsymbol{\alpha}_{i_2}$，…，$\boldsymbol{\alpha}_{i_r}$ 线性无关；

(2) 向量组 $\boldsymbol{A}$ 中任意 $r+1$ 个向量(若存在)都线性相关．

则称向量组 $\boldsymbol{A}_0$ 为向量组 $\boldsymbol{A}$ 的一个极大线性无关组(简称为极大无关组)．

小贴士

仅有零向量的向量组没有极大无关组，向量组的极大无关组有可能不唯一.

例 4.20 已知向量组$\boldsymbol{\alpha}_1=\begin{pmatrix}2\\-1\\3\\1\\1\end{pmatrix}$，$\boldsymbol{\alpha}_2=\begin{pmatrix}4\\-2\\5\\4\end{pmatrix}$，$\boldsymbol{\alpha}_3=\begin{pmatrix}2\\-1\\4\\-1\end{pmatrix}$，求$\boldsymbol{\alpha}_1$，$\boldsymbol{\alpha}_2$，$\boldsymbol{\alpha}_3$的极大无关组.

解 由于$\boldsymbol{\alpha}_1$与$\boldsymbol{\alpha}_2$的分量不成比例，所以$\boldsymbol{\alpha}_1$，$\boldsymbol{\alpha}_2$线性无关，又$\boldsymbol{\alpha}_3=3\boldsymbol{\alpha}_1-\boldsymbol{\alpha}_2$，因此由定义 4.9 可知$\boldsymbol{\alpha}_1$，$\boldsymbol{\alpha}_2$为它的一个极大无关组；同理可证明$\boldsymbol{\alpha}_2$，$\boldsymbol{\alpha}_3$也是$\boldsymbol{\alpha}_1$，$\boldsymbol{\alpha}_2$，$\boldsymbol{\alpha}_3$的极大无关组.

例 4.21 求下列向量组的一个极大线性无关组：

$$\boldsymbol{\alpha}_1=\begin{pmatrix}1\\-1\\2\\4\end{pmatrix},\ \boldsymbol{\alpha}_2=\begin{pmatrix}0\\3\\1\\2\end{pmatrix},\ \boldsymbol{\alpha}_3=\begin{pmatrix}3\\0\\7\\14\end{pmatrix},\ \boldsymbol{\alpha}_4=\begin{pmatrix}1\\-1\\2\\0\end{pmatrix},\ \boldsymbol{\alpha}_5=\begin{pmatrix}2\\1\\5\\6\end{pmatrix}$$

解 取$\boldsymbol{\alpha}_1=(1,\ -1,\ 2,\ 4)\neq\mathbf{0}$，故$\boldsymbol{\alpha}_1$线性无关．添加$\boldsymbol{\alpha}_2$，由于$\boldsymbol{\alpha}_1$，$\boldsymbol{\alpha}_2$不成比例，易知$\boldsymbol{\alpha}_1$，$\boldsymbol{\alpha}_2$线性无关．再添加$\boldsymbol{\alpha}_3$，由于$\boldsymbol{\alpha}_3=3\boldsymbol{\alpha}_1+\boldsymbol{\alpha}_2$，所以$\boldsymbol{\alpha}_1$，$\boldsymbol{\alpha}_2$，$\boldsymbol{\alpha}_3$线性相关．去掉$\boldsymbol{\alpha}_3$，改添加$\boldsymbol{\alpha}_4$．由$k_1\boldsymbol{\alpha}_1+k_2\boldsymbol{\alpha}_2+k_4\boldsymbol{\alpha}_4=\mathbf{0}$只有零解$k_1=k_2=k_4=0$，知$\boldsymbol{\alpha}_1$，$\boldsymbol{\alpha}_2$，$\boldsymbol{\alpha}_4$线性无关. 再添加$\boldsymbol{\alpha}_5$，由于$\boldsymbol{\alpha}_5=\boldsymbol{\alpha}_1+\boldsymbol{\alpha}_2+\boldsymbol{\alpha}_4$，故$\boldsymbol{\alpha}_1$，$\boldsymbol{\alpha}_2$，$\boldsymbol{\alpha}_4$，$\boldsymbol{\alpha}_5$线性相关．所以$\boldsymbol{\alpha}_1$，$\boldsymbol{\alpha}_2$，$\boldsymbol{\alpha}_4$是该向量组的一个极大线性无关组.

定理 4.11 如果向量组$\boldsymbol{\alpha}_{i_1}$，$\boldsymbol{\alpha}_{i_2}$，…，$\boldsymbol{\alpha}_{i_r}$是向量组$\boldsymbol{A}$：$\boldsymbol{\alpha}_1$，$\boldsymbol{\alpha}_2$，…，$\boldsymbol{\alpha}_s$的线性无关部分组，则它是极大无关组的充要条件是向量组$\boldsymbol{A}$：$\boldsymbol{\alpha}_1$，$\boldsymbol{\alpha}_2$，…，$\boldsymbol{\alpha}_s$中的每一个向量都可由$\boldsymbol{\alpha}_{i_1}$，$\boldsymbol{\alpha}_{i_2}$，…，$\boldsymbol{\alpha}_{i_r}$线性表示.

证 必要性：如果向量组$\boldsymbol{\alpha}_{i_1}$，$\boldsymbol{\alpha}_{i_2}$，…，$\boldsymbol{\alpha}_{i_r}$是向量组$\boldsymbol{A}$：$\boldsymbol{\alpha}_1$，$\boldsymbol{\alpha}_2$，…，$\boldsymbol{\alpha}_s$的线性无关部分组，则当$i$是$i_1$，$i_2$，…，$i_r$中的数时，显然$\boldsymbol{\alpha}_i$可由$\boldsymbol{\alpha}_{i_1}$，$\boldsymbol{\alpha}_{i_2}$，…，$\boldsymbol{\alpha}_{i_r}$线性表示；而当$i$不是$i_1$，$i_2$，…，$i_r$中的数时，$\boldsymbol{\alpha}_i$，$\boldsymbol{\alpha}_{i_1}$，$\boldsymbol{\alpha}_{i_2}$，…，$\boldsymbol{\alpha}_{i_r}$线性相关．又$\boldsymbol{\alpha}_{i_1}$，$\boldsymbol{\alpha}_{i_2}$，…，$\boldsymbol{\alpha}_{i_r}$线性无关，由定理 4.8 可知$\boldsymbol{\alpha}_i$可由$\boldsymbol{\alpha}_{i_1}$，$\boldsymbol{\alpha}_{i_2}$，…，$\boldsymbol{\alpha}_{i_r}$线性表示.

充分性：如果向量组$\boldsymbol{A}$：$\boldsymbol{\alpha}_1$，$\boldsymbol{\alpha}_2$，…，$\boldsymbol{\alpha}_s$中的每一个向量都可由$\boldsymbol{\alpha}_{i_1}$，$\boldsymbol{\alpha}_{i_2}$，…，$\boldsymbol{\alpha}_{i_r}$线性表示，记矩阵$\boldsymbol{A}_1=(\boldsymbol{\alpha}_1,\ \boldsymbol{\alpha}_2,\ \cdots,\ \boldsymbol{\alpha}_s)$，$\boldsymbol{A}_2=(\boldsymbol{\alpha}_{i_1},\ \boldsymbol{\alpha}_{i_2},\ \cdots,\ \boldsymbol{\alpha}_{i_r})$，则$r(\boldsymbol{A}_1)=r(\boldsymbol{\alpha}_1,\ \boldsymbol{\alpha}_2,\ \cdots,\ \boldsymbol{\alpha}_s)\leqslant r(\boldsymbol{A}_2)=r(\boldsymbol{\alpha}_{i_1},\ \boldsymbol{\alpha}_{i_2},\ \cdots,\ \boldsymbol{\alpha}_{i_r})=r$. 向量组

$\boldsymbol{A}$：$\boldsymbol{\alpha}_1$，$\boldsymbol{\alpha}_2$，…，$\boldsymbol{\alpha}_s$ 中的任意$r+1$(当$s>r$时)个向量所构成的矩阵的秩都小于r，从而由定理4.6知这$r+1$个向量线性相关，故$\boldsymbol{\alpha}_{i_1}$，$\boldsymbol{\alpha}_{i_2}$，…，$\boldsymbol{\alpha}_{i_r}$是向量组$\boldsymbol{A}$的极大无关组.

从上面讨论可知，向量组与其极大无关组可以互相线性表示，从而知道向量组的极大线性无关组具有以下性质.

性质4.1 向量组的极大线性无关组与向量组本身等价.

性质4.2 向量组的任意两个极大线性无关组都等价.

性质4.3 向量组的极大线性无关组都含有相同个数的向量.

性质4.3表明向量组的极大无关组所含向量的个数与极大无关组的选择无关，它反映了向量组本身的特征.

定义4.10 向量组$\boldsymbol{A}$：$\boldsymbol{\alpha}_1$，$\boldsymbol{\alpha}_2$，…，$\boldsymbol{\alpha}_s$ 的极大无关组所含向量的个数称为这个向量组的秩. 记为$r(\boldsymbol{\alpha}_1, \boldsymbol{\alpha}_2, \cdots, \boldsymbol{\alpha}_s)$.

例如，例4.20中向量组$\boldsymbol{\alpha}_1$，$\boldsymbol{\alpha}_2$，$\boldsymbol{\alpha}_3$的秩为$r(\boldsymbol{\alpha}_1, \boldsymbol{\alpha}_2, \boldsymbol{\alpha}_3)=2$.

规定由零向量组成的向量组的秩为零，线性无关的向量组本身就是极大无关组，因此一个线性无关的向量组的秩与它所含向量的个数相同.

由于每个向量组都与它的极大线性无关组等价，且由等价的传递性可知任意两个等价的向量组的极大线性无关组也等价，因此等价的向量组必有相同的秩.

小贴士

在上一章讨论了矩阵的秩的概念，只含有限个向量的向量组$\boldsymbol{A}$：$\boldsymbol{\alpha}_1$，$\boldsymbol{\alpha}_2$，…，$\boldsymbol{\alpha}_s$，可以构成矩阵$\boldsymbol{A}=(\boldsymbol{\alpha}_1, \boldsymbol{\alpha}_2, \cdots, \boldsymbol{\alpha}_s)$，比较矩阵的秩与向量组的秩的定义可得到以下结论.

定理4.12 矩阵的秩等于其列向量组的秩，也等于其行向量组的秩.

证 设$\boldsymbol{A}=(\boldsymbol{\alpha}_1, \boldsymbol{\alpha}_2, \cdots, \boldsymbol{\alpha}_s)$，$r(\boldsymbol{A})=r$，则存在$\boldsymbol{A}$的$r$阶子式$D_r\neq 0$，因此$D_r$所在的$r$个列向量线性无关. 又$\boldsymbol{A}$中的所有$r+1$阶子式$D_{r+1}=0$，故$\boldsymbol{A}$中的任意$r+1$个列向量都线性相关，因此$D_r$所在的$r$个列向量是$\boldsymbol{A}$中列向量组的一个极大无关组，所以$\boldsymbol{A}$中列向量组的秩为$r$，类似可证明矩阵的秩等于其行向量组的秩. 由定理4.12可知任意矩阵的列向量组的秩等于其行向量组的秩.

如果仅求向量组的秩可以利用矩阵求秩的方法，而且可以证明若对矩阵$\boldsymbol{A}$仅施以初等行变换得矩阵$\boldsymbol{B}$，则$\boldsymbol{B}$的列向量组与$\boldsymbol{A}$的列向量组间有相同的线性关系，即行的初等变换保持了列向量间的线性无关性和线性表示性. 因此，以向量组中各向量为列向量组成矩阵后，只做初等行变换将该矩阵化为行阶梯形，则可直接写出所求向量组的极大无关组. 同理，也可以以向量组中各向量为行向量组成矩阵，通过做初等列变换来求向量组的极大无关组.

例 4.22 考虑向量组

$$\boldsymbol{\alpha}_1=\begin{pmatrix}1\\2\\1\\2\end{pmatrix},\ \boldsymbol{\alpha}_2=\begin{pmatrix}1\\0\\3\\1\end{pmatrix},\ \boldsymbol{\alpha}_3=\begin{pmatrix}2\\-1\\0\\1\end{pmatrix},\ \boldsymbol{\alpha}_4=\begin{pmatrix}2\\1\\-2\\2\end{pmatrix},\ \boldsymbol{\alpha}_5=\begin{pmatrix}2\\2\\4\\3\end{pmatrix}$$

求此向量组的一个极大线性无关组，并把其余向量分别用该极大无关组线性表示.

解 对下列矩阵做初等行变换化为阶梯形

$$\boldsymbol{A}=\overset{\begin{matrix}\boldsymbol{\alpha}_1 & \boldsymbol{\alpha}_2 & \boldsymbol{\alpha}_3 & \boldsymbol{\alpha}_4 & \boldsymbol{\alpha}_5\end{matrix}}{\begin{pmatrix}1&1&2&2&2\\2&0&-1&1&2\\1&3&0&-2&4\\2&1&1&2&3\end{pmatrix}}\xrightarrow[r_4-2r_1]{\substack{r_2-2r_1\\ r_3-r_1}}\begin{pmatrix}1&1&2&2&2\\0&-2&-5&-3&-2\\0&2&-2&-4&2\\0&-1&-3&-2&-1\end{pmatrix}$$

$$\xrightarrow{r_2\leftrightarrow r_4}\begin{pmatrix}1&1&2&2&2\\0&-1&-3&-2&-1\\0&2&-2&-4&2\\0&-2&-5&-3&-2\end{pmatrix}\xrightarrow[r_4-2r_1]{r_3+2r_1}\begin{pmatrix}1&1&2&2&2\\0&-1&-3&-2&-1\\0&0&-8&-8&0\\0&0&1&1&0\end{pmatrix}$$

$$\xrightarrow[r_4+8r_3]{r_3\leftrightarrow r_4}\begin{pmatrix}1&1&2&2&2\\0&1&3&2&1\\0&0&1&1&0\\0&0&0&0&0\end{pmatrix}\xrightarrow[r_2-3r_3]{r_1-2r_3}\begin{pmatrix}1&1&0&0&2\\0&1&0&-1&1\\0&0&1&1&0\\0&0&0&0&0\end{pmatrix}$$

$$\xrightarrow{r_1-r_2}\begin{pmatrix}1&0&0&1&1\\0&1&0&-1&1\\0&0&1&1&0\\0&0&0&0&0\end{pmatrix}$$

可见 $\boldsymbol{\alpha}_1$，$\boldsymbol{\alpha}_2$，$\boldsymbol{\alpha}_3$ 为一极大无关组．事实上，$\boldsymbol{\alpha}_1$，$\boldsymbol{\alpha}_2$，$\boldsymbol{\alpha}_4$；$\boldsymbol{\alpha}_1$，$\boldsymbol{\alpha}_3$，$\boldsymbol{\alpha}_5$；$\boldsymbol{\alpha}_1$，$\boldsymbol{\alpha}_4$，$\boldsymbol{\alpha}_5$ 均为极大无关组，且

$$\boldsymbol{\alpha}_4=\boldsymbol{\alpha}_1-\boldsymbol{\alpha}_2+\boldsymbol{\alpha}_3,\quad \boldsymbol{\alpha}_5=\boldsymbol{\alpha}_1+\boldsymbol{\alpha}_2+0\cdot\boldsymbol{\alpha}_3$$

例 4.23 设 $\boldsymbol{\beta}_1=\boldsymbol{\alpha}_2+\boldsymbol{\alpha}_3+\cdots+\boldsymbol{\alpha}_m$，$\boldsymbol{\beta}_2=\boldsymbol{\alpha}_1+\boldsymbol{\alpha}_3+\cdots+\boldsymbol{\alpha}_m$，……，$\boldsymbol{\beta}_m=\boldsymbol{\alpha}_1+\boldsymbol{\alpha}_2+\cdots+\boldsymbol{\alpha}_{m-1}$，证明：$\boldsymbol{\beta}_1$，$\boldsymbol{\beta}_2$，…，$\boldsymbol{\beta}_m$ 与 $\boldsymbol{\alpha}_1$，$\boldsymbol{\alpha}_2$，…，$\boldsymbol{\alpha}_m$ 有相同的秩.

证 只需证明向量组 $\boldsymbol{\alpha}_1$，$\boldsymbol{\alpha}_2$，…，$\boldsymbol{\alpha}_m$ 与 $\boldsymbol{\beta}_1$，$\boldsymbol{\beta}_2$，…，$\boldsymbol{\beta}_m$ 等价即可．由题设 $\boldsymbol{\beta}_1$，$\boldsymbol{\beta}_2$，…，$\boldsymbol{\beta}_m$ 可由 $\boldsymbol{\alpha}_1$，$\boldsymbol{\alpha}_2$，…，$\boldsymbol{\alpha}_m$ 线性表示，且

$$\boldsymbol{\beta}_1+\boldsymbol{\beta}_2+\cdots+\boldsymbol{\beta}_m=(m-1)(\boldsymbol{\alpha}_1+\boldsymbol{\alpha}_2+\cdots+\boldsymbol{\alpha}_m)$$

即

$$\boldsymbol{\alpha}_1+\boldsymbol{\alpha}_2+\cdots+\boldsymbol{\alpha}_m=\frac{1}{m-1}(\boldsymbol{\beta}_1+\boldsymbol{\beta}_2+\cdots+\boldsymbol{\beta}_m)$$

又有

$$\boldsymbol{\alpha}_i+\boldsymbol{\beta}_i=\boldsymbol{\alpha}_1+\boldsymbol{\alpha}_2+\cdots+\boldsymbol{\alpha}_m$$

于是有

$$\boldsymbol{\alpha}_i=\frac{1}{m-1}(\boldsymbol{\beta}_1+\boldsymbol{\beta}_2+\cdots+\boldsymbol{\beta}_m)-\boldsymbol{\beta}_i\quad(i=1,\ 2,\ \cdots,\ m)$$

这表明 $\boldsymbol{\alpha}_1$，$\boldsymbol{\alpha}_2$，…，$\boldsymbol{\alpha}_m$ 也可由 $\boldsymbol{\beta}_1$，$\boldsymbol{\beta}_2$，…，$\boldsymbol{\beta}_m$ 线性表示，故这两个向量组等价，从而它们的秩相同.

第五节　向量空间

向量空间就是一组在线性运算下满足某种约束条件的向量全体构成的集合. 以前接触到的 2 维空间 $\mathbf{R}^2$ 可以理解为平面上点的集合，但点可以与平面的向量一一对应，因此 $\mathbf{R}^2$ 也是一个 2 维向量空间.

定义 4.11　设 V 为 n 维向量组成的集合. 如果 V 非空，且对于向量加法及数乘运算封闭，即对任意的 $\boldsymbol{\alpha}$，$\boldsymbol{\beta}\in V$ 和常数 k 都有

$$\boldsymbol{\alpha}+\boldsymbol{\beta}\in V,\quad k\boldsymbol{\alpha}\in V$$

就称集合 V 为一个向量空间.

例 4.24　n 维向量的全体 $\mathbf{R}^n$ 构成一个向量空间. 如 n 维零向量所形成的集合 $\{\mathbf{0}\}$ 构成一个向量空间. 特别地，3 维向量可以用有向线段来表示，所以 $\mathbf{R}^3$ 也可以看作以坐标原点为起点的有向线段的全体.

例 4.25　集合 $S_1=\{(x_1,\ x_2,\ \cdots,\ x_n)\mid x_n=\lambda x_1,\ \lambda\in\mathbf{R}\}$ 构成向量空间.

设 $\boldsymbol{\alpha}=(a_1,\ a_2,\ \cdots,\ a_n)\in S_1$，$\boldsymbol{\beta}=(b_1,\ b_2,\ \cdots,\ b_n)\in S_1$，且 $a_n=\lambda a_1$，$b_n=\lambda b_1$，因此 $\boldsymbol{\alpha}+\boldsymbol{\beta}=(a_1+b_1,\ a_2+b_2,\ \cdots,\ a_n+b_n)$，其中 $a_n+b_n=\lambda(a_1+b_1)$，所以 $\boldsymbol{\alpha}+\boldsymbol{\beta}\in S_1$. $\forall k\in\mathbf{R}$，$k\boldsymbol{\alpha}=(ka_1,\ ka_2,\ \cdots,\ ka_n)$，$ka_n=k\lambda a_1=\lambda(ka_1)\in S_1$.

例 4.26　集合 $S_2=\{(x_1,\ x_2,\ \cdots,\ x_n)\mid x_1+x_2+\cdots+x_n=1\}$ 不构成向量空间.

设 $\boldsymbol{\alpha}=(a_1,\ a_2,\ \cdots,\ a_n)\in S_2$，且 $a_1+a_2+\cdots+a_n=1$，则 $k\boldsymbol{\alpha}=(ka_1,\ ka_2,\ \cdots,\ ka_n)$，且当 $k\neq 1$ 时，$ka_1+ka_2+\cdots+ka_n=k\neq 1$，所以 $k\boldsymbol{\alpha}\notin S_2$.

例 4.27　设 $\boldsymbol{\alpha}_1$，$\boldsymbol{\alpha}_2$，…，$\boldsymbol{\alpha}_m$ 为一个 m 维向量组，它们的线性组合

$$S_3=\{k_1\boldsymbol{\alpha}_1+k_2\boldsymbol{\alpha}_2+\cdots+k_m\boldsymbol{\alpha}_m\mid k_1,\ k_2,\ \cdots,\ k_m\in\mathbf{R}\}$$

构成一个向量空间. 这个向量空间称为由 $\boldsymbol{\alpha}_1$，$\boldsymbol{\alpha}_2$，…，$\boldsymbol{\alpha}_m$ 所生成的向量空间，记为 $L(\boldsymbol{\alpha}_1,\ \boldsymbol{\alpha}_2,\ \cdots,\ \boldsymbol{\alpha}_m)$. 设

$$\boldsymbol{\alpha}=k_1\boldsymbol{\alpha}_1+k_2\boldsymbol{\alpha}_2+\cdots+k_m\boldsymbol{\alpha}_m,\quad \boldsymbol{\beta}=\lambda_1\boldsymbol{\alpha}_1+\lambda_2\boldsymbol{\alpha}_2+\cdots+\lambda_m\boldsymbol{\alpha}_m$$

则

$$\boldsymbol{\alpha}+\boldsymbol{\beta}=(k_1+\lambda_1)\boldsymbol{\alpha}_1+(k_2+\lambda_2)\boldsymbol{\alpha}_2+\cdots+(k_m+\lambda_m)\boldsymbol{\alpha}_m\in S_3$$

$$k\boldsymbol{\alpha}=kk_1\boldsymbol{\alpha}_1+kk_2\boldsymbol{\alpha}_2+\cdots+kk_m\boldsymbol{\alpha}_m\in S_3$$

定义 4.12 如果V_1 和 V_2 都是向量空间，且$V_1\subset V_2$，就称V_1 是V_2 的子空间.

任何由 n 维向量组成的向量空间都是$\mathbf{R}^n$ 的子空间. $\mathbf{R}^n$ 和$\{\mathbf{0}\}$ 称为 $\mathbf{R}^n$ 的平凡子空间，其他子空间称为 $\mathbf{R}^n$ 的非平凡子空间.

显然，S_1、S_3 都是 $\mathbf{R}^n$ 的子空间.

定义 4.13 设 V 为一个向量空间. 如果 V 中的向量组$\boldsymbol{\alpha}_1$，$\boldsymbol{\alpha}_2$，…，$\boldsymbol{\alpha}_r$ 满足：

(1)$\boldsymbol{\alpha}_1$，$\boldsymbol{\alpha}_2$，…，$\boldsymbol{\alpha}_r$ 线性无关；

(2)V 中任意向量都可由$\boldsymbol{\alpha}_1$，$\boldsymbol{\alpha}_2$，…，$\boldsymbol{\alpha}_r$ 线性表示 .

则向量组$\boldsymbol{\alpha}_1$，$\boldsymbol{\alpha}_2$，…，$\boldsymbol{\alpha}_r$ 就称为V 的一组基，r 称为V 的维数，记为 $\dim V$，并称 V 为一个 r 维向量空间.

小贴士

如果向量空间 V 没有基，就说 V 的维数为 0，0 维向量空间只含一个零向量. 如果把向量空间 V 看作向量组，那么 V 的基就是它的一个极大线性无关组，V 的维数就是它的秩. 当 V 由 n 维向量组成时，它的维数不会超过 n.

例 4.28 证明单位向量组

$$\begin{cases}\boldsymbol{\varepsilon}_1=(1,\ 0,\ \cdots,\ 0)^{\mathrm{T}}\\ \boldsymbol{\varepsilon}_2=(0,\ 1,\ \cdots,\ 0)^{\mathrm{T}}\\ \qquad\vdots\\ \boldsymbol{\varepsilon}_n=(0,\ 0,\ \cdots,\ 1)^{\mathrm{T}}\end{cases}$$

是 n 维向量空间 $\mathbf{R}^n$ 的一组基.

证 已知$\boldsymbol{\varepsilon}_1$，$\boldsymbol{\varepsilon}_2$，…，$\boldsymbol{\varepsilon}_n$ 线性无关，又对 n 维向量空间 $\mathbf{R}^n$ 中的任意向量$\boldsymbol{\alpha}=(a_1,\ a_2,\ \cdots,\ a_n)$，都有$\boldsymbol{\alpha}=a_1\boldsymbol{\varepsilon}_1+a_2\boldsymbol{\varepsilon}_2+\cdots+a_n\boldsymbol{\varepsilon}_n$，所以由定义 4.13 可知$\boldsymbol{\varepsilon}_1$，$\boldsymbol{\varepsilon}_2$，…，$\boldsymbol{\varepsilon}_n$ 是n 维向量空间 $\mathbf{R}^n$ 的一组基.

此时，称 a_1，a_2，…，a_n 为$\boldsymbol{\alpha}$ 在基$\boldsymbol{\varepsilon}_1$，$\boldsymbol{\varepsilon}_2$，…，$\boldsymbol{\varepsilon}_n$ 下的坐标.

可以证明，n 维向量空间 $\mathbf{R}^n$ 中的任意n 个线性无关的向量都是n 维向量空间 $\mathbf{R}^n$ 的一组基.

例 4.29 证明集合$V=\{(x_1,\ x_2,\ \cdots,\ x_{n-1},\ 0)\mid x_1,\ x_2,\ \cdots,\ x_{n-1}\in\mathbf{R}\}$构成一个向量空间，其维数为 $n-1$.

证 因为对 $\forall\boldsymbol{\alpha}=(a_1,\ a_2,\ \cdots,\ a_{n-1},\ 0)$，$\boldsymbol{\beta}=(b_1,\ b_2,\ \cdots,\ b_{n-1},\ 0)$，有

$\boldsymbol{\alpha}+\boldsymbol{\beta}=(a_1+b_1,\ a_2+b_2,\ \cdots,\ a_{n-1}+b_{n-1},\ 0)\in V_1$，$k\boldsymbol{\alpha}=(ka_1,\ ka_2,\ \cdots,\ ka_{n-1},\ 0)\in V$，所以 V 构成一个向量空间. 又显然 $\boldsymbol{\alpha}=a_1\boldsymbol{\varepsilon}_1+a_2\boldsymbol{\varepsilon}_2+\cdots+a_{n-1}\boldsymbol{\varepsilon}_{n-1}$，其中 $\boldsymbol{\varepsilon}_1$，$\boldsymbol{\varepsilon}_2$，…，$\boldsymbol{\varepsilon}_n$ 如例 4.28 所示，因此 V 有一组基 $\boldsymbol{\varepsilon}_1$，$\boldsymbol{\varepsilon}_2$，…，$\boldsymbol{\varepsilon}_{n-1}$，其维数为 $n-1$，V 是一个 $n-1$ 维的向量空间.

例 4.30　已知以下三维向量：

$$\boldsymbol{\alpha}_1=\begin{pmatrix}-1\\0\\0\end{pmatrix},\ \boldsymbol{\alpha}_2=\begin{pmatrix}-2\\3\\0\end{pmatrix},\ \boldsymbol{\alpha}_3=\begin{pmatrix}2\\-3\\1\end{pmatrix},\ \boldsymbol{\beta}_1=\begin{pmatrix}1\\0\\2\end{pmatrix},\ \boldsymbol{\beta}_2=\begin{pmatrix}2\\3\\4\end{pmatrix}$$

证明 $\boldsymbol{\alpha}_1$，$\boldsymbol{\alpha}_2$，$\boldsymbol{\alpha}_3$ 是 $\mathbf{R}^3$ 的一组基，并将 $\boldsymbol{\beta}_1$、$\boldsymbol{\beta}_2$ 用这组基线性表示.

解　令 $\boldsymbol{A}=(\boldsymbol{\alpha}_1,\ \boldsymbol{\alpha}_2,\ \boldsymbol{\alpha}_3)$，由

$$|A|=\begin{vmatrix}-1&-2&2\\0&3&-3\\0&0&1\end{vmatrix}=-3\neq 0$$

可以知道 $\boldsymbol{\alpha}_1$，$\boldsymbol{\alpha}_2$，$\boldsymbol{\alpha}_3$ 线性无关，因此 $\boldsymbol{\alpha}_1$，$\boldsymbol{\alpha}_2$，$\boldsymbol{\alpha}_3$ 是 $\mathbf{R}^3$ 的一组基.

设

$$\boldsymbol{\beta}_1=x_{11}\boldsymbol{\alpha}_1+x_{21}\boldsymbol{\alpha}_2+x_{31}\boldsymbol{\alpha}_3$$
$$\boldsymbol{\beta}_2=x_{12}\boldsymbol{\alpha}_1+x_{22}\boldsymbol{\alpha}_2+x_{32}\boldsymbol{\alpha}_3$$

即

$$\boldsymbol{B}=(\boldsymbol{\beta}_1,\ \boldsymbol{\beta}_2)=(\boldsymbol{\alpha}_1,\ \boldsymbol{\alpha}_2,\ \boldsymbol{\alpha}_3)\begin{pmatrix}x_{11}&x_{12}\\x_{21}&x_{22}\\x_{31}&x_{32}\end{pmatrix}=\boldsymbol{AX}$$

那么

$$\boldsymbol{X}=\boldsymbol{A}^{-1}\boldsymbol{B}$$

做初等行变换，有

$$(\boldsymbol{A},\ \boldsymbol{B})=\begin{pmatrix}-1&-2&2&1&2\\0&3&-3&0&3\\0&0&1&2&4\end{pmatrix}\xrightarrow[r_1-2r_3]{r_2\times\frac{1}{3}}\begin{pmatrix}-1&-2&0&-3&-6\\0&1&-1&0&1\\0&0&1&2&4\end{pmatrix}$$

$$\xrightarrow{r_2+r_3}\begin{pmatrix}-1&-2&0&-3&-6\\0&1&0&2&5\\0&0&1&2&4\end{pmatrix}\xrightarrow[r_1\times(-1)]{r_1+2r_2}\begin{pmatrix}1&0&0&-1&-4\\0&1&0&2&5\\0&0&1&2&4\end{pmatrix}$$

$$=(\boldsymbol{E},\ \boldsymbol{A}^{-1}\boldsymbol{B})=(\boldsymbol{E},\ \boldsymbol{X})$$

所以

$$\boldsymbol{\beta}_1=(-1)\boldsymbol{\alpha}_1+2\boldsymbol{\alpha}_2+2\boldsymbol{\alpha}_3,\quad \boldsymbol{\beta}_2=(-4)\boldsymbol{\alpha}_1+5\boldsymbol{\alpha}_2+4\boldsymbol{\alpha}_3$$

例 4.31 已知$\mathbf{R}^3$的向量$\boldsymbol{\gamma}=(1,0,-1)^{\mathrm{T}}$及$\mathbf{R}^3$的一组基$\boldsymbol{\varepsilon}_1=\begin{pmatrix}1\\0\\1\end{pmatrix}$，$\boldsymbol{\varepsilon}_2=\begin{pmatrix}1\\1\\1\end{pmatrix}$，$\boldsymbol{\varepsilon}_3=\begin{pmatrix}1\\0\\0\end{pmatrix}$，$\boldsymbol{A}$是一个3阶矩阵，已知$\boldsymbol{A}\boldsymbol{\varepsilon}_1=\boldsymbol{\varepsilon}_1+\boldsymbol{\varepsilon}_3$，$\boldsymbol{A}\boldsymbol{\varepsilon}_2=\boldsymbol{\varepsilon}_2-\boldsymbol{\varepsilon}_3$，$\boldsymbol{A}\boldsymbol{\varepsilon}_3=2\boldsymbol{\varepsilon}_1-\boldsymbol{\varepsilon}_2+\boldsymbol{\varepsilon}_3$，求$\boldsymbol{A}\boldsymbol{\gamma}$和$\boldsymbol{A}\boldsymbol{\gamma}$在$\boldsymbol{\varepsilon}_1$，$\boldsymbol{\varepsilon}_2$，$\boldsymbol{\varepsilon}_3$下的坐标.

解　由已知条件，有

$$\boldsymbol{A}(\boldsymbol{\varepsilon}_1,\boldsymbol{\varepsilon}_2,\boldsymbol{\varepsilon}_3)=(\boldsymbol{\varepsilon}_1,\boldsymbol{\varepsilon}_2,\boldsymbol{\varepsilon}_3)\begin{pmatrix}1&0&2\\0&1&-1\\1&-1&1\end{pmatrix}$$

由于$\boldsymbol{\varepsilon}_1$，$\boldsymbol{\varepsilon}_2$，$\boldsymbol{\varepsilon}_3$是$\mathbf{R}^3$的一组基，它们线性无关，所以$\boldsymbol{B}=(\boldsymbol{\varepsilon}_1,\boldsymbol{\varepsilon}_2,\boldsymbol{\varepsilon}_3)$可逆，有

$$\boldsymbol{A}=\boldsymbol{B}\begin{pmatrix}1&0&2\\0&1&-1\\1&-1&1\end{pmatrix}\boldsymbol{B}^{-1}$$

易得

$$\boldsymbol{B}^{-1}=\begin{pmatrix}0&-1&1\\0&1&0\\1&0&-1\end{pmatrix}$$

所以

$$\boldsymbol{A}=\begin{pmatrix}2&-2&0\\-1&1&1\\1&0&0\end{pmatrix},\quad \boldsymbol{A}\boldsymbol{\gamma}=\begin{pmatrix}2&-2&0\\-1&1&1\\1&0&0\end{pmatrix}\begin{pmatrix}1\\0\\-1\end{pmatrix}=\begin{pmatrix}2\\0\\-1\end{pmatrix}$$

设$\boldsymbol{A}\boldsymbol{\gamma}$在$\boldsymbol{\varepsilon}_1$，$\boldsymbol{\varepsilon}_2$，$\boldsymbol{\varepsilon}_3$下的坐标为$\boldsymbol{x}=(x_1,x_2,x_3)^{\mathrm{T}}$，则

$$\boldsymbol{A}\boldsymbol{\gamma}=(\boldsymbol{\varepsilon}_1,\boldsymbol{\varepsilon}_2,\boldsymbol{\varepsilon}_3)\boldsymbol{x}=\boldsymbol{B}\boldsymbol{x}$$

所以

$$\boldsymbol{x}=\boldsymbol{B}^{-1}\boldsymbol{A}\boldsymbol{\gamma}=\begin{pmatrix}0&-1&1\\0&1&0\\1&0&-1\end{pmatrix}\begin{pmatrix}2\\-2\\1\end{pmatrix}=\begin{pmatrix}3\\-2\\1\end{pmatrix}$$

第六节　线性方程组解的结构

本章第一节中利用消元法求出了线性方程组的一般解，本节将利用n维向量空间的一些概念和结论，来讨论线性方程组解的结构问题. 在方程组已知仅有唯一解

或无解的情况下，结果清楚，不再赘述. 在方程组有无穷多个解的情况下，需要研究不同解之间的关系，即所谓解的结构问题.

一、齐次线性方程组解的结构

设有齐次线性方程组

$$\begin{cases} a_{11}x_1 + a_{12}x_2 + \cdots + a_{1n}x_n = 0 \\ a_{21}x_1 + a_{22}x_2 + \cdots + a_{2n}x_n = 0 \\ \qquad\vdots \\ a_{m1}x_1 + a_{m2}x_2 + \cdots + a_{mn}x_n = 0 \end{cases} \tag{4.9}$$

若记

$$\boldsymbol{A} = \begin{pmatrix} a_{11} & a_{12} & \cdots & a_{1n} \\ a_{21} & a_{22} & \cdots & a_{2n} \\ \vdots & \vdots & & \vdots \\ a_{m1} & a_{m2} & \cdots & a_{mn} \end{pmatrix}, \quad \boldsymbol{x} = \begin{pmatrix} x_1 \\ x_2 \\ \vdots \\ x_n \end{pmatrix}$$

其矩阵方程形式为

$$\boldsymbol{Ax} = \boldsymbol{0} \tag{4.10}$$

称方程(4.10)的解 $\boldsymbol{x} = \begin{pmatrix} x_1 \\ x_2 \\ \vdots \\ x_n \end{pmatrix}$ 为齐次线性方程组(4.9)的解向量.

小贴士

齐次线性方程组一定有零解，如果仅有零解(此时 $r(\boldsymbol{A}) = n$)，则解唯一；如果有非零解(此时 $r(\boldsymbol{A}) < n$)，则它就有无穷多个解.

性质 4.4　若 $\boldsymbol{\xi}_1$、$\boldsymbol{\xi}_2$ 是方程组(4.10)的解，则 $\boldsymbol{\xi}_1 + \boldsymbol{\xi}_2$ 也是该方程组的解.

证　因为 $\boldsymbol{\xi}_1$、$\boldsymbol{\xi}_2$ 是方程组(4.10)的解，所以 $\boldsymbol{A\xi}_1 = \boldsymbol{0}$，$\boldsymbol{A\xi}_2 = \boldsymbol{0}$. 则

$$\boldsymbol{A}(\boldsymbol{\xi}_1 + \boldsymbol{\xi}_2) = \boldsymbol{A\xi}_1 + \boldsymbol{A\xi}_2 = \boldsymbol{0}$$

故 $\boldsymbol{\xi}_1 + \boldsymbol{\xi}_2$ 是该方程组的解.

性质 4.5　若 $\boldsymbol{\xi}_1$ 是方程组(4.10)的解，k 为常数，则 $k\boldsymbol{\xi}_1$ 也是该方程组的解.

证　因为 $\boldsymbol{\xi}_1$ 是方程组(4.10)的解，所以 $\boldsymbol{A\xi}_1 = \boldsymbol{0}$，因此

$$\boldsymbol{A}(k\boldsymbol{\xi}_1) = k\boldsymbol{A\xi}_1 = \boldsymbol{0}$$

故 $k\boldsymbol{\xi}_1$ 是该方程组的解.

由性质4.4和性质4.5可知，方程组(4.10)解的集合对于向量加法及数乘运算封

闭，从而由定义 4.11 得下面性质.

性质 4.6　齐次线性方程组(4.10) 解的全体构成的集合是一个向量空间，称为方程组(4.10) 的解空间.

定理 4.13　若齐次线性方程组(4.10) 的系数矩阵 $\mathbf{A}$ 的秩为 $r(\mathbf{A})=r<n$，则其解空间是 $n-r$ 维的，且方程组(4.10) 存在 $n-r$ 个解向量 $\boldsymbol{\xi}_1$，$\boldsymbol{\xi}_2$，…，$\boldsymbol{\xi}_{n-r}$ 组成解空间的极大无关组(基)，称为方程组(4.10) 的基础解系，且方程组(4.10) 的通解可用基础解系线性表示，即有

$$\boldsymbol{x}=k_1\boldsymbol{\xi}_1+k_2\boldsymbol{\xi}_2+\cdots+k_{n-r}\boldsymbol{\xi}_{n-r}$$

其中，k_1，k_2，…，k_{n-r} 为任意常数.

证　因为 $r(\mathbf{A})=r<n$，对 $\mathbf{A}$ 做初等行变换，可化简为如下形式：

$$\mathbf{A}\longrightarrow\begin{pmatrix}1&0&\cdots&0&b_{11}&b_{12}&\cdots&b_{1,\ n-r}\\0&1&\cdots&0&b_{21}&b_{22}&\cdots&b_{2,\ n-r}\\\vdots&\vdots&&\vdots&\vdots&\vdots&&\vdots\\0&0&\cdots&1&b_{r1}&b_{r2}&\cdots&b_{r,\ n-r}\\0&0&\cdots&0&0&0&\cdots&0\\\vdots&\vdots&&\vdots&\vdots&\vdots&&\vdots\\0&0&\cdots&0&0&0&\cdots&0\end{pmatrix}$$

则方程组(4.10) 与下面的方程组同解：

$$\begin{cases}x_1=-b_{11}x_{r+1}-b_{12}x_{r+2}-\cdots-b_{1,\ n-r}x_n\\x_2=-b_{21}x_{r+1}-b_{22}x_{r+2}-\cdots-b_{2,\ n-r}x_n\\\qquad\vdots\\x_r=-b_{r1}x_{r+1}-b_{r2}x_{r+2}-\cdots-b_{r,\ n-r}x_n\end{cases}\tag{4.11}$$

其中，x_{r+1}，x_{r+2}，…，x_n 是自由未知量，分别取

$$\begin{pmatrix}x_{r+1}\\x_{r+2}\\\vdots\\x_n\end{pmatrix}=\begin{pmatrix}1\\0\\\vdots\\0\end{pmatrix},\begin{pmatrix}0\\1\\\vdots\\0\end{pmatrix},\cdots,\begin{pmatrix}0\\0\\\vdots\\1\end{pmatrix}$$

代入式(4.11)，得到方程组(4.10) 的 $n-r$ 个解，分别为

$$\boldsymbol{\xi}_1=\begin{pmatrix}-b_{11}\\ \vdots\\ -b_{r1}\\ 1\\ 0\\ \vdots\\ 0\end{pmatrix},\ \boldsymbol{\xi}_2=\begin{pmatrix}-b_{12}\\ \vdots\\ -b_{r2}\\ 0\\ 1\\ \vdots\\ 0\end{pmatrix},\ \cdots,\ \boldsymbol{\xi}_{n-r}=\begin{pmatrix}-b_{1,\ n-r}\\ \vdots\\ -b_{r,\ n-r}\\ 0\\ 0\\ \vdots\\ 1\end{pmatrix}$$

因为$n-r$个$n-r$维向量$\begin{pmatrix}1\\ 0\\ \vdots\\ 0\end{pmatrix}$，$\begin{pmatrix}0\\ 1\\ \vdots\\ 0\end{pmatrix}$，$\cdots$，$\begin{pmatrix}0\\ 0\\ \vdots\\ 1\end{pmatrix}$线性无关，所以$n-r$个$n$维向量$\boldsymbol{\xi}_1$，$\boldsymbol{\xi}_2$，$\cdots$，$\boldsymbol{\xi}_{n-r}$也线性无关. 设方程组(4.10)的任意解$\boldsymbol{x}=\begin{pmatrix}x_1\\ x_2\\ \vdots\\ x_n\end{pmatrix}$，则可以证明

$$\begin{cases}x_1=-b_{11}x_{r+1}-b_{12}x_{r+2}-\cdots-b_{1,\ n-r}x_n\\ x_2=-b_{21}x_{r+1}-b_{22}x_{r+2}-\cdots-b_{2,\ n-r}x_n\\ \quad\vdots\\ x_r=-b_{r1}x_{r+1}-b_{r2}x_{r+2}-\cdots-b_{r,\ n-r}x_n\end{cases}$$

从而

$$\boldsymbol{x}=x_{r+1}\begin{pmatrix}-b_{11}\\ \vdots\\ -b_{r1}\\ 1\\ 0\\ \vdots\\ 0\end{pmatrix}+x_{r+2}\begin{pmatrix}-b_{12}\\ \vdots\\ -b_{r2}\\ 0\\ 1\\ \vdots\\ 0\end{pmatrix}+\cdots+x_n\begin{pmatrix}-b_{1,\ n-r}\\ \vdots\\ -b_{r,\ n-r}\\ 0\\ 0\\ \vdots\\ 1\end{pmatrix}$$

$$=x_{r+1}\boldsymbol{\xi}_1+x_{r+2}\boldsymbol{\xi}_2+\cdots+x_n\boldsymbol{\xi}_{n-r}$$

因此$\boldsymbol{\xi}_1$，$\boldsymbol{\xi}_2$，$\cdots$，$\boldsymbol{\xi}_{n-r}$是解空间的一个极大无关组(一组基).

注意，称$\boldsymbol{x}=k_1\boldsymbol{\xi}_1+k_2\boldsymbol{\xi}_2+\cdots+k_{n-r}\boldsymbol{\xi}_{n-r}$为方程组(4.10)的通解，称$\boldsymbol{\xi}_1$，$\boldsymbol{\xi}_2$，$\boldsymbol{\xi}_{n-r}$为方程组(4.10)的基础解系，由极大无关组的性质可知，方程组(4.10)的任何$n-r$个线性无关的解向量都可以取作它的一个基础解系，因此齐次线性方程组解的基础解系不唯一，从而其通解的表示形式也不是唯一的.

例 4.32 证明若 $\boldsymbol{A}=(a_{ij})_{m\times n}$，$\boldsymbol{B}=(b_{ij})_{n\times l}$，且 $\boldsymbol{AB}=\boldsymbol{0}$，则 $r(\boldsymbol{A})+r(\boldsymbol{B})\leqslant n$.

证 记 $r(\boldsymbol{A})=r$，$\boldsymbol{B}=(b_1, b_2, \cdots, b_l)$，则

$$\boldsymbol{A}(b_1, b_2, \cdots, b_l)=(0, 0, \cdots, 0)$$

从而

$$\boldsymbol{A}b_i=\boldsymbol{0}\quad(i=1, 2, \cdots, l)$$

因此矩阵 $\boldsymbol{B}$ 的列向量都是齐次线性方程组 $\boldsymbol{Ax}=\boldsymbol{0}$ 的解，由定理 4.13 可知

$$r(\boldsymbol{B})=r(b_1, b_2, \cdots, b_l)\leqslant n-r$$

故

$$r(\boldsymbol{A})+r(\boldsymbol{B})\leqslant n$$

注 本例结果在证明秩的关系时很有用，在证明有关秩的结论时，若条件中给出例 4.32 的方程形式，则常化为方程组来证明.

例 4.33 求齐次线性方程组

$$\begin{cases}x_1+x_2-3x_4-x_5=0\\x_1-x_2+2x_3-x_4+x_5=0\\4x_1-2x_2+6x_3-5x_4+x_5=0\\2x_1+4x_2-2x_3+4x_4-16x_5=0\end{cases}$$

的一个基础解系，并用基础解系表示方程组的通解.

解 对方程组的系数矩阵 $\boldsymbol{A}$ 做初等行变换，有

$$\boldsymbol{A}=\begin{pmatrix}1&1&0&-3&-1\\1&-1&2&-1&1\\4&-2&6&-5&1\\2&4&-2&4&-16\end{pmatrix}\xrightarrow[\substack{r_3-4r_1\\r_4-2r_1}]{r_2-r_1}\begin{pmatrix}1&1&0&-3&-1\\0&-2&2&2&2\\0&-6&6&7&5\\0&2&-2&10&-14\end{pmatrix}$$

$$\xrightarrow[r_r+r_2]{r_3-3r_2}\begin{pmatrix}1&1&0&-3&-1\\0&-2&2&2&2\\0&0&0&1&-1\\0&0&0&12&-12\end{pmatrix}\xrightarrow[r_4-12r_3]{r_2\times\left(-\frac{1}{2}\right)}\begin{pmatrix}1&1&0&-3&-1\\0&1&-1&-1&-1\\0&0&0&1&-1\\0&0&0&0&0\end{pmatrix}$$

$$\xrightarrow[\substack{r_1-r_2\\r_1+2r_3}]{r_2+r_3}\begin{pmatrix}1&0&1&0&-2\\0&1&-1&0&-2\\0&0&0&1&-1\\0&0&0&0&0\end{pmatrix},$$

由于 $r(\boldsymbol{A})=3$，$n=5$，所以基础解系中含 $n-r(\boldsymbol{A})=2$ 个线性无关的解向量，由阶梯形矩阵可直接写出方程组的通解为

$$\begin{cases} x_1 = -x_3 + 2x_5 \\ x_2 = x_3 + 2x_5 \\ x_3 = x_3 \\ x_4 = x_5 \\ x_5 = x_5 \end{cases}$$

其中，x_3、x_5 为任意实数．向量形式为

$$\begin{pmatrix} x_1 \\ x_2 \\ x_3 \\ x_4 \\ x_5 \end{pmatrix} = x_3 \begin{pmatrix} -1 \\ 1 \\ 1 \\ 0 \\ 0 \end{pmatrix} + x_5 \begin{pmatrix} 2 \\ 2 \\ 0 \\ 1 \\ 1 \end{pmatrix} \quad (x_3\text{、}x_5\text{ 是任意实数})$$

所以基础解系为 $\boldsymbol{\xi}_1 = (-1, 1, 1, 0, 0)^{\mathrm{T}}$，$\boldsymbol{\xi}_2 = (2, 2, 0, 1, 1)^{\mathrm{T}}$.

例 4.34　已知 $\boldsymbol{\alpha}_1 = \begin{pmatrix} 1 \\ 2 \\ 0 \\ -2 \end{pmatrix}$，$\boldsymbol{\alpha}_2 = \begin{pmatrix} -1 \\ 4 \\ 2 \\ a \end{pmatrix}$，$\boldsymbol{\alpha}_3 = \begin{pmatrix} 3 \\ 3 \\ -1 \\ -6 \end{pmatrix}$ 与 $\boldsymbol{\beta}_1 = \begin{pmatrix} 1 \\ 5 \\ 1 \\ -a \end{pmatrix}$，$\boldsymbol{\beta}_2 = \begin{pmatrix} 1 \\ 8 \\ 2 \\ -2 \end{pmatrix}$，$\boldsymbol{\beta}_3 = \begin{pmatrix} -5 \\ 2 \\ b \\ 10 \end{pmatrix}$ 都是齐次线性方程组 $\boldsymbol{Ax}=\boldsymbol{0}$ 的基础解系，求 a、b 的值.

解　因为 $\boldsymbol{\alpha}_1$，$\boldsymbol{\alpha}_2$，$\boldsymbol{\alpha}_3$ 与 $\boldsymbol{\beta}_1$，$\boldsymbol{\beta}_2$，$\boldsymbol{\beta}_3$ 是同一个方程组 $\boldsymbol{Ax}=\boldsymbol{0}$ 的基础解系，所以 $\boldsymbol{\alpha}_1$，$\boldsymbol{\alpha}_2$，$\boldsymbol{\alpha}_3$ 与 $\boldsymbol{\beta}_1$，$\boldsymbol{\beta}_2$，$\boldsymbol{\beta}_3$ 均线性无关，且它们是等价向量组，可以互相线性表示.

$$(\boldsymbol{\alpha}_1, \boldsymbol{\alpha}_2, \boldsymbol{\alpha}_3, \boldsymbol{\beta}_1, \boldsymbol{\beta}_2, \boldsymbol{\beta}_3) = \begin{pmatrix} 1 & -1 & 3 & 1 & 1 & -5 \\ 2 & 4 & 3 & 5 & 8 & 2 \\ 0 & 2 & -1 & 1 & 2 & b \\ -2 & a & -6 & -a & -2 & 10 \end{pmatrix}$$

$$\xrightarrow[r_4+2r_1]{r_2-2r_1} \begin{pmatrix} 1 & -1 & 3 & 1 & 1 & -5 \\ 0 & 6 & -3 & 3 & 6 & 12 \\ 0 & 2 & -1 & 1 & 2 & b \\ 0 & a-2 & 0 & -a+2 & 0 & 0 \end{pmatrix}$$

$$\xrightarrow[r_4-3r_2]{\substack{r_2\leftrightarrow r_3 \\ r_3\leftrightarrow r_4}} \begin{pmatrix} 1 & -1 & 3 & 1 & 1 & -5 \\ 0 & 2 & -1 & 1 & 2 & b \\ 0 & a-2 & 0 & 2-a & 0 & 0 \\ 0 & 0 & 0 & 0 & 0 & 12-3b \end{pmatrix}$$

由于 $\boldsymbol{\alpha}_1$，$\boldsymbol{\alpha}_2$，$\boldsymbol{\alpha}_3$ 和 $\boldsymbol{\beta}_1$，$\boldsymbol{\beta}_2$，$\boldsymbol{\beta}_3$ 等价，所以

$$r(\boldsymbol{\alpha}_1, \boldsymbol{\alpha}_2, \boldsymbol{\alpha}_3)=r(\boldsymbol{\beta}_1, \boldsymbol{\beta}_2, \boldsymbol{\beta}_3)=3$$

故 $a \neq 2$，$b=4$.

二、非齐次线性方程组解的结构

设有非齐次线性方程组

$$\begin{cases} a_{11}x_1+a_{12}x_2+\cdots+a_{1n}x_n=b_1 \\ a_{21}x_1+a_{22}x_2+\cdots+a_{2n}x_n=b_2 \\ \qquad\vdots \\ a_{m1}x_1+a_{m2}x_2+\cdots+a_{mn}x_n=b_m \end{cases} \tag{4.12}$$

记 $\boldsymbol{b}=\begin{pmatrix} b_1 \\ b_2 \\ \vdots \\ b_m \end{pmatrix}$，其矩阵方程形式为

$$\boldsymbol{Ax}=\boldsymbol{b} \tag{4.13}$$

称 $\boldsymbol{Ax}=\boldsymbol{0}$ 为 $\boldsymbol{Ax}=\boldsymbol{b}$ 对应的齐次线性方程组(或导出组).

性质 4.7 若 $\boldsymbol{\eta}_1$、$\boldsymbol{\eta}_2$ 是非齐次线性方程组 $\boldsymbol{Ax}=\boldsymbol{b}$ 的解，则 $\boldsymbol{\eta}_1-\boldsymbol{\eta}_2$ 是对应的方程组 $\boldsymbol{Ax}=\boldsymbol{0}$ 的解.

证 因为 $\boldsymbol{A\eta}_1=\boldsymbol{b}$，$\boldsymbol{A\eta}_2=\boldsymbol{b}$，所以

$$\boldsymbol{A}(\boldsymbol{\eta}_1-\boldsymbol{\eta}_2)=\boldsymbol{A\eta}_1-\boldsymbol{A\eta}_2=\boldsymbol{0}$$

故 $\boldsymbol{\eta}_1-\boldsymbol{\eta}_2$ 是方程组 $\boldsymbol{Ax}=\boldsymbol{0}$ 的解.

性质 4.8 若 $\boldsymbol{\eta}$ 是非齐次线性方程组 $\boldsymbol{Ax}=\boldsymbol{b}$ 的解，$\boldsymbol{\xi}$ 是对应的齐次线性方程组 $\boldsymbol{Ax}=\boldsymbol{0}$ 的解，则 $\boldsymbol{\xi}+\boldsymbol{\eta}$ 是方程组 $\boldsymbol{Ax}=\boldsymbol{b}$ 的解.

证 因为 $\boldsymbol{A\xi}=\boldsymbol{0}$，$\boldsymbol{A\eta}=\boldsymbol{b}$，所以

$$\boldsymbol{A}(\boldsymbol{\xi}+\boldsymbol{\eta})=\boldsymbol{A\xi}+\boldsymbol{A\eta}=\boldsymbol{b}$$

故 $\boldsymbol{\xi}+\boldsymbol{\eta}$ 是方程组 $\boldsymbol{Ax}=\boldsymbol{b}$ 的解.

定理 4.14 若 $\boldsymbol{\eta}^*$ 是非齐次线性方程组 $\boldsymbol{Ax}=\boldsymbol{b}$ 的解，$\boldsymbol{\xi}_1$，$\boldsymbol{\xi}_2$，…，$\boldsymbol{\xi}_{n-r}$ 是对应的齐次线性方程组的基础解系，则方程组 $\boldsymbol{Ax}=\boldsymbol{b}$ 的通解为

$$\boldsymbol{x}=k_1\boldsymbol{\xi}_1+k_2\boldsymbol{\xi}_2+\cdots+k_{n-r}\boldsymbol{\xi}_{n-r}+\boldsymbol{\eta}^*$$

其中，k_1，k_2，…，k_{n-r} 为任意常数.

证 因为 $\boldsymbol{\eta}^*$、$\boldsymbol{x}$ 都是非齐次线性方程组 $\boldsymbol{Ax}=\boldsymbol{b}$ 的解，所以由性质 4.7 知 $\boldsymbol{x}-\boldsymbol{\eta}^*$ 是对应的齐次线性方程组 $\boldsymbol{Ax}=\boldsymbol{0}$ 的解．又因为 $\boldsymbol{\xi}_1$，$\boldsymbol{\xi}_2$，…，$\boldsymbol{\xi}_{n-r}$ 是对应的齐次线性方程组 $\boldsymbol{Ax}=\boldsymbol{0}$ 的基础解系，所以存在 k_1，k_2，…，k_{n-r}，使得

$$\boldsymbol{x}-\boldsymbol{\eta}^*=k_1\boldsymbol{\xi}_1+k_2\boldsymbol{\xi}_2+\cdots+k_{n-r}\boldsymbol{\xi}_{n-r}$$

故

$$x = k_1\xi_1 + k_2\xi_2 + \cdots + k_{n-r}\xi_{n-r} + \eta^*$$

例 4.35　设有四元线性方程组 $Ax=b$，系数矩阵 A 的秩为 3，又已知 β_1，β_2，β_3 为 $Ax=b$ 的三个解，且

$$\beta_1 = \begin{pmatrix}2\\0\\0\\2\end{pmatrix},\quad \beta_2+\beta_3 = \begin{pmatrix}0\\2\\2\\0\end{pmatrix}$$

求 $Ax=b$ 的通解.

解　已知 $Ax=b$ 的特解 β_1，又 $r(A)=3$，对应导出组 $Ax=0$ 的基础解系包含 $4-r(A)=1$ 个解向量，所以任意一个 $Ax=0$ 的非零解均可作为其基础解系.

因为$\frac{1}{2}(\beta_2+\beta_3)$是 $Ax=b$ 的解，故 $\beta_1-\frac{1}{2}(\beta_2+\beta_3)$ 为 $Ax=0$ 的解，又 $r(A)=3$，且

$$\alpha = \beta_1 - \frac{1}{2}(\beta_2+\beta_3) = \begin{pmatrix}2\\0\\0\\2\end{pmatrix} - \begin{pmatrix}0\\1\\1\\0\end{pmatrix} = \begin{pmatrix}2\\-1\\-1\\2\end{pmatrix} \neq 0$$

所以 α 是 $Ax=0$ 的基础解系，故 $Ax=b$ 的通解为

$$x = \beta_1 + k\alpha = \begin{pmatrix}2\\0\\0\\2\end{pmatrix} + k\begin{pmatrix}2\\-1\\-1\\2\end{pmatrix}$$

其中，k 为任意实数.

例 4.36　求下列方程组的通解：

$$\begin{cases}x_1-x_2+x_3+x_4=1\\2x_1+x_2+4x_3+5x_4=6\\x_1+2x_2+3x_3+4x_4=5\end{cases}$$

解　对方程组的增广矩阵 B 做初等行变换得

$$B = \begin{pmatrix}1&-1&1&1&1\\2&1&4&5&6\\1&2&3&4&5\end{pmatrix} \xrightarrow[r_3-r_1]{r_2-2r_1} \begin{pmatrix}1&-1&1&1&1\\0&3&2&3&4\\0&3&2&3&4\end{pmatrix}$$

$$\xrightarrow[r_2\times\frac{1}{3}]{r_3-r_2}\begin{pmatrix}1 & -1 & 1 & 1 & 1\\ 0 & 1 & \frac{2}{3} & 1 & \frac{4}{3}\\ 0 & 0 & 0 & 0 & 0\end{pmatrix}\xrightarrow{r_1+r_2}\begin{pmatrix}1 & 0 & \frac{5}{3} & 2 & \frac{7}{3}\\ 0 & 1 & \frac{2}{3} & 1 & \frac{4}{3}\\ 0 & 0 & 0 & 0 & 0\end{pmatrix}$$

原方程组与

$$\begin{cases}x_1=\frac{7}{3}-\frac{5}{3}x_3-2x_4\\ x_2=\frac{4}{3}-\frac{2}{3}x_3-x_4\end{cases}$$

同解，取自由未知量 $x_3=x_4=0$，得特解为

$$\boldsymbol{\eta}_0=\begin{pmatrix}\frac{7}{3}\\ \frac{4}{3}\\ 0\\ 0\end{pmatrix}$$

对应原方程组的齐次方程组为

$$\begin{cases}x_1=-\frac{5}{3}x_3-2x_4\\ x_2=-\frac{2}{3}x_3-x_4\end{cases}$$

取自由未知量 x_3、x_4 分别为

$$\begin{pmatrix}x_3\\ x_4\end{pmatrix}=\begin{pmatrix}1\\ 0\end{pmatrix},\ \begin{pmatrix}0\\ 1\end{pmatrix}$$

得其基础解系为

$$\boldsymbol{\eta}_1=\begin{pmatrix}-\frac{5}{3}\\ -\frac{2}{3}\\ 1\\ 0\end{pmatrix},\quad \boldsymbol{\eta}_2=\begin{pmatrix}-2\\ -1\\ 0\\ 1\end{pmatrix}$$

故原方程组的通解为

$$x=\eta_0+k_1\eta_1+k_2\eta_2=\begin{pmatrix}\frac{7}{3}\\\frac{4}{3}\\0\\0\end{pmatrix}+k_1\begin{pmatrix}-\frac{5}{3}\\-\frac{2}{3}\\1\\0\end{pmatrix}+k_2\begin{pmatrix}-2\\-1\\0\\1\end{pmatrix}$$

其中，k_1、k_2 为任意常数.

或者直接由

$$\begin{cases}x_1=\frac{7}{3}-\frac{5}{3}x_3-2x_4\\x_2=\frac{4}{3}-\frac{2}{3}x_3-x_4\\x_3=x_3\\x_4=x_4\end{cases}$$

得

$$x=\begin{pmatrix}x_1\\x_2\\x_3\\x_4\end{pmatrix}=\begin{pmatrix}\frac{7}{3}\\\frac{4}{3}\\0\\0\end{pmatrix}+x_3\begin{pmatrix}-\frac{5}{3}\\-\frac{2}{3}\\1\\0\end{pmatrix}+x_4\begin{pmatrix}-2\\-1\\0\\1\end{pmatrix}$$

令 $x_3=k_1$，$x_4=k_2$ 为任意常数，则原方程组的通解为

$$\begin{pmatrix}x_1\\x_2\\x_3\\x_4\end{pmatrix}=\begin{pmatrix}\frac{7}{3}\\\frac{4}{3}\\0\\0\end{pmatrix}+k_1\begin{pmatrix}-\frac{5}{3}\\-\frac{2}{3}\\1\\0\end{pmatrix}+k_2\begin{pmatrix}-2\\-1\\0\\1\end{pmatrix}$$

其中，k_1、k_2 为任意常数.

例 4.37　已知 4 阶方阵 $A=(\alpha_1,\alpha_2,\alpha_3,\alpha_4)$，$\alpha_1$、$\alpha_2$、$\alpha_3$、$\alpha_4$ 均为 4 维列向量，其中 α_2，α_3，α_4 线性无关，$\alpha_1=2\alpha_2-\alpha_3$. 如果 $\beta=\alpha_1+\alpha_2+\alpha_3+\alpha_4$，求线性方程组 $Ax=\beta$ 的通解.

解法一　由题设 $\beta=\alpha_1+\alpha_2+\alpha_3+\alpha_4$ 可知，$\begin{pmatrix}1\\1\\1\\1\end{pmatrix}$ 是 $Ax=\beta$ 的一个解. 又 α_2，

$\boldsymbol{\alpha}_3$，$\boldsymbol{\alpha}_4$ 线性无关，$\boldsymbol{\alpha}_1=2\boldsymbol{\alpha}_2-\boldsymbol{\alpha}_3$，有 $r(\mathbf{A})=3$，导出组 $\mathbf{A}\boldsymbol{x}=\mathbf{0}$ 的基础解系有 $4-3=1$ 个解向量，由 $\boldsymbol{\alpha}_1=2\boldsymbol{\alpha}_2-\boldsymbol{\alpha}_3$ 可知 $\boldsymbol{\alpha}_1-2\boldsymbol{\alpha}_2+\boldsymbol{\alpha}_3=\mathbf{0}$，从而 $\begin{pmatrix}1\\-2\\1\\0\end{pmatrix}$ 是导出组 $\mathbf{A}\boldsymbol{x}=\mathbf{0}$ 的基础解系，故方程组 $\mathbf{A}\boldsymbol{x}=\boldsymbol{\beta}$ 的通解为

$$\boldsymbol{x}=\begin{pmatrix}1\\1\\1\\1\end{pmatrix}+k\begin{pmatrix}1\\-2\\1\\0\end{pmatrix}\quad(k\text{ 是任意常数})$$

解法二 设方程组 $\mathbf{A}\boldsymbol{x}=\boldsymbol{\beta}$ 的向量表示式为 $x_1\boldsymbol{\alpha}_1+x_2\boldsymbol{\alpha}_2+x_3\boldsymbol{\alpha}_3+x_4\boldsymbol{\alpha}_4=\boldsymbol{\beta}$，由题设 $\boldsymbol{\beta}=\boldsymbol{\alpha}_1+\boldsymbol{\alpha}_2+\boldsymbol{\alpha}_3+\boldsymbol{\alpha}_4$，于是

$$x_1\boldsymbol{\alpha}_1+x_2\boldsymbol{\alpha}_2+x_3\boldsymbol{\alpha}_3+x_4\boldsymbol{\alpha}_4=\boldsymbol{\beta}=\boldsymbol{\alpha}_1+\boldsymbol{\alpha}_2+\boldsymbol{\alpha}_3+\boldsymbol{\alpha}_4$$

又 $\boldsymbol{\alpha}_1=2\boldsymbol{\alpha}_2-\boldsymbol{\alpha}_3$，有

$$(2x_1+x_2-3)\boldsymbol{\alpha}_2+(-x_1+x_3)\boldsymbol{\alpha}_3+(x_4-1)\boldsymbol{\alpha}_4=\mathbf{0}$$

因为 $\boldsymbol{\alpha}_2$，$\boldsymbol{\alpha}_3$，$\boldsymbol{\alpha}_4$ 线性无关，有

$$2x_1+x_2-3=0,\quad -x_1+x_3=0,\quad x_4-1=0$$

解得 $\mathbf{A}\boldsymbol{x}=\boldsymbol{\beta}$ 的一个解 $\begin{pmatrix}0\\3\\0\\1\end{pmatrix}$ 及导出组 $\mathbf{A}\boldsymbol{x}=\mathbf{0}$ 的基础解系 $\begin{pmatrix}1\\-2\\1\\0\end{pmatrix}$，于是方程组 $\mathbf{A}\boldsymbol{x}=\boldsymbol{\beta}$ 的通解为

$$\boldsymbol{x}=\begin{pmatrix}0\\3\\0\\1\end{pmatrix}+k\begin{pmatrix}1\\-2\\1\\0\end{pmatrix}\quad(k\text{ 是任意常数})$$

从表面上看 $\mathbf{A}\boldsymbol{x}=\boldsymbol{\beta}$ 的通解形式不同，但实际上

$$\begin{pmatrix}0\\3\\0\\1\end{pmatrix}=\begin{pmatrix}1\\1\\1\\1\end{pmatrix}-\begin{pmatrix}1\\-2\\1\\0\end{pmatrix}$$

此时由于解空间是一维的，所以基础解系都是 $(1,\ -2,\ 1,\ 0)^{\mathrm{T}}$ 的常数倍.

例 4.38 已知 $y_1=\begin{pmatrix}0\\1\\0\end{pmatrix}$，$y_2=\begin{pmatrix}-3\\2\\2\end{pmatrix}$ 是线性方程组

$$\begin{cases} x_1 - x_2 + 2x_3 = -1 \\ 3x_1 + x_2 + 4x_3 = 1 \\ ax_1 + bx_2 + cx_3 = d \end{cases}$$

的两个解，求此方程组的通解.

解　设 $\boldsymbol{A} = \begin{pmatrix} 1 & -1 & 2 \\ 3 & 1 & 4 \\ a & b & c \end{pmatrix}$，$\boldsymbol{b} = \begin{pmatrix} -1 \\ 1 \\ d \end{pmatrix}$，则方程组为 $\boldsymbol{Ax} = \boldsymbol{b}$ 有两个解 $\boldsymbol{y}_1 = \begin{pmatrix} 0 \\ 1 \\ 0 \end{pmatrix}$，$\boldsymbol{y}_2 = \begin{pmatrix} -3 \\ 2 \\ 2 \end{pmatrix}$，显然 $\boldsymbol{y}_1 \neq \boldsymbol{y}_2$，所以方程组 $\boldsymbol{Ax} = \boldsymbol{b}$ 有解且解不唯一，即有无穷解，因此 $r(\boldsymbol{A}) = r(\boldsymbol{A}, \boldsymbol{b}) < 3$，又 $\boldsymbol{A}$ 有 2 阶子式 $\begin{vmatrix} 1 & -1 \\ 3 & 1 \end{vmatrix} = 4 \neq 0$，所以 $r(\boldsymbol{A}) \geqslant 2$，从而 $r(\boldsymbol{A}) = 2$. 因此导出组 $\boldsymbol{Ax} = \boldsymbol{0}$ 的基础解系由一个向量构成，可以取为

$$\boldsymbol{\xi} = \boldsymbol{y}_1 - \boldsymbol{y}_2 = \begin{pmatrix} 0 \\ 1 \\ 0 \end{pmatrix} - \begin{pmatrix} -3 \\ 2 \\ 2 \end{pmatrix} = \begin{pmatrix} 3 \\ -1 \\ -2 \end{pmatrix}$$

故方程组的通解为

$$\boldsymbol{y} = \boldsymbol{y}_1 + k\boldsymbol{\xi} = \begin{pmatrix} 0 \\ 1 \\ 0 \end{pmatrix} + k\begin{pmatrix} 3 \\ -1 \\ -2 \end{pmatrix}$$

其中，k 为任意实数.

习　题　四

1. 设 $\boldsymbol{\alpha} = \begin{pmatrix} 1 \\ 0 \\ -1 \\ 2 \end{pmatrix}$，$\boldsymbol{\beta} = \begin{pmatrix} 0 \\ 1 \\ 0 \\ 2 \end{pmatrix}$，令 $\boldsymbol{A} = \boldsymbol{\alpha\beta}^{\mathrm{T}}$，则 $r(\boldsymbol{A}) =$ ________.

2. 如果矩阵 $\boldsymbol{A} = \begin{pmatrix} 1 & 2 & 3 \\ -1 & 3 & 2 \\ 2 & 1 & t \\ -2 & 1 & -1 \end{pmatrix}$，$\boldsymbol{B}$ 是 3 阶非零矩阵，且 $\boldsymbol{AB} = \boldsymbol{0}$，则 $t =$ ________.

3. 设向量组 $\boldsymbol{\alpha}$，$\boldsymbol{\beta}$，$\boldsymbol{\gamma}$ 线性无关，向量组 $\boldsymbol{\alpha}$，$\boldsymbol{\beta}$，$\boldsymbol{\delta}$ 线性相关，则（　　）.

A. $\boldsymbol{\alpha}$ 必可由 $\boldsymbol{\beta}$，$\boldsymbol{\gamma}$，$\boldsymbol{\delta}$ 线性表示　　B. $\boldsymbol{\beta}$ 必不可由 $\boldsymbol{\alpha}$，$\boldsymbol{\gamma}$，$\boldsymbol{\delta}$ 线性表示

C. $\boldsymbol{\delta}$ 必可由 $\boldsymbol{\alpha}$，$\boldsymbol{\beta}$，$\boldsymbol{\gamma}$ 线性表示　　D. $\boldsymbol{\delta}$ 必不可由 $\boldsymbol{\alpha}$，$\boldsymbol{\beta}$，$\boldsymbol{\gamma}$ 线性表示

4. 设有向量组 $\boldsymbol{\alpha}_1=\begin{pmatrix}1\\-1\\2\\4\end{pmatrix}$，$\boldsymbol{\alpha}_2=\begin{pmatrix}0\\3\\1\\2\end{pmatrix}$，$\boldsymbol{\alpha}_3=\begin{pmatrix}3\\0\\7\\14\end{pmatrix}$，$\boldsymbol{\alpha}_4=\begin{pmatrix}1\\-2\\2\\0\end{pmatrix}$，$\boldsymbol{\alpha}_5=\begin{pmatrix}2\\1\\5\\10\end{pmatrix}$，则该向量组的极大线性无关组是(　　).

A. $\boldsymbol{\alpha}_1$，$\boldsymbol{\alpha}_2$，$\boldsymbol{\alpha}_3$　　B. $\boldsymbol{\alpha}_1$，$\boldsymbol{\alpha}_2$，$\boldsymbol{\alpha}_4$

C. $\boldsymbol{\alpha}_1$，$\boldsymbol{\alpha}_2$，$\boldsymbol{\alpha}_5$　　D. $\boldsymbol{\alpha}_1$，$\boldsymbol{\alpha}_2$，$\boldsymbol{\alpha}_4$，$\boldsymbol{\alpha}_5$

5. 齐次线性方程组$\begin{cases}x_1+kx_2+x_3=0\\2x_1+x_2+x_3=0\\kx_2+3x_3=0\end{cases}$只有零解，则 k 应满足的条件是(　　).

A. $k=\dfrac{3}{5}$　　B. $k=\dfrac{4}{5}$　　C. $k\neq\dfrac{3}{5}$　　D. $k\neq\dfrac{4}{5}$

6. 设 3 维向量 $\boldsymbol{\alpha}_1=\begin{pmatrix}1\\1\\0\end{pmatrix}$，$\boldsymbol{\alpha}_2=\begin{pmatrix}5\\3\\2\end{pmatrix}$，$\boldsymbol{\alpha}_3=\begin{pmatrix}1\\3\\-1\end{pmatrix}$，$\boldsymbol{\alpha}_4=\begin{pmatrix}-2\\2\\-3\end{pmatrix}$，又设 $\boldsymbol{A}$ 是 3 阶方阵，满足 $\boldsymbol{A\alpha}_1=\boldsymbol{\alpha}_2$，$\boldsymbol{A\alpha}_2=\boldsymbol{\alpha}_3$，$\boldsymbol{A\alpha}_3=\boldsymbol{\alpha}_4$，求 $\boldsymbol{A\alpha}_4$.

7. 如果向量组 $\boldsymbol{\alpha}_1$，$\boldsymbol{\alpha}_2$，…，$\boldsymbol{\alpha}_s$ 线性无关，试证：向量组 $\boldsymbol{\alpha}_1$，$\boldsymbol{\alpha}_1+\boldsymbol{\alpha}_2$，…，$\boldsymbol{\alpha}_1+\boldsymbol{\alpha}_2+\cdots+\boldsymbol{\alpha}_s$ 线性无关.

8. 设 $\boldsymbol{A}$ 是 n 阶矩阵，$\boldsymbol{x}_1$、$\boldsymbol{x}_2$、$\boldsymbol{x}_3$ 是 n 维列向量，且 $\boldsymbol{x}_1\neq\boldsymbol{0}$，$\boldsymbol{Ax}_1=\boldsymbol{x}_1$，$\boldsymbol{Ax}_2=\boldsymbol{x}_1+\boldsymbol{x}_2$，$\boldsymbol{Ax}_3=\boldsymbol{x}_2+\boldsymbol{x}_3$，证明：$\boldsymbol{x}_1$，$\boldsymbol{x}_2$，$\boldsymbol{x}_3$ 线性无关.

9. 设 $\boldsymbol{A}$ 是 n 阶矩阵，$\boldsymbol{\alpha}$ 是 n 维向量，如果 $\boldsymbol{A}^{m-1}\boldsymbol{\alpha}\neq\boldsymbol{0}$，$\boldsymbol{A}^m\boldsymbol{\alpha}=\boldsymbol{0}$，证明：$\boldsymbol{A\alpha}$，…，$\boldsymbol{A}^{m-1}\boldsymbol{\alpha}$ 线性无关.

10. 若向量 $\boldsymbol{\beta}$ 可由 $\boldsymbol{\alpha}_1$，$\boldsymbol{\alpha}_2$，…，$\boldsymbol{\alpha}_s$ 线性表示，且表示法唯一，证明：$\boldsymbol{\alpha}_1$，$\boldsymbol{\alpha}_2$，…，$\boldsymbol{\alpha}_s$ 线性无关.

11. 若向量组 $\begin{pmatrix}1\\0\\0\end{pmatrix}$，$\begin{pmatrix}1\\1\\0\end{pmatrix}$，$\begin{pmatrix}1\\1\\1\end{pmatrix}$ 可由向量组 $\boldsymbol{\alpha}_1$，$\boldsymbol{\alpha}_2$，$\boldsymbol{\alpha}_3$ 线性表示，也可由向量组 $\boldsymbol{\beta}_1$，$\boldsymbol{\beta}_2$，$\boldsymbol{\beta}_3$，$\boldsymbol{\beta}_4$ 线性表示，证明：向量组 $\boldsymbol{\alpha}_1$，$\boldsymbol{\alpha}_2$，$\boldsymbol{\alpha}_3$ 与向量组 $\boldsymbol{\beta}_1$，$\boldsymbol{\beta}_2$，$\boldsymbol{\beta}_3$，$\boldsymbol{\beta}_4$ 等价.

12. 设 $\boldsymbol{\alpha}_1$，$\boldsymbol{\alpha}_2$，…，$\boldsymbol{\alpha}_n$ 为一组 n 维向量. 证明：$\boldsymbol{\alpha}_1$，$\boldsymbol{\alpha}_2$，…，$\boldsymbol{\alpha}_n$ 线性无关的充要条件是任一 n 维向量都可由它们线性表示.

13. 求解下列方程组.

(1) $\begin{cases} x_1 - 2x_2 + 3x_3 - 4x_4 = 4 \\ -7x_2 + 3x_3 + x_4 = -3 \\ x_2 - x_3 + x_4 = -3 \\ x_1 + 3x_2 + x_4 = 1 \end{cases}$;

(2) $\begin{cases} 2x_1 + x_2 - x_3 + x_4 = 1 \\ 3x_1 - 2x_2 + 2x_3 - 3x_4 = 2 \\ 2x_1 - x_2 + x_3 - 3x_4 = 4 \\ 5x_1 + x_2 - x_3 + 2x_4 = -1 \end{cases}$;

(3) $\begin{cases} x_1 + x_2 + 2x_3 + 4x_4 = 3 \\ x_1 + 2x_2 + x_3 - x_4 = 2 \\ 2x_1 + x_2 + 5x_3 + 13x_4 = 7 \end{cases}$;

(4) $\begin{cases} x_1 + x_2 + 2x_3 + x_4 + x_5 = 1 \\ 3x_1 + 2x_2 + x_3 + x_4 - 3x_5 = -2 \\ x_2 + 3x_3 + 2x_4 + 6x_5 = 23 \\ 5x_1 + 4x_2 - 3x_3 + 3x_4 - x_5 = 12 \end{cases}$.

14. 当 k 为何值时，线性方程组

$$\begin{cases} x_1 + (k^2 + 1)x_2 + 2x_3 = k \\ kx_1 + kx_2 + (2k + 1)x_3 = 0 \\ x_1 + (2k + 1)x_2 + 2x_3 = 2 \end{cases}$$

有唯一解、无解及有无穷多解？在有解的情况下，求出其解.

15. 已知线性方程组

$$\begin{cases} x_1 + 3x_2 + x_3 = 3 \\ 3x_1 + 2x_2 + 3x_3 = -1 \\ -x_1 + 4x_2 + mx_3 = k \end{cases}$$

问 m、k 为何值时，方程组有唯一解、有无穷多解及无解？有无穷多解时，求出通解.

16. 已知线性方程组

$$\begin{cases} x_1 + 2x_3 + 4x_4 = a + 2c \\ 2x_1 + 2x_2 + 4x_3 + 8x_4 = 2a + b \\ -x_1 - 2x_2 \pm x_3 + 2x_4 = -a - b + c \\ 2x_1 + 7x_3 + 14x_4 = 3a + b + 2c - d \end{cases}$$

求其有解的充要条件.

17. 求出一个齐次线性方程组，使它的一个基础解系由下列向量组成.

(1)$\boldsymbol{\xi}_1=\begin{pmatrix}-2\\1\\0\end{pmatrix}$，$\boldsymbol{\xi}_2=\begin{pmatrix}3\\0\\1\end{pmatrix}$；

(2)$\boldsymbol{\xi}_1=\begin{pmatrix}1\\-2\\0\\3\\-1\end{pmatrix}$，$\boldsymbol{\xi}_2=\begin{pmatrix}2\\-3\\2\\5\\-3\end{pmatrix}$，$\boldsymbol{\xi}_3=\begin{pmatrix}1\\-2\\1\\2\\-2\end{pmatrix}$.

18. 非齐次线性方程组 $\boldsymbol{Ax}=\boldsymbol{b}$ 的系数矩阵的秩 $r(\boldsymbol{A})=r$，$\boldsymbol{\xi}_0$，$\boldsymbol{\xi}_1$，…，$\boldsymbol{\xi}_{n-r}$ 是它的 $n-r+1$ 个线性无关的解向量，试证：$\boldsymbol{\xi}_1-\boldsymbol{\xi}_0$，$\boldsymbol{\xi}_2-\boldsymbol{\xi}_0$，…，$\boldsymbol{\xi}_{n-r}-\boldsymbol{\xi}_0$ 是对应的齐次线性方程组 $\boldsymbol{Ax}=\boldsymbol{0}$ 的基础解系.

19. 设 $\boldsymbol{A}$ 为 $m\times n$ 矩阵，且 $m<n$，证明：$\boldsymbol{Ax}=\boldsymbol{0}$ 有非零解.

20. 证明方程组

$$\begin{cases}x_1+2x_2=a_1\\x_2+2x_3=a_2\\x_3+2x_4=a_3\\x_1+3x_2+x_3-2x_4=a_4\end{cases}$$

有解的充要条件是 $a_1+a_2=a_3+a_4$，并在有解时用导出组的基础解系表示通解.

21. 已知 $\boldsymbol{A}$ 为 $m\times n$ 矩阵，$\boldsymbol{B}$ 为 $n\times p$ 矩阵，如果 $\boldsymbol{AB}=\boldsymbol{0}$，且 $r(\boldsymbol{B})=n$，证明：$\boldsymbol{A}=\boldsymbol{0}$.

习题四参考答案

1. 1.
2. 3.
3. C.
4. B.
5. C.
6. $(7\quad 5\quad 2)^{\mathrm{T}}$.

7 ～ 12. 略.

13. (1)$r(\boldsymbol{A})=r(\boldsymbol{B})=4$，$x_1=-8$，$x_2=3$，$x_3=6$，$x_4=0$；

(2)$r(\boldsymbol{A})=3$，$r(\boldsymbol{B})=4$，无解；

(3) $r(\boldsymbol{A})=r(\boldsymbol{B})=2$，$k_1\begin{pmatrix}-3\\1\\1\\0\end{pmatrix}+k_2\begin{pmatrix}-3\\2\\0\\1\end{pmatrix}+\begin{pmatrix}4\\-1\\0\\0\end{pmatrix}$；

(4) $r(\boldsymbol{A})=r(\boldsymbol{B})=3$，$k_1\begin{pmatrix}1\\-2\\0\\1\\0\end{pmatrix}+k_2\begin{pmatrix}5\\-6\\0\\0\\1\end{pmatrix}+\begin{pmatrix}-16\\23\\0\\0\\0\end{pmatrix}$.

14. $k\neq 0,2$ 时，有唯一解 $x_1=-\frac{1}{k}$，$x_2=\frac{1}{k}$，$x_3=0$；$k=0$ 时，无解；$k=2$ 时有无穷多解，通解为 $k\begin{pmatrix}-\frac{21}{8}\\\frac{1}{8}\\1\end{pmatrix}+\begin{pmatrix}-\frac{1}{2}\\\frac{1}{2}\\0\end{pmatrix}$.

15. $m\neq-1$ 时，有唯一解；$m=-1$，$k\neq1$ 时，无解；$m=-1$，$k=1$ 时，有无穷多解，通解为 $k\begin{pmatrix}-1\\0\\1\end{pmatrix}+\begin{pmatrix}-\frac{3}{2}\\\frac{1}{7}\\0\end{pmatrix}$.

16. $a+b-c-d=0$.

17. (1) $x_1+2x_2-3x_3=0$；　(2) $\begin{cases}5x_1+x_2-x_3-x_4=0\\x_1+x_2-x_3-x_5=0\end{cases}$.

18～21. 略.

第五章　矩阵的特征值与特征向量

看似随意、杂乱无章的矩阵，在有了矩阵的加法、乘法运算后，矩阵表现出了丰富的规律性，并且发挥了重要作用：简明地表示了线性方程组，为线性方程组的理论研究提供了有效工具. 利用行列式得到的矩阵的秩的概念，体现了矩阵的一个内在本质，并在线性方程组的解的判定中发挥了作用.

矩阵的特征值与特征向量也是有关矩阵的重要内容之一.

小贴士

本章主要介绍以下内容：特征值、特征向量及其计算方法；具有相同特征值的相似矩阵概念及其性质，分析矩阵与对角矩阵相似的条件及其应用；向量内积、正交向量组，讨论实对称矩阵的特征值和特征向量的特殊性质；正交矩阵概念及其性质，证明利用正交矩阵实现实对称矩阵的可对角化.

矩阵的特征值与特征向量是线性代数中重要的基本概念，也是应用广泛的数学概念. 其在微分方程、数值分析、多元统计分析等数学课程，工程技术中的振动与稳定性问题，以及动态经济模型与计量经济学等课程中，起着研究工具的重要基础作用.

第一节　特征值与特征向量

在矩阵的乘法运算中，可以发现很多有规律的现象. 例如，设

$$\boldsymbol{A}=\begin{pmatrix}-2 & 1 & 1\\ 0 & 2 & 0\\ -4 & 1 & 3\end{pmatrix},\quad \boldsymbol{\xi}_1=\begin{pmatrix}2\\8\\0\end{pmatrix},\quad \boldsymbol{\xi}_2=\begin{pmatrix}0\\-3\\3\end{pmatrix},\quad \boldsymbol{\xi}_3=\begin{pmatrix}5\\0\\5\end{pmatrix}$$

计算得

$$A\xi_1=\begin{pmatrix}4\\16\\0\end{pmatrix},\quad A\xi_2=\begin{pmatrix}0\\-6\\6\end{pmatrix},\quad A\xi_3=\begin{pmatrix}-5\\0\\-5\end{pmatrix}$$

注意到$A\xi_1=2\xi_1$，$A\xi_2=2\xi_2$，$A\xi_3=-\xi_3$，其中的规律是什么？如何表达出来？这样的规律又有哪些重要的性质和应用？

小贴士

很显然，上面的ξ_1，ξ_2，ξ_3是线性无关的，且都与矩阵A有关，那么在已知矩阵A的条件下，如何求出ξ_1，ξ_2，ξ_3？ξ_1，ξ_2，ξ_3前面的系数除去2和-1外，还会有其他的数满足上面的等式吗？系数2和-1与ξ_1，ξ_2，ξ_3有怎样的对应关系？

以上这些问题的系统研究和解决，需要从下面的基本概念开始.

一、基本概念

定义 5.1　设A是n阶方阵，如果存在数λ与非零向量x，使得

$$Ax=\lambda x \tag{5.1}$$

则称数λ是矩阵A的特征值(eigenvalue)，非零向量x称为矩阵A对应于特征值λ的特征向量(eigenvector).

上例中的数$\lambda_1=\lambda_2=2$，$\lambda_3=-1$就是矩阵A的特征值，非零向量ξ_1，ξ_2，ξ_3分别是矩阵A的对应于特征值$\lambda_1=\lambda_2=2$，$\lambda_3=-1$的特征向量.

如何判断n阶方阵A有几个特征值？如何求出矩阵A的特征值与特征向量？

一般地，式(5.1)可以改写为

$$(\lambda E-A)x=0 \tag{5.2}$$

这是一个含n个未知量、n个方程的齐次线性方程组，它有非零解的充分必要条件是系数行列式的值为零，即$|\lambda E-A|=0$.

对于方阵A，把含有λ的矩阵$\lambda E-A$称为A的特征矩阵.

由行列式的性质，$|\lambda E-A|$展开后是一个λ的n次多项式，且n次项的系数为1，将

$$f(\lambda)=|\lambda E-A|=\lambda^n+a_1\lambda^{n-1}+\cdots+a_{n-1}\lambda+a_n \tag{5.3}$$

称为A的特征多项式，将一元n次方程

$$|\lambda E-A|=0 \tag{5.4}$$

称为A的特征方程.

显然，特征方程的根就是$\boldsymbol{A}$的特征值，也称为$\boldsymbol{A}$的特征根．特征方程的k重根，称为$\boldsymbol{A}$的k重特征值(根)．例如，上例中矩阵$\boldsymbol{A}$的特征值$\lambda_1=\lambda_2=2$就是一个2重特征值.

如果$\lambda=\lambda_i$是$\boldsymbol{A}$的特征值，则齐次线性方程组

$$(\lambda_i\boldsymbol{E}-\boldsymbol{A})\boldsymbol{x}=\boldsymbol{0}$$

的非零解向量就是λ_i对应的特征向量.

由前面的叙述，可以给出求一个方阵$\boldsymbol{A}$的特征值和特征向量的方法.

二、计算矩阵的特征值和特征向量

求一个方阵$\boldsymbol{A}$的特征值和特征向量，可以按照如下的步骤进行.

第一步：利用行列式计算特征多项式$|\lambda\boldsymbol{E}-\boldsymbol{A}|$，求出特征方程的所有的根，就是$\boldsymbol{A}$的全部特征值.

第二步：对于每个特征值λ，求出齐次线性方程组$(\lambda\boldsymbol{E}-\boldsymbol{A})\boldsymbol{x}=\boldsymbol{0}$的一个基础解系$\boldsymbol{\xi}_1$，$\boldsymbol{\xi}_2$，…，$\boldsymbol{\xi}_s$，则属于$\lambda$的全部特征向量为

$$k_1\boldsymbol{\xi}_1+k_2\boldsymbol{\xi}_2+\cdots+k_s\boldsymbol{\xi}_s\quad(k_1,\ k_2,\ \cdots,\ k_s\text{不全为零})$$

下面的三个实例给出了矩阵特征值和特征向量的三种基本情形，请注意区分.

例 5.1　求矩阵$\boldsymbol{A}=\begin{pmatrix}1&4&2\\0&-1&0\\0&4&2\end{pmatrix}$的特征值和特征向量.

解　先求特征多项式的根

$$|\lambda\boldsymbol{E}-\boldsymbol{A}|=\begin{vmatrix}\lambda-1&-4&-2\\0&\lambda+1&0\\0&-4&\lambda-2\end{vmatrix}=(\lambda-1)\begin{vmatrix}\lambda+1&0\\-4&\lambda-2\end{vmatrix}$$
$$=(\lambda-1)(\lambda+1)(\lambda-2)$$

令$|\lambda\boldsymbol{E}-\boldsymbol{A}|=C$，得特征值为

$$\lambda_1=2,\qquad\lambda_2=1,\qquad\lambda_3=-1$$

对于$\lambda_1=2$，解$(\lambda_1\boldsymbol{E}-\boldsymbol{A})\boldsymbol{x}=\boldsymbol{0}$，有

$$\lambda_1\boldsymbol{E}-\boldsymbol{A}=\begin{pmatrix}1&-4&1\\-2&3&0\\0&3&0\\0&-4&0\end{pmatrix}\to\begin{pmatrix}1&0&-2\\0&1&0\\0&0&0\end{pmatrix}$$

$(\lambda_1\boldsymbol{E}-\boldsymbol{A})\boldsymbol{x}=\boldsymbol{0}$等价于$\begin{cases}x_1=2x_3\\x_2=0\end{cases}$，得

$$\boldsymbol{\xi}_1=\begin{pmatrix}2\\0\\1\end{pmatrix}$$

所以$\lambda_1=2$对应的特征向量为$k_1\boldsymbol{\xi}_1(k_1\neq 0)$.

对于$\lambda_2=1$，解$(\lambda_2\boldsymbol{E}-\boldsymbol{A})\boldsymbol{x}=\boldsymbol{0}$，有

$$\lambda_2\boldsymbol{E}-\boldsymbol{A}=\begin{pmatrix}0&-4&-2\\0&2&0\\0&-4&-1\end{pmatrix}\to\begin{pmatrix}0&0&1\\0&1&0\\0&0&0\end{pmatrix}$$

$(\lambda_2\boldsymbol{E}-\boldsymbol{A})\boldsymbol{x}=\boldsymbol{0}$等价于$\begin{cases}x_3=0\\x_2=0\end{cases}$，得

$$\boldsymbol{\xi}_2=\begin{pmatrix}1\\0\\0\end{pmatrix}$$

所以$\lambda_2=1$对应的特征向量为$k_2\boldsymbol{\xi}_2(k_2\neq 0)$.

对于$\lambda_3=-1$，解$(\lambda_3\boldsymbol{E}-\boldsymbol{A})\boldsymbol{x}=\boldsymbol{0}$，有

$$\lambda_3\boldsymbol{E}-\boldsymbol{A}=\begin{pmatrix}-2&-4&-2\\0&0&0\\0&-4&-3\end{pmatrix}\to\begin{pmatrix}-2&0&1\\0&1&\frac{3}{4}\\0&0&0\end{pmatrix}$$

$(\lambda_3\boldsymbol{E}-\boldsymbol{A})\boldsymbol{x}=\boldsymbol{0}$等价于$\begin{cases}x_1=\dfrac{x_3}{2}\\x_2=-4x_3\end{cases}$，取$x_3=4$，得

$$\boldsymbol{\xi}_3=\begin{pmatrix}2\\-3\\4\end{pmatrix}$$

所以$\lambda_3=-1$对应的特征向量为$k_3\boldsymbol{\xi}_3(k_3\neq 0)$.

注　此例中，矩阵有3个不同的特征值，其相应地有3个线性无关的特征向量.

例 5.2　求矩阵$\boldsymbol{A}=\begin{pmatrix}3&1&0\\-4&-1&0\\4&-4&-2\end{pmatrix}$的特征值和特征向量.

解　先求$\boldsymbol{A}$的特征多项式的根，有

$$|\lambda\boldsymbol{E}-\boldsymbol{A}|=\begin{vmatrix}\lambda-3&-1&0\\4&\lambda+1&0\\-4&4&\lambda+2\end{vmatrix}$$

$$=(\lambda+2)\begin{vmatrix}\lambda-3&-1\\4&\lambda+1\end{vmatrix}$$

$$=(\lambda-1)^2(\lambda+2)$$

$\boldsymbol{A}$的特征值为$\lambda_1=\lambda_2=1$，$\lambda_3=-2$.

对于$\lambda_1=\lambda_2=1$，解方程组$(\lambda\boldsymbol{E}-\boldsymbol{A})\boldsymbol{x}=\boldsymbol{0}$，对系数矩阵进行初等行变换，有

$$\lambda\boldsymbol{E}-\boldsymbol{A}=\begin{pmatrix}-2 & -1 & 0\\ 4 & 2 & 0\\ -4 & 4 & 3\end{pmatrix}\to\begin{pmatrix}2 & 1 & 0\\ 0 & 2 & 1\\ 0 & 0 & 0\end{pmatrix}$$

方程组$(\lambda\boldsymbol{E}-\boldsymbol{A})\boldsymbol{x}=\boldsymbol{0}$等价于$\begin{cases}x_1=-\dfrac{x_2}{2}\\ x_3=-2x_2\end{cases}$，令$x_2=2$，得

$$\boldsymbol{\xi}_1=\begin{pmatrix}-1\\ 2\\ -4\end{pmatrix}$$

所以$\lambda_1=\lambda_2=1$对应的全部特征向量为$k_1\boldsymbol{\xi}_1(k_1\neq 0)$.

对于$\lambda_3=-2$，解方程组$(\lambda\boldsymbol{E}-\boldsymbol{A})\boldsymbol{x}=\boldsymbol{0}$，对系数矩阵进行初等行变换，有

$$\lambda\boldsymbol{E}-\boldsymbol{A}=\begin{pmatrix}-5 & -1 & 0\\ 4 & -1 & 0\\ -4 & 4 & 0\end{pmatrix}\to\begin{pmatrix}0 & 1 & 0\\ 1 & 0 & 0\\ 0 & 0 & 0\end{pmatrix}$$

方程组$(\lambda\boldsymbol{E}-\boldsymbol{A})\boldsymbol{x}=\boldsymbol{0}$等价于$\begin{cases}x_1=0\\ x_2=0\end{cases}$，令$x_3=1$，得

$$\boldsymbol{\xi}_2=\begin{pmatrix}0\\ 0\\ 1\end{pmatrix}$$

所以$\lambda_3=-2$对应的全部特征向量为$k_2\boldsymbol{\xi}_2(k_2\neq 0)$.

本例中矩阵$\boldsymbol{A}$的特征值$\lambda_1=\lambda_2=1$是2重特征值，其相应的全部特征向量为$k_1\boldsymbol{\xi}_1(k_1\neq 0)$，其极大线性无关组的特征向量的个数为1. 这是下一节研究中需要特别注意的情况之一.

小贴士

一般情况下考虑的矩阵是实矩阵，特征多项式的系数都是实数. 但是，实矩阵的特征值有可能是共轭虚根，本书中只研究实的特征值和特征向量.

注意下例中矩阵$\boldsymbol{A}$为实对称矩阵，在本书后面的章节中还会经常遇到.

例 5.3　求矩阵$\boldsymbol{A}=\begin{pmatrix}1 & 2 & 2\\ 2 & 1 & 2\\ 2 & 2 & 1\end{pmatrix}$的特征值和特征向量.

解　先求$\boldsymbol{A}$的特征多项式的根，即

$$|\lambda\boldsymbol{E}-\boldsymbol{A}|=\begin{vmatrix}\lambda-1 & -2 & -2\\ -2 & \lambda-1 & -2\\ -2 & -2 & \lambda-1\end{vmatrix}=\begin{vmatrix}\lambda-5 & -2 & -2\\ \lambda-5 & \lambda-1 & -2\\ \lambda-5 & -2 & \lambda-1\end{vmatrix}$$

$$
=(\lambda-5)\begin{vmatrix}1 & -2 & -2\\ 1 & \lambda-1 & -2\\ 1 & -2 & \lambda-1\end{vmatrix}=(\lambda-5)\begin{vmatrix}1 & -2 & -2\\ 0 & \lambda+1 & 0\\ 0 & 0 & \lambda+1\end{vmatrix}
$$

$$
=(\lambda-5)(\lambda+1)^2
$$

所以 $\boldsymbol{A}$ 的特征值为$\lambda_1=5$，$\lambda_2=\lambda_3=-1$.

对于$\lambda_1=5$，解方程组$(\lambda\boldsymbol{E}-\boldsymbol{A})\boldsymbol{x}=\boldsymbol{0}$，对系数矩阵进行初等行变换，有

$$
\lambda\boldsymbol{E}-\boldsymbol{A}=\begin{pmatrix}4 & -2 & -2\\ -2 & 4 & -2\\ -2 & -2 & 4\end{pmatrix}\to\begin{pmatrix}-2 & -2 & 4\\ -2 & 4 & -2\\ 4 & -2 & -2\end{pmatrix}\to\begin{pmatrix}1 & 1 & -2\\ -1 & 2 & -1\\ 2 & -1 & -1\end{pmatrix}
$$

$$
\to\begin{pmatrix}1 & 1 & -2\\ 0 & 3 & -3\\ 0 & -3 & 3\end{pmatrix}\to\begin{pmatrix}1 & 1 & -2\\ 0 & 1 & -1\\ 0 & 0 & 0\end{pmatrix}\to\begin{pmatrix}1 & 0 & -1\\ 0 & 1 & -1\\ 0 & 0 & 0\end{pmatrix}
$$

方程组$(\lambda\boldsymbol{E}-\boldsymbol{A})\boldsymbol{x}=\boldsymbol{0}$ 等价于$\begin{cases}x_1=x_3\\ x_2=x_3\end{cases}$，令 $x_3=1$，得

$$
\boldsymbol{\xi}_1=\begin{pmatrix}1\\ 1\\ 1\end{pmatrix}
$$

所以$\lambda_1=5$ 对应的全部特征向量为 $k_1\boldsymbol{\xi}_1(k_1\neq 0)$.

对于$\lambda_2=\lambda_3=-1$，解方程组$(\lambda\boldsymbol{E}-\boldsymbol{A})\boldsymbol{x}=\boldsymbol{0}$，对系数矩阵进行初等行变换，有

$$
\lambda\boldsymbol{E}-\boldsymbol{A}=\begin{pmatrix}-2 & -2 & -2\\ -2 & -2 & -2\\ -2 & -2 & -2\end{pmatrix}\to\begin{pmatrix}1 & 1 & 1\\ 0 & 0 & 0\\ 0 & 0 & 0\end{pmatrix}
$$

方程组$(\lambda\boldsymbol{E}-\boldsymbol{A})\boldsymbol{x}=\boldsymbol{0}$ 等价于 $x_1=-x_2-x_3$，令

$$
\begin{pmatrix}x_2\\ x_3\end{pmatrix}=\begin{pmatrix}1\\ 0\end{pmatrix},\begin{pmatrix}0\\ 1\end{pmatrix}
$$

得

$$
\boldsymbol{\xi}_2=\begin{pmatrix}-1\\ 1\\ 0\end{pmatrix},\quad \boldsymbol{\xi}_3=\begin{pmatrix}-1\\ 0\\ 1\end{pmatrix}
$$

所以$\lambda_2=\lambda_3=-1$ 对应的全部特征向量为 $k_2\boldsymbol{\xi}_2+k_3\boldsymbol{\xi}_3$($k_2$、$k_3$ 不同时等于零).

请留意例 5.3 中特征值和特征向量的特点：本例中矩阵 $\boldsymbol{A}$ 的特征值$\lambda_1=\lambda_2=-1$ 是 2 重特征值，其相应的全部特征向量为 $k_2\boldsymbol{\xi}_2+k_3\boldsymbol{\xi}_3$($k_2$、$k_3$ 不同时等于零)，其极大线性无关组的特征向量的个数为 2，与相应特征值的重数相同.

三、矩阵特征值和特征向量的基本性质

矩阵的特征值与特征向量有一些基本性质，这些性质表达了特征值、特征向量

与矩阵之间的内在关系，反映了矩阵的特征值与特征向量的重要性.

特征多项式(5.3)中，λ^{n-1} 的系数 a_1 满足

$$-a_1=\sum_{i=1}^{n}a_{ii}$$

上式右边表示矩阵 $\boldsymbol{A}$ 的所有对角元之和，称为 $\boldsymbol{A}$ 的迹(trace)，记作 $\mathrm{tr}\,\boldsymbol{A}=\sum_{i=1}^{n}a_{ii}$. 特征多项式的常数项 a_n 满足

$$a_n=(-1)^n\mid\boldsymbol{A}\mid$$

另外，特征多项式可以因式分解为

$$f(\lambda)=(\lambda-\lambda_1)(\lambda-\lambda_2)\cdots(\lambda-\lambda_n)$$

其中，λ_1，λ_2，…，λ_n 表示 $f(\lambda)$ 在复数域中的 n 个根(可能有重根). 然后将上面的分解式展开，并与式(5.3)的系数比较，得到如下性质.

性质 5.1 $\sum_{k=1}^{n}\lambda_k=\sum_{i=1}^{n}a_{ii}=\mathrm{tr}\,\boldsymbol{A}$；$\prod_{k=1}^{n}\lambda_k=|\boldsymbol{A}|$.

由矩阵的特征值与特征向量的定义很容易推得如下性质.

性质 5.2 设 λ 是 n 阶矩阵 $\boldsymbol{A}$ 的特征值，$\boldsymbol{\alpha}$ 是 $\boldsymbol{A}$ 的属于 λ 的特征向量，k 是一个正整数，则 λ^k 是 $\boldsymbol{A}^k$ 的特征值，$\boldsymbol{\alpha}$ 是 $\boldsymbol{A}^k$ 的属于 λ^k 的特征向量.

性质 5.3 设 $\boldsymbol{\xi}_1$、$\boldsymbol{\xi}_2$ 是 $\boldsymbol{A}$ 的分别对应于特征值 λ_0 的特征向量，则 $\boldsymbol{\xi}_1+\boldsymbol{\xi}_2$ 是 $\boldsymbol{A}$ 的属于特征值 λ_0 的特征向量.

性质 5.4 设 $\boldsymbol{A}$ 是可逆矩阵，如果 $\boldsymbol{A}$ 的每一个特征值 $\lambda\neq0$，则 $\dfrac{1}{\lambda}$ 是 $\boldsymbol{A}^{-1}$ 的一个特征值；若 $\boldsymbol{\alpha}$ 是 $\boldsymbol{A}$ 对应于 λ 的一个特征向量，则 $\boldsymbol{\alpha}$ 也是 $\boldsymbol{A}^{-1}$ 对应于 $\dfrac{1}{\lambda}$ 的一个特征向量.

性质 5.5 对应于矩阵 $\boldsymbol{A}$ 的不同特征值的特征向量一定线性无关.

证 设 $\boldsymbol{A}$ 为 n 阶矩阵，两个不同的特征值为 $\lambda_1\neq\lambda_2$，其特征向量分别为 $\boldsymbol{\xi}_1$、$\boldsymbol{\xi}_2$，即

$$\boldsymbol{A}\boldsymbol{\xi}_1=\lambda_1\boldsymbol{\xi}_1,\qquad \boldsymbol{A}\boldsymbol{\xi}_2=\lambda_2\boldsymbol{\xi}_2$$

对常数 k_1、k_2，如果 $k_1\boldsymbol{\xi}_1+k_2\boldsymbol{\xi}_2=\boldsymbol{0}$，则有

$$\boldsymbol{A}(k_1\boldsymbol{\xi}_1+k_2\boldsymbol{\xi}_2)=\boldsymbol{0},\qquad \lambda_1k_1\boldsymbol{\xi}_1+\lambda_2k_2\boldsymbol{\xi}_2=\boldsymbol{0}$$

写成矩阵形式为

$$(k_1\boldsymbol{\xi}_1\quad k_2\boldsymbol{\xi}_2)\begin{pmatrix}1&\lambda_1\\1&\lambda_2\end{pmatrix}=(0,\ 0)$$

又因为 $\begin{vmatrix}1&\lambda_1\\1&\lambda_2\end{vmatrix}=\lambda_2-\lambda_1\neq0$，所以 $(k_1\boldsymbol{\xi}_1,\ k_2\boldsymbol{\xi}_2)=(0,\ 0)$，得

$$k_1\boldsymbol{\xi}_1=\boldsymbol{0},\qquad k_2\boldsymbol{\xi}_2=\boldsymbol{0}$$

由 $\boldsymbol{\xi}_1 \neq \mathbf{0}$，$\boldsymbol{\xi}_2 \neq \mathbf{0}$，得 $k_1=0$，$k_2=0$，所以不同特征值的特征向量 $\boldsymbol{\xi}_1$，$\boldsymbol{\xi}_2$ 线性无关.

推论1　如果 λ_1，λ_2，…，λ_s 是矩阵 $\boldsymbol{A}$ 的不同特征值，$\boldsymbol{\xi}_1$，$\boldsymbol{\xi}_2$，…，$\boldsymbol{\xi}_s$ 是矩阵 $\boldsymbol{A}$ 的依次属于 λ_1，λ_2，…，λ_s 的特征向量，那么 $\boldsymbol{\xi}_1$，$\boldsymbol{\xi}_2$，…，$\boldsymbol{\xi}_s$ 线性无关.

推论2　如果 λ_1，λ_2，…，λ_t 是矩阵 $\boldsymbol{A}$ 的不同特征值，$\boldsymbol{\xi}_{i1}$，$\boldsymbol{\xi}_{i2}$，…，$\boldsymbol{\xi}_{is_i}$ 是矩阵 $\boldsymbol{A}$ 的属于 $\lambda_i(i=1,2,\cdots,t)$ 的线性无关的特征向量，那么向量组 $\boldsymbol{\xi}_{11}$，$\boldsymbol{\xi}_{12}$，…，$\boldsymbol{\xi}_{1s_1}$，…，$\boldsymbol{\xi}_{t1}$，$\boldsymbol{\xi}_{t2}$，…，$\boldsymbol{\xi}_{ts_t}$ 也是线性无关的.

例 5.4　设 $\boldsymbol{\xi}_1$、$\boldsymbol{\xi}_2$ 是 $\boldsymbol{A}$ 的分别对应于不同特征值 λ_1、λ_2 的特征向量，证明 $\boldsymbol{\xi}_1+\boldsymbol{\xi}_2$ 不是 $\boldsymbol{A}$ 的特征向量.

证　假设 $\boldsymbol{\xi}_1+\boldsymbol{\xi}_2$ 是 $\boldsymbol{A}$ 的特征向量，其对应的特征值为 μ，则有

$$\boldsymbol{A}(\boldsymbol{\xi}_1+\boldsymbol{\xi}_2)=\mu(\boldsymbol{\xi}_1+\boldsymbol{\xi}_2)$$

由题设条件知 $\boldsymbol{A\xi}_1=\lambda_1\boldsymbol{\xi}_1$，$\boldsymbol{A\xi}_2=\lambda_2\boldsymbol{\xi}_2$，其中 $\lambda_1 \neq \lambda_2$，故

$$\boldsymbol{A}(\boldsymbol{\xi}_1+\boldsymbol{\xi}_2)=\boldsymbol{A\xi}_1+\boldsymbol{A\xi}_2=\lambda_1\boldsymbol{\xi}_1+\lambda_2\boldsymbol{\xi}_2=\mu\boldsymbol{\xi}_1+\mu\boldsymbol{\xi}_2$$

从而得

$$(\lambda_1-\mu)\boldsymbol{\xi}_1+(\lambda_2-\mu)\boldsymbol{\xi}_2=\mathbf{0}$$

因为 $\lambda_1 \neq \lambda_2$，故 $\lambda_1-\mu$，$\lambda_2-\mu$ 不同时为零，从而 $\boldsymbol{\xi}_1$，$\boldsymbol{\xi}_2$ 线性相关，这和不同特征值对应的特征向量线性无关矛盾，因此假设不成立，即 $\boldsymbol{\xi}_1+\boldsymbol{\xi}_2$ 不是 $\boldsymbol{A}$ 的特征向量.

例 5.5　已知矩阵 $\boldsymbol{A}=\begin{pmatrix}7 & 4 & -1\\ 4 & 7 & -1\\ -4 & -4 & x\end{pmatrix}$ 的特征值为 $\lambda_1=\lambda_2=3$，$\lambda_3=12$，求 x 的值，并求其特征向量.

解　由性质 $\operatorname{tr}\boldsymbol{A}=\sum\limits_{i=1}^{n}a_{ii}=\sum\limits_{i=1}^{n}\lambda_i$，即 $7+7+x=3+3+12$，得 $x=4$. 下面求特征值对应的特征向量.

对于 $\lambda_1=\lambda_2=3$，解方程组 $(\lambda\boldsymbol{E}-\boldsymbol{A})\boldsymbol{x}=\mathbf{0}$，对系数矩阵进行初等行变换，有

$$\lambda\boldsymbol{E}-\boldsymbol{A}=\begin{pmatrix}-4 & -4 & 1\\ -4 & -4 & 1\\ 4 & 4 & -1\end{pmatrix}\rightarrow\begin{pmatrix}-4 & -4 & 1\\ 0 & 0 & 0\\ 0 & 0 & 0\end{pmatrix}$$

方程组 $(\lambda\boldsymbol{E}-\boldsymbol{A})\boldsymbol{x}=\mathbf{0}$ 等价于 $x_3=4x_1+4x_2$，令

$$\begin{pmatrix}x_1\\ x_2\end{pmatrix}=\begin{pmatrix}1\\ 0\end{pmatrix},\begin{pmatrix}0\\ 1\end{pmatrix}$$

得

$$\boldsymbol{\xi}_1=\begin{pmatrix}1\\ 0\\ 4\end{pmatrix},\quad \boldsymbol{\xi}_2=\begin{pmatrix}0\\ 1\\ 4\end{pmatrix}$$

所以 $\lambda_1=\lambda_2=3$ 对应的全部特征向量为 $k_1\boldsymbol{\xi}_1+k_2\boldsymbol{\xi}_2$($k_1$、$k_2$ 不同时等于零).

对于$\lambda_3=12$，解方程组$(\lambda\boldsymbol{E}-\boldsymbol{A})\boldsymbol{x}=\boldsymbol{0}$，对系数矩阵进行初等行变换，有

$$\lambda\boldsymbol{E}-\boldsymbol{A}=\begin{pmatrix}5&-4&1\\-4&5&1\\4&4&8\end{pmatrix}\to\begin{pmatrix}5&-4&1\\-9&9&0\\1&1&2\end{pmatrix}\to\begin{pmatrix}5&-4&1\\-1&1&0\\-9&9&0\end{pmatrix}\to\begin{pmatrix}1&0&1\\-1&1&0\\0&0&0\end{pmatrix}$$

方程组$(\lambda\boldsymbol{E}-\boldsymbol{A})\boldsymbol{x}=\boldsymbol{0}$等价于$\begin{cases}x_2=x_1\\x_3=-x_1\end{cases}$，令$x_1=1$，得

$$\boldsymbol{\xi}_3=\begin{pmatrix}1\\1\\-1\end{pmatrix}$$

所以$\lambda_3=12$对应的全部特征向量为$k_3\boldsymbol{\xi}_3(k_3\neq0)$.

第二节　相似矩阵

在矩阵特征值的计算中，可以发现不同的矩阵可能有相同的特征值. 利用特征值和特征向量可以研究矩阵之间的关系，相似关系就是其中一种，本书特别关注的是方阵与对角矩阵的相似.

一、基本概念与性质

定义 5.2　设$\boldsymbol{A}$、$\boldsymbol{B}$都是n阶方阵，如果存在满秩矩阵$\boldsymbol{P}$，使得

$$\boldsymbol{B}=\boldsymbol{P}^{-1}\boldsymbol{A}\boldsymbol{P}$$

则称矩阵$\boldsymbol{B}$是$\boldsymbol{A}$的相似矩阵，或者称$\boldsymbol{A}$相似于$\boldsymbol{B}$，可记作$\boldsymbol{A}\sim\boldsymbol{B}$. 满秩矩阵$\boldsymbol{P}$称为将$\boldsymbol{A}$化为$\boldsymbol{B}$的相似变换矩阵.

显然，相似关系具有如下性质.

(1) 方阵$\boldsymbol{A}$相似于自身$\boldsymbol{A}$(自反性).

(2) 如果$\boldsymbol{A}$相似于$\boldsymbol{B}$，则$\boldsymbol{B}$相似于$\boldsymbol{A}$(对称性).

(3) 如果$\boldsymbol{A}$相似于$\boldsymbol{B}$，$\boldsymbol{B}$相似于$\boldsymbol{C}$，则$\boldsymbol{A}$相似于$\boldsymbol{C}$(传递性).

小贴士

具有相似关系的不同矩阵的特征值与特征向量表达出它们之间的一些内在联系.

定理 5.1　如果$\boldsymbol{A}$相似于$\boldsymbol{B}$，则$\boldsymbol{A}$与$\boldsymbol{B}$具有相同的特征多项式，因而有相同的特征值.

证　设$\boldsymbol{B}=\boldsymbol{P}^{-1}\boldsymbol{A}\boldsymbol{P}$，则有

$$\lambda\boldsymbol{E}-\boldsymbol{B}=\boldsymbol{P}^{-1}(\lambda\boldsymbol{E})\boldsymbol{P}-\boldsymbol{P}^{-1}\boldsymbol{A}\boldsymbol{P}=\boldsymbol{P}^{-1}(\lambda\boldsymbol{E}-\boldsymbol{A})\boldsymbol{P}$$

利用行列式的乘法定理，得到

$$|\lambda E-B|=|P^{-1}|\cdot|\lambda E-A|\cdot|P|=|P^{-1}P|\cdot|\lambda E-A|=|\lambda E-A|$$

所以 A 与 B 具有相同的特征多项式，且有相同的特征值.

推论　如果 $B=P^{-1}AP$，且 $A\xi=\lambda\xi$，则 $P^{-1}\xi$ 为 B 的特征向量.

证　$B(P^{-1}\xi)=(P^{-1}AP)(P^{-1}\xi)=P^{-1}(A\xi)=P^{-1}(\lambda\xi)=\lambda(P^{-1}\xi)$.

引入相似矩阵的目的，就是通过研究与 A 相似的更简单的矩阵来考察 A 的性质. 如果 A 相似于对角矩阵，则会带来很多方便. 例如，若 A 相似于对角矩阵 B，即存在可逆矩阵 P，使得 $P^{-1}AP=B$，则 $B=PAP^{-1}$，$B^2=(PAP^{-1})(PAP^{-1})=PA^2P^{-1}$，…，$B^n=(PAP^{-1})(PAP^{-1})\cdots(PAP^{-1})=PA^nP^{-1}$，而 B^n 是容易计算的，从而简化了 A^n 的计算. 例如，$A^{100}=PA^{100}P^{-1}$.

因此我们感兴趣的问题是 A 能否相似于对角阵.

小贴士

对于一个 n 阶方阵，如果存在 n 阶可逆方阵 P 使得 $P^{-1}AP$ 是一个对角形矩阵，就称 A 可对角化. 否则，称 A 不可以对角化. 若 A 能相似于对角矩阵，则 A 可对角化.

二、利用特征值与特征向量研究方阵的对角化

定理 5.2　方阵 A 相似于对角阵

$$A=\begin{pmatrix}\lambda_1 & 0 & \cdots & 0\\ 0 & \lambda_2 & \cdots & 0\\ \vdots & \vdots & & \vdots\\ 0 & 0 & \cdots & \lambda_n\end{pmatrix}$$

的充分必要条件是：λ_1，λ_2，…，λ_n 是 A 的 n 个特征值(可以有重根)，并且 A 有 n 个线性无关的特征向量，分别属于 λ_1，λ_2，…，λ_n.

证　必要性：如果 A 相似于对角阵 A，即存在满秩矩阵 P，使得 $P^{-1}AP=A$，则有 $AP=PA$，令 $P=(\xi_1, \xi_2, \cdots, \xi_n)$，则 $AP=PA$ 可以写为

$$A(\xi_1, \xi_2, \cdots, \xi_n)=(\xi_1, \xi_2, \cdots, \xi_n)\begin{pmatrix}\lambda_1 & 0 & \cdots & 0\\ 0 & \lambda_2 & \cdots & 0\\ \vdots & \vdots & & \vdots\\ 0 & 0 & \cdots & \lambda_n\end{pmatrix}$$

即

$$A\xi_i=\lambda_i\xi_i (i=1, 2, \cdots, n)$$

所以 λ_i 是 A 的特征值，ξ_i 是 A 的对应于 λ_i 的特征向量. 由于 P 满秩，所以 ξ_1，

$\xi_2, \cdots, \xi_n$ 线性无关.

充分性：设 $A\xi_i=\lambda_i\xi_i(i=1, 2, \cdots, n)$，且 $\xi_1, \xi_2, \cdots, \xi_n$ 线性无关，则 $P=(\xi_1, \xi_2, \cdots, \xi_n)$ 为满秩阵，且

$$\begin{aligned}AP&=A(\xi_1, \xi_2, \cdots, \xi_n)=(A\xi_1, A\xi_2, \cdots, A\xi_n)\\&=(\lambda_1\xi_1, \lambda_2\xi_2, \cdots, \lambda_n\xi_n)\\&=(\xi_1, \xi_2, \cdots, \xi_n)\begin{pmatrix}\lambda_1 & 0 & \cdots & 0\\ 0 & \lambda_2 & \cdots & 0\\ \vdots & \vdots & & \vdots\\ 0 & 0 & \cdots & \lambda_n\end{pmatrix}=P\Lambda\end{aligned}$$

所以 $P^{-1}AP=\Lambda$.

例 5.1 和例 5.2 中矩阵 A 是三阶的，通过解 $(\lambda_iE-A)x=0$ 得到三个线性无关的特征向量 ξ_1, ξ_2, ξ_3，将 ξ_1, ξ_2, ξ_3 作为列构造一个矩阵 P 就得到相似变换矩阵，则 A 相似于对角阵 $\mathrm{diag}(\lambda_1, \lambda_2, \lambda_3)$. 例 5.2 中矩阵 A 也是三阶的，但通过解 $(\lambda_iE-A)x=0$ 仅得到两个线性无关的特征向量 ξ_1, ξ_2，所以 A 不可以对角化.

小贴士

特别地，如果方阵 A 有 n 个互不相等的实特征根，则也一定可以相似于对角矩阵.

例 5.6 将矩阵 $A=\begin{pmatrix}1 & 2 & 3\\ 0 & 1 & 0\\ 2 & 1 & 2\end{pmatrix}$ 相似于对角矩阵.

解 先求特征值，由

$$\begin{aligned}|\lambda E-A|&=\begin{vmatrix}\lambda-1 & -2 & -3\\ 0 & \lambda-1 & 0\\ -2 & -1 & \lambda-2\end{vmatrix}=(-1)^4(\lambda-1)\begin{vmatrix}\lambda-1 & -3\\ -2 & \lambda-2\end{vmatrix}\\&=(\lambda-1)(\lambda-4)(\lambda+1)\end{aligned}$$

得特征值 $\lambda_1=4, \lambda_2=1, \lambda_3=-1$.

因为方阵 A 有 $n=3$ 个互不相等的实特征根，所以 A 一定可以相似于对角矩阵.

对于 $\lambda_1=4$，解 $(\lambda_1E-A)x=0$，有

$$\lambda_1E-A=\begin{pmatrix}3 & -2 & -3\\ 0 & 3 & 0\\ -2 & -1 & 2\end{pmatrix}\to\begin{pmatrix}3 & 0 & -3\\ 0 & 1 & 0\\ -2 & 0 & 2\end{pmatrix}\to\begin{pmatrix}1 & 0 & -1\\ 0 & 1 & 0\\ 0 & 0 & 0\end{pmatrix}$$

$(\lambda_1E-A)x=0$ 等价于 $\begin{cases}x_1=x_3\\ x_2=0\end{cases}$，$\lambda_1=4$ 对应的特征向量为

$$\boldsymbol{\xi}_1=\begin{pmatrix}1\\0\\1\end{pmatrix}$$

对于$\lambda_2=1$，解$(\lambda_2\boldsymbol{E}-\boldsymbol{A})\boldsymbol{x}=\boldsymbol{0}$，有

$$\lambda_2\boldsymbol{E}-\boldsymbol{A}=\begin{pmatrix}0&-2&-3\\0&0&0\\-2&-1&-1\end{pmatrix}\to\begin{pmatrix}4&0&-1\\0&0&0\\{}&1&1\end{pmatrix}\to\begin{pmatrix}-4&0&1\\0&0&0\\6&1&0\end{pmatrix}$$

$(\lambda_2\boldsymbol{E}-\boldsymbol{A})\boldsymbol{x}=\boldsymbol{0}$等价于$\begin{cases}x_3=4x_1\\x_2=-6x_1\end{cases}$，$\lambda_2=1$对应的特征向量为

$$\boldsymbol{\xi}_2=\begin{pmatrix}1\\-6\\4\end{pmatrix}$$

对于$\lambda_3=-1$，解$(\lambda_3\boldsymbol{E}-\boldsymbol{A})\boldsymbol{x}=\boldsymbol{0}$，得$\lambda_3=-1$对应的特征向量为

$$\boldsymbol{\xi}_3=\begin{pmatrix}-3\\0\\2\end{pmatrix}$$

令$\boldsymbol{P}=(\boldsymbol{\xi}_1,\ \boldsymbol{\xi}_2,\ \boldsymbol{\xi}_3)=\begin{pmatrix}1&1&-3\\0&-6&0\\1&4&2\end{pmatrix}$，则$\boldsymbol{P}^{-1}\boldsymbol{AP}=\begin{pmatrix}4&0&0\\0&1&0\\0&0&-1\end{pmatrix}$.

注意$\boldsymbol{P}$中$\boldsymbol{A}$的特征向量与对角矩阵中$\boldsymbol{A}$的特征值的对应顺序.

例 5.7　矩阵$\boldsymbol{A}=\begin{pmatrix}3&0&1\\0&0&2\\0&0&0\end{pmatrix}$能否相似于对角矩阵？为什么？

解　容易求出$\boldsymbol{A}$的特征根为$\lambda_1=3$，$\lambda_2=\lambda_3=0$.

对于$\lambda_1=3$，有

$$\lambda\boldsymbol{E}-\boldsymbol{A}=\begin{pmatrix}0&0&-1\\0&-3&-2\\0&0&-3\end{pmatrix}\to\begin{pmatrix}0&0&0\\0&1&0\\0&0&1\end{pmatrix}$$

$(\lambda\boldsymbol{E}-A)x=\boldsymbol{0}$的基础解系为$\boldsymbol{\xi}_1=(1,\ 0,\ 0)^{\mathrm{T}}$.

对于$\lambda_2=\lambda_3=0$，有

$$\lambda\boldsymbol{E}-\boldsymbol{A}=\begin{pmatrix}-3&0&-1\\0&0&-2\\0&0&0\end{pmatrix}\to\begin{pmatrix}1&0&0\\0&0&1\\0&0&0\end{pmatrix}$$

$(\lambda\boldsymbol{E}-\boldsymbol{A})\boldsymbol{x}=\boldsymbol{0}$的基础解系为$\boldsymbol{\xi}_2=(0,\ 1,\ 0)^{\mathrm{T}}$，由于二重特征值$\lambda_2=\lambda_3=0$只对应一个线性无关的特征向量，这些基础解系中的向量总个数小于矩阵的阶数，在这种情

况下 $\boldsymbol{A}$ 不能相似于对角矩阵.

例 5.8　设三阶矩阵 $\boldsymbol{A}$ 的特征值为$\lambda_1=-1$，$\lambda_2=1$，$\lambda_3=3$，对应的特征向量依次为 $\boldsymbol{\xi}_1=(1,\ -1,\ 0)^{\mathrm{T}}$，$\boldsymbol{\xi}_2=(1,\ -1,\ 1)^{\mathrm{T}}$，$\boldsymbol{\xi}_3=(0,\ 1,\ -1)^{\mathrm{T}}$，求矩阵 $\boldsymbol{A}$.

解　由定理 5.2 的证明，令

$$\boldsymbol{P}=(\boldsymbol{\xi}_1,\ \boldsymbol{\xi}_2,\ \boldsymbol{\xi}_3)=\begin{pmatrix}1&1&0\\-1&-1&1\\0&1&-1\end{pmatrix}$$

得

$$\boldsymbol{P}^{-1}\boldsymbol{AP}=\begin{pmatrix}-1&0&0\\0&1&0\\0&0&3\end{pmatrix},\quad \boldsymbol{P}^{-1}=\begin{pmatrix}0&-1&-1\\1&1&1\\1&1&0\end{pmatrix}$$

所以

$$\boldsymbol{A}=\boldsymbol{PAP}^{-1}=\begin{pmatrix}1&2&2\\2&1&-2\\-2&-2&1\end{pmatrix}$$

利用方阵的特征值与特征向量、方阵相似的对角阵可以比较简便地计算方阵的幂，请看下例.

例 5.9　设 $\boldsymbol{A}=\begin{pmatrix}1&2&2\\2&1&-2\\-2&-2&1\end{pmatrix}$，求 $\boldsymbol{A}^{100}$.

解　利用例 5.8 的结论，$\boldsymbol{A}$ 相似于对角阵$\boldsymbol{P}^{-1}\boldsymbol{AP}=\boldsymbol{A}$，其中

$$\boldsymbol{A}=\begin{pmatrix}-1&0&0\\0&1&0\\0&0&3\end{pmatrix},\quad \boldsymbol{P}^{-1}=\begin{pmatrix}0&-1&-1\\1&1&1\\1&1&0\end{pmatrix},\quad \boldsymbol{P}=\begin{pmatrix}1&1&0\\-1&-1&1\\0&1&-1\end{pmatrix}$$

由于 $\boldsymbol{P}^{-1}\boldsymbol{AP}=\boldsymbol{A}$，则 $\boldsymbol{A}=\boldsymbol{PAP}^{-1}$，$\boldsymbol{A}^{100}=\boldsymbol{PA}^{100}\boldsymbol{P}^{-1}$，又

$$\boldsymbol{A}^{100}=\begin{pmatrix}(-1)^{100}&0&0\\0&1^{100}&0\\0&0&3^{100}\end{pmatrix}=\begin{pmatrix}1&0&0\\0&1&0\\0&0&3^{100}\end{pmatrix}$$

所以

$$\begin{aligned}\boldsymbol{A}^{100}=\boldsymbol{PA}^{100}\boldsymbol{P}^{-1}&=\begin{pmatrix}1&1&0\\-1&-1&1\\0&1&-1\end{pmatrix}\begin{pmatrix}1&0&0\\0&1&0\\0&0&3^{100}\end{pmatrix}\begin{pmatrix}0&-1&-1\\1&1&1\\1&1&0\end{pmatrix}\\&=\begin{pmatrix}1&1&0\\-1&-1&3^{100}\\0&1&-3^{100}\end{pmatrix}\begin{pmatrix}0&-1&-1\\1&1&1\\1&1&0\end{pmatrix}\end{aligned}$$

$$=\begin{pmatrix}1 & 1 & 0\\ -1+3^{100} & 3^{100} & 0\\ 1-3^{100} & 1-3^{100} & 1\end{pmatrix}$$

第三节　实对称矩阵的特征值和特征向量

本节研究一类特殊的矩阵——实对称矩阵的特征值和特征向量．它们有着自己独特的性质：实对称矩阵的特征值都是实数，其特征向量也可以取为实向量；实对称矩阵的不同特征值所对应的特征向量是正交的．

这里需要用到向量内积的概念．

一、向量的内积

在空间解析几何中，我们曾经定义了三维向量的内积（也叫作数量积），并且以内积为工具研究了向量的夹角问题、垂直问题．现在把内积的概念推广到一般的 n 维向量，以借用几何的直观帮助思考 n 维向量的相互关系问题．

定义 5.3　设有 n 维向量

$$\boldsymbol{\alpha}=\begin{pmatrix}a_1\\ a_2\\ \vdots\\ a_n\end{pmatrix},\quad \boldsymbol{\beta}=\begin{pmatrix}b_1\\ b_2\\ \vdots\\ b_n\end{pmatrix}$$

则称 $\boldsymbol{\alpha}^{\mathrm{T}}\boldsymbol{\beta}=a_1b_1+a_2b_2+\cdots+a_nb_n$ 为向量 $\boldsymbol{\alpha}$ 与向量 $\boldsymbol{\beta}$ 的内积，记为 $(\boldsymbol{\alpha},\boldsymbol{\beta})$，即

$$(\boldsymbol{\alpha},\boldsymbol{\beta})=\boldsymbol{\alpha}^{\mathrm{T}}\boldsymbol{\beta}=a_1b_1+a_2b_2+\cdots+a_nb_n \tag{5.5}$$

小贴士

本书约定不加特别说明的矩阵和向量都是实数域上的．容易验证向量的内积具有如下性质．

(1) $(\boldsymbol{\alpha},\boldsymbol{\alpha})\geqslant 0$，当且仅当 $\boldsymbol{\alpha}=0$ 时等号成立；

(2) $(\boldsymbol{\alpha},\boldsymbol{\beta})=(\boldsymbol{\beta},\boldsymbol{\alpha})$；

(3) $(\lambda\boldsymbol{\alpha},\mu\boldsymbol{\beta})=\lambda\mu(\boldsymbol{\alpha},\boldsymbol{\beta})$，这里 λ、μ 为任意实数；

(4) $(\boldsymbol{\alpha}+\boldsymbol{\beta},\boldsymbol{\gamma})=(\boldsymbol{\alpha},\boldsymbol{\gamma})+(\boldsymbol{\beta},\boldsymbol{\gamma})$，$(\boldsymbol{\alpha},\boldsymbol{\beta}+\boldsymbol{\gamma})=(\boldsymbol{\alpha},\boldsymbol{\beta})+(\boldsymbol{\alpha},\boldsymbol{\gamma})$．

定义 5.4　称数 $\sqrt{(\boldsymbol{\alpha},\boldsymbol{\alpha})}$ 为向量 $\boldsymbol{\alpha}$ 的长度（或范数），记为 $\|\boldsymbol{\alpha}\|$，即

$$\|\boldsymbol{\alpha}\|=\sqrt{(\boldsymbol{\alpha},\boldsymbol{\alpha})}=\sqrt{a_1^2+a_2^2+\cdots+a_n^2} \tag{5.6}$$

特别地，如果一个向量的长度为 1，则称这个向量为标准向量（或单位向量）．

可以证明向量的长度具有下列性质．

(1) $\|\boldsymbol{\alpha}\| \geqslant 0$，当且仅当 $\boldsymbol{\alpha}=\mathbf{0}$ 时等号成立；

(2) $\|\lambda\boldsymbol{\alpha}\| = |\lambda|\,\|\boldsymbol{\alpha}\|$，这里 λ 为任意实数；

(3) $|(\boldsymbol{\alpha}, \boldsymbol{\beta})| \leqslant \|\boldsymbol{\alpha}\| \cdot \|\boldsymbol{\beta}\|$；

(4) $\|\boldsymbol{\alpha}+\boldsymbol{\beta}\| \leqslant \|\boldsymbol{\alpha}\| + \|\boldsymbol{\beta}\|$.

仿照三维向量的情形，可以定义向量 $\boldsymbol{\alpha}$ 与向量 $\boldsymbol{\beta}$ 的夹角为

$$\theta=\arccos\frac{(\boldsymbol{\alpha}, \boldsymbol{\beta})}{\|\boldsymbol{\alpha}\| \cdot \|\boldsymbol{\beta}\|}=\arccos\frac{a_1b_1+a_2b_2+\cdots+a_nb_n}{\sqrt{a_1^2+a_2^2+\cdots+a_n^2}\cdot\sqrt{b_1^2+b_2^2+\cdots+b_n^2}}$$

对于夹角为 $\frac{\pi}{2}$ 的情况，有如下定义.

定义 5.5 如果 $(\boldsymbol{\alpha}, \boldsymbol{\beta})=0$，则称向量 $\boldsymbol{\alpha}$ 与 $\boldsymbol{\beta}$ 相互正交(垂直).

显然，零向量与任意向量正交.

二、正交向量组

定义 5.6 在一个由 n 维向量构成的向量组中，如果不含有零向量，并且任意两个向量都是正交的(两两正交)，则称这个向量组为正交向量组. 特别地，如果一个正交向量组中任意一个向量的长度都是 1，则称这个向量组为标准正交向量组.

例如，$\boldsymbol{e}_1=(1, 0, \cdots, 0)$，$\boldsymbol{e}_2=(0, 1, \cdots, 0)$，$\cdots$，$\boldsymbol{e}_n=(0, 0, \cdots, 1)$ 是标准正交向量组.

下面讨论正交向量组与线性无关向量组之间的联系.

定理 5.3 正交向量组一定是线性无关向量组.

证 设 $\boldsymbol{\alpha}_1, \boldsymbol{\alpha}_2, \cdots, \boldsymbol{\alpha}_m$ 是正交向量组，如果有

$$k_1\boldsymbol{\alpha}_1+k_2\boldsymbol{\alpha}_2+\cdots+k_m\boldsymbol{\alpha}_m=\mathbf{0} \tag{5.7}$$

任取 $i=1, 2, \cdots, m$，上式两端对 $\boldsymbol{\alpha}_i$ 做内积，得

$$\begin{aligned}(k_1\boldsymbol{\alpha}_1+k_2\boldsymbol{\alpha}_2+\cdots+k_m\boldsymbol{\alpha}_m, \boldsymbol{\alpha}_i)&=k_1(\boldsymbol{\alpha}_1, \boldsymbol{\alpha}_i)+\cdots+k_i(\boldsymbol{\alpha}_i, \boldsymbol{\alpha}_i)+\cdots+k_n(\boldsymbol{\alpha}_n, \boldsymbol{\alpha}_i)\\&=k_i(\boldsymbol{\alpha}_i, \boldsymbol{\alpha}_i)=(\mathbf{0}, \boldsymbol{\alpha}_i)=0\end{aligned}$$

因为 $\boldsymbol{\alpha}_i$ 不是零向量，所以 $(\boldsymbol{\alpha}_i, \boldsymbol{\alpha}_i)>0$，于是得到

$$k_i=0 \quad (i=1, 2, \cdots, m)$$

因此 $\boldsymbol{\alpha}_1, \boldsymbol{\alpha}_2, \cdots, \boldsymbol{\alpha}_m$ 是线性无关的.

小贴士

一个正交向量组中向量的个数 m 一定不会超过向量的维数 n. 否则向量组线性相关，与向量组的正交性矛盾.

定理 5.3 表明，正交向量组一定线性无关. 反之，线性无关向量组是否一定是正交向量组呢？答案是否定的. 例如，向量组 $\boldsymbol{\alpha}_1=(1, 0)$，$\boldsymbol{\alpha}_2=(1, 1)$ 是线性无关的，但不是正交的.

三、向量组的标准正交化 —— 施密特(Schmidt)正交化

尽管一个线性无关向量组$\boldsymbol{\alpha}_1$，$\boldsymbol{\alpha}_2$，…，$\boldsymbol{\alpha}_m$不一定是正交向量组，但是可以通过正交化过程，求出与这个向量组等价的正交向量组$\boldsymbol{\beta}_1$，$\boldsymbol{\beta}_2$，…，$\boldsymbol{\beta}_m$.

定理 5.4　设n维向量组$\boldsymbol{\alpha}_1$，$\boldsymbol{\alpha}_2$，…，$\boldsymbol{\alpha}_m$线性无关，令

$$\begin{cases}\boldsymbol{\beta}_1=\boldsymbol{\alpha}_1,\\ \boldsymbol{\beta}_2=\boldsymbol{\alpha}_2-\dfrac{(\boldsymbol{\alpha}_2,\boldsymbol{\beta}_1)}{(\boldsymbol{\beta}_1,\boldsymbol{\beta}_1)}\boldsymbol{\beta}_1\\ \boldsymbol{\beta}_3=\boldsymbol{\alpha}_3-\dfrac{(\boldsymbol{\alpha}_3,\boldsymbol{\beta}_1)}{(\boldsymbol{\beta}_1,\boldsymbol{\beta}_1)}\boldsymbol{\beta}_1-\dfrac{(\boldsymbol{\alpha}_3,\boldsymbol{\beta}_2)}{(\boldsymbol{\beta}_2,\boldsymbol{\beta}_2)}\boldsymbol{\beta}_2\\ \quad\vdots\\ \boldsymbol{\beta}_m=\boldsymbol{\alpha}_m-\dfrac{(\boldsymbol{\alpha}_m,\boldsymbol{\beta}_1)}{(\boldsymbol{\beta}_1,\boldsymbol{\beta}_1)}\boldsymbol{\beta}_1-\dfrac{(\boldsymbol{\alpha}_m,\boldsymbol{\beta}_2)}{(\boldsymbol{\beta}_2,\boldsymbol{\beta}_2)}\boldsymbol{\beta}_2-\cdots-\dfrac{(\boldsymbol{\alpha}_m,\boldsymbol{\beta}_{m-1})}{(\boldsymbol{\beta}_{m-1},\boldsymbol{\beta}_{m-1})}\boldsymbol{\beta}_{m-1}\end{cases}\tag{5.8}$$

则所得到的$\boldsymbol{\beta}$，$\boldsymbol{\beta}_2$，…，$\boldsymbol{\beta}_m$是正交向量组，且与$\boldsymbol{\alpha}_1$，$\boldsymbol{\alpha}_2$，…，$\boldsymbol{\alpha}_m$等价. 如果继续令$\boldsymbol{\eta}_i=\dfrac{1}{\|\boldsymbol{\beta}_i\|}\boldsymbol{\beta}_i(i=1, 2, \cdots, m)$，则$\boldsymbol{\eta}_1$，$\boldsymbol{\eta}_2$，…，$\boldsymbol{\eta}_m$是与$\boldsymbol{\alpha}_1$，$\boldsymbol{\alpha}_2$，…，$\boldsymbol{\alpha}_m$等价的标准正交向量组.

证　使用数学归纳法.

$m=1$时，命题显然成立，下面证明若命题对于$m-1$成立，则命题对于m也成立. 假设命题对于$m-1$成立，这时$\boldsymbol{\beta}_1$，$\boldsymbol{\beta}_2$，…，$\boldsymbol{\beta}_{m-1}$是正交向量组，且与$\boldsymbol{\alpha}_1$，$\boldsymbol{\alpha}_2$，…，$\boldsymbol{\alpha}_{m-1}$等价，在式(5.8)两端对$\boldsymbol{\beta}_i$做内积($i=1, 2, \cdots, m-1$)，得$(\boldsymbol{\beta}_m, \boldsymbol{\beta}_i)=(\boldsymbol{\alpha}_m, \boldsymbol{\beta}_i)-0-0-\cdots-\dfrac{(\boldsymbol{\alpha}_m,\boldsymbol{\beta}_i)}{(\boldsymbol{\beta}_i,\boldsymbol{\beta}_i)}(\boldsymbol{\beta}_i, \boldsymbol{\beta}_i)-\cdots-0=0$，所以$\boldsymbol{\beta}_m$与每个$\boldsymbol{\beta}_i(i=1, 2, \cdots, m-1)$正交，因此$\boldsymbol{\beta}_1$，$\boldsymbol{\beta}_2$，…，$\boldsymbol{\beta}_m$是正交向量组. 由归纳假设$\boldsymbol{\beta}_1$，$\boldsymbol{\beta}_2$，…，$\boldsymbol{\beta}_{m-1}$与$\boldsymbol{\alpha}_1$，$\boldsymbol{\alpha}_2$，…，$\boldsymbol{\alpha}_{m-1}$等价，即可以相互线性表示. 式(5.8)说明$\boldsymbol{\beta}_m$可以由$\boldsymbol{\beta}_1$，$\boldsymbol{\beta}_2$，…，$\boldsymbol{\beta}_{m-1}$及$\boldsymbol{\alpha}_m$线性表示，所以$\boldsymbol{\beta}_m$可以由$\boldsymbol{\alpha}_1$，$\boldsymbol{\alpha}_2$，…，$\boldsymbol{\alpha}_{m-1}$，$\boldsymbol{\alpha}_m$线性表示；同理，由式(5.8)可知$\boldsymbol{\alpha}_m$也可以由$\boldsymbol{\beta}_1$，$\boldsymbol{\beta}_2$，…，$\boldsymbol{\beta}_{m-1}$，$\boldsymbol{\beta}_m$线性表示. 所以$\boldsymbol{\beta}_1$，$\boldsymbol{\beta}_2$，…，$\boldsymbol{\beta}_m$是正交向量组，且与$\boldsymbol{\alpha}_1$，$\boldsymbol{\alpha}_2$，…，$\boldsymbol{\alpha}_m$等价.

由于$\boldsymbol{\eta}_i$与$\boldsymbol{\beta}_i$方向一致，故不影响正交性，所以$\boldsymbol{\eta}_1$，$\boldsymbol{\eta}_2$，…，$\boldsymbol{\eta}_m$也是正交向量组，且其显然与$\boldsymbol{\beta}_1$，$\boldsymbol{\beta}_2$，…，$\boldsymbol{\beta}_m$等价，因而与$\boldsymbol{\alpha}_1$，$\boldsymbol{\alpha}_2$，…，$\boldsymbol{\alpha}_m$等价. 计算向量长度可知$\|\boldsymbol{\eta}_i\|=1$，所以$\boldsymbol{\eta}_1$，$\boldsymbol{\eta}_2$，…，$\boldsymbol{\eta}_m$是标准正交向量组.

定理 5.4 的计算过程称为向量组的标准正交化过程，或施密特正交化方法.

例 5.10　已知下面线性无关的向量组：

$$\boldsymbol{\alpha}_1=\begin{pmatrix}1\\1\\0\\0\end{pmatrix},\quad \boldsymbol{\alpha}_2=\begin{pmatrix}1\\0\\1\\0\end{pmatrix},\quad \boldsymbol{\alpha}_3=\begin{pmatrix}-1\\0\\0\\1\end{pmatrix}$$

求出与这个向量组等价的标准正交向量组.

解　令

$$\boldsymbol{\beta}_1=\boldsymbol{\alpha}_1=(1,1,0,0)^{\mathrm{T}}$$

$$\boldsymbol{\beta}_2=\boldsymbol{\alpha}_2-\frac{(\boldsymbol{\alpha}_2,\boldsymbol{\beta}_1)}{(\boldsymbol{\beta}_1,\boldsymbol{\beta}_1)}\boldsymbol{\beta}_1$$

$$=(1,0,1,0)^{\mathrm{T}}-\frac{1}{2}(1,1,0,0)^{\mathrm{T}}=\frac{1}{2}(1,-1,2,0)^{\mathrm{T}}$$

$$\boldsymbol{\beta}_3=\boldsymbol{\alpha}_3-\frac{(\boldsymbol{\alpha}_3,\boldsymbol{\beta}_1)}{(\boldsymbol{\beta}_1,\boldsymbol{\beta}_1)}\boldsymbol{\beta}_1-\frac{(\boldsymbol{\alpha}_3,\boldsymbol{\beta}_2)}{(\boldsymbol{\beta}_2,\boldsymbol{\beta}_2)}\boldsymbol{\beta}_2$$

$$=(-1,0,0,1)^{\mathrm{T}}+\frac{1}{2}(1,1,0,0)^{\mathrm{T}}+\frac{1}{3}\left(\frac{1}{2},-\frac{1}{2},1,0\right)^{\mathrm{T}}$$

$$=\frac{1}{3}(-1,1,1,3)^{\mathrm{T}}$$

将 $\boldsymbol{\beta}_1$，$\boldsymbol{\beta}_2$，$\boldsymbol{\beta}_3$ 单位化，得

$$\boldsymbol{\eta}_1=\frac{\boldsymbol{\beta}_1}{\|\boldsymbol{\beta}_1\|}=\left(\frac{1}{\sqrt{2}},\frac{1}{\sqrt{2}},0,0\right)^{\mathrm{T}}$$

$$\boldsymbol{\eta}_2=\frac{\boldsymbol{\beta}_2}{\|\boldsymbol{\beta}_2\|}=\left(\frac{1}{\sqrt{6}},\frac{-1}{\sqrt{6}},\frac{2}{\sqrt{6}},0\right)^{\mathrm{T}}$$

$$\boldsymbol{\eta}_3=\frac{\boldsymbol{\beta}_3}{\|\boldsymbol{\beta}_3\|}=\left(\frac{-1}{2\sqrt{3}},\frac{1}{2\sqrt{3}},\frac{1}{2\sqrt{3}},\frac{3}{2\sqrt{3}}\right)^{\mathrm{T}}$$

则 $\boldsymbol{\eta}_1$，$\boldsymbol{\eta}_2$，$\boldsymbol{\eta}_3$ 就是所求的标准正交向量组.

定理 5.5　设 $\boldsymbol{\eta}_1$，$\boldsymbol{\eta}_2$，…，$\boldsymbol{\eta}_m$ 是 n 维向量的标准正交向量组，如果 $m<n$，则必存在 n 维向量 $\boldsymbol{\eta}_{m+1}$，使 $\boldsymbol{\eta}_1$，$\boldsymbol{\eta}_2$，…，$\boldsymbol{\eta}_m$，$\boldsymbol{\eta}_{m+1}$ 也构成标准正交向量组.

证　不妨设这里的向量都是列向量，取 n 维列向量

$$\boldsymbol{e}_1=\begin{pmatrix}1\\0\\\vdots\\0\end{pmatrix},\quad \boldsymbol{e}_2=\begin{pmatrix}0\\1\\\vdots\\0\end{pmatrix},\quad \cdots,\quad \boldsymbol{e}_n=\begin{pmatrix}0\\0\\\vdots\\1\end{pmatrix}$$

显然 $\boldsymbol{e}_1$，$\boldsymbol{e}_2$，…，$\boldsymbol{e}_n$ 是标准正交向量组，且是线性无关的. 由于 $m<n$，所以用 $\boldsymbol{\eta}_1$，$\boldsymbol{\eta}_2$，…，$\boldsymbol{\eta}_m$ 不可能线性表示 $\boldsymbol{e}_1$，$\boldsymbol{e}_2$，…，$\boldsymbol{e}_n$ 的每一个向量，即至少有一个 $\boldsymbol{e}_k$ 不能由 $\boldsymbol{\eta}_1$，$\boldsymbol{\eta}_2$，…，$\boldsymbol{\eta}_m$ 线性表示，所以 $\boldsymbol{\eta}_1$，$\boldsymbol{\eta}_2$，…，$\boldsymbol{\eta}_m$，$\boldsymbol{e}_k$ 线性无关. 令

$$\boldsymbol{\beta}_{m+1}=\boldsymbol{e}_k-(\boldsymbol{e}_k,\boldsymbol{\eta}_1)\boldsymbol{\eta}_1-(\boldsymbol{e}_k,\boldsymbol{\eta}_2)\boldsymbol{\eta}_2-\cdots-(\boldsymbol{e}_k,\boldsymbol{\eta}_m)\boldsymbol{\eta}_m$$

将 $\boldsymbol{\beta}_{m+1}$ 单位化得 $\boldsymbol{\eta}_{m+1}$，由定理 5.4 知 $\boldsymbol{\eta}_1$，$\boldsymbol{\eta}_2$，…，$\boldsymbol{\eta}_m$，$\boldsymbol{\eta}_{m+1}$ 为标准正交向量组.

如果按照定理 5.5 的证明过程求 $\boldsymbol{\eta}_{m+1}$，计算量较大. 事实上，可以采取如下办法：

先找 n 维列向量 $\boldsymbol{x}=(x_1,x_2,\cdots,x_n)^{\mathrm{T}}$，使得 $\boldsymbol{x}$ 与 $\boldsymbol{\eta}_1$，$\boldsymbol{\eta}_2$，…，$\boldsymbol{\eta}_m$ 都正交，

即

$$(\boldsymbol{\eta}_i,\ \boldsymbol{x})=\boldsymbol{\eta}_i^{\mathrm{T}}\boldsymbol{x}=\mathbf{0}\quad(i=1,\ 2,\ \cdots,\ m) \tag{5.9}$$

上式也可以写为

$$\begin{pmatrix}\boldsymbol{\eta}_1^{\mathrm{T}}\\ \boldsymbol{\eta}_2^{\mathrm{T}}\\ \vdots\\ \boldsymbol{\eta}_m^{\mathrm{T}}\end{pmatrix}\begin{pmatrix}x_1\\ x_2\\ \vdots\\ x_n\end{pmatrix}=\begin{pmatrix}0\\ 0\\ \vdots\\ 0\end{pmatrix} \tag{5.10}$$

求出这个方程组的一个不是零向量的解 $\boldsymbol{x}$，然后将其标准化即可.

推论　设 $\boldsymbol{\eta}_1$，$\boldsymbol{\eta}_2$，…，$\boldsymbol{\eta}_m$ 是 n 维向量的标准正交向量组，如果 $m<n$，则必存在 $n-m$ 个 n 维向量 $\boldsymbol{\eta}_{m+1}$，$\boldsymbol{\eta}_{m-2}$，…，$\boldsymbol{\eta}_n$，使 $\boldsymbol{\eta}_1$，$\boldsymbol{\eta}_2$，…，$\boldsymbol{\eta}_m$，$\boldsymbol{\eta}_{m+1}$，$\boldsymbol{\eta}_{m+2}$，…，$\boldsymbol{\eta}_n$ 也构成标准正交向量组.

四、实对称矩阵的特征值和特征向量

实对称矩阵 $\boldsymbol{A}$ 的特征值和特征向量有着特殊的性质.

定理 5.6　实对称矩阵的特征值都是实数，其特征向量也可以取为实向量.

证　设 λ 为实对称矩阵 $\boldsymbol{A}$ 的特征值，对应的特征向量为 $\boldsymbol{x}$，即 $\boldsymbol{Ax}=\lambda\boldsymbol{x}$，暂时假定 λ 是复数，$\boldsymbol{x}$ 是复向量.

令 $\overline{\lambda}$ 表示复数的共轭，$\overline{\boldsymbol{A}}$ 表示矩阵 $\boldsymbol{A}$ 的共轭($\boldsymbol{A}$ 的每个元素分别取共轭)，$\overline{\boldsymbol{x}}$ 表示向量 $\boldsymbol{x}$ 的共轭($\boldsymbol{x}$ 的每个分量分别取共轭). 具体地说，如果

$$\boldsymbol{A}=\begin{pmatrix}a_{11} & a_{12} & \cdots & a_{1n}\\ a_{21} & a_{22} & \cdots & a_{2n}\\ \vdots & \vdots & & \vdots\\ a_{n1} & a_{n2} & \cdots & a_{nn}\end{pmatrix},\quad \boldsymbol{x}=\begin{pmatrix}x_1\\ x_2\\ \vdots\\ x_n\end{pmatrix}$$

那么

$$\overline{\boldsymbol{A}}=\begin{pmatrix}\overline{a}_{11} & \overline{a}_{21} & \cdots & \overline{a}_{1n}\\ \overline{a}_{21} & \overline{a}_{22} & \cdots & \overline{a}_{2n}\\ \vdots & \vdots & & \vdots\\ \overline{a}_{n1} & \overline{a}_{n2} & \cdots & \overline{a}_{nn}\end{pmatrix},\quad \overline{\boldsymbol{x}}=\begin{pmatrix}\overline{x}_1\\ \overline{x}_2\\ \vdots\\ \overline{x}_n\end{pmatrix}$$

由于这里矩阵 $\boldsymbol{A}$ 是实矩阵，因此 $\overline{\boldsymbol{A}}=\boldsymbol{A}$.

利用矩阵的共轭性质，有 $\boldsymbol{A}\overline{\boldsymbol{x}}=\overline{\boldsymbol{A}\boldsymbol{x}}=\overline{\boldsymbol{Ax}}=\overline{\lambda\boldsymbol{x}}=\lambda\overline{\boldsymbol{x}}$，同时有

$$\overline{\boldsymbol{x}}^{\mathrm{T}}\boldsymbol{Ax}=\overline{\boldsymbol{x}}^{\mathrm{T}}(\boldsymbol{Ax})=\overline{\boldsymbol{x}}^{\mathrm{T}}\lambda\boldsymbol{x}=\lambda\,\overline{\boldsymbol{x}}^{\mathrm{T}}\boldsymbol{x}$$

又因为 $\boldsymbol{A}$ 是对称矩阵，$\boldsymbol{A}^{\mathrm{T}}=\boldsymbol{A}$，所以

$$\overline{\boldsymbol{x}}^{\mathrm{T}}\boldsymbol{Ax}=(\overline{\boldsymbol{x}}^{\mathrm{T}}\boldsymbol{A}^{\mathrm{T}})\boldsymbol{x}=(\boldsymbol{A}\overline{\boldsymbol{x}})^{\mathrm{T}}\boldsymbol{x}=(\overline{\lambda\boldsymbol{x}})^{\mathrm{T}}\boldsymbol{x}=\overline{\lambda}\,\overline{\boldsymbol{x}}^{\mathrm{T}}\boldsymbol{x}$$

两式相减，得到

$$(\lambda-\bar{\lambda})\bar{\boldsymbol{x}}^{\mathrm{T}}\boldsymbol{x}=\boldsymbol{0}$$

由于 $\boldsymbol{x}\neq\boldsymbol{0}$，所以 $\bar{\boldsymbol{x}}^{\mathrm{T}}\boldsymbol{x}=\sum\bar{x}_i x_i=\sum|x_i|^2>0$. 所以 $\lambda-\bar{\lambda}=0$，即 $\lambda=\bar{\lambda}$，这说明 λ 是实数.

显然，当实方阵 $\boldsymbol{A}$ 的特征值 λ 为实数时，齐次线性方程组 $(\boldsymbol{A}-\lambda\boldsymbol{E})\boldsymbol{x}=\boldsymbol{0}$ 为实系数方程组，由 $|\boldsymbol{A}-\lambda\boldsymbol{E}|=0$ 知方程组必有实的基础解系，所以对应的特征向量可以取为实向量.

定理 5.7 实对称矩阵的不同特征值所对应的特征向量是正交的.

证 设 A 为 n 阶对称矩阵，两个不同的特征值为 λ_1、λ_2，其特征向量分别为 $\boldsymbol{\xi}_1$、$\boldsymbol{\xi}_2$，即

$$\boldsymbol{A}\boldsymbol{\xi}_1=\lambda_1\boldsymbol{\xi}_1,\quad \boldsymbol{A}\boldsymbol{\xi}_2=\lambda_2\boldsymbol{\xi}_2$$

利用内积的性质，有

$$(\boldsymbol{A}\boldsymbol{\xi}_1,\boldsymbol{\xi}_2)=(\lambda_1\boldsymbol{\xi}_1,\boldsymbol{\xi}_2)=\lambda_1(\boldsymbol{\xi}_1,\boldsymbol{\xi}_2)$$

又因为

$$(\boldsymbol{A}\boldsymbol{\xi}_1,\boldsymbol{\xi}_2)=(\boldsymbol{A}\boldsymbol{\xi}_1)^{\mathrm{T}}\boldsymbol{\xi}_2=\boldsymbol{\xi}_1^{\mathrm{T}}\boldsymbol{A}^{\mathrm{T}}\boldsymbol{\xi}_2=\boldsymbol{\xi}_1^{\mathrm{T}}(\boldsymbol{A}\boldsymbol{\xi}_2)=\boldsymbol{\xi}_1^{\mathrm{T}}(\lambda_2\boldsymbol{\xi}_2)=\lambda_2(\boldsymbol{\xi}_1,\boldsymbol{\xi}_2)$$

所以 $(\lambda_1-\lambda_2)(\boldsymbol{\xi}_1,\boldsymbol{\xi}_2)=0$. 由于 $\lambda_1\neq\lambda_2$，因此 $(\boldsymbol{\xi}_1,\boldsymbol{\xi}_2)=0$，即 $\boldsymbol{\xi}_1$，$\boldsymbol{\xi}_2$ 正交.

第四节 正交矩阵与实对称矩阵对角化

本节介绍一类重要的矩阵 —— 正交矩阵，并利用实对称矩阵的特征值和特征向量，研究实对称矩阵的对角化：实对称矩阵一定能对角化，而且任给一个 n 阶实对称矩阵 $\boldsymbol{A}$，总可以找到一个 n 阶正交矩阵 $\boldsymbol{Q}$，使得 $\boldsymbol{Q}^{-1}\boldsymbol{A}\boldsymbol{Q}$ 为对角矩阵.

一、基本概念

定义 5.7 设 $\boldsymbol{Q}$ 为 n 阶方阵，如果满足 $\boldsymbol{Q}^{\mathrm{T}}\boldsymbol{Q}=\boldsymbol{E}$，则称方阵 $\boldsymbol{Q}$ 为正交矩阵. 在线性变换 $\boldsymbol{y}=\boldsymbol{Q}\boldsymbol{x}$ 中，若方阵 $\boldsymbol{Q}$ 为正交矩阵，则称 $\boldsymbol{y}=\boldsymbol{Q}\boldsymbol{x}$ 为正交变换.

正交线性变换 $\boldsymbol{y}=\boldsymbol{Q}\boldsymbol{x}$ 将 n 维列向量 $\boldsymbol{x}$ 变换为 n 维列向量 $\boldsymbol{y}$. 对于任意的 $\boldsymbol{x}\in\mathbf{R}^n$，总有

$$(\boldsymbol{y},\boldsymbol{y})=(\boldsymbol{Q}\boldsymbol{x},\boldsymbol{Q}\boldsymbol{x})=(\boldsymbol{Q}\boldsymbol{x})^{\mathrm{T}}(\boldsymbol{Q}\boldsymbol{x})=\boldsymbol{x}^{\mathrm{T}}(\boldsymbol{Q}^{\mathrm{T}}\boldsymbol{Q})\boldsymbol{x}=\boldsymbol{x}^{\mathrm{T}}\boldsymbol{x}=(\boldsymbol{x},\boldsymbol{x})\tag{5.11}$$

则对于任意的 n 维列向量 $\boldsymbol{x}$，$\|\boldsymbol{y}\|=\|\boldsymbol{Q}\boldsymbol{x}\|=\|\boldsymbol{x}\|$ 恒成立，即正交变换保持向量的长度不变. 这是正交矩阵和正交变换重要的基本应用之一.

二、基本性质

正交矩阵具有以下性质.

性质 5.6 正交矩阵 $\boldsymbol{Q}$ 一定是满秩矩阵，其行列式的值为 1 或 -1，其逆矩阵为

$Q^{-1}=Q^{\mathrm{T}}$，并且 $Q^{-1}=Q^{\mathrm{T}}$ 也是正交矩阵.

证　因为

$$|Q^{\mathrm{T}}Q|=|Q^{\mathrm{T}}|\cdot|Q|=|Q|^2=|E|=1$$

所以

$$|Q|=\pm 1\neq 0$$

即 Q 一定是满秩矩阵.

等式 $Q^{\mathrm{T}}Q=E$ 的两边同时右乘 Q^{-1}，即可得到 $Q^{\mathrm{T}}=Q^{-1}$.

又 $(Q^{-1})^{\mathrm{T}}(Q^{-1})=(Q^{\mathrm{T}})^{\mathrm{T}}(Q^{-1})=QQ^{-1}=E$，所以 Q^{-1}（亦即 Q^{T}）也是正交矩阵.

性质 5.7　方阵 Q 为正交矩阵的充分必要条件是 Q^{T} 为正交矩阵.

性质 5.8　两个同阶正交矩阵的乘积仍为正交矩阵.

证　设 Q_1、Q_2 为两个同阶正交矩阵，则

$$(Q_1Q_2)^{\mathrm{T}}(Q_1Q_2)=Q_2^{\mathrm{T}}(Q_1^{\mathrm{T}}Q_1)Q_2=Q_2^{\mathrm{T}}EQ_2=Q_2^{\mathrm{T}}Q_2=E$$

所以 Q_1Q_2 为正交矩阵.

三、正交矩阵的判断

下面给出一个判断正交矩阵的简便方法.

定理 5.8　方阵 Q 为正交矩阵的充分必要条件是它的列（行）向量组为标准正交向量组.

证　将 Q 按列分块为 $Q=(q_1, q_2, \cdots, q_n)$，则有

$$Q^{\mathrm{T}}=\begin{pmatrix} q_1^{\mathrm{T}} \\ q_2^{\mathrm{T}} \\ \vdots \\ q_n^{\mathrm{T}} \end{pmatrix},\quad q^{\mathrm{T}}q=\begin{pmatrix} q_1^{\mathrm{T}} \\ q_2^{\mathrm{T}} \\ \vdots \\ q_n^{\mathrm{T}} \end{pmatrix}(q_1, q_2, \cdots, q_n)=(q_i^{\mathrm{T}}q_j)_{n\times n}$$

显然 $Q^{\mathrm{T}}Q=E$ 的充分必要条件是

$$q_i^{\mathrm{T}}q_j=\delta_{ij}=\begin{cases}1, & i=j \\ 0, & i\neq j\end{cases}$$

而这正是 q_1，q_2，…，q_n 为标准正交向量组的充分必要条件.

利用性质 5.7 可以知道，对于行向量组有同样的结论.

利用定理 5.8 可以快速判定有些矩阵一定不是正交矩阵，例如下面的实方阵：

$$A=\begin{pmatrix} * & * & * \\ 3 & * & * \\ * & * & * \end{pmatrix}$$

由于正交矩阵的每一行和每一列都是单位向量，而 A 的第一个列向量的长度显然大于 1，所以一定不是正交矩阵；或者 A 的第二个行向量的长度显然大于 1，也可以判

定 $\boldsymbol{A}$ 不是正交矩阵.

例 5.11　验证

$$\boldsymbol{A}=\begin{pmatrix}\frac{1}{2} & -\frac{1}{2} & -\frac{1}{2} & \frac{1}{2}\\ \frac{1}{2} & \frac{1}{2} & -\frac{1}{2} & -\frac{1}{2}\\ \frac{1}{\sqrt{2}} & 0 & \frac{1}{\sqrt{2}} & 0\\ 0 & \frac{1}{\sqrt{2}} & 0 & \frac{1}{\sqrt{2}}\end{pmatrix}$$

是正交矩阵.

解　因为

$$\boldsymbol{A}^{\mathrm{T}}\boldsymbol{A}=\begin{pmatrix}\frac{1}{2} & \frac{1}{2} & \frac{1}{\sqrt{2}} & 0\\ -\frac{1}{2} & \frac{1}{2} & 0 & \frac{1}{\sqrt{2}}\\ -\frac{1}{2} & -\frac{1}{2} & \frac{1}{\sqrt{2}} & 0\\ \frac{1}{2} & -\frac{1}{2} & 0 & \frac{1}{\sqrt{2}}\end{pmatrix}\begin{pmatrix}\frac{1}{2} & -\frac{1}{2} & -\frac{1}{2} & \frac{1}{2}\\ \frac{1}{2} & \frac{1}{2} & -\frac{1}{2} & -\frac{1}{2}\\ \frac{1}{\sqrt{2}} & 0 & \frac{1}{\sqrt{2}} & 0\\ 0 & \frac{1}{\sqrt{2}} & 0 & \frac{1}{\sqrt{2}}\end{pmatrix}$$

$$=\begin{pmatrix}1 & 0 & 0 & 0\\ 0 & 1 & 0 & 0\\ 0 & 0 & 1 & 0\\ 0 & 0 & 0 & 1\end{pmatrix}$$

所以 $\boldsymbol{A}$ 为正交矩阵.

例 5.12　验证平面旋转变换

$$\begin{cases}\boldsymbol{x}=\boldsymbol{x}'\cos\theta-\boldsymbol{y}'\cos\theta\\ \boldsymbol{y}=\boldsymbol{x}'\sin\theta+\boldsymbol{y}'\cos\theta\end{cases}$$

是正交变换.

解　其系数矩阵为

$$\boldsymbol{A}=\begin{pmatrix}\cos\theta & -\sin\theta\\ \sin\theta & \cos\theta\end{pmatrix}$$

所以

$$\boldsymbol{A}^{\mathrm{T}}=\begin{pmatrix}\cos\theta & \sin\theta\\ -\sin\theta & \cos\theta\end{pmatrix}$$

$$A^TA=\begin{pmatrix}\cos\theta & \sin\theta\\ -\sin\theta & \cos\theta\end{pmatrix}\begin{pmatrix}\cos\theta & -\sin\theta\\ \sin\theta & \cos\theta\end{pmatrix}=\begin{pmatrix}1 & 0\\ 0 & 1\end{pmatrix}$$

所以 A 为正交矩阵，平面旋转变换为正交变换.

例 5.13　设 A、B 都是 n 阶正交矩阵，且 $|A|=-|B|$，求证：$|A+B|=0$.

证　因为

$$\begin{aligned}|A+B|&=|BB^TA+BA^TA|=|B(B^T+A^T)A|\\&=|B|\cdot|B^T+A^T|\cdot|A|=-|B|\cdot|B|\cdot|(A+B)^T|\\&=-|A+B|\end{aligned}$$

所以

$$|A+B|=0$$

四、正交矩阵与实对称矩阵对角化

利用正交矩阵，可以方便地研究实对称矩阵和与其特征值有关的对角阵的关系，为以后的研究提供有效工具.

定理 5.9　设 λ_0 是 n 阶对称矩阵 A 的 k 重特征值，则 A 对应于 λ_0 的特征子空间恰好是 k 维的，即 A 有 k 个对应于 λ_0 的线性无关的特征向量.

证明略.

小贴士

由此定理，对于实对称矩阵 A 的 n_i 重特征值 $\lambda_i(i=1, 2, \cdots, s)$，一定存在 n_i 个线性无关的特征向量，从而 n 阶实对称矩阵 A 的特征值对应的线性无关的特征向量一定有 n 个.

定理 5.10　设 A 为 n 阶实对称矩阵，如果 λ_i 为特征方程 $|\lambda E-A|=0$ 的 n_i 重根($i\neq j$ 时，$\lambda_i\neq\lambda_j$；$i=1, 2, \cdots, s$；$n_1+n_2+\cdots+n_s=n$)，则必存在 n 阶正交矩阵 Q，使得

$$Q^{-1}AQ=\Lambda=\begin{pmatrix}\lambda_1E_{n_1} & O & \cdots & O\\ O & \lambda_2E_{n_2} & \cdots & O\\ \vdots & \vdots & & \vdots\\ O & O & \cdots & \lambda_sE_{n_s}\end{pmatrix}\tag{5.12}$$

证　对于 $\lambda_i(i=1, 2, \cdots, s)$，一定存在 n_i 个线性无关的特征向量，将其标准正交化，记为 $\xi_{i1}, \xi_{i2}, \cdots, \xi_{in_i}$，由于属于不同特征值的特征向量之间是正交的，于是合并之后的向量组

$$\xi_{11}, \cdots, \xi_{1n_1}, \xi_{21}, \cdots, \xi_{2n_2}, \cdots, \xi_{s1}, \cdots, \xi_{sn_s}$$

就是一个含有 n 个 n 维列向量的标准正交向量组，不妨依次重新编号为

$$\boldsymbol{\xi}_1, \boldsymbol{\xi}_2, \cdots, \boldsymbol{\xi}_n$$

令 $\boldsymbol{Q}=(\boldsymbol{\xi}_1, \boldsymbol{\xi}_2, \cdots, \boldsymbol{\xi}_n)$，则 $\boldsymbol{Q}$ 为正交矩阵.

下面证明 $\boldsymbol{Q}$ 满足式(5.12). 设 $\boldsymbol{B}=(b_{ij})_{n\times n}=\boldsymbol{Q}^{-1}\boldsymbol{A}\boldsymbol{Q}=\boldsymbol{Q}^{\mathrm{T}}\boldsymbol{A}\boldsymbol{Q}$，则 $\boldsymbol{B}$ 的(i, j)元素 $b_{ij}=\boldsymbol{\xi}_i^{\mathrm{T}}\boldsymbol{A}\boldsymbol{\xi}_j$. 设 $\boldsymbol{\xi}_j$ 属于特征值$\lambda_t(1\leqslant t\leqslant s)$，则 $\boldsymbol{A}\boldsymbol{\xi}_j=\lambda_t\boldsymbol{\xi}_j$，所以有 $b_{ij}=\lambda_t\boldsymbol{\xi}_i^{\mathrm{T}}\boldsymbol{\xi}_j$. 当 $i\neq j$ 时，由正交性知 $b_{ij}=0$；当 $i=j$ 时，$\boldsymbol{B}$ 的对角元 $b_{ii}=b_{jj}=\lambda_t\boldsymbol{\xi}_j^{\mathrm{T}}\boldsymbol{\xi}_j=\lambda_t$.

在定理的证明中给出了求正交矩阵 $\boldsymbol{Q}$，使 $\boldsymbol{Q}^{-1}\boldsymbol{A}\boldsymbol{Q}$ 为对角矩阵的方法.

第一步：解特征方程 $|\lambda\boldsymbol{E}-\boldsymbol{A}|=0$，求出所有的特征值. 定理5.6保证了所有的特征值都是实数. 设求出的特征值为$\lambda_1, \lambda_2, \cdots, \lambda_s$($i\neq j$ 时，$\lambda_i\neq\lambda_j$；$i=1, 2, \cdots, s$；$n_1+n_2+\cdots+n_s=n$).

第二步：对于n_i 重的特征值λ_i，求齐次线性方程组$(\lambda_i\boldsymbol{E}-\boldsymbol{A})\boldsymbol{x}=\boldsymbol{0}$的基础解系，得到$n_i$ 个线性无关的解向量 $\boldsymbol{\xi}_{i1}, \boldsymbol{\xi}_{i2}, \cdots, \boldsymbol{\xi}_{in_i}$，再将其标准正交化得到一个标准正交向量组 $\boldsymbol{\eta}_{i1}, \boldsymbol{\eta}_{i2}, \cdots, \boldsymbol{\eta}_{in_i}$.

第三步：将上面得到的所有的标准正交向量组合并为一个向量组，定理 5.9 保证了合并之后的向量组包含 n 个向量，不妨依次记为 $\boldsymbol{\eta}_1, \boldsymbol{\eta}_2, \cdots, \boldsymbol{\eta}_n$. 定理 5.7 保证了属于不同的特征值的特征向量是正交的，所以合并之后的向量组仍然是标准正交向量组. 记 $\boldsymbol{Q}=(\boldsymbol{\eta}_1, \boldsymbol{\eta}_2, \cdots, \boldsymbol{\eta}_n)$，则 $\boldsymbol{Q}$ 就是所求的正交矩阵，满足

$$\boldsymbol{Q}^{\mathrm{T}}\boldsymbol{A}\boldsymbol{Q}=\begin{pmatrix}\lambda_1\boldsymbol{E}_{n_1} & & & \\ & \lambda_2\boldsymbol{E}_{n_2} & & \\ & & \ddots & \\ & & & \lambda_s\boldsymbol{E}_{ns}\end{pmatrix}$$

小贴士

注　对角矩阵中对角线上元素均为实对称矩阵的特征值，其位置顺序与组成正交矩阵 $\boldsymbol{Q}$ 中相应特征向量的顺序相对应.

例5.14　设实对称阵$\boldsymbol{A}=\begin{pmatrix}1 & -2 & 0\\ -2 & 2 & -2\\ 0 & -2 & 3\end{pmatrix}$，求正交矩阵$\boldsymbol{Q}$，使$\boldsymbol{Q}^{-1}\boldsymbol{A}\boldsymbol{Q}$为对角矩阵.

解　$\boldsymbol{A}$ 的特征方程为

$$|\lambda\boldsymbol{E}-\boldsymbol{A}|=\begin{vmatrix}\lambda-1 & 2 & 0\\ 2 & \lambda-2 & 2\\ 0 & 2 & \lambda-3\end{vmatrix}=(\lambda+1)(\lambda-2)(\lambda-5)=0$$

$\boldsymbol{A}$ 的特征值为 $\lambda_1=-1$，$\lambda_2=2$，$\lambda_3=5$.

对于$\lambda_1=-1$，解齐次方程组$(-\boldsymbol{E}-\boldsymbol{A})\boldsymbol{x}=\boldsymbol{0}$，得基础解系 $\boldsymbol{x}_1=(2, 2, 1)^{\mathrm{T}}$.

对于$\lambda_2=2$，解齐次方程组$(2\boldsymbol{E}-\boldsymbol{A})\boldsymbol{x}=\boldsymbol{0}$，得基础解系$\boldsymbol{x}_2=(2, -1, -2)^{\mathrm{T}}$.

对于$\lambda_3=5$，解齐次方程组$(5\boldsymbol{E}-\boldsymbol{A})\boldsymbol{x}=\boldsymbol{0}$，得基础解系$x_3=(1, -2, 2)^{\mathrm{T}}$.

不难验证$\boldsymbol{x}_1$，$\boldsymbol{x}_2$，$\boldsymbol{x}_3$是正交向量组. 把它们单位化，得

$$\boldsymbol{\gamma}_1=\frac{\boldsymbol{x}_1}{\|\boldsymbol{x}_1\|}=\left(\frac{2}{3}, \frac{2}{3}, \frac{1}{3}\right)^{\mathrm{T}}$$

$$\boldsymbol{\gamma}_2=\frac{\boldsymbol{x}_2}{\|\boldsymbol{x}_2\|}=\left(\frac{2}{3}, -\frac{1}{3}, -\frac{2}{3}\right)^{\mathrm{T}}$$

$$\boldsymbol{\gamma}_3=\frac{\boldsymbol{x}_3}{\|\boldsymbol{x}_3\|}=\left(\frac{1}{3}, -\frac{2}{3}, \frac{2}{3}\right)^{\mathrm{T}}$$

令$\boldsymbol{Q}=\begin{pmatrix}\frac{2}{3} & \frac{2}{3} & \frac{1}{3}\\ \frac{2}{3} & -\frac{1}{3} & -\frac{2}{3}\\ \frac{1}{3} & -\frac{2}{3} & \frac{2}{3}\end{pmatrix}$，则$\boldsymbol{Q}^{-1}\boldsymbol{A}\boldsymbol{Q}=\begin{pmatrix}-1 & 0 & 0\\ 0 & 2 & 0\\ 0 & 0 & 5\end{pmatrix}$.

例 5.15　设矩阵$\boldsymbol{A}=\begin{pmatrix}2 & -1 & -1\\ -1 & 2 & 1\\ -1 & 1 & 2\end{pmatrix}$，求正交矩阵$\boldsymbol{Q}$，使$\boldsymbol{Q}^{-1}\boldsymbol{A}\boldsymbol{Q}$为对角矩阵.

解　求得矩阵的特征值$\lambda_1=\lambda_2=1$，$\lambda_3=4$.

对于$\lambda_1=\lambda_2=1$，解得特征向量$(1, 1, 0)^{\mathrm{T}}$，$(1, 0, 1)^{\mathrm{T}}$. 将其正交化且标准化，得

$$\boldsymbol{\gamma}_1=\left(\frac{1}{\sqrt{2}}, \frac{1}{\sqrt{2}}, 0\right)^{\mathrm{T}},\quad \boldsymbol{\gamma}_2=\left(\frac{1}{\sqrt{6}}, -\frac{1}{\sqrt{6}}, \frac{2}{\sqrt{6}}\right)^{\mathrm{T}}$$

对于$\lambda_3=4$，解得特征向量$(-1, 1, 1)^{\mathrm{T}}$，将其单位化得

$$\boldsymbol{\gamma}_3=\left(-\frac{1}{\sqrt{3}}, \frac{1}{\sqrt{3}}, \frac{1}{\sqrt{3}}\right)^{\mathrm{T}}$$

故$\boldsymbol{Q}=\begin{pmatrix}\frac{1}{\sqrt{2}} & \frac{1}{\sqrt{6}} & -\frac{1}{\sqrt{3}}\\ \frac{1}{\sqrt{2}} & -\frac{1}{\sqrt{6}} & \frac{1}{\sqrt{3}}\\ 0 & \frac{1}{\sqrt{3}} & \frac{1}{\sqrt{3}}\end{pmatrix}$为正交矩阵，且$\boldsymbol{Q}^{-1}\boldsymbol{A}\boldsymbol{Q}=\begin{pmatrix}1 & 0 & 0\\ 0 & 1 & 0\\ 0 & 0 & 4\end{pmatrix}$.

注意本例中实对称矩阵的特征值$\lambda_1=\lambda_2=1$为 2 重特征值.

习 题 五

1. 填空题.

(1) 已知三阶方阵 $\boldsymbol{A}$ 的 3 个特征值为 1、-2、3，则 $|\boldsymbol{A}|=$________.

(2) 若 $\lambda=0$ 是矩阵 $\boldsymbol{A}$ 的特征值，那么齐次线性方程组 $\boldsymbol{Ax}=\boldsymbol{0}$ 必有________解.

(3) 若 $\boldsymbol{x}$ 是矩阵 $\boldsymbol{A}$ 的特征向量，那么________是矩阵 $\boldsymbol{P}^{-1}\boldsymbol{AP}$ 的特征向量.

(4) 已知三阶方阵 $\boldsymbol{A}$ 的 3 个特征值为 1、2、3，则 $\boldsymbol{A}^{-1}$ 的特征值为________，$\boldsymbol{A}^2+2\boldsymbol{A}+3\boldsymbol{E}$ 的特征值为________.

(5) 若 n 阶方阵 $\boldsymbol{A}$ 与 $\boldsymbol{B}$ 相似，且 $\boldsymbol{A}^2=\boldsymbol{A}$，那么 $\boldsymbol{B}^2=$________.

(6) 若 $\boldsymbol{A}^2=\boldsymbol{A}$，则 $\boldsymbol{A}$ 的特征值为________.

(7) 设矩阵 $\boldsymbol{A}=\begin{pmatrix}1&0&1\\0&2&0\\1&0&x\end{pmatrix}$ 的一个特征值为 0，则 $x=$________，$\boldsymbol{A}$ 的另一个特征值为________.

(8) 若 n 阶方阵 $\boldsymbol{A}$ 有 n 个属于特征值 λ 的线性无关的特征向量，则 $\boldsymbol{A}=$________.

(9) 设矩阵 $\boldsymbol{A}=\begin{pmatrix}0&0&1\\x&1&y\\1&0&0\end{pmatrix}$ 有 3 个线性无关的特征向量，则 x 与 y 应满足的关系是________.

2. 选择题.

(1) 若 n 阶方阵 $\boldsymbol{A}$ 任意一行的 n 个元素之和都是 a，则 $\boldsymbol{A}$ 的一个特征值为(　　).

A. a　　B. $-a$　　C. 0　　D. a^{-1}

(2) 设有 n 阶方阵 $\boldsymbol{A}$，以下结论中成立的是(　　).

A. 设 $\boldsymbol{A}$ 是可逆矩阵，则 $\boldsymbol{A}$ 的属于特征值 $\lambda\neq 0$ 的特征向量也是 $\boldsymbol{A}^{-1}$ 的属于特征值 $\frac{1}{\lambda}$ 的特征向量

B. $\boldsymbol{A}$ 的特征向量即为方程组 $(\lambda\boldsymbol{E}-\boldsymbol{A})\boldsymbol{x}=\boldsymbol{0}$ 的全部解

C. $\boldsymbol{A}$ 的特征向量的线性组合仍为特征向量

D. $\boldsymbol{A}$ 与 $\boldsymbol{A}^{\mathrm{T}}$ 有相同的特征向量

(3) 可逆矩阵 $\boldsymbol{A}$ 与矩阵(　　)有相同的特征值.

A. $\boldsymbol{A}^{\mathrm{T}}$　　B. $\boldsymbol{A}^{-1}$　　C. $\boldsymbol{A}^2$　　D. $\boldsymbol{A}+\boldsymbol{E}$

(4) 与 n 阶单位矩阵 $\boldsymbol{E}$ 相似的矩阵是(　　).

A. 数量矩阵 $k\boldsymbol{E}$

B. 对角矩阵，主对角线上元素不为 1

C. $\boldsymbol{E}$

D. 任意 n 阶可逆矩阵

(5) 若 n 阶方阵 $\boldsymbol{A}$ 与 $\boldsymbol{B}$ 相似，则(　　).

A. $|\boldsymbol{A}-\lambda\boldsymbol{E}|=|\boldsymbol{B}-\lambda\boldsymbol{E}|$　　B. $\boldsymbol{A}-\lambda\boldsymbol{E}=\boldsymbol{B}-\lambda\boldsymbol{E}$

C. $\boldsymbol{A}$、$\boldsymbol{B}$ 与同一个对角阵相似　　D. $\boldsymbol{A}$、$\boldsymbol{B}$ 有相同的伴随矩阵

(6) 设 $\boldsymbol{A}$ 为 n 阶可逆矩阵，λ 是 $\boldsymbol{A}$ 的一个特征值，则 $\boldsymbol{A}$ 的伴随矩阵的特征值之一是(　　).

A. $\lambda^{-1}|\boldsymbol{A}|^n$　　B. $\lambda^{-1}|\boldsymbol{A}|$

C. $\lambda|\boldsymbol{A}|^n$　　D. $\lambda|\boldsymbol{A}|$

(7) 若 $\boldsymbol{A}\sim\boldsymbol{B}$，且 $\boldsymbol{A}$ 可逆，则以下结论中错误的是(　　).

A. $\boldsymbol{A}^{\mathrm{T}}\sim\boldsymbol{B}^{\mathrm{T}}$　　B. $\boldsymbol{A}^{-1}\sim\boldsymbol{B}^{-1}$

C. $\boldsymbol{A}^k\sim\boldsymbol{B}^k$　　D. 以上结论都不对

(8) 对于 n 阶实对称矩阵 $\boldsymbol{A}$，下列结论中正确的是(　　).

A. $\boldsymbol{A}$ 一定有 n 个不同的特征值

B. 存在正交矩阵 $\boldsymbol{Q}$，使得 $\boldsymbol{Q}^{\mathrm{T}}\boldsymbol{A}\boldsymbol{Q}$ 为对角矩阵

C. 特征值均为整数

D. 对应于不同特征值的特征向量线性无关，但不一定正交

3. 已知三阶方阵 $\boldsymbol{A}$ 的 3 个特征值为 1、−1、2，设矩阵 $\boldsymbol{B}=\boldsymbol{A}^3-5\boldsymbol{A}^2$，试求：

(1) $\boldsymbol{B}$ 的特征值；

(2) $|\boldsymbol{B}|$ 及 $|\boldsymbol{A}-5\boldsymbol{E}|$.

4. 已知三阶方阵 $\boldsymbol{A}$ 的 3 个特征值为 1、0、−1，对应的特征向量依次为 $\boldsymbol{p}_1=(1,2,2)^{\mathrm{T}}$、$\boldsymbol{p}_2=(2,-2,1)^{\mathrm{T}}$、$\boldsymbol{p}_3=(-2,-1,2)^{\mathrm{T}}$，求矩阵 $\boldsymbol{A}$.

5. 判断下列实矩阵能否化为对角矩阵.

(1) $\boldsymbol{A}=\begin{pmatrix}1&-2&2\\-2&-2&4\\2&4&-2\end{pmatrix}$；

(2) $\boldsymbol{A}=\begin{pmatrix}2&0&0\\0&0&1\\0&1&a\end{pmatrix}\left(a\neq\dfrac{3}{2}\right)$；

(3) $\boldsymbol{A}=\begin{pmatrix}2&-1&2\\5&-3&3\\-1&0&-2\end{pmatrix}$.

6. 设 $\boldsymbol{A}=\begin{pmatrix}1&-1&1\\a&4&b\\-3&-3&5\end{pmatrix}$，已知 $\boldsymbol{A}$ 能相似于对角矩阵，且 $\lambda=2$ 是 2 重特征值.

试求可逆矩阵 P，使$P^{-1}AP=\Lambda$.

7. 设实对称矩阵 $A=\begin{pmatrix}a&1&1\\1&a&-1\\1&-1&a\end{pmatrix}$，求可逆矩阵 P，使 $P^{-1}AP$ 为对角矩阵.

8. 证明若 n 阶实矩阵 A 有 n 个正交的特征向量，则 A 是对称矩阵.

9. 证明若存在正交矩阵使 A 与 B 同时化为对角阵，则 $AB=BA$.

习题五参考答案

1. (1) -6；(2) 非零；(3) $P^{-1}x$；(4) 1、$\frac{1}{2}$、$\frac{1}{3}$，6、11、18；(5) B；

(6) 0 或 1；(7) 1，2； (8) λE；(9) $x+y=0$.

2. (1)A； (2)A；(3)A；(4)C；(5)A； (6)B；(7)D；(8)B.

3. (1) B 的特征值为 -4、-6、-12； (2) -288，-72.

4. $A=\frac{1}{3}\begin{pmatrix}-1&0&2\\0&1&2\\2&2&0\end{pmatrix}$.

5. (1) A 有三个线性无关的特征向量，从而 A 可对角化；

(2) A 可以对角化；

(3) A 不相似于对角矩阵，不能对角化 .

6. 令 $P=\begin{pmatrix}1&0&1\\-1&1&-2\\0&1&3\end{pmatrix}$，则 $P^{-1}AP=\begin{pmatrix}2&0&0\\0&2&0\\0&0&6\end{pmatrix}$.

7. 特征值有$\lambda_1=\lambda_2=a+1$，$\lambda_3=a-2$.

矩阵 $P=\begin{pmatrix}1&1&-1\\1&0&1\\0&1&1\end{pmatrix}^{\mathrm{T}}$，$\Lambda=\begin{pmatrix}a+1&0&0\\0&a+1&0\\0&0&a-2\end{pmatrix}$，则 $P^{-1}AP=\Lambda$.

8. 证　设 α_1，α_2，…，α_n 是 A 的 n 个正交的特征向量，对应的特征值分别是 λ_1，λ_2，…，λ_n. 将 α_1，α_2，…，α_n 单位化为 β_1，β_2，…，β_n，以它们为列向量构成一个正交矩阵 P，可得

$$P^{-1}AP=\begin{pmatrix}\lambda_1&&&\\&\lambda_2&&\\&&\ddots&\\&&&\lambda_n\end{pmatrix}$$

从而

$$\boldsymbol{A}=\boldsymbol{P}\begin{pmatrix}\lambda_1 & & & \\ & \lambda_2 & & \\ & & \ddots & \\ & & & \lambda_n\end{pmatrix}\boldsymbol{P}^{-1}$$

又注意到$\boldsymbol{P}^{-1}=\boldsymbol{P}^{\mathrm{T}}$，有

$$\boldsymbol{A}^{\mathrm{T}}=(\boldsymbol{P}^{-1})^{\mathrm{T}}\begin{pmatrix}\lambda_1 & & & \\ & \lambda_2 & & \\ & & \ddots & \\ & & & \lambda_n\end{pmatrix}\boldsymbol{P}^{\mathrm{T}}=\boldsymbol{P}\begin{pmatrix}\lambda_1 & & & \\ & \lambda_2 & & \\ & & \ddots & \\ & & & \lambda_n\end{pmatrix}\boldsymbol{P}^{-1}=\boldsymbol{A}$$

故 $\boldsymbol{A}$ 是对称矩阵.

9. **证**　设 $\boldsymbol{Q}$ 是一个正交矩阵，它分别使矩阵 $\boldsymbol{A}$、$\boldsymbol{B}$ 化为对角矩阵 $\boldsymbol{A}_1$、$\boldsymbol{A}_2$，即 $\boldsymbol{Q}^{-1}\boldsymbol{A}\boldsymbol{Q}=\boldsymbol{A}_1$，$\boldsymbol{Q}^{-1}\boldsymbol{B}\boldsymbol{Q}=\boldsymbol{A}_2$，从而 $\boldsymbol{A}=\boldsymbol{Q}\boldsymbol{A}_1\boldsymbol{Q}^{-1}$，$\boldsymbol{B}=\boldsymbol{Q}\boldsymbol{A}_2\boldsymbol{Q}^{-1}$，则

$$\boldsymbol{AB}=\boldsymbol{Q}\boldsymbol{A}_1\boldsymbol{A}_2\boldsymbol{Q}^{-1}\quad,\ \boldsymbol{BA}=\boldsymbol{Q}\boldsymbol{A}_2\boldsymbol{A}_1\boldsymbol{Q}^{-1}$$

因为对角矩阵可交换，故 $\boldsymbol{A}_2\boldsymbol{A}_1=\boldsymbol{A}_1\boldsymbol{A}_2$，从而 $\boldsymbol{AB}=\boldsymbol{BA}$.

第六章　线性空间与线性变换

定义 6.1　设 P 是包含 0 和 1 的数集，如果 P 中任意两个数的和、差、积、商（除数不为零）均在 P 内，则称 P 为一个数域.

显然有理数集 **Q** 实数集 **R** 和复数集 **C** 都是数域.

定义 6.2　设 V 是一个非空集合，P 是一个数域. 如果对于任意两个元素 $\boldsymbol{\alpha}$，$\boldsymbol{\beta}\in V$，总有唯一的一个元素 $\boldsymbol{\gamma}\in V$ 与之对应，称 $\boldsymbol{\gamma}$ 为 $\boldsymbol{\alpha}$ 与 $\boldsymbol{\beta}$ 的和，记作 $\boldsymbol{\gamma}=\boldsymbol{\alpha}+\boldsymbol{\beta}$，运算"+"称为加法. 又对于任一数 $\lambda\in P$ 与任一元素 $\boldsymbol{\alpha}\in V$，总有唯一的一个元素 $\boldsymbol{\delta}\in V$ 与之对应，称 $\boldsymbol{\delta}$ 为数 λ 与 $\boldsymbol{\alpha}$ 的积，记作 $\boldsymbol{\delta}=\lambda\cdot\boldsymbol{\alpha}$，简记为 $\boldsymbol{\delta}=\lambda\boldsymbol{\alpha}$，运算"·"称为数乘. 并且这两种运算满足以下 8 条运算规律（设 $\boldsymbol{\alpha}$，$\boldsymbol{\beta}$，$\boldsymbol{\gamma}\in V$；λ，$\mu\in P$）：

(1)$\boldsymbol{\alpha}+\boldsymbol{\beta}=\boldsymbol{\beta}+\boldsymbol{\alpha}$；

(2)$\boldsymbol{\alpha}+(\boldsymbol{\beta}+\boldsymbol{\gamma})=(\boldsymbol{\alpha}+\boldsymbol{\beta})+\boldsymbol{\gamma}$；

(3) 在 V 中存在零元素 $\mathbf{0}$，使得对任何 $\boldsymbol{\alpha}\in V$，都有 $\boldsymbol{\alpha}+\mathbf{0}=\boldsymbol{\alpha}$；

(4) 对任何 $\boldsymbol{\alpha}\in V$，都有 $\boldsymbol{\alpha}$ 的负元素 $\boldsymbol{\beta}\in V$，使得 $\boldsymbol{\alpha}+\boldsymbol{\beta}=\mathbf{0}$；

(5)$1\cdot\boldsymbol{\alpha}=\boldsymbol{\alpha}$；

(6)$(\lambda\mu)\boldsymbol{\alpha}=\lambda(\mu\boldsymbol{\alpha})$；

(7)$(\lambda+\mu)\boldsymbol{\alpha}=\lambda\boldsymbol{\alpha}+\mu\boldsymbol{\alpha}$；

(8)$\lambda(\boldsymbol{\alpha}+\boldsymbol{\beta})=\lambda\boldsymbol{\alpha}+\lambda\boldsymbol{\beta}$.

则称 V 为数域 P 上的线性空间（或向量空间），V 中的元素不论其本来的性质如何，统称为向量.

小贴士

满足上述 8 条运算规律的加法运算和数乘运算，统称为**线性运算**. 因此，验证一个集合是否构成线性空间，不仅要验证集合对加法运算和数乘运算是否封闭，还要验证是否满足上述 8 条运算规律.

由此可见，线性空间实为第四章定义的向量空间的推广，前面的向量空间只是这里线性空间的特殊情形. 比较起来，这里的向量不一定是有序数组，而且向量空间中的线性运算只要求满足上述 8 条运算规律，其运算未必是有序数组的加法运算和数乘运算. 也就是说，线性空间的元素既可以是有序数组也可以不是，而且线性空间中的加法运算与数乘运算既可以是一般意义下的加法运算与数乘运算也可以不是. 但不论怎样定义加法运算与数乘运算，关键在于要满足上述 8 条运算规律. 按照近代数学观点，上述 8 条运算规律称为**线性空间的公理化体系**.

本章只研究实数域 $\mathbf{R}$ 上的线性空间(向量空间). 下面来看一些例子.

例 6.1　n 维向量空间 $\mathbf{R}^n=\{(a_1, a_2, \cdots, a_n)^{\mathrm{T}} \mid a_i\in\mathbf{R}, i=1, 2, \cdots, n\}$ 按照向量的加法运算和数乘运算构成实数域 $\mathbf{R}$ 上的线性空间，称为 n **维实向量空间**. 而在由 n 个有序实数组成的数组的集合

$$S^n=\{(a_1, a_2, \cdots, a_n)^{\mathrm{T}} \mid a_i\in\mathbf{R}, i=1, 2, \cdots, n\}$$

中，加法仍为通常的有序数组的加法，而数乘定义为

$$\lambda(a_1, a_2, \cdots, a_n)^{\mathrm{T}}=(0, 0, \cdots, 0)^{\mathrm{T}}$$

则 S^n 对这两种运算不构成实数域上的线性空间. 可以验证 S^n 对加法运算和数乘运算封闭，但不满足第(5) 条运算规律，即 $1\cdot\boldsymbol{\alpha}=\mathbf{0}\neq\boldsymbol{\alpha}$，因此 S^n 不是线性空间.

小贴士

比较 S^n 与 $\mathbf{R}^n$，作为集合，它们是相同的，但由于在其中定义的运算不同，因此 $\mathbf{R}^n$ 是线性空间而 S^n 不是线性空间. 由此可见，线性空间的概念是集合与运算二者的结合. 一般来讲，同一个集合，若定义两种不同的线性运算，就构成不同的线性空间. 因此，所定义的线性运算是线性空间的本质，而其中的元素是什么并不重要.

例 6.2　由全体 $m\times n$ 阶实矩阵构成的集合 $\mathbf{R}^{m\times n}$，对矩阵的加法运算和数乘运算构成实数域 $\mathbf{R}$ 上的线性空间，称为**实矩阵空间**.

例 6.3　闭区间$[a, b]$上的连续函数构成的集合，对于函数的加法运算和实数与函数的乘法运算，构成实数域 $\mathbf{R}$ 上的线性空间，通常记为 $C[a, b]$.

例 6.4　设 $P(x)_n$ 表示实数域上次数不超过 n 的 x 的多项式集合，即

$$P(x)_n=\{p=a_nx^n+a_{n-1}x^{n-1}+\cdots+a_1x+a_0 \mid a_n, a_{n-1}, \cdots, a_1, a_0\in\mathbf{R}\}$$

对于通常的多项式加法运算、实数与多项式的乘法运算构成实数域 **R** 上的向量空间. 这是因为通常多项式加法运算、实数与多项式的乘法运算显然满足线性运算规律，故只要验证 $P(x)_n$ 对加法运算和数乘运算封闭即可，因为

$$(a_nx^n+a_{n-1}x^{n-1}+\cdots+a_1x+a_0)+(b_nx^n+b_{n-1}x^{n-1}+\cdots+b_1x+b_0)$$
$$=(a_n+b_n)x^n+\cdots+(a_1+b_1)x+(a_0+b_0)\in P(x)_n$$
$$\lambda(a_nx^n+a_{n-1}x^{n-1}+\cdots+a_1x+a_0)$$
$$=\lambda a_nx^n+\lambda a_{n-1}x^{n-1}+\cdots+\lambda a_1x+\lambda a_0\in P(x)_n$$

所以 $P(x)_n$ 是实数域上的一个向量空间.

以上各例的运算是我们以前所熟悉的. 事实上，线性空间的运算可以是抽象的.

例 6.5 判断实数域 **R** 上二元有序数组的全体对于下述特定意义下的加法运算与数乘运算是否构成线性空间.

$$(a_1,b_1)+(a_2,b_2)=(a_1+a_2,0),\quad \lambda\cdot(a_1,b_1)=(\lambda a_1,0)$$

解 二元有序数组的全体对于题设中的加法运算与数乘运算显然是封闭的，但是当 $b_1\neq 0$ 时，它不满足第(5)条运算律：$1\cdot(a_1,b_1)=(a_1,0)\neq(a_1,b_1)$，因此，不能构成线性空间.

例 6.6 由全体正实数构成的集合记为 $\mathbf{R}^+$，其中定义加法运算和数乘运算为

$$a+b=ab,\quad \lambda\cdot a=a^\lambda(a,b\in\mathbf{R}^+,\lambda\in\mathbf{R}^+)$$

试证 $\mathbf{R}^+$ 对上述加法运算和数乘运算构成实数域 **R** 上的线性空间.

证 对任意的 $a,b\in\mathbf{R}^+$，有 $a+b=ab\in\mathbf{R}^+$，对任意的 $\lambda\in\mathbf{R}^+$，$a\in\mathbf{R}^+$，有 $\lambda\cdot a=a^\lambda\in\mathbf{R}^+$，即 $\mathbf{R}^+$ 对加法运算和数乘运算封闭. 由于这里的加法运算是通常实数的乘法运算，故加法运算满足交换律和结合律，即满足运算律(1)、(2). 由 $1\in\mathbf{R}^+$，$1+a=1a=a$，知 1 是加法的零元，且有元素 $a^{-1}\in\mathbf{R}^+$，使 $a+a^{-1}=aa^{-1}=1$，即 a^{-1} 是 a 的负元素，故满足运算律(3)、(4). 又因为满足如下规律：

(5)$1\cdot a=a^1=a$；

(6)$\lambda\cdot(\mu\cdot a)=\lambda\cdot a^\mu=a^{\lambda\mu}=(\lambda\mu)\cdot a$；

(7)$(\lambda+\mu)\cdot a=a^{\lambda+\mu}=a^\lambda a^\mu=(\lambda\cdot a)+(\mu\cdot a)$；

(8)$\lambda\cdot(a+b)=\lambda\cdot(ab)=(ab)^\lambda=a^\lambda b^\lambda=a^\lambda+b^\lambda=(\lambda\cdot a)+(\lambda\cdot b)$.

因此，$\mathbf{R}^+$ 对所定义的运算构成实数域 **R** 上的线性空间.

由定义可以推出线性空间具有以下性质.

性质 6.1 线性空间 V 的零元素是唯一的.

证 设 $\mathbf{0}_1$，$\mathbf{0}_2$ 是线性空间 V 中的两个零元素，即对任何的 $\boldsymbol{\alpha}\in V$，有 $\boldsymbol{\alpha}+\mathbf{0}_1=\boldsymbol{\alpha}$，$\boldsymbol{\alpha}+\mathbf{0}_2=\boldsymbol{\alpha}$. 于是有 $\mathbf{0}_1+\mathbf{0}_2=\mathbf{0}_1$，$\mathbf{0}_2+\mathbf{0}_1=\mathbf{0}_2$，所以 $\mathbf{0}_1=\mathbf{0}_1+\mathbf{0}_2=\mathbf{0}_2+\mathbf{0}_1=\mathbf{0}_2$.

性质 6.2 线性空间 V 中任一元素的负元素是唯一的.

证 设 V 中的 $\boldsymbol{\alpha}$ 有两个负元素 $\boldsymbol{\beta}$ 和 $\boldsymbol{\gamma}$，即 $\boldsymbol{\alpha}+\boldsymbol{\beta}=\mathbf{0}$，$\boldsymbol{\alpha}+\boldsymbol{\gamma}=\mathbf{0}$，于是

$$\boldsymbol{\beta}=\boldsymbol{\beta}+\mathbf{0}=\boldsymbol{\beta}+(\boldsymbol{\alpha}+\boldsymbol{\gamma})=(\boldsymbol{\alpha}+\boldsymbol{\beta})+\boldsymbol{\gamma}=\mathbf{0}+\boldsymbol{\gamma}=\boldsymbol{\gamma}$$

由于负向量的唯一性，可将 $\boldsymbol{\alpha}$ 的负向量记为 $-\boldsymbol{\alpha}$.

性质 6.3　$0\boldsymbol{\alpha}=\mathbf{0}$；$(-1)\boldsymbol{\alpha}=-\boldsymbol{\alpha}$；$\lambda\mathbf{0}=\mathbf{0}$.

证　因为

$$\boldsymbol{\alpha}+0\boldsymbol{\alpha}=1\boldsymbol{\alpha}+0\boldsymbol{\alpha}=(1+0)\boldsymbol{\alpha}=1\boldsymbol{\alpha}=\boldsymbol{\alpha}$$

所以 $0\boldsymbol{\alpha}=\mathbf{0}$. 而

$$\boldsymbol{\alpha}+(-1)\boldsymbol{\alpha}=1\boldsymbol{\alpha}+(-1)\boldsymbol{\alpha}=[1+(-1)]\boldsymbol{\alpha}=0\boldsymbol{\alpha}=\mathbf{0}$$

所以 $(-1)\boldsymbol{\alpha}=-\boldsymbol{\alpha}$.

又由于

$$\lambda\mathbf{0}=\lambda[\boldsymbol{\alpha}+(-1)\boldsymbol{\alpha}]=\lambda\boldsymbol{\alpha}+(-\lambda)\boldsymbol{\alpha}=[\lambda+(-\lambda)]\boldsymbol{\alpha}=0\boldsymbol{\alpha}=\mathbf{0}$$

因此 $\lambda\mathbf{0}=\mathbf{0}$.

性质 6.4　如果 $\lambda\boldsymbol{\alpha}=\mathbf{0}$，则 $\lambda=0$ 或 $\boldsymbol{\alpha}=\mathbf{0}$.

证　若 $\lambda=0$，则 $\lambda\boldsymbol{\alpha}=\mathbf{0}$；若 $\lambda\neq0$，在 $\lambda\boldsymbol{\alpha}=\mathbf{0}$ 两边乘 $\dfrac{1}{\lambda}$，即 $\dfrac{1}{\lambda}(\lambda\boldsymbol{\alpha})=\dfrac{1}{\lambda}\mathbf{0}=\mathbf{0}$，又 $\dfrac{1}{\lambda}(\lambda\boldsymbol{\alpha})=\left(\dfrac{1}{\lambda}\lambda\right)\boldsymbol{\alpha}=1\boldsymbol{\alpha}=\boldsymbol{\alpha}$，所以 $\boldsymbol{\alpha}=\mathbf{0}$.

设 V 是一个线性空间，在 V 的所有子集中，有些子集对 V 中定义的加法运算和数乘运算构成线性空间. 例如，设 V 是全体 n 阶实矩阵构成的集合 $\mathbf{R}^{n\times n}$，则 V 对矩阵的加法运算和数乘运算构成线性空间. 对于 V 的子集 $W=\{\boldsymbol{A}\mid\boldsymbol{A}\in\mathbf{R}^{n\times n},\ \boldsymbol{A}^{\mathrm{T}}=\boldsymbol{A}\}$，即全体 n 阶实对称矩阵构成的集合，容易验证 W 对 V 的加法运算和数乘运算也构成线性空间，称 W 为 V 的子空间.

定义 6.3　设 V 是实数域上的一个线性空间，W 是 V 的一个非空子集，如果 W 对于 V 中所定义的加法运算和数乘运算也构成一个线性空间，则称 W 是 V 的**线性子空间**，简称**子空间**.

小贴士

每个非零线性空间至少有两个子空间，一个是它本身 V，另一个是仅由零向量构成的子集，称为零子空间.

如何判断 V 的一个非空子集 W 是 V 的子空间呢？有下述定理.

定理 6.1　设 W 是 V 的一个非空子集，则 W 是 V 的线性子空间的充分必要条件是 W 对 V 中定义的加法运算和数乘运算封闭.

证　必要性是显然的，只需证充分性.

因为 W 是 V 的非空子集，V 中的运算对 W 显然满足运算律(1)～(8).

因为 W 对数乘运算封闭，所以 $0\boldsymbol{\alpha}=\mathbf{0}\in W$，即 W 中存在零元. 又 $(-1)\boldsymbol{\alpha}=-\boldsymbol{\alpha}\in W$，说明 W 中每一元素均有负元. 因此，W 是 V 的线性子空间.

例 6.7 设 $\boldsymbol{\alpha}_1$，$\boldsymbol{\alpha}_2$，…，$\boldsymbol{\alpha}_s$ 是线性空间 V 中的一组向量，由它的一切线性组合构成的集合

$$L(\boldsymbol{\alpha}_1, \boldsymbol{\alpha}_2, \cdots, \boldsymbol{\alpha}_s)=\{k_1\boldsymbol{\alpha}_1+k_2\boldsymbol{\alpha}_2+\cdots+k_S\boldsymbol{\alpha}_s \mid \boldsymbol{\alpha}_i \in V, k_i \in \mathbf{R}\}$$

非空，并且对加法运算和数乘运算封闭，因此构成 V 的一个线性子空间，称 $L(\boldsymbol{\alpha}_1, \boldsymbol{\alpha}_2, \cdots, \boldsymbol{\alpha}_s)$ 为由 $\boldsymbol{\alpha}_1$，$\boldsymbol{\alpha}_2$，…，$\boldsymbol{\alpha}_s$ 生成的子空间.

第一节　线性空间的基、维数与向量的坐标

由于线性空间是 n 维向量空间的推广，因此，前面学过的向量组的线性组合、线性相关、线性无关、等价，以及极大线性无关组等概念，均可“平移”到线性空间中来，并且与上述概念相关的重要性质、结论依然成立. 后面将直接引用这些概念和性质.

定义 6.4 在线性空间 V 中，若存在 n 个元素 $\boldsymbol{\alpha}_1$，$\boldsymbol{\alpha}_2$，…，$\boldsymbol{\alpha}_n$ 满足：

(1) $\boldsymbol{\alpha}_1$，$\boldsymbol{\alpha}_2$，…，$\boldsymbol{\alpha}_n$ 线性无关；

(2) V 中任一元素 $\boldsymbol{\alpha}$ 可由 $\boldsymbol{\alpha}_1$，$\boldsymbol{\alpha}_2$，…，$\boldsymbol{\alpha}_n$ 线性表示.

则称 $\boldsymbol{\alpha}_1$，$\boldsymbol{\alpha}_2$，…，$\boldsymbol{\alpha}_n$ 为线性空间 V 的一个**基**，n 称为线性空间 V 的**维数**，记作 $\dim V=n$.

小贴士

只含一个零元素的线性空间没有基，规定它的维数为 0. 维数为 n 的线性空间称为 n 维线性空间，记作 V_n，此时也称 V 是有限维线性空间. 这里要指出：线性空间的维数可以是无穷，本章只讨论有限维线性空间.

由定义 6.4 可见，有限维线性空间的维数就是它的一组基中所含的向量个数.

若 $\boldsymbol{\alpha}_1$，$\boldsymbol{\alpha}_2$，…，$\boldsymbol{\alpha}_n$ 为线性空间 V_n 的一组基，则 V_n 可表示为

$$V_n=\{\boldsymbol{\alpha}=x_1\boldsymbol{\alpha}_1+x_2\boldsymbol{\alpha}_2+\cdots+x_n\boldsymbol{\alpha}_n \mid x_i \in \mathbf{R}, i=1, 2, \cdots, n\}$$

即 V_n 可看作是由基 $\boldsymbol{\alpha}_1$，$\boldsymbol{\alpha}_2$，…，$\boldsymbol{\alpha}_n$ 所生成的线性空间.

例 6.8 在实矩阵空间 $\mathbf{R}^{2\times 3}$ 中，取

$$\boldsymbol{\varepsilon}_{11}=\begin{pmatrix}1&0&0\\0&0&0\end{pmatrix},\quad \boldsymbol{\varepsilon}_{12}=\begin{pmatrix}0&1&0\\0&0&0\end{pmatrix},\quad \boldsymbol{\varepsilon}_{13}=\begin{pmatrix}0&0&1\\0&0&0\end{pmatrix}$$

$$\boldsymbol{\varepsilon}_{21}=\begin{pmatrix}0&0&0\\1&0&0\end{pmatrix},\quad \boldsymbol{\varepsilon}_{22}=\begin{pmatrix}0&0&0\\0&1&0\end{pmatrix},\quad \boldsymbol{\varepsilon}_{23}=\begin{pmatrix}0&0&0\\0&0&1\end{pmatrix}$$

可以证明 $\boldsymbol{\varepsilon}_{11}$，$\boldsymbol{\varepsilon}_{12}$，$\boldsymbol{\varepsilon}_{13}$，$\boldsymbol{\varepsilon}_{21}$，$\boldsymbol{\varepsilon}_{22}$，$\boldsymbol{\varepsilon}_{23}$ 是 $\mathbf{R}^{2\times 3}$ 的一个基，且任一 2×3 矩阵 $\mathbf{A}=(a_{ij})_{2\times 3}$ 都可表示为

$$\mathbf{A}=(a_{ij})_{2\times3}=a_{11}\boldsymbol{\varepsilon}_{11}+a_{12}\boldsymbol{\varepsilon}_{12}+a_{13}\boldsymbol{\varepsilon}_{13}+a_{21}\boldsymbol{\varepsilon}_{21}+a_{22}\boldsymbol{\varepsilon}_{22}+a_{23}\boldsymbol{\varepsilon}_{23}$$

因此，实矩阵空间$\mathbf{R}^{2\times3}$是一个 6 维线性空间.

小贴士

一般地，实矩阵空间$\mathbf{R}^{m\times n}$是一个$m\times n$维线性空间. 设$\boldsymbol{\varepsilon}_{ij}$是一个$m\times n$矩阵，$\boldsymbol{\varepsilon}_{ij}$的第$i$行第$j$列元素为1，其余元素为0，则$\boldsymbol{\varepsilon}_{ij}(i=1, 2, \cdots, m; j=1, 2, \cdots, n)$可作为$\mathbf{R}^{m\times n}$的一个基.

对任意$\boldsymbol{\alpha}\in V_n$，都有唯一的有序数组$x_1, x_2, \cdots, x_n$，使得$\boldsymbol{\alpha}=x_1\boldsymbol{\alpha}_1+x_2\boldsymbol{\alpha}_2+\cdots+x_n\boldsymbol{\alpha}_n$；反之，任给一个$n$元有序数组$x_1, x_2, \cdots, x_n$，总有唯一的元素$\boldsymbol{\alpha}=x_1\boldsymbol{\alpha}_1+x_2\boldsymbol{\alpha}_2+\cdots+x_n\boldsymbol{\alpha}_n\in V_n$与之对应，这样$V_n$中元素$\boldsymbol{\alpha}$与有序数组$(x_1\ \ x_2\ \ \cdots\ \ x_n)^{\mathrm{T}}$之间存在着一一对应关系，因此，可以用有序数组来表示元素$\boldsymbol{\alpha}$.

定义 6.5　设$\boldsymbol{\alpha}_1, \boldsymbol{\alpha}_2, \cdots, \boldsymbol{\alpha}_n$为线性空间$V_n$的一个基，对于任一元素$\boldsymbol{\alpha}\in V_n$，有且仅有一个有序数组$x_1, x_2, \cdots, x_n$，使得$\boldsymbol{\alpha}=x_1\boldsymbol{\alpha}_1+x_2\boldsymbol{\alpha}_2+\cdots+x_n\boldsymbol{\alpha}_n$，则称有序数组$(x_1, x_2, \cdots, x_n)^{\mathrm{T}}$为元素$\boldsymbol{\alpha}$在基$\boldsymbol{\alpha}_1, \boldsymbol{\alpha}_2, \cdots, \boldsymbol{\alpha}_n$下的坐标.

例 6.9　在线性空间$p(x)_4$中，$p_1=1$，$p_2=x$，$p_3=x^2$，$p_4=x^3$，$p_5=x^4$是它的一组基. 任一不超过 4 次的多项式

$$p=a_4x^4+a_3x^3+a_2x^2+a_1x+a_0$$

都可表示为

$$p=a_0p_1+a_1p_2+a_2p_3+a_3p_4+a_4p_5$$

因此，p在这个基下的坐标为$(a_0, a_1, a_2, a_3, a_4)^{\mathrm{T}}$.

若另取一个基$q_1=1$，$q_2=1+x$，$q_3=2x^2$，$q_4=x^3$，$q_5=x^4$，则

$$p=(a_0-a_1)q_1+a_1q_2+\frac{1}{2}a_2q_3+a_3q_4+a_4q_5$$

因此，p在这个基下的坐标为$\left(a_0-a_1, a_1, \frac{1}{2}a_2, a_3, a_4\right)^{\mathrm{T}}$.

例 6.10　在n维实向量空间$\mathbf{R}^n$中，它的一组基为$\boldsymbol{\varepsilon}_1=(1, 0, 0, \cdots, 0)^{\mathrm{T}}$，$\boldsymbol{\varepsilon}_2=(0, 1, 0, \cdots, 0)^{\mathrm{T}}$，…，$\boldsymbol{\varepsilon}_n=(0, 0, \cdots, 0, 1)^{\mathrm{T}}$. 则对于任一向量$\boldsymbol{\alpha}=(x_1, x_2, \cdots, x_n)^{\mathrm{T}}\in\mathbf{R}^n$，有$\boldsymbol{\alpha}=x_1\boldsymbol{\varepsilon}_1+x_2\boldsymbol{\varepsilon}_2+\cdots+x_n\boldsymbol{\varepsilon}_n$，所以向量$\boldsymbol{\alpha}$在基$\boldsymbol{\varepsilon}_1, \boldsymbol{\varepsilon}_2, \cdots, \boldsymbol{\varepsilon}_n$下的坐标为$(x_1, x_2, \cdots, x_n)^{\mathrm{T}}$.

而在$\mathbf{R}^n$的另一组基$\boldsymbol{\alpha}_1=(1, 1, 1, \cdots, 1)^{\mathrm{T}}$，$\boldsymbol{\alpha}_2=(0, 1, 1, \cdots, 1)^{\mathrm{T}}$，…，$\boldsymbol{\alpha}_n=(0, 0, \cdots, 0, 1)^{\mathrm{T}}$下，向量$\boldsymbol{\alpha}$可表示为$\boldsymbol{\alpha}=x_1\boldsymbol{\alpha}_1+(x_2-x_1)\boldsymbol{\alpha}_2+\cdots+(x_n-x_{n-1})\boldsymbol{\alpha}_n$，所以向量$\boldsymbol{\alpha}$在基$\boldsymbol{\alpha}_1, \boldsymbol{\alpha}_2, \cdots, \boldsymbol{\alpha}_n$下的坐标为$(x_1, x_2-x_1, \cdots, x_n-x_{n-1})^{\mathrm{T}}$.

引入了线性空间中向量的坐标以后，不仅可以把抽象的向量$\boldsymbol{\alpha}$与具体的数组向

量$(x_1, x_2, \cdots, x_n)^{\mathrm{T}}$联系在一起，还可把线性空间$V_n$中抽象的线性运算与数组向量的线性运算联系起来.

设$\boldsymbol{\alpha}$，$\boldsymbol{\beta} \in V_n$，且$\boldsymbol{\alpha}=x_1\boldsymbol{\alpha}_1+x_2\boldsymbol{\alpha}_2+\cdots+x_n\boldsymbol{\alpha}_n$，$\boldsymbol{\beta}=y_1\boldsymbol{\alpha}_1+y_2\boldsymbol{\alpha}_2+\cdots+y_n\boldsymbol{\alpha}_n$，于是

$$\boldsymbol{\alpha}+\boldsymbol{\beta}=(x_1+y_1)\boldsymbol{\alpha}_1+(x_2+y_2)\boldsymbol{\alpha}_2+\cdots+(x_n+y_n)\boldsymbol{\alpha}_n$$

$$\lambda\boldsymbol{\alpha}=(\lambda x_1)\boldsymbol{\alpha}_1+(\lambda x_2)\boldsymbol{\alpha}_2+\cdots+(\lambda x_n)\boldsymbol{\alpha}_n$$

即$\boldsymbol{\alpha}+\boldsymbol{\beta}$的坐标为

$$(x_1+y_1, \cdots, x_n+y_n)^{\mathrm{T}}=(x_1, \cdots, x_n)^{\mathrm{T}}+(y_1, \cdots, y_n)^{\mathrm{T}}$$

$\lambda\boldsymbol{\alpha}$的坐标为

$$(\lambda x_1, \cdots, \lambda x_n)^{\mathrm{T}}=\lambda(x_1, \cdots, x_n)^{\mathrm{T}}$$

由此可见，在n维线性空间V_n中取定一个基后，V_n中的向量与$\mathbf{R}^n$的向量之间存在着一一对应关系. 若V_n中的向量$\boldsymbol{\alpha}$与$\boldsymbol{\beta}$在$\mathbf{R}^n$中分别对应$\boldsymbol{\alpha}'=(x_1, x_2, \cdots, x_n)^{\mathrm{T}}$，$\boldsymbol{\beta}'=(y_1, y_2, \cdots, y_n)^{\mathrm{T}}$，则$\boldsymbol{\alpha}+\boldsymbol{\beta}$与$\lambda\boldsymbol{\alpha}$在$\mathbf{R}^n$中分别对应$\boldsymbol{\alpha}'+\boldsymbol{\beta}'$与$\lambda\boldsymbol{\alpha}'$，称这种对应关系为保持线性运算关系不变.

因此，n维线性空间V_n与n维数组向量空间$\mathbf{R}^n$有相同的结构，称V_n与$\mathbf{R}^n$同构.

定义 6.6 如果两个线性空间V_1和V_2满足下面条件：

(1) V_1和V_2的元素之间存在一一对应关系；

(2) 这种对应关系保持元素间的线性运算关系不变.

则称线性空间V_1和V_2**同构**.

同构是线性空间之间的一种关系. 任何一个实数域上的n维线性空间V_n都和$\mathbf{R}^n$同构，因此，维数相同的线性空间同构，这样线性空间的结构就完全由它的维数决定，因而V_n中抽象的线性运算可以转化为$\mathbf{R}^n$中的线性运算，并且$\mathbf{R}^n$中凡是只涉及线性运算的性质都适用于V_n，但$\mathbf{R}^n$中超出线性运算的性质，在V_n中就不一定适用，如$\mathbf{R}^n$中的内积概念在V_n中就不一定有意义.

第二节 基变换与坐标变换

由例 6.9 和例 6.10 可以看出，同一个元素在不同的基下有不同的坐标. 事实上，在n维线性空间中，任意n个线性无关的向量都可作为线性空间的基，所以线性空间的基不唯一. 由于同一向量在不同基下的坐标不同，因此，需要研究不同的基对应的坐标之间的关系.

定义 6.7 设$\boldsymbol{\alpha}_1, \boldsymbol{\alpha}_2, \cdots, \boldsymbol{\alpha}_n$及$\boldsymbol{\beta}_1, \boldsymbol{\beta}_2, \cdots, \boldsymbol{\beta}_n$是线性空间$V_n$中的两组基，且$\boldsymbol{\beta}_1, \boldsymbol{\beta}_2, \cdots, \boldsymbol{\beta}_n$可由$\boldsymbol{\alpha}_1, \boldsymbol{\alpha}_2, \cdots, \boldsymbol{\alpha}_n$表示为

$$\begin{cases} \boldsymbol{\beta}_1 = p_{11}\boldsymbol{\alpha}_1 + p_{21}\boldsymbol{\alpha}_2 + \cdots + p_{n1}\boldsymbol{\alpha}_n \\ \boldsymbol{\beta}_2 = p_{12}\boldsymbol{\alpha}_1 + p_{22}\boldsymbol{\alpha}_2 + \cdots + p_{n2}\boldsymbol{\alpha}_n \\ \quad\vdots \\ \boldsymbol{\beta}_n = p_{1n}\boldsymbol{\alpha}_1 + p_{2n}\boldsymbol{\alpha}_2 + \cdots + p_{nn}\boldsymbol{\alpha}_n \end{cases} \tag{6.1}$$

令

$$\boldsymbol{P} = \begin{pmatrix} p_{11} & p_{12} & \cdots & p_{1n} \\ p_{21} & p_{22} & \cdots & p_{2n} \\ \vdots & \vdots & & \vdots \\ p_{n1} & p_{n2} & \cdots & p_{nn} \end{pmatrix}$$

则式(6.1)可表示为

$$\begin{pmatrix} \boldsymbol{\beta}_1 \\ \boldsymbol{\beta}_2 \\ \vdots \\ \boldsymbol{\beta}_n \end{pmatrix} = \begin{pmatrix} p_{11} & p_{21} & \cdots & p_{n1} \\ p_{12} & p_{22} & \cdots & p_{n2} \\ \vdots & \vdots & & \vdots \\ p_{1n} & p_{2n} & \cdots & p_{nn} \end{pmatrix} \begin{pmatrix} \boldsymbol{\alpha}_1 \\ \boldsymbol{\alpha}_2 \\ \vdots \\ \boldsymbol{\alpha}_n \end{pmatrix} = \boldsymbol{P}^{\mathrm{T}} \begin{pmatrix} \boldsymbol{\alpha}_1 \\ \boldsymbol{\alpha}_2 \\ \vdots \\ \boldsymbol{\alpha}_n \end{pmatrix} \tag{6.2}$$

或

$$(\boldsymbol{\beta}_1, \boldsymbol{\beta}_2, \cdots, \boldsymbol{\beta}_n) = (\boldsymbol{\alpha}_1, \boldsymbol{\alpha}_2, \cdots, \boldsymbol{\alpha}_n)\boldsymbol{P} \tag{6.3}$$

式(6.1)～(6.3)均称为基变换公式，矩阵 $\boldsymbol{P}$ 称为由基 $\boldsymbol{\alpha}_1$，$\boldsymbol{\alpha}_2$，…，$\boldsymbol{\alpha}_n$ 到基 $\boldsymbol{\beta}_1$，$\boldsymbol{\beta}_2$，…，$\boldsymbol{\beta}_n$ 的过渡矩阵.

小贴士

由于 $\boldsymbol{\alpha}_1$，$\boldsymbol{\alpha}_2$，…，$\boldsymbol{\alpha}_n$ 和 $\boldsymbol{\beta}_1$，$\boldsymbol{\beta}_2$，…，$\boldsymbol{\beta}_n$ 都线性无关，所以过渡矩阵 $\boldsymbol{P}$ 是可逆矩阵.

定理 6.2　设 V_n 中的元素 $\boldsymbol{\alpha}$ 在基 $\boldsymbol{\alpha}_1$，$\boldsymbol{\alpha}_2$，…，$\boldsymbol{\alpha}_n$ 下的坐标为 $(x_1, x_2, \cdots, x_n)^{\mathrm{T}}$，在基 $\boldsymbol{\beta}_1$，$\boldsymbol{\beta}_2$，…，$\boldsymbol{\beta}_n$ 下的坐标为 $(y_1, y_2, \cdots, y_n)^{\mathrm{T}}$，若两个基满足关系式(6.1)，则有下列坐标变换公式：

$$\begin{pmatrix} x_1 \\ x_2 \\ \vdots \\ x_n \end{pmatrix} = \boldsymbol{P} \begin{pmatrix} y_1 \\ y_2 \\ \vdots \\ y_n \end{pmatrix} \quad \text{或} \quad \begin{pmatrix} y_1 \\ y_2 \\ \vdots \\ y_n \end{pmatrix} = \boldsymbol{P}^{-1} \begin{pmatrix} x_1 \\ x_2 \\ \vdots \\ x_n \end{pmatrix} \tag{6.4}$$

证　因为元素 $\boldsymbol{\alpha}$ 在基 $\boldsymbol{\alpha}_1$，$\boldsymbol{\alpha}_2$，…，$\boldsymbol{\alpha}_n$ 下的坐标为 $(x_1, x_2, \cdots, x_n)^{\mathrm{T}}$，在基 $\boldsymbol{\beta}_1$，$\boldsymbol{\beta}_2$，…，$\boldsymbol{\beta}_n$ 下的坐标为 $(y_1, y_2, \cdots, y_n)^{\mathrm{T}}$，所以 $\boldsymbol{\alpha} = x_1\boldsymbol{\alpha}_1 + x_2\boldsymbol{\alpha}_2 + \cdots + x_n\boldsymbol{\alpha}_n$，$\boldsymbol{\alpha} = y_1\boldsymbol{\beta}_1 + y_2\boldsymbol{\beta}_2 + \cdots + y_n\boldsymbol{\beta}_n$，于是

$$\boldsymbol{\alpha}=(\boldsymbol{\alpha}_1,\ \boldsymbol{\alpha}_2,\ \cdots,\ \boldsymbol{\alpha}_n)\begin{pmatrix}x_1\\x_2\\\vdots\\x_n\end{pmatrix}$$

$$\boldsymbol{\alpha}=(\boldsymbol{\beta}_1,\ \boldsymbol{\beta}_2,\ \cdots,\ \boldsymbol{\beta}_n)\begin{pmatrix}y_1\\y_2\\\vdots\\y_n\end{pmatrix}=(\boldsymbol{\alpha}_1,\ \boldsymbol{\alpha}_2,\ \cdots,\ \boldsymbol{\alpha}_n)\boldsymbol{P}\begin{pmatrix}y_1\\y_2\\\vdots\\y_n\end{pmatrix}$$

由于$\boldsymbol{\alpha}_1$，$\boldsymbol{\alpha}_2$，…，$\boldsymbol{\alpha}_n$线性无关，故有关系式(6.4)成立．

定理6.2的逆命题也成立，即若任一元素的两种坐标满足坐标变换公式(6.4)，则这两个基满足基变换公式.

例6.11 在二阶矩阵中取两组基

$$\boldsymbol{\varepsilon}_1=\begin{pmatrix}1&0\\0&0\end{pmatrix},\ \boldsymbol{\varepsilon}_2=\begin{pmatrix}0&1\\0&0\end{pmatrix},\ \boldsymbol{\varepsilon}_3=\begin{pmatrix}0&0\\1&0\end{pmatrix},\ \boldsymbol{\varepsilon}_4=\begin{pmatrix}0&0\\0&1\end{pmatrix}$$

和

$$\boldsymbol{\alpha}_1=\begin{pmatrix}0&1\\1&1\end{pmatrix},\ \boldsymbol{\alpha}_2=\begin{pmatrix}1&0\\1&1\end{pmatrix},\ \boldsymbol{\alpha}_3=\begin{pmatrix}1&1\\0&1\end{pmatrix},\ \boldsymbol{\alpha}_4=\begin{pmatrix}1&1\\1&0\end{pmatrix}$$

(1) 求从基$\boldsymbol{\varepsilon}_1$，$\boldsymbol{\varepsilon}_2$，$\boldsymbol{\varepsilon}_3$，$\boldsymbol{\varepsilon}_4$到基$\boldsymbol{\alpha}_1$，$\boldsymbol{\alpha}_2$，$\boldsymbol{\alpha}_3$，$\boldsymbol{\alpha}_4$的过渡矩阵$\boldsymbol{P}$，并写出坐标变换公式；

(2) 求$\boldsymbol{\alpha}=\begin{pmatrix}0&1\\2&-3\end{pmatrix}$在这两组基下的坐标.

解 (1) 因为

$$\boldsymbol{\alpha}_1=\begin{pmatrix}0&1\\1&1\end{pmatrix}=\begin{pmatrix}0&1\\0&0\end{pmatrix}+\begin{pmatrix}0&0\\1&0\end{pmatrix}+\begin{pmatrix}0&0\\0&1\end{pmatrix}=\boldsymbol{\varepsilon}_2+\boldsymbol{\varepsilon}_3+\boldsymbol{\varepsilon}_4$$

$$\boldsymbol{\alpha}_2=\begin{pmatrix}1&0\\1&1\end{pmatrix}=\begin{pmatrix}1&0\\0&0\end{pmatrix}+\begin{pmatrix}0&0\\1&0\end{pmatrix}+\begin{pmatrix}0&0\\0&1\end{pmatrix}=\boldsymbol{\varepsilon}_1+\boldsymbol{\varepsilon}_3+\boldsymbol{\varepsilon}_4$$

$$\boldsymbol{\alpha}_3=\begin{pmatrix}1&1\\0&1\end{pmatrix}=\begin{pmatrix}1&0\\0&0\end{pmatrix}+\begin{pmatrix}0&1\\0&0\end{pmatrix}+\begin{pmatrix}0&0\\0&1\end{pmatrix}=\boldsymbol{\varepsilon}_1+\boldsymbol{\varepsilon}_2+\boldsymbol{\varepsilon}_4$$

$$\boldsymbol{\alpha}_4=\begin{pmatrix}1&1\\1&0\end{pmatrix}=\begin{pmatrix}1&0\\0&0\end{pmatrix}+\begin{pmatrix}0&1\\0&0\end{pmatrix}+\begin{pmatrix}0&0\\1&0\end{pmatrix}=\boldsymbol{\varepsilon}_1+\boldsymbol{\varepsilon}_2+\boldsymbol{\varepsilon}_3$$

即

$$(\boldsymbol{\alpha}_1,\ \boldsymbol{\alpha}_2,\ \boldsymbol{\alpha}_3,\ \boldsymbol{\alpha}_4)=(\boldsymbol{\varepsilon}_1,\ \boldsymbol{\varepsilon}_2,\ \boldsymbol{\varepsilon}_3,\ \boldsymbol{\varepsilon}_4)\begin{pmatrix}0&1&1&1\\1&0&1&1\\1&1&0&1\\1&1&1&0\end{pmatrix}$$

所以从基 $\boldsymbol{\varepsilon}_1$，$\boldsymbol{\varepsilon}_2$，$\boldsymbol{\varepsilon}_3$，$\boldsymbol{\varepsilon}_4$ 到基 $\boldsymbol{\alpha}_1$，$\boldsymbol{\alpha}_2$，$\boldsymbol{\alpha}_3$，$\boldsymbol{\alpha}_4$ 的过渡矩阵为

$$\boldsymbol{P}=\begin{pmatrix}0&1&1&1\\1&0&1&1\\1&1&0&1\\1&1&1&0\end{pmatrix}$$

其逆矩阵为

$$\boldsymbol{P}^{-1}=\frac{1}{3}\begin{pmatrix}-2&1&1&1\\1&-2&1&1\\1&1&-2&1\\1&1&1&-2\end{pmatrix}$$

所以坐标变换公式为

$$\begin{pmatrix}x_1\\x_2\\x_3\\x_4\end{pmatrix}=\begin{pmatrix}0&1&1&1\\1&0&1&1\\1&1&0&1\\1&1&1&0\end{pmatrix}\begin{pmatrix}y_1\\y_2\\y_3\\y_4\end{pmatrix}\quad \text{或} \quad \begin{pmatrix}y_1\\y_2\\y_3\\y_4\end{pmatrix}=\frac{1}{3}\begin{pmatrix}-2&1&1&1\\1&-2&1&1\\1&1&-2&1\\1&1&1&-2\end{pmatrix}\begin{pmatrix}x_1\\x_2\\x_3\\x_4\end{pmatrix}$$

(2) 因为 $\boldsymbol{\alpha}=\begin{pmatrix}0&1\\2&-3\end{pmatrix}=\begin{pmatrix}0&1\\0&0\end{pmatrix}+2\begin{pmatrix}0&0\\1&0\end{pmatrix}-3\begin{pmatrix}0&0\\0&1\end{pmatrix}=\boldsymbol{\varepsilon}_2+2\boldsymbol{\varepsilon}_3-3\boldsymbol{\varepsilon}_4$，所以 $\boldsymbol{\alpha}$ 在基 $\boldsymbol{\varepsilon}_1$，$\boldsymbol{\varepsilon}_2$，$\boldsymbol{\varepsilon}_3$，$\boldsymbol{\varepsilon}_4$ 下的坐标为 $\boldsymbol{x}=(0, 1, 2, -3)^{\mathrm{T}}$，在基 $\boldsymbol{\alpha}_1$，$\boldsymbol{\alpha}_2$，$\boldsymbol{\alpha}_3$，$\boldsymbol{\alpha}_4$ 下的坐标为

$$y=\begin{pmatrix}y_1\\y_2\\y_3\\y_4\end{pmatrix}=\frac{1}{3}\begin{pmatrix}-2&1&1&1\\1&-2&1&1\\1&1&-2&1\\1&1&1&-2\end{pmatrix}\begin{pmatrix}0\\1\\2\\-3\end{pmatrix}=\begin{pmatrix}0\\-1\\-2\\3\end{pmatrix}$$

即 $\boldsymbol{y}=(0, -1, -2, 3)^{\mathrm{T}}$.

例 6.12　在 $P(x)_2$ 中取两个基，即

$$\boldsymbol{\alpha}_1=1,\quad \boldsymbol{\alpha}_2=\boldsymbol{x}-1,\quad \boldsymbol{\alpha}_3=\boldsymbol{x}^2-\boldsymbol{x}-1$$

以及

$$\boldsymbol{\beta}_1=\boldsymbol{x}^2+\boldsymbol{x}+1,\quad \boldsymbol{\beta}_2=\boldsymbol{x}^2+\boldsymbol{x},\quad \boldsymbol{\beta}_3=\boldsymbol{x}^2$$

求从基 $\boldsymbol{\alpha}_1$，$\boldsymbol{\alpha}_2$，$\boldsymbol{\alpha}_3$ 到基 $\boldsymbol{\beta}_1$，$\boldsymbol{\beta}_2$，$\boldsymbol{\beta}_3$ 的过渡矩阵 $\boldsymbol{P}$，并写出坐标变换公式.

解　取 $P(x)_2$ 的一个标准基 $\boldsymbol{1}$，$\boldsymbol{x}$，$\boldsymbol{x}^2$，则

$$(\boldsymbol{\alpha}_1, \boldsymbol{\alpha}_2, \boldsymbol{\alpha}_3)=(\boldsymbol{1}, \boldsymbol{x}, \boldsymbol{x}^2)\boldsymbol{A},\quad (\boldsymbol{\beta}_1, \boldsymbol{\beta}_2, \boldsymbol{\beta}_3)=(\boldsymbol{1}, \boldsymbol{x}, \boldsymbol{x}^2)\boldsymbol{B}$$

其中

$$\boldsymbol{A}=\begin{pmatrix}1&-1&-1\\0&1&-1\\0&0&1\end{pmatrix},\quad \boldsymbol{B}=\begin{pmatrix}1&0&0\\1&1&0\\1&1&1\end{pmatrix}$$

于是

$$(\boldsymbol{\beta}_1, \boldsymbol{\beta}_2, \boldsymbol{\beta}_3)=(\boldsymbol{\alpha}_1, \boldsymbol{\alpha}_2, \boldsymbol{\alpha}_3)\boldsymbol{A}^{-1}\boldsymbol{B}$$

所以从基 $\boldsymbol{\alpha}_1$，$\boldsymbol{\alpha}_2$，$\boldsymbol{\alpha}_3$，$\boldsymbol{\alpha}_4$ 到基 $\boldsymbol{\beta}_1$，$\boldsymbol{\beta}_2$，$\boldsymbol{\beta}_3$，$\boldsymbol{\beta}_4$ 的过渡矩阵为$\boldsymbol{P}=\boldsymbol{A}^{-1}\boldsymbol{B}$，坐标变换公式为

$$\begin{pmatrix} y_1 \\ y_2 \\ y_3 \end{pmatrix}=\boldsymbol{B}^{-1}\boldsymbol{A}\begin{pmatrix} x_1 \\ x_2 \\ x_3 \end{pmatrix}$$

经计算

$$\boldsymbol{P}=\boldsymbol{A}^{-1}\boldsymbol{B}=\begin{pmatrix} 4 & 3 & 2 \\ 2 & 2 & 1 \\ 1 & 1 & 1 \end{pmatrix}, \quad \boldsymbol{P}^{-1}=\boldsymbol{B}^{-1}\boldsymbol{A}=\begin{pmatrix} 1 & -1 & -1 \\ -1 & 2 & 0 \\ 0 & -1 & 2 \end{pmatrix}$$

所以从基 $\boldsymbol{\alpha}_1$，$\boldsymbol{\alpha}_2$，$\boldsymbol{\alpha}_3$，$\boldsymbol{\alpha}_4$ 到基 $\boldsymbol{\beta}_1$，$\boldsymbol{\beta}_2$，$\boldsymbol{\beta}_3$，$\boldsymbol{\beta}_4$ 的过渡矩阵为

$$\boldsymbol{P}=\begin{pmatrix} 4 & 3 & 2 \\ 2 & 2 & 1 \\ 1 & 1 & 1 \end{pmatrix}$$

坐标变换公式为

$$\begin{pmatrix} x_1 \\ x_2 \\ x_3 \end{pmatrix}=\begin{pmatrix} 4 & 3 & 2 \\ 2 & 2 & 1 \\ 1 & 1 & 1 \end{pmatrix}\begin{pmatrix} y_1 \\ y_2 \\ y_3 \end{pmatrix} \quad \text{或} \quad \begin{pmatrix} y_1 \\ y_2 \\ y_3 \end{pmatrix}=\begin{pmatrix} 1 & -1 & -1 \\ -1 & 2 & 0 \\ 0 & -1 & 2 \end{pmatrix}\begin{pmatrix} x_1 \\ x_2 \\ x_3 \end{pmatrix}$$

第三节　线性变换

映射与变换是函数概念的推广.

定义 6.8　设D、W是两个非空集合，若对于D中任一元素$\boldsymbol{\alpha}$，按照一定的规则T，W中总有唯一确定的元素$\boldsymbol{\alpha}'$与之对应，则称对应规则T为从集合D到W的映射，记为

$$T: \boldsymbol{\alpha}\to\boldsymbol{\alpha}' \quad \text{或} \quad T(\boldsymbol{\alpha})=\boldsymbol{\alpha}'$$

称$\boldsymbol{\alpha}'$为$\boldsymbol{\alpha}$在映射T下的像，$\boldsymbol{\alpha}$为$\boldsymbol{\alpha}'$在映射T下的原像.

定义 6.9　设V_n、U_m分别是实数域$\mathbf{R}$上的n维和m维线性空间，T是一个从V_n到U_m的映射，如果映射T满足：

(1) 任给$\boldsymbol{\alpha}$，$\boldsymbol{\beta}\in V_n$，有$T(\boldsymbol{\alpha}+\boldsymbol{\beta})=T(\boldsymbol{\alpha})+T(\boldsymbol{\beta})$；

(2) 任给$\boldsymbol{\alpha}\in V_n$，$\lambda\in\mathbf{R}$，有$T(\lambda\boldsymbol{\alpha})=\lambda T(\boldsymbol{\alpha})$.

则称T为从V_n到U_m的线性映射，或称为线性变换.

定义 6.9 中的条件(1)、(2) 等价于如下条件：

(3) 任给$\boldsymbol{\alpha}$，$\boldsymbol{\beta}\in V_n$，$\lambda$，$\mu\in\mathbf{R}$，有$T(\lambda\boldsymbol{\alpha}+\mu\boldsymbol{\beta})=\lambda T(\boldsymbol{\alpha})+\mu T(\boldsymbol{\beta})$.

换言之，线性变换就是保持了线性运算的映射.

例如，关系式

$$\begin{pmatrix} y_1 \\ y_2 \\ \vdots \\ y_m \end{pmatrix} = \begin{pmatrix} a_{11} & a_{12} & \cdots & a_{1n} \\ a_{21} & a_{22} & \cdots & a_{2n} \\ \vdots & \vdots & & \vdots \\ a_{m1} & a_{m2} & \cdots & a_{mn} \end{pmatrix} \begin{pmatrix} x_1 \\ x_2 \\ \vdots \\ x_n \end{pmatrix}$$

就确定了一个从$\mathbf{R}^n$ 到 $\mathbf{R}^m$ 的线性映射.

小贴士

特别地，若$V_n = U_m$，那么T是一个从线性空间V_n到自身的线性映射，称为线性空间V_n中的线性变换. 下面只讨论线性空间V_n中的线性变换.

例 6.13　在线性空间 $P(x)_3$ 中，对任意 $p = a_3x^3 + a_2x^2 + a_1x + a_0 \in P(x)_3$，判定下列变换是否为 $P(x)_3$ 中的线性变换：

(1) 微分运算 $\mathrm{D}(p) = 3a_3x^2 + 2a_2x + a_1$；

(2) $T(p) = a_0$；

(3) $T_1(p) = 1$.

解 (1) 任取$p = a_3x^3 + a_2x^2 + a_1x + a_0 \in P(x)_3$，$q = b_3x^3 + b_2x^2 + b_1x + b_0 \in P(x)_3$，有

$$\mathrm{D}(p) = 3a_3x^2 + 2a_2x + a_1, \quad \mathrm{D}(q) = 3b_3x^2 + 2b_2x + b_1$$

于是

$$\begin{aligned} \mathrm{D}(p+q) &= \mathrm{D}[(a_3+b_3)x^3 + (a_2+b_2)x^2 + (a_1+b_1)x + (a_0+b_0)] \\ &= 3(a_3+b_3)x^2 + 2(a_2+b_2)x + (a_1+b_1) \\ &= (3a_3x^2 + 2a_2x + a_1) + (3b_3x^2 + 2b_2x + b_1) \\ &= \mathrm{D}(p) + \mathrm{D}(q) \end{aligned}$$

$$\begin{aligned} \mathrm{D}(\lambda p) &= \mathrm{D}(\lambda a_3x^3 + \lambda a_2x^2 + \lambda a_1x + \lambda a_0) \\ &= \lambda(3a_3x^2 + 2a_2x + a_1) \\ &= \lambda \mathrm{D}(p) \end{aligned}$$

所以D是 $P(x)_3$ 中的一个线性变换.

(2) 任取$p = a_3x^3 + a_2x^2 + a_1x + a_0 \in P(x)_3$，$q = b_3x^3 + b_2x^2 + b_1x + b_0 \in P(x)_3$，有$T(p) = a_0$，$T(q) = b_0$，于是

$$T(p+q) = a_0 + b_0 = T(p) + T(q), \quad T(\lambda p) = \lambda a_0 = \lambda T(p)$$

所以T也是$P(x)_3$ 上的线性变换.

(3) 任取$p = a_3x^3 + a_2x^2 + a_1x + a_0 \in P(x)_3$，$q = b_3x^3 + b_2x^2 + b_1x + b_0 \in P(x)_3$，有

$$T_1(p)=1,\quad T_1(q)=1$$

而$T_1(p+q)=1$，$T_1(p)+T_1(q)=1+1=2$，即$T_1(p+q)\neq T_1(p)+T_1(q)$，所以$T_1$是$P(x)_3$中的一个变换，但不是线性变换.

例 6.14　在线性空间$\mathbf{R}^n$中，定义变换$T_{\mathbf{A}}$如下：

$$T_{\mathbf{A}}(\boldsymbol{\alpha})=\mathbf{A}\boldsymbol{\alpha},\ \boldsymbol{\alpha}\in\mathbf{R}^n$$

其中，$\mathbf{A}$是一个给定的n阶方阵，验证$T_{\mathbf{A}}$是线性空间$\mathbf{R}^n$上的线性变换.

解　对任意的$\boldsymbol{\alpha}$，$\boldsymbol{\beta}\in\mathbf{R}^n$，$\lambda\in\mathbf{R}$有

$$T_{\mathbf{A}}(\boldsymbol{\alpha}+\boldsymbol{\beta})=\mathbf{A}(\boldsymbol{\alpha}+\boldsymbol{\beta})=\mathbf{A}\boldsymbol{\alpha}+\mathbf{A}\boldsymbol{\beta}=T_{\mathbf{A}}(\boldsymbol{\alpha})+T_{\mathbf{A}}(\boldsymbol{\beta})$$

$$T_{\mathbf{A}}(\lambda\boldsymbol{\alpha})=\mathbf{A}(\lambda\boldsymbol{\alpha})=\lambda\mathbf{A}\boldsymbol{\alpha}=\lambda\, T_{\mathbf{A}}(\boldsymbol{\alpha})$$

故$T_{\mathbf{A}}$是$\mathbf{R}^n$中的线性变换.

若取$\mathbf{A}=\begin{pmatrix}\cos\varphi & -\sin\varphi\\ \sin\varphi & \cos\varphi\end{pmatrix}$，$\mathbf{R}^n=\mathbf{R}^2$，$\boldsymbol{\alpha}=\begin{pmatrix}x\\y\end{pmatrix}\in\mathbf{R}^2$，则

$$T_{\mathbf{A}}(\boldsymbol{\alpha})=T_{\mathbf{A}}\begin{pmatrix}x\\y\end{pmatrix}=\begin{pmatrix}\cos\varphi & -\sin\varphi\\ \sin\varphi & \cos\varphi\end{pmatrix}\begin{pmatrix}x\\y\end{pmatrix}$$

上述关系式确定了xOy平面上的一个变换.

若记

$$\begin{cases}x=r\cos\theta\\ y=r\sin\theta\end{cases}$$

于是

$$T_{\mathbf{A}}(\boldsymbol{\alpha})=T_{\mathbf{A}}\begin{pmatrix}x\\y\end{pmatrix}=\begin{pmatrix}x\cos\varphi-y\sin\varphi\\ x\sin\varphi+y\cos\varphi\end{pmatrix}=\begin{pmatrix}r\cos\theta\cos\varphi-r\sin\theta\sin\varphi\\ r\cos\theta\sin\varphi+r\sin\theta\cos\varphi\end{pmatrix}=\begin{pmatrix}r\cos(\theta+\varphi)\\ r\sin(\theta+\varphi)\end{pmatrix}$$

这表明线性变换$T_{\mathbf{A}}$把$\mathbf{R}^2$中的任一向量按逆时针方向旋转φ角，称这个变换为xOy平面上的坐标旋转变换.

线性变换具有以下性质：

(1)$T(\mathbf{0})=0$，$T(-\boldsymbol{\alpha})=-T(\boldsymbol{\alpha})$.

(2) 若$\boldsymbol{\beta}=k_1\boldsymbol{\alpha}_1+k_2\boldsymbol{\alpha}_2+\cdots+k_m\boldsymbol{\alpha}_m$，则$T(\boldsymbol{\beta})=k_1T(\boldsymbol{\alpha}_1)+k_2T(\boldsymbol{\alpha}_2)+\cdots+k_mT(\boldsymbol{\alpha}_m)$.

(3) 若$\boldsymbol{\alpha}_1$，$\boldsymbol{\alpha}_2$，…，$\boldsymbol{\alpha}_m$线性相关，则$T(\boldsymbol{\alpha}_1)$，$T(\boldsymbol{\alpha}_2)$，…，$T(\boldsymbol{\alpha}_m)$也线性相关.

性质(3)表明，线性变换后线性相关的向量组仍线性相关. 但需注意，其逆命题不成立，即若$\boldsymbol{\alpha}_1$，$\boldsymbol{\alpha}_2$，…，$\boldsymbol{\alpha}_m$线性无关，则$T(\boldsymbol{\alpha}_1)$，$T(\boldsymbol{\alpha}_2)$，…，$T(\boldsymbol{\alpha}_m)$不一定线性无关. 对任意的$\boldsymbol{\alpha}\in V_n$，定义$T(\boldsymbol{\alpha})=0$为$V_n$中的零变换. 它可把线性无关的向量组变换成线性相关的向量组. 性质(3)的逆命题之所以不成立，是因为T作为V_n到自身的映射未必是一一对应映射.

定义 6.10　如果 T 是 V_n 到自身的一一对应映射，则称 T 为可逆线性变换.

可逆线性变换保持向量线性相关性不变.

(4) 若 T 是可逆线性变换，则 $\boldsymbol{\alpha}_1$，$\boldsymbol{\alpha}_2$，…，$\boldsymbol{\alpha}_m$ 线性相关的充分必要条件是 $T(\boldsymbol{\alpha}_1)$，$T(\boldsymbol{\alpha}_2)$，…，$T(\boldsymbol{\alpha}_m)$ 线性相关.

定义 6.11　线性变换 T 的像集 $T(V_n)$ 是一个线性空间(V_n 的子空间)，称为线性变换 T 的像空间. 使 $T(\boldsymbol{\alpha})=0$ 的 $\boldsymbol{\alpha}$ 的全体 $S_T=\{\boldsymbol{\alpha} \mid \boldsymbol{\alpha} \in V_n，T(\boldsymbol{\alpha})=0\}$，也是 V_n 的子空间，称 S_T 为线性变换 T 的**核**.

在例 6.14 中，若设 n 阶方阵为

$$\boldsymbol{A}=\begin{pmatrix} a_{11} & a_{12} & \cdots & a_{1n} \\ a_{21} & a_{22} & \cdots & a_{2n} \\ \vdots & \vdots & & \vdots \\ a_{n1} & a_{n2} & \cdots & a_{nn} \end{pmatrix}=(a_1，a_2，\cdots，a_n)$$

其中，$\boldsymbol{\alpha}_i=(a_{1i}，a_{2i}，\cdots，a_{ni})^{\mathrm{T}}(i=1，2，\cdots，n)$，则 T 的像空间就是由 $\boldsymbol{\alpha}_1$，$\boldsymbol{\alpha}_2$，…，$\boldsymbol{\alpha}_n$ 所生成的向量空间，即

$$T(\mathbf{R}^n)=\{y=x_1\boldsymbol{\alpha}_1+x_2\boldsymbol{\alpha}_2+\cdots+x_n\boldsymbol{\alpha}_n \mid x_1，x_2，\cdots，x_n \in \mathbf{R}^n\}$$

T 的核 S_T 就是齐次线性方程组 $\boldsymbol{Ax}=\mathbf{0}$ 的解空间.

第四节　线性变换的矩阵表示

例 6.14 中，设 $\boldsymbol{A}$ 是 n 阶方阵，则 $T(\boldsymbol{x})=\boldsymbol{Ax}(\boldsymbol{x} \in \mathbf{R}^n)$ 表示 $\mathbf{R}^n$ 中的一个线性变换. 我们希望 $\mathbf{R}^n$ 中任何一个线性变换都能用这样的关系式来表示. 为此，将矩阵 $\boldsymbol{A}$ 按列分块为

$$\boldsymbol{A}=(\boldsymbol{\alpha}_1，\boldsymbol{\alpha}_2，\cdots，\boldsymbol{\alpha}_i，\cdots，\boldsymbol{\alpha}_n)$$

考虑到

$$\boldsymbol{\alpha}_1=\boldsymbol{A\varepsilon}_1，\boldsymbol{\alpha}_2=\boldsymbol{A\varepsilon}_2，\cdots，\boldsymbol{\alpha}_n=\boldsymbol{A\varepsilon}_n$$

其中，$\boldsymbol{\varepsilon}_1=(1，0，0，\cdots，0)^{\mathrm{T}}$，$\boldsymbol{\varepsilon}_2=(0，1，0，\cdots，0)^{\mathrm{T}}$，…，$\boldsymbol{\varepsilon}_n=(0，0，\cdots，0，1)^{\mathrm{T}}$ 为坐标单位向量，即

$$\boldsymbol{\alpha}_i=T(\boldsymbol{\varepsilon}_i)\quad(i=1，2，\cdots，n)$$

可见如果线性变换 T 满足 $T(\boldsymbol{x})=\boldsymbol{Ax}$，则矩阵 $\boldsymbol{A}$ 就是以 $T(\boldsymbol{\varepsilon}_i)(i=1，2，\cdots，n)$ 为列向量的矩阵. 反之，如果一个线性变换 T 使得 $\boldsymbol{\alpha}_i=T(\boldsymbol{\varepsilon}_i)(i=1，2，\cdots，n)$，则

$$\begin{aligned} T(\boldsymbol{x}) &= T[(\boldsymbol{\varepsilon}_1，\boldsymbol{\varepsilon}_2，\cdots，\boldsymbol{\varepsilon}_n)\boldsymbol{x}]=T(x_1\boldsymbol{\varepsilon}_1+x_2\boldsymbol{\varepsilon}_2+\cdots+x_n\boldsymbol{\varepsilon}_n) \\ &= x_1T(\boldsymbol{\varepsilon}_1)+x_2T(\boldsymbol{\varepsilon}_2)+\cdots+x_nT(\boldsymbol{\varepsilon}_n) \\ &= (T(\boldsymbol{\varepsilon}_1)，T(\boldsymbol{\varepsilon}_2)，\cdots，T(\boldsymbol{\varepsilon}_n))\boldsymbol{x} \\ &= (a_1，a_2，\cdots，a_n)\boldsymbol{x}=\boldsymbol{Ax} \end{aligned}$$

因此，$\mathbf{R}^n$ 中的任何一个线性变换 T，都能用关系式 $T(x)=\boldsymbol{A}\boldsymbol{x}\ (x\in\mathbf{R}^n)$ 表示，其中

$$\boldsymbol{A}=(T(\boldsymbol{\varepsilon}_1),\ T(\boldsymbol{\varepsilon}_2),\ \cdots,\ T(\boldsymbol{\varepsilon}_n))$$

把上面的结论推广到一般的线性空间中，有如下定义

定义 6.12 设 T 是线性空间 V_n 中的线性变换，$\boldsymbol{\alpha}_1$，$\boldsymbol{\alpha}_2$，…，$\boldsymbol{\alpha}_n$ 是 V_n 的一组基，如果这组基在线性变换 T 下的像(用这组基线性表示)为

$$\begin{cases} T(\boldsymbol{\alpha}_1)=a_{11}\boldsymbol{\alpha}_1+a_{21}\boldsymbol{\alpha}_2+\cdots+a_{n1}\boldsymbol{\alpha}_n \\ T(\boldsymbol{\alpha}_2)=a_{12}\boldsymbol{\alpha}_1+a_{22}\boldsymbol{\alpha}_2+\cdots+a_{n2}\boldsymbol{\alpha}_n \\ \qquad\vdots \\ T(\boldsymbol{\alpha}_n)=a_{1n}\boldsymbol{\alpha}_1+a_{2n}\boldsymbol{\alpha}_2+\cdots+a_{nn}\boldsymbol{\alpha}_n \end{cases} \tag{6.5}$$

记 $T(\boldsymbol{\alpha}_1,\ \boldsymbol{\alpha}_2,\ \cdots,\ \boldsymbol{\alpha}_n)=(T(\boldsymbol{\alpha}_1),\ T(\boldsymbol{\alpha}_2),\ \cdots,\ T(\boldsymbol{\alpha}_n))$，则式(6.5)可以写成

$$T(\boldsymbol{\alpha}_1,\ \boldsymbol{\alpha}_2,\ \cdots,\ \boldsymbol{\alpha}_n)=(\boldsymbol{\alpha}_1,\ \boldsymbol{\alpha}_2,\ \cdots,\ \boldsymbol{\alpha}_n)\boldsymbol{A}$$

其中

$$\boldsymbol{A}=\begin{pmatrix} a_{11} & a_{12} & \cdots & a_{1n} \\ a_{21} & a_{22} & \cdots & a_{2n} \\ \vdots & \vdots & & \vdots \\ a_{n1} & a_{n2} & \cdots & a_{nn} \end{pmatrix}$$

称 $\boldsymbol{A}$ 为线性变换 T 在基 $\boldsymbol{\alpha}_1$，$\boldsymbol{\alpha}_2$，…，$\boldsymbol{\alpha}_n$ 下的矩阵.

由此定义可见，线性变换 T 在基 $\boldsymbol{\alpha}_1$，$\boldsymbol{\alpha}_2$，…，$\boldsymbol{\alpha}_n$ 下的矩阵 $\boldsymbol{A}$ 的第 j 列元素是 $T(\boldsymbol{\alpha}_j)$ 在基 $\boldsymbol{\alpha}_1$，$\boldsymbol{\alpha}_2$，…，$\boldsymbol{\alpha}_n$ 下的坐标，因此，矩阵 $\boldsymbol{A}$ 由基的像 $T(\boldsymbol{\alpha}_1)$，$T(\boldsymbol{\alpha}_2)$，…，$T(\boldsymbol{\alpha}_n)$ 唯一确定.

反过来，设 $\boldsymbol{A}$ 为线性变换 T 在基 $\boldsymbol{\alpha}_1$，$\boldsymbol{\alpha}_2$，…，$\boldsymbol{\alpha}_n$ 下的矩阵，则对于 V_n 中任意向量 $\boldsymbol{\alpha}$，记

$$\boldsymbol{\alpha}=x_1\boldsymbol{\alpha}_1+x_2\boldsymbol{\alpha}_2+\cdots+x_n\boldsymbol{\alpha}_n$$

则

$$\begin{aligned} T(\boldsymbol{\alpha}) &= T(x_1\boldsymbol{\alpha}_1+x_2\boldsymbol{\alpha}_2+\cdots+x_n\boldsymbol{\alpha}_n) \\ &= x_1T(\boldsymbol{\alpha}_1)+x_2T(\boldsymbol{\alpha}_2)+\cdots+x_nT(\boldsymbol{\alpha}_n) \\ &= (T(\boldsymbol{\alpha}_1),\ T(\boldsymbol{\alpha}_2),\ \cdots,\ T(\boldsymbol{\alpha}_n))\begin{pmatrix} x_1 \\ x_2 \\ \vdots \\ x_n \end{pmatrix} \\ &= (\boldsymbol{\alpha}_1,\ \boldsymbol{\alpha}_2,\ \cdots,\ \boldsymbol{\alpha}_n)\boldsymbol{A}\begin{pmatrix} x_1 \\ x_2 \\ \vdots \\ x_n \end{pmatrix} \end{aligned}$$

即

$$T\left((\boldsymbol{\alpha}_1, \boldsymbol{\alpha}_2, \cdots, \boldsymbol{\alpha}_n)\begin{pmatrix} x_1 \\ x_2 \\ \vdots \\ x_n \end{pmatrix}\right) = (\boldsymbol{\alpha}_1, \boldsymbol{\alpha}_2, \cdots, \boldsymbol{\alpha}_n)\boldsymbol{A}\begin{pmatrix} x_1 \\ x_2 \\ \vdots \\ x_n \end{pmatrix} \tag{6.6}$$

式(6.6)唯一地确定一个线性变换 T，此线性变换 T 是以 $\boldsymbol{A}$ 为矩阵的线性变换.

小贴士

在 V_n 中取定一个基以后，由线性变换 T 可以唯一地确定一个矩阵 $\boldsymbol{A}$；反过来，由一个矩阵 $\boldsymbol{A}$ 也可以唯一地确定一个线性变换 T. 因此，线性变换与矩阵之间存在一一对应关系.

由式(6.6)还可得到下面定理.

定理 6.3　设 $\boldsymbol{A}$ 为线性变换 T 在基 $\boldsymbol{\alpha}_1, \boldsymbol{\alpha}_2, \cdots, \boldsymbol{\alpha}_n$ 下的矩阵，如果向量 $\boldsymbol{\alpha}$ 在基 $\boldsymbol{\alpha}_1, \boldsymbol{\alpha}_2, \cdots, \boldsymbol{\alpha}_n$ 下的坐标为 $\boldsymbol{x}=(x_1, x_2, \cdots, x_n)^{\mathrm{T}}$，$T(\boldsymbol{\alpha})$ 在基 $\boldsymbol{\alpha}_1, \boldsymbol{\alpha}_2, \cdots, \boldsymbol{\alpha}_n$ 下的坐标 $\boldsymbol{y}=(y_1, y_2, \cdots, y_n)^{\mathrm{T}}$，则 $\boldsymbol{y}=\boldsymbol{A}\boldsymbol{x}$.

例 6.15　在线性空间 $P(x)_3$ 中，取基 $p_1=x^3$，$p_2=x^2$，$p_3=x$，$p_4=1$，求微分运算 D 在该基下的矩阵.

解　因为

$$\begin{cases} \mathrm{D}(p_1)=3x^2=0p_1+3p_2+0p_3+0p_4 \\ \mathrm{D}(p_2)=2x=0p_1+0p_2+2p_3+0p_4 \\ \mathrm{D}(p_3)=1=0p_1+0p_2+0p_3+1p_4 \\ \mathrm{D}(p_4)=0=0p_1+0p_2+0p_3+0p_4 \end{cases}$$

即

$$\mathrm{D}(p_1, p_2, p_3, p_4)=(p_1, p_2, p_3, p_4)\begin{pmatrix} 0 & 0 & 0 & 0 \\ 3 & 0 & 0 & 0 \\ 0 & 2 & 0 & 0 \\ 0 & 0 & 1 & 0 \end{pmatrix}$$

所以 D 在这组基下的矩阵为

$$\boldsymbol{A}=\begin{pmatrix} 0 & 0 & 0 & 0 \\ 3 & 0 & 0 & 0 \\ 0 & 2 & 0 & 0 \\ 0 & 0 & 1 & 0 \end{pmatrix}$$

例 6.16　在 $\mathbf{R}^3$ 中，T 表示将向量投影到 xOy 平面的线性变换，即

$$T(x\boldsymbol{i}+y\boldsymbol{j}+z\boldsymbol{k})=x\boldsymbol{i}+y\boldsymbol{j}$$

(1) 取基为 $\boldsymbol{i}$，$\boldsymbol{j}$，$\boldsymbol{k}$，求 T 的矩阵；

(2) 取基为 $\boldsymbol{\alpha}=\boldsymbol{i}$，$\boldsymbol{\beta}=\boldsymbol{j}$，$\boldsymbol{\gamma}=\boldsymbol{i}+\boldsymbol{j}+\boldsymbol{k}$，求 T 的矩阵.

解　(1) 因为

$$\begin{cases} T(\boldsymbol{i})=\boldsymbol{i} \\ T(\boldsymbol{j})=\boldsymbol{j} \\ T(\boldsymbol{k})=\boldsymbol{0} \end{cases}$$

即

$$T(\boldsymbol{i},\ \boldsymbol{j},\ \boldsymbol{k})=(\boldsymbol{i},\ \boldsymbol{j},\ \boldsymbol{k})\begin{pmatrix} 1 & 0 & 0 \\ 0 & 1 & 0 \\ 0 & 0 & 0 \end{pmatrix}$$

所以 T 在基 $\boldsymbol{i}$，$\boldsymbol{j}$，$\boldsymbol{k}$ 下的矩阵为

$$\boldsymbol{A}=\begin{pmatrix} 1 & 0 & 0 \\ 0 & 1 & 0 \\ 0 & 0 & 0 \end{pmatrix}$$

(2) 因为

$$\begin{cases} T(\boldsymbol{\alpha})=\boldsymbol{i}=\boldsymbol{\alpha} \\ T(\boldsymbol{\beta})=\boldsymbol{j}=\boldsymbol{\beta} \\ T(\boldsymbol{\gamma})=\boldsymbol{i}+\boldsymbol{j}+\boldsymbol{k}=\boldsymbol{\alpha}+\boldsymbol{\beta}+\boldsymbol{\gamma} \end{cases}$$

即

$$T(\boldsymbol{\alpha},\ \boldsymbol{\beta},\ \boldsymbol{\gamma})=(\boldsymbol{\alpha},\ \boldsymbol{\beta},\ \boldsymbol{\gamma})\begin{pmatrix} 1 & 0 & 1 \\ 0 & 1 & 1 \\ 0 & 0 & 1 \end{pmatrix}$$

所以 T 在基 $\boldsymbol{\alpha}=\boldsymbol{i}$，$\boldsymbol{\beta}=\boldsymbol{j}$，$\boldsymbol{\gamma}=\boldsymbol{i}+\boldsymbol{j}+\boldsymbol{k}$ 下的矩阵为

$$\boldsymbol{A}=\begin{pmatrix} 1 & 0 & 1 \\ 0 & 1 & 1 \\ 0 & 0 & 1 \end{pmatrix}$$

由上例可见，同一个线性变换在不同基下有不同的矩阵，那么这些矩阵之间有什么关系呢？

定理6.4　设 T 是线性空间 V_n 中的线性变换，$\boldsymbol{\alpha}_1$，$\boldsymbol{\alpha}_2$，…，$\boldsymbol{\alpha}_n$ 和 $\boldsymbol{\beta}_1$，$\boldsymbol{\beta}_2$，…，$\boldsymbol{\beta}_n$ 是 V_n 的两组不同的基，V_n 中的线性变换 T 在这两组基下的矩阵分别是为 $\boldsymbol{A}$ 和 $\boldsymbol{B}$，若由基 $\boldsymbol{\alpha}_1$，$\boldsymbol{\alpha}_2$，…，$\boldsymbol{\alpha}_n$ 到基 $\boldsymbol{\beta}_1$，$\boldsymbol{\beta}_2$，…，$\boldsymbol{\beta}_n$ 的过渡矩阵为 $\boldsymbol{P}$，则 $\boldsymbol{B}=\boldsymbol{P}^{-1}\boldsymbol{AP}$.

证　由于由基 $\boldsymbol{\alpha}_1$，$\boldsymbol{\alpha}_2$，…，$\boldsymbol{\alpha}_n$ 到基 $\boldsymbol{\beta}_1$，$\boldsymbol{\beta}_2$，…，$\boldsymbol{\beta}_n$ 的过渡矩阵为 $\boldsymbol{P}$，所以 $\boldsymbol{P}$ 可逆，且

$$(\boldsymbol{\beta}_1,\ \boldsymbol{\beta}_2,\ \cdots,\ \boldsymbol{\beta}_n)=(\boldsymbol{\alpha}_1,\ \boldsymbol{\alpha}_2,\ \cdots,\ \boldsymbol{\alpha}_n)\boldsymbol{P}$$

而

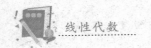

$$T(\boldsymbol{\alpha}_1, \boldsymbol{\alpha}_2, \cdots, \boldsymbol{\alpha}_n) = (\boldsymbol{\alpha}_1, \boldsymbol{\alpha}_2, \cdots, \boldsymbol{\alpha}_n)\boldsymbol{A}$$
$$T(\boldsymbol{\beta}_1, \boldsymbol{\beta}_2, \cdots, \boldsymbol{\beta}_n) = (\boldsymbol{\beta}_1, \boldsymbol{\beta}_2, \cdots, \boldsymbol{\beta}_n)\boldsymbol{B}$$

于是

$$\begin{aligned}(\boldsymbol{\beta}_1, \boldsymbol{\beta}_2, \cdots, \boldsymbol{\beta}_n)\boldsymbol{B} &= T(\boldsymbol{\beta}_1, \boldsymbol{\beta}_2, \cdots, \boldsymbol{\beta}_n) = T[(\boldsymbol{\alpha}_1, \boldsymbol{\alpha}_2, \cdots, \boldsymbol{\alpha}_n)\boldsymbol{P}]\\ &= [T(\boldsymbol{\alpha}_1, \boldsymbol{\alpha}_2, \cdots, \boldsymbol{\alpha}_n)]\boldsymbol{P} = (\boldsymbol{\alpha}_1, \boldsymbol{\alpha}_2, \cdots, \boldsymbol{\alpha}_n)\boldsymbol{A}\boldsymbol{P}\\ &= (\boldsymbol{\beta}_1, \boldsymbol{\beta}_2, \cdots, \boldsymbol{\beta}_n)\boldsymbol{P}^{-1}\boldsymbol{A}\boldsymbol{P}\end{aligned}$$

因为 $\boldsymbol{\beta}_1, \boldsymbol{\beta}_2, \cdots, \boldsymbol{\beta}_n$ 线性无关，所以 $\boldsymbol{B} = \boldsymbol{P}^{-1}\boldsymbol{A}\boldsymbol{P}$.

该定理表明 V_n 中的线性变换 T 在两个不同基下的矩阵是相似的，且这两个基之间的过渡矩阵就是对应的相似变换矩阵.

例 6.17　设 V_2 中的线性变换 T 在基 $\boldsymbol{\alpha}_1$，$\boldsymbol{\alpha}_2$ 下的矩阵为 $\boldsymbol{A} = \begin{pmatrix} a_{11} & a_{12} \\ a_{21} & a_{22} \end{pmatrix}$，求 T 在基 $\boldsymbol{\alpha}_2$，$\boldsymbol{\alpha}_1$ 下的矩阵.

解　因为 $(\boldsymbol{\alpha}_1, \boldsymbol{\alpha}_2) = (\boldsymbol{\alpha}_2, \boldsymbol{\alpha}_1)\begin{pmatrix} 0 & 1 \\ 1 & 0 \end{pmatrix}$，所以 $\boldsymbol{P} = \begin{pmatrix} 0 & 1 \\ 1 & 0 \end{pmatrix}$，求得 $\boldsymbol{P}^{-1} = \begin{pmatrix} 0 & 1 \\ 1 & 0 \end{pmatrix}$，于是 T 在基 $\boldsymbol{\alpha}_2$，$\boldsymbol{\alpha}_1$ 下的矩阵为

$$\boldsymbol{B} = \begin{pmatrix} 0 & 1 \\ 1 & 0 \end{pmatrix}\begin{pmatrix} a_{11} & a_{12} \\ a_{21} & a_{22} \end{pmatrix}\begin{pmatrix} 0 & 1 \\ 1 & 0 \end{pmatrix} = \begin{pmatrix} a_{22} & a_{21} \\ a_{12} & a_{11} \end{pmatrix}$$

定义 6.13　线性变换 T 的像空间 $T(V_n)$ 的维数，称为线性变换 T 的秩.

小贴士

显然，若 $\boldsymbol{A}$ 是线性变换 T 的矩阵，则 T 的秩就是 $r(\boldsymbol{A})$. 若 T 的秩为 r，则 T 的核心 S_T 的维数为 $n-r$.

第五节　欧氏空间简介

一、内积及欧式空间的概念

在线性空间中，向量之间的运算只有加法运算与数乘运算，统称为线性运算. 与几何空间相比，就会发现向量的长度、夹角等度量性质在线性空间中没有得到体现. 但是向量的这些度量性质无论在理论上还是在实际问题中都有着特殊的作用，因此，有必要在线性空间中引入度量的概念.

定义 6.14　设 V 是实数域 $\mathbf{R}$ 上的线性空间，如果对于 V 中任意两个向量 $\boldsymbol{\alpha}$，$\boldsymbol{\beta}$，都有一个实数与之对应，记作 $[\boldsymbol{\alpha}, \boldsymbol{\beta}]$，它满足：

(1) $[\boldsymbol{\alpha}, \boldsymbol{\beta}] = [\boldsymbol{\beta}, \boldsymbol{\alpha}]$；

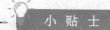

(2)$[\lambda\boldsymbol{\alpha}, \boldsymbol{\beta}]=\lambda[\boldsymbol{\alpha}, \boldsymbol{\beta}]$;

(3)$[\boldsymbol{\alpha}+\boldsymbol{\beta}, \boldsymbol{\gamma}]=[\boldsymbol{\alpha}, \boldsymbol{\gamma}]+[\boldsymbol{\beta}, \boldsymbol{\gamma}]$;

(4)$[\boldsymbol{\alpha}, \boldsymbol{\alpha}]\geqslant 0$，当且仅当 $\boldsymbol{\alpha}=\mathbf{0}$ 时，$[\boldsymbol{\alpha}, \boldsymbol{\alpha}]=0$.

则称实数$[\boldsymbol{\alpha}, \boldsymbol{\beta}]$为向量 $\boldsymbol{\alpha}$ 与 $\boldsymbol{\beta}$ 的内积.

定义 6.15 定义内积的线性空间 V 称为欧几里得(Euclidean)空间，简称欧氏空间，也称为**实内积空间**.

线性空间的内涵十分丰富，引入内积的方法也是多种多样的，只要符合内积定义中 4 条公理就可以.

例 6.18 在线性空间 $\mathbf{R}^n$ 中，对于向量 $\boldsymbol{\alpha}=(a_1, a_2, \cdots, a_n)^{\mathrm{T}}$，$\boldsymbol{\beta}=(b_1, b_2, \cdots, b_n)^{\mathrm{T}}$，定义内积

$$[\boldsymbol{\alpha}, \boldsymbol{\beta}]=a_1b_1+a_2b_2+\cdots+a_nb_n \tag{6.7}$$

式(6.7)构成$\mathbf{R}^n$ 中的内积. 引入上述内积之后，$\mathbf{R}^n$ 就成为一个欧氏空间. 以后仍用$\mathbf{R}^n$ 来表这个欧氏空间，由式(6.7)定义的内积称为$\mathbf{R}^n$ 的标准内积. 在 $n=3$ 时，式(6.7)就是几何空间中向量的内积在直角坐标系中的坐标表达式. 除非特别说明，$\mathbf{R}^n$ 中的内积总是指标准内积.

例 6.19 在闭区间$[a, b]$上连续的所有实函数构成的线性空间$C[a, b]$中，对于任意两个函数 $f(x)$ 和 $g(x)$，定义内积

$$[f(x), g(x)]=\int_a^b f(x)g(x)\mathrm{d}x \tag{6.8}$$

由定积分的性质不难证明，式(6.8)满足内积定义中的4条公理，因此$C[a, b]$构成一个欧氏空间. 特别地，线性空间 $P(x)_n$ 对于内积式(6.8)也构成欧氏空间.

例 6.20 对于$\mathbf{R}^{m\times n}$ 中的任意元$\boldsymbol{A}=(a_{ij})_{m\times n}$ 和 $\boldsymbol{B}=(b_{ij})_{m\times n}$，定义内积

$$[\boldsymbol{A}, \boldsymbol{B}]=\sum_{i=1}^{m}\sum_{j=1}^{n}a_{ij}b_{ij} \tag{6.9}$$

可以证明，式(6.9)满足内积定义中的 4 条公理，因此，$\mathbf{R}^{m\times n}$ 按此内积构成欧氏空间.

由内积的定义不难得出内积具有如下性质：

(1)$[\boldsymbol{\alpha}, \mathbf{0}]=0$;

(2)$\left[\sum_{i=1}^{m}\lambda_i\boldsymbol{\alpha}_i, \sum_{j=1}^{n}\mu_j\boldsymbol{\beta}_j\right]=\sum_{i=1}^{m}\sum_{j=1}^{n}\lambda_i\mu_j[\boldsymbol{\alpha}_i, \boldsymbol{\beta}_j]$;

(3)$[\boldsymbol{\alpha}, \boldsymbol{\beta}]^2\leqslant[\boldsymbol{\alpha}, \boldsymbol{\alpha}][\boldsymbol{\beta}, \boldsymbol{\beta}]$，当且仅当$\boldsymbol{\alpha}$与$\boldsymbol{\beta}$线性相关时，等号成立(称此不等式为柯西－布尼亚科夫斯基不等式).

在不同的欧氏空间中，向量及其内积的含义不同，因此，柯西－布尼亚科夫斯基不等式具有不同的形式，如在$\mathbf{R}^n$ 中，有

$$\left(\sum_{i=1}^{n} a_j b_i\right)^2 \leqslant \left(\sum_{i=1}^{n} a_i^2\right)\left(\sum_{i=1}^{n} b_i^2\right)$$

而在 $C[\boldsymbol{a}, \boldsymbol{b}]$ 中，有

$$\left[\int_a^b f(x)g(x)\mathrm{d}x\right]^2 \leqslant \left[\int_a^b f^2(x)\mathrm{d}x\right]\left[\int_a^b g^2(x)\mathrm{d}x\right]$$

仿照向量空间，在一般的欧氏空间中，引入向量的长度、夹角、正交等概念.

定义 6.16　设 $\boldsymbol{\alpha}$ 为欧氏空间 V 中的一个向量，非负实数 $\sqrt{[\boldsymbol{\alpha}, \boldsymbol{\alpha}]}$ 称为向量 $\boldsymbol{\alpha}$ 的**长度**(或**范数**)，记为 $\|\boldsymbol{\alpha}\|$，即 $\|\boldsymbol{\alpha}\| = \sqrt{[\boldsymbol{\alpha}, \boldsymbol{\alpha}]}$.

当 $\|\boldsymbol{\alpha}\| = 1$ 时，称 $\boldsymbol{\alpha}$ 为**单位向量**. 如果 $\boldsymbol{\alpha} \neq \boldsymbol{0}$，则向量 $\dfrac{1}{\|\boldsymbol{\alpha}\|}\boldsymbol{\alpha}$ 就是一个单位向量. 对非零向量 $\boldsymbol{\alpha}$ 做运算 $\dfrac{1}{\|\boldsymbol{\alpha}\|}\boldsymbol{\alpha}$，称为把向量 $\boldsymbol{\alpha}$ 单位化.

容易验证，向量的长度具有下列性质.

(1) 非负性. $\|\boldsymbol{\alpha}\| \geqslant 0$. 当且仅当 $\boldsymbol{\alpha} = \boldsymbol{0}$ 时，$\|\boldsymbol{\alpha}\| = 0$.

(2) 齐次性. $\|\lambda\boldsymbol{\alpha}\| = |\lambda|\,\|\boldsymbol{\alpha}\|$.

(3) 三角不等式. $\|\boldsymbol{\alpha} + \boldsymbol{\beta}\| \leqslant \|\boldsymbol{\alpha}\| + \|\boldsymbol{\beta}\|$.

当 $\boldsymbol{\alpha} \neq \boldsymbol{0}$，$\boldsymbol{\beta} \neq \boldsymbol{0}$ 时，由(3)有 $[\boldsymbol{\alpha}, \boldsymbol{\beta}] \leqslant \sqrt{[\boldsymbol{\alpha}, \boldsymbol{\alpha}][\boldsymbol{\beta}, \boldsymbol{\beta}]} = \|\boldsymbol{\alpha}\|\,\|\boldsymbol{\beta}\|$，从而有 $\left|\dfrac{[\boldsymbol{\alpha}, \boldsymbol{\beta}]}{\|\boldsymbol{\alpha}\|\,\|\boldsymbol{\beta}\|}\right| \leqslant 1$.

定义 6.17　设 V 为欧氏空间，对于 V 中任意两个非零向量 $\boldsymbol{\alpha}$ 和 $\boldsymbol{\beta}$，称 $\theta = \arccos\dfrac{[\boldsymbol{\alpha}, \boldsymbol{\beta}]}{\|\boldsymbol{\alpha}\|\,\|\boldsymbol{\beta}\|}$ 为向量 $\boldsymbol{\alpha}$ 与 $\boldsymbol{\beta}$ 的**夹角**.

定义 6.18　当 $[\boldsymbol{\alpha}, \boldsymbol{\beta}] = 0$ 时，称 $\boldsymbol{\alpha}$ 与 $\boldsymbol{\beta}$ **正交**. 当 $\boldsymbol{\alpha}$ 与 $\boldsymbol{\beta}$ 正交时，有 $\|\boldsymbol{\alpha} + \boldsymbol{\beta}\|^2 = \|\boldsymbol{\alpha}\|^2 + \|\boldsymbol{\beta}\|^2$.

二、规范正交基

定义 6.19　如果欧氏空间 V 中非零向量组 $\boldsymbol{\alpha}_1, \boldsymbol{\alpha}_2, \cdots, \boldsymbol{\alpha}_s$ 两两正交，即 $[\boldsymbol{\alpha}_i, \boldsymbol{\alpha}_j] = 0 (i \neq j; i, j = 1, 2, \cdots, s)$，则称向量组 $\boldsymbol{\alpha}_1, \boldsymbol{\alpha}_2, \cdots, \boldsymbol{\alpha}_s$ 为**正交向量组**.

例 6.21　在 $C[-\pi, \pi]$ 中，对于任意两个函数 $f(x)$ 和 $g(x)$，定义内积

$$[f(x), g(x)] = \int_{-\pi}^{\pi} f(x)g(x)\mathrm{d}x$$

可以证明，三角函数系 $\sin x$，$\cos x$，$\sin 2x$，$\cos 2x$，…，$\sin nx$，$\cos nx$，… 是两两正交的向量组.

定理 6.5　正交向量组一定是线性无关的向量组.

因此，在 n 维欧氏空间中，最多有 n 个两两正交的非零向量.

定义 6.20 如果 n 维欧氏空间 V_n 的一组基 $\boldsymbol{\alpha}_1$，$\boldsymbol{\alpha}_2$，…，$\boldsymbol{\alpha}_n$ 两两正交，则称 $\boldsymbol{\alpha}_1$，$\boldsymbol{\alpha}_2$，…，$\boldsymbol{\alpha}_n$ 是 V_n 的一组**正交基**；如果 $\boldsymbol{\alpha}_1$，$\boldsymbol{\alpha}_2$，…，$\boldsymbol{\alpha}_n$ 两两正交，且都是单位向量，则称 $\boldsymbol{\alpha}_1$，$\boldsymbol{\alpha}_2$，…，$\boldsymbol{\alpha}_n$ 是 V_n 的一组**规范正交基**(也称为**标准正交基**).

定理 6.6 向量组 $\boldsymbol{\varepsilon}_1$，$\boldsymbol{\varepsilon}_2$，…，$\boldsymbol{\varepsilon}_n$ 是 n 维欧氏空间 V_n 的一组规范正交基的充分必要条件是

$$[\boldsymbol{\varepsilon}_i, \boldsymbol{\varepsilon}_j]=\begin{cases}0, & i \neq j \\ 1, & i=j\end{cases}$$

定理 6.7 设 $\boldsymbol{\varepsilon}_1$，$\boldsymbol{\varepsilon}_2$，…，$\boldsymbol{\varepsilon}_n$ 是 n 维欧氏空间 V_n 的一组规范正交基，对于 V_n 中任意一个向量 $\boldsymbol{\alpha}$，若 $\boldsymbol{\alpha}$ 可由 $\boldsymbol{\varepsilon}_1$，$\boldsymbol{\varepsilon}_2$，…，$\boldsymbol{\varepsilon}_n$ 表示为 $\boldsymbol{\alpha}=k_1\boldsymbol{\varepsilon}_1+k_2\boldsymbol{\varepsilon}_2+\cdots+k_n\boldsymbol{\varepsilon}_n$，则 $\boldsymbol{\alpha}$ 在该基中坐标的第 i 个分量 $k_i=[\boldsymbol{\alpha}, \boldsymbol{\varepsilon}_i]$.

定理 6.8 设 $\boldsymbol{\varepsilon}_1$，$\boldsymbol{\varepsilon}_2$，…，$\boldsymbol{\varepsilon}_n$ 是 n 维欧氏空间 V_n 的一组规范正交基，$\boldsymbol{\alpha}$ 和 $\boldsymbol{\beta}$ 是 V_n 中任意两个向量，如果 $\boldsymbol{\alpha}$ 和 $\boldsymbol{\beta}$ 在基 $\boldsymbol{\varepsilon}_1$，$\boldsymbol{\varepsilon}_2$，…，$\boldsymbol{\varepsilon}_n$ 下的坐标分别为 $\boldsymbol{x}=(x_1, x_2, \cdots, x_n)^{\mathrm{T}}$ 和 $\boldsymbol{y}=(y_1, y_2, \cdots, y_n)^{\mathrm{T}}$，则 $[\boldsymbol{\alpha}, \boldsymbol{\beta}]=x_1y_1+x_2y_2+\cdots+x_ny_n=\boldsymbol{x}^{\mathrm{T}}\boldsymbol{y}$.

定理 6.9 在 n 维欧氏空间 V_n 中：

(1) 由规范正交基到规范正交基的过渡矩阵是正交矩阵；

(2) 如果两个基之间的过渡矩阵是正交矩阵，且其中一个基是规范正交基，则另一个也是规范正交基.

由此可见，在规范正交基下，研究欧氏空间的度量性质非常方便. 那么如何由欧氏空间 V_n 的一组基 $\boldsymbol{\alpha}_1$，$\boldsymbol{\alpha}_2$，…，$\boldsymbol{\alpha}_n$ 得到其规范正交基呢？方法如下 .

(1) 用施密特正交化方法把 $\boldsymbol{\alpha}_1$，$\boldsymbol{\alpha}_2$，…，$\boldsymbol{\alpha}_n$ 正交化，即令

$$\boldsymbol{\beta}_1=\boldsymbol{\alpha}_1$$

$$\boldsymbol{\beta}_2=\boldsymbol{\alpha}_2-\frac{[\boldsymbol{\beta}_1, \boldsymbol{\alpha}_2]}{[\boldsymbol{\beta}_1, \boldsymbol{\beta}_1]}\boldsymbol{\beta}_1$$

$$\vdots$$

$$\boldsymbol{\beta}_n=\boldsymbol{\alpha}_n-\frac{[\boldsymbol{\beta}_1, \boldsymbol{\alpha}_n]}{[\boldsymbol{\beta}_1, \boldsymbol{\beta}_1]}\boldsymbol{\beta}_1-\frac{[\boldsymbol{\beta}_2, \boldsymbol{\alpha}_n]}{[\boldsymbol{\beta}_2, \boldsymbol{\beta}_2]}\boldsymbol{\beta}_2-\cdots-\frac{[\boldsymbol{\beta}_{n-1}, \boldsymbol{\alpha}_n]}{[\boldsymbol{\beta}_{n-1}, \boldsymbol{\beta}_{n-1}]}\boldsymbol{\beta}_{n-1}$$

可得 V_n 的一组正交基 $\boldsymbol{\beta}_1$，$\boldsymbol{\beta}_2$，…，$\boldsymbol{\beta}_n$.

(2) 将 $\boldsymbol{\beta}_1$，$\boldsymbol{\beta}_2$，…，$\boldsymbol{\beta}_n$ 单位化，即令

$$\boldsymbol{\varepsilon}_1=\frac{1}{\|\boldsymbol{\beta}_1\|}\boldsymbol{\beta}_1, \quad \boldsymbol{\varepsilon}_2=\frac{1}{\|\boldsymbol{\beta}_2\|}\boldsymbol{\beta}_2, \quad \cdots, \quad \boldsymbol{\varepsilon}_n=\frac{1}{\|\boldsymbol{\beta}_n\|}\boldsymbol{\beta}_n$$

则 $\boldsymbol{\varepsilon}_1$，$\boldsymbol{\varepsilon}_2$，…，$\boldsymbol{\varepsilon}_n$ 就是 V_n 的一组规范正交基.

三、正交变换

欧氏空间是定义了内积的线性空间，而线性变换能保持线性空间的两种线性运算，我们寻求一种线性变换，使它保持向量的内积不变.

定义 6.21　如果欧氏空间 V 中的线性变换 T 保持向量的内积不变，即对于任意的 $\boldsymbol{\alpha}$，$\boldsymbol{\beta} \in V$，有 $[T(\boldsymbol{\alpha}), T(\boldsymbol{\beta})]=[\boldsymbol{\alpha}, \boldsymbol{\beta}]$，则称 T 为**正交变换**.

由此定义可得如下定理.

定理 6.10　设 T 是 n 维欧氏空间 V_n 中的线性变换，则下面几个条件等价：

(1) T 是 V_n 中的正交变换；

(2) T 保持向量的长度不变，即对于任意的 $\boldsymbol{\alpha} \in V_n$，有 $\|T(\boldsymbol{\alpha})\|=\|\boldsymbol{\alpha}\|$；

(3) 如果 $\boldsymbol{\varepsilon}_1, \boldsymbol{\varepsilon}_2, \cdots, \boldsymbol{\varepsilon}_n$ 是 V_n 的一组规范正交基，则 $T(\boldsymbol{\varepsilon}_1), T(\boldsymbol{\varepsilon}_2), \cdots, T(\boldsymbol{\varepsilon}_n)$ 也是 V_n 的一组规范正交基；

(4) T 在 V_n 的任一规范正交基下的矩阵是正交矩阵.

小贴士

由于正交矩阵是可逆的，且其逆矩阵仍然是正交矩阵；两个正交矩阵的乘积仍是正交矩阵；因此，正交变换是可逆的，其逆变换仍然是正交变换，正交变换的乘积仍然是正交变换.

由于正交变换保持向量的内积不变、长度不变、夹角不变，因此，在实际问题中，这种变换常被用来研究刚体的几何性质.

例 6.22　将 $\mathbf{R}^3$ 中的向量绕 z 轴逆时针旋转 θ 角，就是一个线性变换，记为 T_θ，求 T_θ 在 $\mathbf{R}^3$ 的一组规范正交基 $\boldsymbol{\varepsilon}_1=(1, 0, 0)^{\mathrm{T}}$，$\boldsymbol{\varepsilon}_2=(0, 1, 0)^{\mathrm{T}}$，$\boldsymbol{\varepsilon}_3=(0, 0, 1)^{\mathrm{T}}$ 下的矩阵，并判定 T_θ 是否为正交变换.

解　设 T_θ 将 $\mathbf{R}^3$ 中点 $P(x, y, z)$ 绕 z 轴逆时针旋转 θ 角后得到点 $P'(x', y', z')$，则

$$\begin{cases} x'=x\cos\theta+y\sin\theta \\ y'=-x\sin\theta+y\cos\theta \\ z'=z \end{cases}$$

即

$$\begin{pmatrix} x' \\ y' \\ z' \end{pmatrix}=\begin{pmatrix} \cos\theta & \sin\theta & 0 \\ -\sin\theta & \cos\theta & 0 \\ 0 & 0 & 1 \end{pmatrix}\begin{pmatrix} x \\ y \\ z \end{pmatrix}$$

由于

$$T_\theta(\boldsymbol{\varepsilon}_1)=T_\theta\begin{pmatrix}1\\0\\0\end{pmatrix}=\begin{pmatrix}\cos\theta & \sin\theta & 0\\-\sin\theta & \cos\theta & 0\\0 & 0 & 1\end{pmatrix}\begin{pmatrix}1\\0\\0\end{pmatrix}=\begin{pmatrix}\cos\theta\\-\sin\theta\\0\end{pmatrix}$$

$$T_\theta(\boldsymbol{\varepsilon}_2)=T_\theta\begin{pmatrix}0\\1\\0\end{pmatrix}=\begin{pmatrix}\cos\theta & \sin\theta & 0\\-\sin\theta & \cos\theta & 0\\0 & 0 & 1\end{pmatrix}\begin{pmatrix}0\\1\\0\end{pmatrix}=\begin{pmatrix}\sin\theta\\\cos\theta\\0\end{pmatrix}$$

$$T_\theta(\boldsymbol{\varepsilon}_3)=T_\theta\begin{pmatrix}0\\0\\1\end{pmatrix}=\begin{pmatrix}\cos\theta & \sin\theta & 0\\-\sin\theta & \cos\theta & 0\\0 & 0 & 1\end{pmatrix}\begin{pmatrix}0\\0\\1\end{pmatrix}=\begin{pmatrix}0\\0\\1\end{pmatrix}$$

所以 T_θ 在规范正交基 $\boldsymbol{\varepsilon}_1=(1,0,0)^{\mathrm{T}}$，$\boldsymbol{\varepsilon}_2=(0,1,0)^{\mathrm{T}}$，$\boldsymbol{\varepsilon}_3=(0,0,1)^{\mathrm{T}}$ 下的矩阵为

$$\boldsymbol{A}=\begin{pmatrix}\cos\theta & \sin\theta & 0\\-\sin\theta & \cos\theta & 0\\0 & 0 & 1\end{pmatrix}$$

由于 $\boldsymbol{A}^{\mathrm{T}}\boldsymbol{A}=\boldsymbol{E}$，所以 $\boldsymbol{A}$ 为正交矩阵，T_θ 为正交变换.

由此正交变换还可得到 $\mathbf{R}^3$ 的另一个规范正交基为

$$\boldsymbol{\alpha}_1=(\cos\theta,-\sin\theta,0)^{\mathrm{T}},\quad \boldsymbol{\alpha}_2=(\sin\theta,\cos\theta,0)^{\mathrm{T}},\quad \boldsymbol{\alpha}_3=(0,0,1)^{\mathrm{T}}$$

习　题　六

1. 判断下列集合对指定的运算是否构成实数域上的线性空间.

(1) $V_1=\{f(x)\mid f(x)\geqslant 0\}$，对于通常的函数加法和数乘运算；

(2) $V_2=\{\boldsymbol{A}\mid \boldsymbol{A}\in\mathbf{R}^{n\times n},\ \boldsymbol{A}^{\mathrm{T}}=-\boldsymbol{A}\}$，对于矩阵的加法和数乘运算；

(3) V_3 是 $n(n\geqslant 1)$ 次多项式全体

$$Q(x)_n=\{p(x)=a_nx^n+\cdots+a_1x+a_0\mid a_i\in\mathbf{R}(i=0,1,\cdots,n),\ a_n\neq 0\}$$

对于通常的多项式的加法和数乘运算；

(4) $V_4=\{s(x)=a\sin(x+b)\mid a,b\in\mathbf{R}\}$，对于通常的函数加法和数乘运算；

(5) $V_5=\mathbf{R}^+=\{x\mid x\in\mathbf{R}且 x\geqslant 0\}$，加法与数乘规定为普通实数的加法“+”与乘法“×”.

2. 判断下列集合是否构成子空间，若是子空间，求它的维数和一个基.

(1) $\mathbf{R}^n$ 中前两个分量的和为 0 的 n 维向量集合；

(2) $\mathbf{R}^{2\times 2}$ 中，二阶正交矩阵集合；

(3) $P(x)_{2n}$ 中，满足条件 $f(x)=f(-x)$ 的多项式集合.

3. 求向量组 $\boldsymbol{\alpha}_1=(-1,3,4,7)^T$，$\boldsymbol{\alpha}_2=(2,1,-1,0)^T$，$\boldsymbol{\alpha}_3=(1,2,1,3)^T$，$\boldsymbol{\alpha}_4=(-4,1,5,6)^T$ 生成空间的维数与基.

4. 已知 $\boldsymbol{\alpha}_1=(1,1,0)^T$，$\boldsymbol{\alpha}_2=(1,0,1)^T$，$\boldsymbol{\alpha}_3=(0,1,1)^T$ 为 $\mathbf{R}^3$ 的一组基，求向量 $\boldsymbol{\beta}=(2,0,0)^T$ 在这组基下的坐标.

5. 设 $\mathbf{R}^3$ 中两组基为

$$\boldsymbol{\alpha}_1=(1,0,-1)^T,\quad \boldsymbol{\alpha}_2=(2,1,1)^T,\quad \boldsymbol{\alpha}_3=(1,1,1)^T$$

和

$$\boldsymbol{\beta}_1=(0,1,1)^T,\quad \boldsymbol{\beta}_2=(-1,1,0)^T,\quad \boldsymbol{\beta}_3=(1,2,1)^T$$

(1) 求从基 $\boldsymbol{\alpha}_1$，$\boldsymbol{\alpha}_2$，$\boldsymbol{\alpha}_3$ 到基 $\boldsymbol{\beta}_1$，$\boldsymbol{\beta}_2$，$\boldsymbol{\beta}_3$ 的过渡矩阵；

(2) 求向量 $\boldsymbol{\alpha}=3\boldsymbol{\alpha}_1+2\boldsymbol{\alpha}_2+\boldsymbol{\alpha}_3$ 在基 $\boldsymbol{\beta}_1$，$\boldsymbol{\beta}_2$，$\boldsymbol{\beta}_3$ 下的坐标.

6. 设 V_3 中的两个基为 $\boldsymbol{\alpha}_1$，$\boldsymbol{\alpha}_2$，$\boldsymbol{\alpha}_3$ 和 $\boldsymbol{\beta}_1$，$\boldsymbol{\beta}_2$，$\boldsymbol{\beta}_3$，且

$$\boldsymbol{\beta}_1=\boldsymbol{\alpha}_1-\boldsymbol{\alpha}_2,\ \boldsymbol{\beta}_2=2\boldsymbol{\alpha}_1+3\boldsymbol{\alpha}_2+2\boldsymbol{\alpha}_3,\ \boldsymbol{\beta}_3=\boldsymbol{\alpha}_1+3\boldsymbol{\alpha}_2+2\boldsymbol{\alpha}_3$$

(1) 求 $\boldsymbol{\alpha}=2\boldsymbol{\beta}_1-\boldsymbol{\beta}_2+3\boldsymbol{\beta}_3$ 在基 $\boldsymbol{\alpha}_1$，$\boldsymbol{\alpha}_2$，$\boldsymbol{\alpha}_3$ 下的坐标；

(2) 求 $\boldsymbol{\beta}=2\boldsymbol{\alpha}_1-\boldsymbol{\alpha}_2+3\boldsymbol{\alpha}_3$ 在基 $\boldsymbol{\beta}_1$，$\boldsymbol{\beta}_2$，$\boldsymbol{\beta}_3$ 下的坐标.

7. 设 $\boldsymbol{\varepsilon}_1=1$，$\boldsymbol{\varepsilon}_2=x$，$\boldsymbol{\varepsilon}_3=x^2$，$\boldsymbol{\varepsilon}_4=x^3$ 为 $P(x)_3$ 的一个基；$\boldsymbol{\alpha}_1=1$，$\boldsymbol{\alpha}_2=x-1$，$\boldsymbol{\alpha}_3=(x-1)^2$，$\boldsymbol{\alpha}_4=(x-1)^3$ 为 $P(x)_3$ 的另一个基.

(1) 求从基 $\boldsymbol{\varepsilon}_1$，$\boldsymbol{\varepsilon}_2$，$\boldsymbol{\varepsilon}_3$，$\boldsymbol{\varepsilon}_4$ 到基 $\boldsymbol{\alpha}_1$，$\boldsymbol{\alpha}_2$，$\boldsymbol{\alpha}_3$，$\boldsymbol{\alpha}_4$ 的过渡矩阵 $\boldsymbol{P}$，并写出坐标变换公式.

(2) 分别将 $\boldsymbol{\alpha}=x^3+x+1$ 和 $\boldsymbol{\beta}=x^3+4x^2+3x$ 展开成 $(x-1)$ 的多项式.

8. 在 $\mathbf{R}^3$ 中，下列变换是否为 $\mathbf{R}^3$ 中的线性变换？

(1) $T\begin{pmatrix}x\\y\\z\end{pmatrix}=\begin{pmatrix}x+y\\2z\\x\end{pmatrix}$；　　(2) $T\begin{pmatrix}x\\y\\z\end{pmatrix}=\begin{pmatrix}x^2\\y+z\\z^2\end{pmatrix}$.

9. n 阶实对称矩阵的全体 V 对矩阵的加法和数与矩阵的乘法运算构成实数域上的线性空间，设 $\boldsymbol{C}$ 为给定的 n 阶可逆矩阵，证明：合同变换 $T(\boldsymbol{A})=\boldsymbol{C}^T\boldsymbol{AC}$ 为 V 上的线性变换.

10. 在 $\mathbf{R}^2$ 中，定义 T 为

$$T\begin{pmatrix}x\\y\end{pmatrix}=\begin{pmatrix}x+y\\x-y\end{pmatrix}$$

(1) 证明 T 是 $\mathbf{R}^2$ 中的线性变换；

(2) 求 T 在基 $\boldsymbol{\alpha}_1=(1,0)^T$，$\boldsymbol{\alpha}_2=(1,1)^T$ 下的矩阵 $\boldsymbol{A}$；

(3) 求 T 在基 $\boldsymbol{\beta}_1=(1,1)^T$，$\boldsymbol{\beta}_2=(2,3)^T$ 下的矩阵 $\boldsymbol{B}$.

11. 已知 $\mathbf{R}^3$ 中的线性变换 T 在基 $\boldsymbol{\alpha}_1=(1,0,-1)^T$，$\boldsymbol{\alpha}_2=(0,2,1)^T$，$\boldsymbol{\alpha}_3=$

$(-1,\ -1,\ 0)^T$ 下的矩阵为 $A=\begin{pmatrix}0 & -1 & -2\\ 1 & 0 & -3\\ 2 & 3 & 0\end{pmatrix}$，求 T 在基 $\boldsymbol{\varepsilon}_1=(1,\ 0,\ 0)^T$，$\boldsymbol{\varepsilon}_2=(0,\ 1,\ 0)^T$，$\boldsymbol{\varepsilon}_3=(0,\ 0,\ 1)^T$ 下的矩阵.

12. 设 T 是把$\mathbf{R}^2$ 中的向量关于 x 轴反射的变换，即

$$T\begin{pmatrix}x\\ y\end{pmatrix}=\begin{pmatrix}x\\ -y\end{pmatrix}$$

证明：T 是$\mathbf{R}^2$ 中的线性变换，并求 T 在$\mathbf{R}^2$ 的规范正交基 $\boldsymbol{\varepsilon}_1=\begin{pmatrix}1\\ 0\end{pmatrix}$，$\boldsymbol{\varepsilon}_2=\begin{pmatrix}0\\ 1\end{pmatrix}$下的矩阵，此线性变换是否为正交变换？

习题六参考答案

1.(1) 不是；(2) 是；(3) 不是；(4) 是；(5) 不是.

2.(1) 是；$n-1$ 维；基为$(1,\ -1,\ \cdots,\ 0,\ 0)^T$，$\boldsymbol{\varepsilon}_3$，$\boldsymbol{\varepsilon}_4$，$\cdots$，$\boldsymbol{\varepsilon}_n$.

(2) 不是.(3) 是；$n+1$ 维；基为 x^1，x^2，x^4，$\cdots$，x^{2n}.

3. 二维，基为 $\boldsymbol{\alpha}_1$，$\boldsymbol{\alpha}_2$.

4. $(1,\ 1,\ -1)^T$.

5.(1) $\begin{pmatrix}0 & 1 & 1\\ -3 & -3 & -2\\ 2 & 4 & 4\end{pmatrix}$；(2) $\frac{1}{2}(11,\ -5,\ 11)^T$.

6.(1) $(3,\ 4,\ 4)^T$；(2) $\left(\frac{11}{2},\ -5,\ \frac{13}{2}\right)^T$.

7.(1)$P=\begin{pmatrix}1 & -1 & 1 & -1\\ 0 & 1 & -2 & 3\\ 0 & 0 & 1 & -3\\ 0 & 0 & 0 & 1\end{pmatrix}$，坐标变换公式为

$$\begin{pmatrix}x_1\\ x_2\\ x_3\\ x_4\end{pmatrix}=\begin{pmatrix}1 & -1 & 1 & -1\\ 0 & 1 & -2 & 3\\ 0 & 0 & 1 & -3\\ 0 & 0 & 0 & 1\end{pmatrix}\begin{pmatrix}y_1\\ y_2\\ y_3\\ y_4\end{pmatrix}\quad 或 \quad \begin{pmatrix}y_1\\ y_2\\ y_3\\ y_4\end{pmatrix}=\begin{pmatrix}1 & 1 & 1 & 1\\ 0 & 1 & 2 & 3\\ 0 & 0 & 1 & 3\\ 0 & 0 & 0 & 1\end{pmatrix}\begin{pmatrix}x_1\\ x_2\\ x_3\\ x_4\end{pmatrix}$$

(2)$\boldsymbol{\alpha}=x^3+x+1=3+4(x-1)+3(x-1)^2+(x-1)^3$；

$\boldsymbol{\beta}=x^3+4x^2+3x=8+14(x-1)+7(x-1)^2+(x-1)^3$.

8.(1) 是；(2) 不是.

9. 略.

10.(1) 略；(2)$\boldsymbol{A}=\begin{pmatrix}0 & 2\\1 & 0\end{pmatrix}$；(3)$\boldsymbol{B}=\begin{pmatrix}6 & 17\\-2 & -6\end{pmatrix}$.

11.$\begin{pmatrix}10 & -8 & 12\\15 & -9 & 15\\0 & 1 & -1\end{pmatrix}$.

12.$\begin{pmatrix}1 & 0\\0 & -1\end{pmatrix}$，是.

参考文献

[1] 北京大学数学系几何与代数教研室前代数小组. 高等代数[M]. 3版. 北京：高等教育出版社，2003.

[2] 陈殿友，术洪亮. 线性代数[M]. 北京：清华大学出版社，2006.

[3] 贾鹏，王爱茹. 线性代数[M]. 北京：科学出版社，2007.

[4] 居余马，林翠琴. 线性代数学习指南[M]. 北京：清华大学出版社，2003.

[5] 刘泽田，袁星. 线性代数[M]. 北京：学苑出版社，1999.

[6] 宋向东，宋占杰. 工程数学学习指导[M]. 北京：学苑出版社，1999.

[7] 同济大学数学教研室.（工程数学）线性代数[M]. 3版. 北京：高等教育出版社，1999.

[8] 汪雷，宋向东，贾鹏. 线性代数及其应用[M]. 2版. 北京：高等教育出版社，2006.

[9] 汪雷，严昌恒. 线性代数[M]. 北京：学苑出版社，1996.

[10] 张禾瑞，郝钠新. 高等代数[M]. 4版. 北京：高等教育出版社，1999.

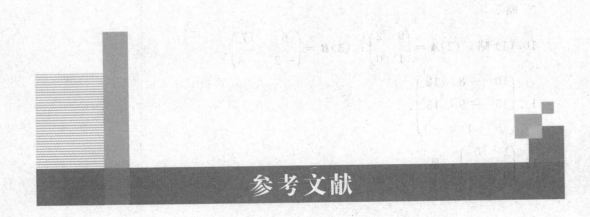

策划编辑：闻　竹
责任编辑：李长波　庞亭亭
封面设计：宣是設計

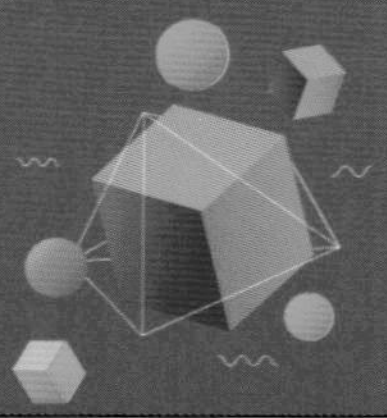

线性代数

XIANXING DAISHU

ISBN 978-7-5603-9754-2
定价：42.00元